# 狄更斯城市小说的现代性研究

## Research on the Modernity of Dickens' City Novels

蔡熙 著

中国人民大学出版社
· 北京 ·

# 国家社科基金后期资助项目
# 出版说明

后期资助项目是国家社科基金设立的一类重要项目，旨在鼓励广大社科研究者潜心治学，支持基础研究多出优秀成果。它是经过严格评审，从接近完成的科研成果中遴选立项的。为扩大后期资助项目的影响，更好地推动学术发展，促进成果转化，全国哲学社会科学工作办公室按照“统一设计、统一标识、统一版式、形成系列”的总体要求，组织出版国家社科基金后期资助项目成果。

全国哲学社会科学工作办公室

# 目　录


绪论　伦敦都市的现代性 …… 1

一、现代性界定 …… 1

二、现代性的特质 …… 5

三、“文学伦敦”的现代性 …… 9

第一章　都市空间与街道美学 …… 15

一、“伦敦佬”狄更斯：城市经验的体验者与表达者 …… 16

二、狄更斯的街道美学 …… 28

第二章　“文学伦敦”：狄更斯的现代性文学空间 …… 35

一、“文学伦敦”：狄更斯的文学空间 …… 35

二、“文学伦敦”：一个现代性的文学空间 …… 41

三、“文学伦敦”：狄更斯的图像之城 …… 44

第三章　经验与记忆：狄更斯的城市现代性特质 …… 55

一、狄更斯的现代城市经验 …… 56

二、狄更斯的城市记忆 …… 60

三、转瞬即逝、孤独冷漠和异化：城市现代性的特质 …… 68

第四章　“文学伦敦”的现代性主体 …… 78

一、闲逛者 …… 78

二、拾垃圾者 …… 86

第五章　狄更斯小说的现代形式 …… 100

一、文学蒙太奇 …… 102

二、意识流叙事 …… 106

三、文学机器装配 …… 118

四、戏拟模仿 …… 125

第六章　狄更斯城市小说的视觉叙事 …… 129

一、狄更斯的凝视美学——以《我们共同的朋友》为例 …… 130

二、视觉叙事与意识形态：以《圣诞欢歌》为例 …… 134
三、视觉叙事的独特风格 …… 145
四、视觉叙事在电影改编中的成功实践 …… 155
**第七章　狄更斯城市小说的空间叙事** …… 158
一、“家屋”空间 …… 160
二、生态“恶托邦” …… 170
三、空间叙事的方法 …… 184
**第八章　狄更斯城市小说的声音叙事** …… 200
一、小说文本中的朗读 …… 203
二、狄更斯的巡回朗读 …… 215
三、狄更斯巡回朗读的原因探析 …… 223
**结　语** …… 232

参考文献 …… 238
后　记 …… 250

# 绪论　伦敦都市的现代性

查尔斯·狄更斯（Charles Dickens，1812—1870）是 19 世纪最伟大的城市作家之一，他 9 岁来到伦敦，在伦敦的大街小巷闲逛成为他体验都市生活、洞察人性的独特方式。12 岁时，他的父亲被关进债务人监狱，不久狄更斯被送到亨格福特码头的黑鞋油作坊当童工，21 岁爱情受挫，这两起事件构成了他一生不断奋进的强大动力。狄更斯在伦敦生活了 40 年，他与身处的时代融为一体，用自己的名字为伦敦命名，最终成了维多利亚时代的符号与缩影。传记作家彼得·阿克罗伊德认为，“狄更斯是那个时代最突出的代表。他比已经作古的英国政治家、曾经两度出任首相的帕默斯顿更突出，比站在时代风口浪尖上的英国政治家、曾经四度出任首相的格莱斯顿更突出，甚至比英国女王更突出。因为狄更斯不仅见证了、体验了这个时代的巨变，而且在其小说中宣告了一个时代巨变的到来。他发挥自己的天赋将自己的人生变成了那个时代的标志”①。

狄更斯以伦敦为背景的大部分小说表现了 19 世纪伦敦都市的现代性。从城市维度可以发现狄更斯的小说反映了丰富多彩的城市生活，浓缩了鲜活的城市经验，渗透着对城市问题的深切忧郁，揭示了现代都市生活短暂易逝、孤独冷漠、异化等根本特征，由此可以深刻地揭示狄更斯的小说所包孕的现代主义因子。

## 一、现代性界定

到底什么是现代性？由于现代性本身的魅力，研究者众多，对其语义的阐释繁复缤纷，定义林林总总。因此对现代性的言说不仅复杂，而且相当多的界定甚至是矛盾的。迄今为止，还没有一个为大家公认的定义。詹姆逊反对给现代性定义，他指出：“现代性不是一个概念，不是哲学或任

① 彼得·阿克罗伊德. 狄更斯传. 包雨苗，译. 北京：北京师范大学出版社，2015：4.

何别的概念，它不过是各种各样的叙事类型。现代性，只能意味着现代性的多种情景。”①

马泰·卡林内斯库认为，“现代性是一个时间/历史概念，我们用它来指在独一无二的历史现时性中对于现时的理解”②。根据姚斯的考证，“现代”（modernus）一词在公元5世纪晚期就已经出现，其意义在于将刚刚确立地位的基督教的社会同异教的罗马社会区别开来。在此意义上，“现代”一词“体现着一种时间意识，每一时代都与古典时期相连，以将自己理解为新旧交替的成果”③。在欧洲，使用该词的目的是为了表现一种新的时间意识，即同过去拉开距离而面向未来，它意味着时间的断裂。17世纪在法国发生的那场著名的古今之争，表明艺术和审美经验奠定了现代性观念的基础。因此，现代世界与古代世界之间的对立，在于现代世界是彻底面向未来的。

17世纪“现代性”一词开始在英语中流行，18世纪末霍勒斯·沃波尔首次在美学语境中使用。在法国，“现代性”一词在19世纪前期才开始使用。《法兰西学院词典》虽然收录了“现代化”“现代主义”，但并未收录“现代性”一词。《大罗贝尔词典》（1985年版）用夏多布里昂《墓中回忆录》中的一段话来表述“现代性”的意义。在暴风雨天气里的浪漫山景中，夏多布里昂对比了一座乏味海关建筑的“粗俗与现代性”和一座哥特式大门所隐含的壮与美。

1800年左右，一批年轻作家将古典与浪漫对立起来，认为理想化的中世纪才是规范意义上的过去。这种浪漫意识，透露出对重新开始的强调。所谓“重新开始”，即是把超越一切当作起点。阿多诺将现代派的起点设定在1850年左右。虽然在历史上有各种不同意义上的“现代”，但现在所说的“现代”，在断裂的意义上针对的只是中世纪。在与中世纪的对照中，现代性才开始萌芽。

人们一般将文艺复兴看作现代性的发端，16—18世纪看作现代性的序幕（第一阶段）。法国革命和英国工业革命之后的19世纪则是现代性的

① 弗雷德里克·詹姆逊. 现代性、后现代性和全球化. 王丽亚，译. 北京：中国人民大学出版社，2004：74.

② 马泰·卡林内斯库. 现代性、现代主义、现代化//汪民安，陈永国，张云鹏. 现代性基本读本. 开封：河南大学出版社，2005：250.

③ 哈贝马斯. 现代性：未完成的工程//汪民安，陈永国，张云鹏. 现代性基本读本. 开封：河南大学出版社，2005：108.

成熟时期，这一时期，马克思恩格斯发表了《共产党宣言》，恩格斯记录了英国工人阶级的生活状况，波德莱尔书写了巴黎的现代生活，狄更斯描绘了伦敦的现代生活。

现代性可以从两个层面来考察：一是启蒙现代性或曰哲学现代性，一是审美现代性。

就哲学现代性而言，康德认为现代性如同一面镜子，其特征隐藏在镜子的背后。黑格尔则进一步揭示了这一特征，他是第一个“用思想来把握”那个时代的哲学家，并用理性批判的形式来把握现代性。马克思认为，现代性是一种历史现象，他对商品生产的社会学分析，不仅试图理解资本主义的“新奇”之处，而且认识到它的历史过渡性。

这里重点探讨的是审美现代性。

哲学现代性体现了理性的逻各斯力量，审美现代性主要发生在现代艺术领域，它是对哲学现代性的反思。审美现代性的观点是在波德莱尔的艺术理论的基础上发展起来的。众所周知，波德莱尔的艺术理论受到爱伦·坡的影响，而爱伦·坡的作品深受狄更斯的城市小说的影响。

那么，什么是审美现代性？毋庸置疑，波德莱尔是这一概念的创始人。他在《现代生活的画家》中对画家G先生推崇备至。一般的画家总是将目光聚焦于过去，而G先生感兴趣的只是现代生活。他以满腔热情来探寻社会的激情，从白天到夜晚，四处闲逛，永不懈怠，全神贯注地观察、寻找，他“将在任何地方闪动着光亮、回响着诗意、震颤着音乐的地方滞留到最后”①。他在瞬息万变的生活场景中体验到生活的快乐。他在街道上、在都市的人群中寻找艺术的现代性。“现代性就是过渡，短暂，偶然，就是艺术的一半，另一半是永恒和不变。”②

显然，波德莱尔是从现代生活的角度来定义现代性的，他所强调的现代性，其要旨在于发现现代生活中蕴含的美。这种美，既可能蕴含在永恒性中，也可能蕴含在短暂性中。因此，他认为美有两种成分：“一是永恒的、不变的、难以确定的；一是相对的、暂时的。它是时代、风尚、道德、情欲，或是其中一种，或者兼而有之。”③

我国学者汪民安认为，波德莱尔的现代性有着多方面的意义：“它既

① 波德莱尔. 波德莱尔美学论文选. 郭宏安，译. 北京：人民文学出版社，1987：483.

② 波德莱尔. 波德莱尔美学论文选. 郭宏安，译. 北京：人民文学出版社，1987：440.

③ 波德莱尔. 波德莱尔美学论文选. 郭宏安，译. 北京：人民文学出版社，1987：431.

指现代生活的短暂性和偶然性，也指艺术和美所体现出来的短暂性和偶然性……现代人、现代艺术（审美）、现代生活是波德莱尔现代性的另一个三位一体。”①

波德莱尔强调的现代性特征是过渡的、短暂易逝的、偶然的，其突破性在于他将现代生活与现代艺术这样相距较远的概念联系起来。这种现代性实际上是现代生活的独特性，即现代生活的短暂性、瞬间性和过渡性，因为在这种短暂性、瞬间性和过渡性之中充斥着艺术的美。波德莱尔的这一观点为齐美尔、克拉考尔和本雅明所接受。

齐美尔、克拉考尔和本雅明这三位现代性理论家都关注人们感受和体验资本主义剧变所产生的社会和历史存在方式，三者的共同之处表现在：第一，强调现代生活的过渡性、短暂易逝性、偶然性，强调时间、空间和因果性等不连续的体验。这种体验包括人们与都市的社会和物质环境之间的关系，也包括人们与过去之间的关系。第二，三者对文学和艺术运动的现代性有着浓厚的兴趣，认为现代性的体验以不同的形式表现在文学和艺术运动中。齐美尔经常描写那个时代的新艺术运动，有着印象主义的影子。克拉考尔的小说《金斯特》本身就是一部重要的现代性作品，他还是魏玛时期杰出的电影评论家之一。本雅明的文学评论，对波德莱尔、普鲁斯特的翻译，对卡夫卡、列斯科夫、马尔罗的评论，以及对布莱希特和超现实主义的接受等无一不是立足于现代性。第三，三者对现代生活体验的探索不是总体性的社会分析，也不是结构性或制度性的分析，而是以社会现实的表面碎片为出发点的分析。

审美现代性的研究绕不开本雅明，他是一位明确地追寻现代性理论的学者。本雅明的《单行道》(1926) 被阿多诺称为“本雅明勾画现代性史前史脉络的第一部著作”，被布洛赫看作“讽喻哲学”“思想超现实主义形式的典型”。本雅明的现代性理论以 19 世纪的巴黎拱廊街为落脚点，这些拱廊街被人们视作通向表达资本主义梦幻世界的入口。在他的“拱廊街计划”中，虽然主要是以波德莱尔的作品分析 19 世纪城市的现代性，但他多次引述了狄更斯的作品。本雅明接受了波德莱尔将现代性看作是“过渡的、短暂易逝的、偶然的”观念，将波德莱尔作品中的新角色如闲逛者、小流氓、纨绔子弟、拾垃圾者、密谋者、女同性恋者和赌徒等视作城市中的现代性主体。本雅明以辩证意象来建构他的现代性理论，将碎片当作

---

① 汪民安，陈永国，张云鹏. 现代性基本读本. 开封：河南大学出版社，2005：前言 2.

19 世纪首都巴黎的起始点，整个“拱廊街计划”完全是碎片的集合，一部复杂的蒙太奇。

现代性与意识形态有着千丝万缕的联系。伊曼纽尔·沃勒斯坦认为，“现代性是特定社会现实和特定世界观的结合，它取代了另一种特定社会现实和特定世界观的结合”①。意识形态是处理现代性问题的政治纲领，意识形态本身并非世界观，而是对现代性这种新型世界观来临的一种反应。

## 二、现代性的特质

现代性的特质是多种多样、变化频仍，这可以从四个方面分别论述。

### （一）现代经验的不连续性、瞬间性

波德莱尔在《现代生活的画家》中指出：“G 先生到处寻找现时生活的短暂的、瞬间的美，寻找读者允许我们称之为现代性的特点。”② 在此波德莱尔将画家看作已经消逝的瞬间以及所包含的永恒迹象的画家。之后的理论家齐美尔、本雅明、大卫·哈维等都将瞬间性作为现代都市生活的根本特点。

齐美尔在现代大都市与传统小城镇的对比中，发现了大都市精神生活中两个至关重要的因素。他认为，在理性与货币的作用下，大都市的人具有了独特的心理状态、交往模式和时空观念。“都市性格的心理基础包含在强烈刺激的紧张之中，这种紧张产生于内部和外部刺激快速而持续的变化。人是一种能够有所辨别的生物。瞬间印象和持续印象之间的差异性会刺激他的心理。永久的印象，彼此间只有细微差异的印象，来自于规则与习惯并显现有规则的与习惯性的对照的印象——所有这些与快速转换的影像、瞬间一瞥的中断或突如其来的意外感相比，可以说较难使人意识到。这些都是大都市所创造的心理状态。”③

虽然齐美尔与波德莱尔一样也将瞬间性作为现代都市生活的根本特点（分别是碎片化、感官刺激、物质性、瞬间即逝性），但他们之间也有不同之处：波德莱尔希望在现代生活中发现艺术之美，齐美尔则希望在现代生活中发现都市人的个性的生长和消失，即普通的都市人为了应对现代生活

① 伊曼纽尔·沃勒斯坦. 三种还是一种意识形态：关于现代性的虚假争论//汪民安，陈永国，张云鹏. 现代性基本读本. 开封：河南大学出版社，2005：239.

② 波德莱尔. 波德莱尔美学论文选. 郭宏安，译. 北京：人民文学出版社，1987：440.

③ 乔治·齐美尔. 大都市与精神生活. 费勇，译. 北京：文化艺术出版社，2001：73.

的瞬间性而创造了冷漠、世故和算计。在现代的货币经济中，都市人按照严格的货币换算方式而行动。以前人与人之间个性化的富有特色的交往方式，现在荡然无存。

马歇尔·伯曼把人类共享的经验称为现代性，“有一种至关重要的体验方式——对时间与空间、自我与他人、生活的各种可能和风险的体验——这是今天全世界男男女女所共有的。我把这种体验的实质内容称为‘现代性’”①。这一定义抓住了人类生存的三个基本向度：时间、空间和存在。显而易见的是，关于时间与空间、自我与他人、生活的各种可能的经验是转瞬即逝的。

路易·沃斯将现代都市—工业社会同传统的乡村民俗社会做了对比。他认为，都市主义是一种全新的生活方式。由于都市人的来源广泛，背景复杂，流动频繁，这样，民俗社会的血缘纽带、邻里关系和世袭生活等传统情感已不复存在。都市人之间的交往日益密切，但这种交往只是表面化的，非个性化的，“都市社会关系的特征是肤浅、淡薄和短暂”②。

### （二）世界的碎片化

如果说现代生活给人的感觉是过渡的、短暂易逝的、偶然的，那么其后果便是，事物的昙花一现难以保持历史连续性的感受，其历史意义必须从巨大的破坏性力量中去发现，这样现代性本身就具有一种内在断裂和分裂的过程，世界失去了总体性，成了一个碎片化的原子世界。对碎片意义的强调使得本雅明拒绝了卢卡奇有关“总体性”的原则，而以碎片作为始点来研究现代性。克拉考尔指出：“本雅明自己把他的著作称作单子论，它与在普遍观念中寻求维护世界的哲学系统相对立，与抽象的一般化相对立。”③

现代生活被瞬间性所主宰，分裂成偶然的碎片，构成一个色彩斑斓的印象之流。“从一个地区到另一个地区，呈现在我们面前的都市恰似一幅浮华世态的镶嵌画。”④

与现代生活的短暂易逝和碎片化的感觉相适应，现代人与现代生活之

---

① 马歇尔·伯曼. 现代性的昨天、今天和明天//汪民安，陈永国，张云鹏. 现代性基本读本. 开封：河南大学出版社，2005：615.

② 路易·沃斯. 作为一种生活方式的都市主义//汪民安，陈永国，张云鹏. 现代性基本读本. 开封：河南大学出版社，2005：706.

③ S. 克拉考尔. 有关本雅明的作品. 法兰克福时报，1928-07-15.

④ 路易·沃斯. 作为一种生活方式的都市主义//汪民安，陈永国，张云鹏. 现代性基本读本. 开封：河南大学出版社，2005：707.

间存在着一种互动的复杂的经验关系。现代生活铸造了现代意义上的个体，铸造了他们独特的感受，铸造了他们的历史背景，同样这个现代个体对现代生活有一种前所未有的复杂想象和经验。这样的现代生活铸就了独特的现代性主体：闲逛者、拾垃圾者、纨绔子弟、女同性恋者、赌徒等。

### （三）新奇

新奇是现代性的重要特质之一。现代之所以是现代的，是因为它与过去截然不同。现代性的发生是现代同过去的断裂，这种断裂有制度的断裂、观念的断裂、生活的断裂、技术的断裂、文化的断裂等。从历史的角度来看，这种断裂可以理解为现代都市生活同传统乡村民俗生活的断裂。从生活品质的角度来看，这种断裂可以理解为现代生活的碎片化与前现代生活的总体化的断裂。正是现代生活碎片化的断裂特征使得它跟传统的整体性的有机生活发生了断裂。

断裂处必有创新。尼采在对现代性的激进批判中，将现代性视为颓废，现代性最终成为"永远同一的永恒轮回"，人性永恒不变的实质在狄俄尼索斯的神话形象中得到了恰当的表达：这是一种"破坏性的创造"，也是"创造性的破坏"。"创造性的破坏"对于理解现代性十分重要。因为不破坏过去的东西，就不可能创造一个新的世界。现代性概念中"新奇"的过渡性与时间意识的变化联系在一起，这既是对线性进步观的挑战，也是对艺术创新的倡导。

波德莱尔在《现代生活的画家》中赋予现代性概念现代意义，其重点放在"新奇"（nouveauté）上，甚至将现代性等同于"新奇事物"。本雅明的现代性理论强调经验的不连续性，他将"现代性"界定为"由来已久的存在背景中的新奇"①。在《发达资本主义时代的抒情诗人》中，本雅明指出："新奇是独立于商品使用价值的一种品质，它是集体无意识意象绝无仅有之显现的本源，它也是那种错误意识的实质所在，这种错误意识不断地由时尚促成。这种新奇现象会被不断地反映出来，就像一面镜子反照在另一面镜子里一样。"② 弗里斯比认为，"对现代性来说，最重要的是'新奇与永远同一'的辩证，它重现在新与旧、现代性与古代性、现代性

① Walter Benjamin. The arcade project in Walter Benjamin：Selected Writings I. Cambridge MA，1996：1010.

② 瓦尔特·本雅明. 发达资本主义时代的抒情诗人. 王才勇，译. 南京：江苏人民出版社，2005：182.

与神话、时尚与商品的并行不悖之中”①。马泰·卡林内斯库认为，“现代性广义地意味着成为现代（being modern），也就是适应现时及其无可置疑的新颖性（newness）”②。

“现代性”所倡导的“新奇”是本雅明所说的“光韵”艺术，艺术家必须创造出一种韵味，这种韵味是原创的、独特的，能够以一种垄断性的价格在市场上打开销路，因此，现代艺术家十分重视形式上的创新。

**（四）现代性是城市的现代性**

从空间的视角来看，现代性指的是城市的现代性。这可以从两个方面来看：一是指现代性肇端于城市，二是指现代性是一种大都市现象。

路易·沃斯认为，“大城市的发展标志着文明发展史上鲜明的现代时期的开始”③。波德莱尔的现代性和现代生活指的是大都市的风光，他的现代性思想将艺术家界定为能够将其视域集中于城市生活平凡主题之上的人，从而在逝去的时光中抽取永恒。大都市中熙熙攘攘的人群，娇艳、神秘、复杂的女人，冷漠、骄傲的闲逛者，他们共同编织了巴黎街道的风光，仿佛一个巨大的万花筒，丰富多彩、瞬息万变，并呈现出“运动的魅力”。这种瞬息万变的生活既是现代性的，也是艺术和审美的对象。

在齐美尔那里，都市生活是现代生活的重要表征，都市是现代生活世界的空间场所，也就是说，现代性所浮现出来的日常生活只有在都市中才能得以表达。现代性必须在都市中展开，二者不可分割。

本雅明的一生致力于城市现代性的研究，选择 19 世纪的巴黎城来展示现代性史前史。他之所以选择巴黎城，因为“城市既具有现世的位置，又具有历史的位置”，通过辩证意象可以展示一个物化世界，从而唤醒“梦中集体”。都市拱廊街的建筑形式、地下隧道、林荫道、广场、时尚以及城市的闲逛者、妓女、摄影、电影、侦探小说等，都在他的理论关注之下。

詹姆逊提出了“现代性的断裂”这一概念，无疑，这一断裂具有双重意义。现代性既与前现代性发生断裂，也与后现代性发生断裂。前现代性植根于乡村生活和宗教生活，现代性则主要发生于世俗化的都市生活中。

① 戴维·弗里斯比. 现代性碎片. 卢晖临，周怡，等译. 北京：商务印书馆，2003：284.

② 马泰·卡林内斯库. 现代性、现代主义、现代化//汪民安，陈永国，张云鹏. 现代性基本读本. 开封：河南大学出版社，2005：250.

③ 路易·沃斯. 作为一种生活方式的都市主义//汪民安，陈永国，张云鹏. 现代性基本读本. 开封：河南大学出版社，2005：700.

现代都市呈现了现代性的面貌：纵横交错的街道、熙熙攘攘的都市人群、琳琅满目的商品。这些纷繁、喧嚣、瞬息万变的都市意象不断地将人撕成碎片。都市既是现代性的载体，也是其表征。

大卫·哈维认为，1848 年之后，现代性在很大程度上是一种都市现象，“它存在于一种对于都市爆炸性增长的体验，强大的乡村向都市移居的潮流、工业化、机械化、建设环境大规模的重建和政治上以都市为基础的各种运动的一种不安定的却复杂的关系之中”①。

城市是现代性的发源地，也是表征现代性最重要的舞台。纷纭繁多的人生观在都市中共存，现代都市是一个体验多元性、现代性的关键场所。

## 三、“文学伦敦”的现代性

从城市的发展史来看，人类城市的历史经过了城镇、城市、大都市和都市群等几个阶段。都市的英文是 metropolis，意思是大城市，如汉赋家笔下的“两都”“京都”“蜀都”等，斯宾格勒所谓的每一文化形态中所存在的“首邑城市”②。辞海对“都市”的解释是：“大城市。《汉书·食货志上》：‘商贾大者积贮倍息，小者坐列贩卖，操其奇赢，日游都市。’”③可见，都市是人类城市历史的高级空间形态，也是城市化进程的最高发展阶段。

在西方文化史上，都市主义（urbanism）占据着核心的位置，它既是政治秩序和社会骚乱的根源，也是智慧的源泉。马克思主义理论家雷蒙·威廉斯认为，现代性与大都市之间存在着密切的联系。都市的现代性体现在 19 世纪和 20 世纪初期的都市生活中。由于社会理论的都市化，城市空间范围的扩大，不少当代理论家将巴黎作为城市生活都市化和现代性的转喻，而将洛杉矶作为后现代的转喻④。诚然，作为理论想象的城市，巴黎确实有其独特的优势。故而，不少有重要影响的理论家将自己的著作定位于巴黎，如拉康、德勒兹、列斐伏尔、本雅明、德赛都、布尔迪厄、保罗·维里奥等。一些学者将巴黎视为现代性的转喻，主要是因为巴黎在艺术生产领域及文化结构中的特殊地位。巴黎被誉为艺术之都，是一系列艺

① 大卫·哈维. 现代性与现代主义//汪民安，陈永国，张云鹏. 现代性基本读本. 开封：河南大学出版社，2005：877.

② 斯宾格勒. 西方的没落. 陈晓林，译. 哈尔滨：黑龙江教育出版社，1988：353.

③ 辞海：第 6 版彩图本. 上海：上海辞书出版社，2009：500.

④ Mike Crange，Niget Thrift. Thinking Space. London：Routlege Press，2000：3－4.

术运动的故乡，不同的艺术流派雨后春笋般地在此涌现，它为现代生活提供了原文本（ur-text）。

但是伦敦是世界上第一个现代大都市，它无疑是现代性的发源地。从历史上来看，9—10 世纪，伦敦的人口就达到 1.2 万，到 15 世纪人口数量上升到 3 万～4 万人。以后的发展越来越快，到 17 世纪末伦敦成为欧洲最大的城市。19 世纪伦敦城市化快速扩张，往北向布鲁伯里、伊斯灵顿和圣约翰伍德扩展，往西、往南向帕丁顿、贝斯沃尔特、南肯辛顿、朗伯斯、克勒肯维尔、佩克汉扩展。19 世纪初伦敦大约有 100 万人口，但到了 19 世纪末就达到了 450 万人。仅 19 世纪 40 年代就大约有 25 万人口移居到伦敦，英国的城市人口达到全国人口的 50%，英国完成了早期城市化的进程。

1831 年，卡莱尔这样描写伦敦："这里的人们是那么地行色匆匆，就好像身后有什么东西在追赶着他们，让他们把自己的速度再加快一倍。他们的速度实在太快，为了保护自己的安全他们不能停一下看看彼此。"① 接着卡莱尔探讨了城里人之间的隔离，即"群聚环境"之间的隔离："他们坐在自己被砖块隔开的小隔间里，彼此是陌生人。这是一个巨大的集合体，由许多小系统构成，每个系统又处于一种无组织的混乱状态，它们的成员不是在一起工作，而是在一起互相争抢。"② 恩格斯指出："像伦敦这样的城市，就是逛上几个钟头也看不到它的尽头，而且也遇不到表明快接近开阔的田野的些许征象，——这样的城市是一个非常特别的东西。这种大规模的集中，250 万人这样聚集在一个地方，使这 250 万人的力量增加了 100 倍；他们把伦敦变成了全世界的商业首都，建造了巨大的船坞，并聚集了经常布满太晤士河的成千的船只。从海面向伦敦桥溯流而上时看到的太晤士河的景色，是再动人不过的了。在两边，特别是在岛里治以上的这许多房屋、造船厂，沿着两岸停泊的无数船只，这些船只愈来愈密集，最后只在河当中留下一条狭窄的空间，成百的轮船就在这条狭窄的空间中不断地来来去去，——这一切是这样雄伟，这样壮丽，简直令人陶醉，使人还在踏上英国的土地以前就不能不对英国的伟大感到惊奇。"③

卡莱尔与狄更斯是同一个时代的人，只不过比狄更斯年长 17 岁而已。

---

① Thomas Carlyle. J. A. Froude. London：Longmans，1882：9.

② Thomas Carlyle. J. A. Froude. London：Longmans，1882：14.

③ 马克思，恩格斯. 马克思恩格斯全集：第 2 卷. 北京：人民出版社，1957：303.

19 世纪中期，马克思与恩格斯也生活在伦敦。马克思在撰写《资本论》的时候，狄更斯在写作他的最优秀的城市小说，表达与思想家卡莱尔、马克思、恩格斯一样的城市观。

文学伴随着文明进步的步伐，及时反映、表现人类不断更新的经验、感受和情感，而城市的发展反过来又促进文学的变革与创新。文学与城市之间始终存在着密切的联系。理查德·利罕指出："城市是都市生活加之于文学形式和文学形式加之于都市生活的双重建构。"[①] 城市的兴起与小说的兴起之间的特殊关系在狄更斯的作品中表现得尤其明显。如果说波德莱尔的现代生活是在 19 世纪的巴黎都市中找到的，那么狄更斯的现代生活则存在于 19 世纪的伦敦。

在狄更斯生活的时代，伦敦处于不断的变化发展之中，它从一个中世纪的城市发展为世界上第一个现代都市。1812 年，当狄更斯出生时，伦敦还是一个马车盛行的城市，人们从城门进入，如查令门、新门[②]和肯宁顿关卡（Kennington Toll Gate）。在 1870 年狄更斯逝世（享年 58 岁）的那年，城门和城墙被拆除并在原址上重建。由于工业革命，特别是铁路和企业资本主义的发展以及英帝国的冒险，伦敦成了一个庞大的都市。这一巨变是令人难以想象的。它将地标连根拔起，并将城市空间与现代大都市的大街小巷联系起来。

狄更斯以伦敦为背景的大部分小说表现了 19 世纪伦敦都市的现代性，他不是将目光面向过去，而是面对着他亲眼看见的现代生活，正是在现代生活中发现了往往为我们所忽视的过渡、短暂、转瞬即逝的东西，并将它们鲜明生动地呈现出来，将读者和笔下的人物一道置于充满活力的环境中。

狄更斯呈现了 19 世纪伦敦都市现代性的主旋律和主音色：密密麻麻的贫民窟，绵延不绝的郊区，邋遢的工业综合体，街道迷宫，铁路轨道，铺天盖地的广告，浓烟滚滚的天空，映照着天空的工业大火和人工照明，报纸、电报、杂志、电话等大众媒介等。狄更斯的作品描绘了工业化初期活跃的街道及漫步街道所产生的短暂的、偶然的和转瞬即逝的现代性体验，这是现代城市的原型。

---

① 理查德·利罕. 文学中的城市：知识与文化的历史. 吴子枫，译. 上海：上海人民出版社，2009：3.

② 有着令人害怕的监狱。

都市中的人群不仅是艺术家如波德莱尔、巴尔扎克、雨果、爱伦·坡等，也是学者如马克思、恩格斯、本雅明等关注的重要主题，他们从不同的角度来研究都市中的人群。街道上熙熙攘攘的人群，突出特点是匿名性和陌生性。漫步街头，人流接连不断，但彼此并不攀谈，互不了解，不仅各自的身份处于匿名状态，而且各自的想法也不为人所知晓。

在当下的文化研究中，“人群”中的“闲逛者”成了有关都市现代性经验的表征。波德莱尔将“人群中的人”称为“闲逛者”；恩格斯对伦敦人群的描写表达了“人群”冷漠关系“非人性”的一面；在本雅明那里，人群是“被遗弃者”的避难所。其中，对“人群”这一形象的发掘最为独特的还是德国文化批评家本雅明。本雅明认为巴黎是最能表征现代性的19世纪都市，他将“人群”这一历史形象追溯到了法国诗人波德莱尔，进而追溯到美国诗人爱伦·坡的短篇小说《人群中的人》。由此，“人群中的人”对“闲逛者”的文化想象和文学阐释，为都市经验提供了一种新的阅读模式。正是爱伦·坡笔下的伦敦民众和在伦敦大街小巷中追逐人群的无名老人启发了本雅明对“闲逛者”的思考，但鲜为人知的是，爱伦·坡的无名老人、观察者“我”等形象受到了狄更斯的小说《老古玩店》的深刻影响。

在《老古玩店》中，“我”在城里漫步，在小耐尔的带领下见到了吐伦特老头，并尾随吐伦特老头漫游伦敦街道。“朦胧的夜色有利于他的闪避，他的影子很快就消失了。”① “我若有所思地望着我们刚刚离开的那条街，停了一下，我便折回原路上去。我在那房子前面走了几趟，还停在门口细听。一切都是漆黑的，寂静得象座坟墓。”② “但是我还在徘徊，不忍走开……我穿过马路……行人很少了，街上又惨淡又阴郁，几乎只剩我一个人了。一些从戏院出来的游手好闲的人，慌慌张张地从我身边经过，我还要不时给吵吵嚷嚷蹒跚着回家的醉鬼让路……时钟敲过了一点。我还是在那里踱来踱去，每一次总是向自己许愿，说这可是最后一次了，但是总会找到一种新的借口，又在背盟地踱着。”③《老古玩店》中的老人喜欢夜间出门，“他那憔悴的面孔，他那彷徨的神情，以及他那又不安又着急的表情”④。一直让“我”百思不得其解的是，“什么事情使他夜里出门，而

① 狄更斯. 老古玩店. 许君远，译. 上海：上海译文出版社，1980：15.
② 狄更斯. 老古玩店. 许君远，译. 上海：上海译文出版社，1980：15.
③ 狄更斯. 老古玩店. 许君远，译. 上海：上海译文出版社，1980：15.
④ 狄更斯. 老古玩店. 许君远，译. 上海：上海译文出版社，1980：16.

且每天夜里出门。我想起我所听到的离奇传说，想起大城市里所发生的黑暗和秘密罪行，往往多少年不能破案……我越是想找办法解决它，它越是变得猜不透。我继续在这条街上足足踱了两小时，最后，大雨倾盆而下，这时我也感到疲惫不堪，便就近找了一辆马车，折回家去”①。

其实，老人独自一人的时候就感到不自在，因此，他要加入到人群中去，到人群中去寻找自己的避难所。“一个人越是难找，他就越是可疑。”② 闲逛者穿过大街小巷、穿过人群去寻找一条道路，置身都市的人群引发的感觉是害怕、恐怖和震惊，人群的恐怖和人群的魅力相互重叠。他的闲逛漫无目的，只不过是东张西望地打量伦敦都市短暂易逝的街道景观，闲逛者走进人群，犹如走进一个梦幻般的社会，看的乐趣得到了尽情的满足。因此，他打量的目光是凝视伦敦都市的目光，一位异化者的目光。

闲逛者漫步于街头的人群之中并非出于日常生活的实际需要，而是为了寻求漫步于人群所带来的刺激：不断目睹新的东西，同时又不断对其做出快速反应。因此，他们虽然置身于人群之中，但又与其摩肩接踵的人保持一定的距离，他们不愿意在人群中完全迷失自己，因此要观察和体验自己怎样被簇拥，同时又快速寻觅自己的空间。他们在不断克服的“震惊经验”中也培养出了自己在其中做出快速反应的生存能力，体验到自己作为一个个体在熙熙攘攘的人群中获得一席之地的可能。人群由此成了闲逛者体验现代经验的场所。

伯杰在《现代性及其不满》中认为，剧烈变化的都市让人无所适从，现代社会的多元结构，“使得越来越多的现代人在极具差异、经常充满矛盾的不同社会语境之间游走不定，居无定所”③。这一现代性思想在《老古玩店》中有着生动的体现。女主人公小耐尔是个纯洁无瑕的 14 岁少女，一个孤儿，与外祖父相依为命。外祖父开了一家老古玩店。因为沉溺赌博，外祖父落入高利贷商奎尔普的魔掌，破了产。奎尔普觊觎小耐尔。为了摆脱奎尔普的魔掌，小耐尔搀扶外祖父趁着黑夜逃出伦敦，来到乡下。一路上，小耐尔受尽劳苦，还时常为外祖父深陷赌博恶习而忧心，最终夭

① 狄更斯. 老古玩店. 许君远，译. 上海：上海译文出版社，1980：16.

② 瓦尔特·本雅明. 发达资本主义时代的抒情诗人. 王才勇，译. 南京：江苏人民出版社，2005：40.

③ 彼得·伯杰. 现代性及其不满//汪民安，陈永国，张云鹏. 现代性基本读本. 开封：河南大学出版社，2005：877.

折。几天后外祖父也因心碎倒在她的墓旁。

共同情感的匮乏、阶层和地位的差异，职业分工引起的个体的单子化，人与人之间的隔膜日益加深，在熙熙攘攘的人群中，个体不仅得不到温暖，而且倍感孤独和冷漠。这是现代生活方式的特点。现代都市人在频繁的流动迁移中一再被抛向无家可归的境地，居无定所，现代都市中的个体必须直面瞬息万变的都市生活。

狄更斯从凝视伦敦生活开始，从中创造出伦敦生活的现代性。为此狄更斯在小说形式方面做了大胆的探索和创新，主要表现在：运用表现力的叙事风格，文学蒙太奇、内心独白、文学机器装配、戏拟模仿等艺术表现手法，运用空间叙事、视觉叙事、声音叙事等现代叙事形式。这些内容将在后面进行探讨，在此不赘述。

# 第一章　都市空间与街道美学

文学与城市之间始终存在着密切的联系。多琳·马西将城市描述为“许多故事的交叉点，一系列独特的、共存的故事的汇聚点”①。伊安·辛克莱认为，“城市是一个更加黑暗的自我：犹如剧场，充满可能性，我可以让从未出现的生命在剧场试演”②。

首先，城市里具有文学所必需的条件：出版商、赞助者、图书馆、博物馆、书店、剧院和刊物。城市历来是思想文化交流的中心，这里也有激烈的文化冲突以及新的经验领域：压力、新奇事物、辩论、闲暇、金钱、人事的变更、来访者的交流、多种语言的喧哗、思想和风格上的交流等。其次，城市的兴起与潮起潮落的文学运动相关联，尤其与各种叙事模式有着不可分割的联系。这些模式依次包括乌托邦小说、哥特式小说、侦探小说、外省青年小说、帝国冒险小说、西部小说、科幻小说以及反面乌托邦小说等等。

从西方文学史来看，西方文学的源头——古希腊的荷马史诗《伊利亚特》就是以城市为题材的。《伊利亚特》用诗的语言叙述了发生在古希腊与小亚细亚的一次城邦战争——特洛伊战争。之后，以城市为题材的作品层出不穷。奥古斯丁的《上帝之城》写的是一座无形的城市，只有在历史的终点才露出真相，只有在生命结束时才能抵达。康帕内拉的《太阳城》在太阳城六个城区的内外城墙上绘制了各种精美的图案，这些图案构成了太阳城景观的主要部分。16 世纪英国的人文主义者托马斯·莫尔的《乌托邦》问世之后，“乌托邦”成为模范城市的代名词。

18 世纪，英国开始出现以伦敦为题材的小说。斯摩莱特的《蓝登传》

---

① Doreen Massey. Making connections，in conversion with Karen Lury. Screen，1999，40(3)：171.

② Iain Sinclair. Conductors of chaos：a poetry of anthology. London：Picador，1996：7.

(1748)中的同名主人公蓝登在还很小的时候，父亲因不堪祖父的暴虐离家出走。在没有父爱的环境中成人后，蓝登与一名侍从来到伦敦谋生并生活了很长一段时间。经过努力拼搏他获得了医师资格，当上助理海军医生，在海上经历过种种磨难，一度沦为奴仆并爱上主人的侄女。后来由于爱情无望返回伦敦，又因债务而被关进监狱。后来被其叔父救出，在西班牙遇见多年未见但已经成为富翁的父亲，从此过上衣食无忧的生活。菲尔丁的四部长篇小说《约瑟夫·安德鲁斯》(1742)、《大伟人江奈生·魏尔德传》(1743)、《汤姆·琼斯》(1749)、《阿米利亚》(1751)也涉及伦敦，特别是《汤姆·琼斯》，小说的后半部分基本上是写汤姆在伦敦的经历。

到19世纪中期工业革命基本完成之时，与大城市的发展相适应的全新的文学——城市文学也在破土而出，这预示了都市作家狄更斯的出场。

## 一、“伦敦佬”狄更斯：城市经验的体验者与表达者

个人经验孕育文学作品。狄更斯的人生经验是城市经验。狄更斯于1812年2月7日出生于朴次茅斯市郊的波特西地区，他的父亲约翰·狄更斯是英国海军军需处的一名小职员，虽然薪水不高却嗜酒好客，挥霍无度，以致经常入不敷出。1821年，9岁的狄更斯与家人一道离开查塔姆来到都市伦敦。狄更斯用在查塔姆时的梦想和浪漫来观察伦敦，常常独自跑到修道院花园去观察人生世相。传记作家约翰·福斯特这样写道：童年的狄更斯“只要别人把他带到市郊去玩一遭，特别到修道院花园①和河滨一带，他简直喜出望外。最使他反感的地方是圣·贾尔斯②。只要他能够说服那个带他出去散步的人带他穿过一个叫‘七街日晷’③的地方，绕过圣·贾尔斯，他就无比高兴。因为在这里他看到了一幅由罪恶、贫穷和乞讨组成的光怪陆离的世界”④。对于狄更斯来说，最为重要的是，他9岁时最大的快乐来源于“光怪陆离”的大都市景观。

狄更斯12岁时，他的父亲约翰·狄更斯由于无力偿还债务，被关进

① 那时的修道院花园不仅以大戏院和市场而闻名，而且以流连忘返的成群结队的闲逛者而闻名，他们靠捡拾市场的垃圾、打零工过活。修道院花园的贫民（肮脏的男人、女人和儿童）让狄更斯感到震惊。修道院花园在狄更斯的小说中成了都市的符号，它与伦敦的历史剧院代表国家的文化中心，但也充斥贫穷和乞讨。

② 臭名昭著的罪犯贫民窟。

③ the Seven Dials，伦敦地名，七条街道在此汇合于一根柱子下。在19世纪前半期，七街日晷是伦敦最脏最乱的贫民区。

④ John Foster. The life of Charles Dickens. New York：Everyman's Library，1966：14.

债务人监狱。他们一家搬到伦敦最穷最脏的贝赫姆街，狄更斯必须为全家人擦皮鞋，照看弟妹，在家和监狱之间来回奔波，跑腿办事。为节省开支，母亲和弟妹干脆搬进马夏尔西监狱，和父亲住在一起。狄更斯则被送到亨格福特码头的黑鞋油作坊当童工。狄更斯在黑鞋油作坊干的活是盖鞋油瓶：先蒙上一层油纸，再加上一层蓝色的纸，然后用一根小绳捆上一圈，再从四周把纸拉紧包整齐，使这鞋油瓶像从药店买来的体体面面的一瓶膏药，最后还在每个瓶子上贴上一张印好的商标。为了一个星期几先令的薪水，这个曾经雄心勃勃的孩子从早到晚站在临街的作坊里装鞋油瓶子，贴标签。狄更斯白天在外做工，每逢星期日领到薪水就买些食物去监狱看望父母弟妹。由于狄更斯相貌英俊，捆鞋油瓶盖的技术又十分娴熟，他被工头安排在窗前当众干活兼做示范表演，出丑卖乖。“这段经历对一个 12 岁的孩子几乎意味着一生，它在幼年狄更斯心底造成了强烈的‘被遗弃感’，成为他一生挥之不去的耻辱和辛酸的回忆，以至于狄更斯从小就沉湎于街道。”①

狄更斯 15 岁就永远离开了学校，到伦敦的布莱克默律师事务所当抄写员，学会速记后他离开事务所到“博士民事法院”当速记员，并为《议会之镜》报采写有关议会活动的新闻报道。这些工作让狄更斯有机会经常出入法庭和监狱，走遍伦敦的大街小巷，广泛了解社会各方面的生活，熟悉英国下层人民的生活，也使他有机会了解法院和议会政治的肮脏内幕，加深他对英国法律界的认识，为他一生的创作准备了丰富的素材。

21 岁那年，正当狄更斯踌躇满志、展翅欲飞的时候，玛丽亚·比德内尔拒绝了他的求婚，爱情悲剧使他陷入悲伤愁苦之中。“失败的创伤使得他竭尽全力去治愈”，最终狄更斯发现“悲伤或烦恼被放大到怪诞的程度，可以用魔法去祛除”。“如果个人情感被当作理解和同情其他生物的手段时，就可以超越。”② 狄更斯童年时期在黑鞋油作坊的这段经历与日后他的初恋对象玛丽亚挑逗他又将他抛弃所造成的心理创伤，一起构成了狄更斯一生不断奋进的强大动力。

在英语世界的经典作家中狄更斯是十分独特的。他一生创作了 15 部长篇小说，20 余部中篇小说，数百篇短篇小说，一部特写集，两部长篇

---

① 蔡熙. 狄更斯的城市小说探赜. 沈阳师范大学学报，2012 (1).

② 埃德加·约翰逊. 狄更斯：他的悲剧与胜利. 林筠因，石幼珊，译. 天津：天津人民出版社，1992：81.

游记，一部《儿童英国史》，另外还有大量演说词、书信、散文、杂诗等，为人类留下了珍贵的文学遗产。评论家温德尔·斯泰西·约翰逊指出："如果被问及最重要的英国小说家的名字，如今受过一定教育的人也许会说狄更斯。如果我们想想什么是小说，我们就会欣然同意这一观点。简·奥斯汀展示了世俗的机智幽默，乔治·艾略特展示了更鲜明的道德和智力一致性，亨利·詹姆斯则展示了更精致的叙事焦点。狄更斯虽然有时笨拙，有时散漫不简洁，但却保持了在英语小说艺术中的最杰出地位。"① 他的作品不断地被改编为戏剧、电影、电视剧，便可见一斑。狄更斯既是学术研究的焦点，又是大众文化的巨人。从中小学的阅读书目到大学教科书都有他的作品。"在英国，狄更斯的头像被印制在邮票和钞票之上。他不仅是内销商品，还是出口商品。在北美，无论是地方媒体还是国家级媒体，没有哪一天不谈及狄更斯。《圣诞欢歌》几乎获得了神话般的地位，导致形形色色的滑稽模仿和盗版，可以说狄更斯成了世界性的文化文本。"② 尤其值得指出的是，狄更斯还奔赴全国各地，甚至到美国巡回朗读自己的作品。他永远不安于现状，永远不满于自己和社会，身后留下价值 93 000 英镑的产业。

狄更斯是个地地道道的"伦敦佬"③。1836 年狄更斯的第一部作品《博兹特写集》④ 一付梓，学术期刊就开始发表相关评论，其中为《审查人》撰稿的匿名评论家指出："狄更斯塑造的人物是伦敦佬漫画式的人物形象。"⑤ 此后，关于"伦敦佬"这一表述多被袭用。1838 年发表在《旁观者报》上的一篇匿名评论在肯定狄更斯的创作才能和《奥立弗·退斯特》中的人物塑造时指出："博兹笔下的盗贼，他们的伙伴，还有那些伦敦佬则是有血有肉活生生的人物。"⑥ 马克思主义批评家弗兰茨·梅林认为狄更斯是不折不扣的"伦敦佬"，"狄更斯深知城市的底细。他善于以极其敏锐的目光去理解它的各种社会典型并使之体现于栩栩如生的人物形象

① Wendell Stacy Johnson. Charles Dickens new perspectives, introduction. New Jersey: Prentice-Hall, Inc, Englewood Cliffs, 1964: 1.

② 蔡熙. 当代英美狄更斯学术史研究（1940—2010 年）. 长沙：湖南师范大学，2012.

③ a cockney，指在伦敦生活，并在伦敦谋生，熟悉伦敦底细的人。

④ 全称为《博兹特写集：日常生活和普通百姓的写照》。

⑤ Kathryn Chittick. The critical reception of Charles Dickens 1833 - 1841. New York: Garland, 1989: 61.

⑥ An Unsigned Article, "Reviews of Oliver Twist." Spectator, 24 November 1838, xi, p. 1114 - 6.

之中，其中许多形象直至今天仍受到各国人民的喜爱。在世界声誉上，匹克威克先生和他的仆人山姆·维勒可以与堂吉诃德和桑丘·潘相媲美”①。弗兰茨·梅林的评价基于对狄更斯创作的深刻理解，有一定的代表性。他的评价被翻译至几个国家，成为狄更斯研究领域的重要参考文献之一。意识流小说的杰出代表詹姆斯·乔伊斯在1913年撰写的纪念狄更斯诞辰一百周年的文章中也认为用“伦敦佬”来形容狄更斯更为全面和妥帖。他指出：

> 人们给他起了个绰号——“了不起的伦敦佬”：没有另外哪个称谓能如此妥帖而全面地描绘他了。一旦他走向远方——到美国（如《美国游记》）或到意大利（如《意大利风光》），他那提笔之手就似乎丧失了原来的灵巧。没有什么比《马丁·朱述尔维特》中的美国章节更为乏味，因而更缺乏狄更斯特色了。如果要狄更斯感动你，可千万别让他离开伦敦到听不见玛丽·勒·博教堂的钟声的地方去。在伦敦，他处于故国的心脏地带，是他的王国与力量的根据地。伦敦生活是他的命根子；他对这种生活的感受，比他之前和之后的任何作家的感受都要深刻。这个大都市的颜色、熟悉的噪音和独特的气味都汇集在他的作品里，就像一曲浩瀚的交响乐，其中交织着剪不断理还乱的幽默与悲伤、生存与死亡、希冀与绝望。可如今我们却很难欣赏这一切了，因为我们离他描绘的景色太近了，对他的有趣而感人的角色太熟悉了。但是，他最后站稳脚跟还是倒下去，凭借的肯定是有关他那个时代的伦敦的故事。《巴纳比·拉奇》，尽管故事的背景设在伦敦，尽管其中部分章节甚至可以与笛福（我可以顺便提一下，笛福是比人们通常所想象的更为重要的作家）的《瘟疫年记事》相媲美，但是并未体现狄更斯最擅长的本领。他擅长的领域不是描写乔治·戈登勋爵时代的伦敦，而是改革法案时期的伦敦。诚然，地方郡县，即“长满雏菊的斑驳草地”的英国乡村，也出现于他的作品中，但总是作为故事的背景或铺垫而已。狄更斯本来可以更真实更贴切地把帕默斯顿勋爵的“我是罗马公民”应用于自己身上。老实说，这个尊贵的勋爵能在那个难忘的时刻成功地把心里所想与嘴上所说完全颠倒过来（格拉斯顿着意指出了这一点，除非我的记忆有误）。帕默斯顿勋爵心里想说自己是个罗马帝国拥护者，可嘴上却说自己是个小英格兰人。事

① Franz Mehring. Aufsatze zur auslandischen Literatur. Vermischte Schriften. 1963：45－50.

实上，狄更斯是不折不扣的伦敦人。①

狄更斯9岁到伦敦，在伦敦的大街小巷闲逛成为他体验都市生活、洞察人性的方式。伦敦繁华的商业金融中心，肮脏不堪的贫民区，偏僻荒凉的郊野，悲惨的城乡接合部，积满淤泥的河滨，机关办公楼，律师事务所，监狱，坟场墓地……无处不留下他的足迹。他一生跌宕坎坷，职业上从法庭速记员、新闻记者、小说家、杂志编辑，到慈善家、业余戏剧制片人、演员，生活上从结婚、抚养孩子，到分居、离婚，狄更斯一直生活在第一座世界性的现代都市——伦敦。他在伦敦生活了40年（除了出国旅行、海滨度假等短时间中断以外），甚至在他买下盖茨山庄以后，他还维修了修道院花园附近的房子。他在盖茨山庄逝世的前夜，还准备第二天去伦敦街道闲逛。逝世后的狄更斯被葬在伦敦的威斯特敏斯特教堂。

狄更斯不仅熟悉伦敦的街道，也熟悉街上的人。利尔回忆说："他会学伦敦街上的下层人物，学各式各样人的语言举止，学得维妙维肖，无与伦比。不论二流子，卖水果的，还是别的什么人，学什么象什么。"② 狄更斯的独特性在于，他的一生是合着伦敦的节拍走过来的，雄心勃勃、无所不包、敏捷机智、充满矛盾、精力充沛、活力四射。这也是他的小说风格的标志。1866年狄更斯自豪地宣称，"在伦敦几百万人中，没有谁比我更了解伦敦"③。

著名学者A.D.阿德考特在《奇妙的伦敦》一书中列举了包括狄更斯在内的一系列伦敦文化名人，他指出："在伦敦出生的名人，艺术家、诗人、小说家、政治家，要比帝国其他城市多得多。许多即使不是出生在伦敦的人，如康格利夫、约翰逊博士、菲尔丁、理查生、谢里丹、狄更斯、萨克雷、卡莱尔、惠斯勒等，也把伦敦当作自己的出生地，变成了伦敦人。"④ 但是用自己的名字来为伦敦命名的，只有狄更斯。

20世纪中叶英语世界最重要的马克思主义文化批评家雷蒙·威廉斯指出：

---

① 赵炎秋. 狄更斯研究文集. 蔡熙，刘白，赵炎秋，译. 南京：译林出版社，2014：80.

② 埃德加·约翰逊. 狄更斯：他的悲剧与胜利. 林筠因，石幼珊，译. 天津：天津人民出版社，1992：59.

③ Philip Collins. Dickens：interview and recollections. London：Macmillan Press，1986：326.

④ A. St. Hohn Adock. Famous house and literary shrines of London//Wonderful London. Silver Jubilee edition，The Amalgamamated Press，Ltd，163.

> 狄更斯的城市是伦敦，而在我看来，伦敦虽然支配着国家和城市的发展，但有多方面的特殊性：与狄更斯的独创成就有关。
>
> 在更全面的意义上，他对城市的理解，也就是对伦敦不同事实的理解，这与他的兴趣和天才是吻合的。①

19世纪不仅是英国工业化和城市化高度发展的世纪，也是小说成熟和繁荣的时代，是文学名家辈出的时代，除了狄更斯之外，还有萨克雷、乔治·艾略特、亨利·詹姆斯、丁尼生、盖斯凯尔夫人等。虽然他们的作品中写到了伦敦或英国的其他城市，但他们的作品无法成为伦敦的符号和缩影。

萨克雷的作品远离了现代城市回到了过去，他的小说《名利场》虽然写的是城市，但那是对滑铁卢时代和19世纪20年代中产阶级和上层阶级生活的描绘，是上流社会的城市历史。乔治·艾略特的大自然是以英国乡村为背景建构的世界，哈代在评价乔治·艾略特的小说时指出，乔治·艾略特从未接触过田野的生活，对她来说，她写的乡下人更像是小镇居民，而不像是乡下人。乔治·艾略特、亨利·詹姆斯的作品只能让少数读者感兴趣。雪莱曾在诗中如此描写19世纪初的伦敦："地狱是个很像伦敦的城市，人口众多，烟雾弥漫的城市。这里有各种各样被毁掉的人，却极少或者没有快活的事情，公正不多，而怜悯更是少见。"② 在雪莱的诗句中，仅仅是对伦敦城与伦敦人的怨恨与控诉。19世纪能够像狄更斯那样精确地描绘城市经验的复杂性和悖谬性的小说家是盖斯凯尔夫人，但她与狄更斯不同，盖斯凯尔夫人所写的城市是工业冲突的中心——曼彻斯特，而不是都市伦敦。《玛丽·巴顿》描写的是工业中心的阶级斗争。伦敦的贫民窟虽然与曼彻斯特一样糟糕，但伦敦的社会关系更加复杂神秘，也就更加难以捉摸。同时，城市理念与工业理念有着明显的不同。如果将它们等同起来，就会误读狄更斯的作品。工业小说再现的城市是千篇一律的，狄更斯的独创性在于他呈现了伦敦最引人注目的现象——城市经验的混杂性(miscellaneity)、多样性、偶然性和瞬间性，这才是城市的真正内涵。

狄更斯虽然出生于乡下，但他来到伦敦后，与他身处的时代融为一体，从而成为那个以工业化和城市化的快速发展为特色的维多利亚时代的符号与缩影。

---

① Raymond Williams. The country and the city. London: Oxford University Press, 153.

② 雪莱. 雪莱诗选. 江枫，译. 北京：中央编译出版社，2004：69.

第一，狄更斯以诗性的方式表现了英国城市化进程中从乡村向城市转变的复杂心绪。狄更斯生于农村，长于农村，9岁时才随家人来到伦敦。伦敦是个拥挤而喧闹的城市，如同一头金属怪物，整天机器轰鸣。田园般的乡村遭遇到扩张中的伦敦的蚕食，勾起了狄更斯对昔日宁静、闲适、纯真的乡村田园生活的怀旧情怀。

> 普罗尼希太太小店的客厅是在她亲自监督下布置的，靠店堂的那一面，还来了一点创意。普罗尼希太太对此真有说不出的高兴。客厅的诗意之隆重在于客厅的墙壁漆得像一座茅屋的外部。那位画家还用了真的门，真的窗，为了要与门、窗大小极不相称这一点一致起来，他采用了效果极好的手法，并不艳丽的向日葵与蜀葵，画得非常茂盛，在这所村舍里长得郁郁葱葱，烟囱里升起了一股浓烟，说明屋里有好酒好菜，也可能是烟囱近来不曾扫过。画里还有一条忠实的狗，从门槛里奔出来，跑到了那常客的脚边。花园木栅栏里面竖着一座圆形的鸽舍，四周满是鸽子。门上（关着便能看到）有黄铜名牌模样的东西，名牌上写的是“快活村，托·普罗尼希与玛·普罗尼希太太”，这合股关系，说明他们是夫妻。什么诗歌，什么绘画，它们给予人的想象的魅力，都不及这所仿制的别墅名牌上两个名字的结合那样叫普罗尼希太太陶醉。普罗尼希放工回家，总习惯靠在这别墅上抽他的烟斗，这时候他的帽子便遮没了那鸽舍以及围满鸽舍的鸽群，他的脊背掩盖了那所村舍，插在口袋里的两手便毁了这姹紫嫣红的花园，使邻近的乡村变成了荒野，在普罗尼希太太看来，这些都是无关紧要的。对普罗尼希太太来说，它依旧是一座美丽的别墅，一种妙不可言的假象。普罗尼希的眼睛比茅屋山墙卧室还高出几英寸，也没有什么关系。走出别墅关上门，来到店堂，听着父亲在别墅内唱着歌，对普罗尼希太太来说纯然是一首牧歌，是黄金时代的再现。其实，倘若这个闻名的时代果真再现，或者果真存在过，这样的时代是否就能造就出比这个可怜女人更值得衷心赞美的儿女，恐怕仍有疑问。①

在林林总总的怪念头和荒诞之中，普罗尼希太太的“快活村”在城市的艰难困苦中庆祝田园牧歌的永恒。纯朴的乡村图像——茅屋、忠实的狗、鸽舍因她那年迈的父亲的古老歌曲而得以强化，从而保存了伦敦被吞

① 狄更斯. 小杜丽. 金绍禹，译. 上海：上海译文出版社，1993：796－797.

噬的遗迹。城市使空间饱和并填充了空虚，于是大都市中心房屋的背面有一个兴隆的拱廊仪式，很久以前的仪式。

在《远大前程》中，当皮普解除与姐夫乔·葛吉瑞的师徒合同，从乡村到伦敦去谋生并寻求他的“远大前程”时，狄更斯把城市世界与乡村世界做了一番对比。皮普的人生因他去伦敦而变得完全不一样。在伦敦他必须改变自己，以服从新的个人命运为目标。乡土生活的价值观体现在乔·葛吉瑞和毕蒂身上，他们生活卑微却乐天知命。与此不同的是，城市对皮普的召唤所引发的一系列事件，导致了他对生活的不满足感，并激发了皮普对有悖他道德天性的东西的欲望。他与家庭断绝关系，因为他为家庭成员们的卑微地位感到难为情。他将自己的命运交给孤独的城市，并对金钱和物质财富垂涎三尺。马格韦契和康佩生都从沼泽地中现身，穿越泥潭，来到公墓教堂。康佩生是邪恶的极端化身，他几乎影响了小说中的所有人物。受到直接影响的是马格韦契和郝薇香小姐，通过这两者又间接影响到艾斯特拉。狄更斯把“沙堤斯庄屋”、沼泽地、墓地和环绕庄园的荒芜花园联系在一起。皮普城市之旅的出发点和回归正是这座未开垦的花园，它是小说的核心。无论是在沙堤斯庄屋还是在城市，皮普都违背了自己的是非观和诚实本性，背叛了自己所有珍爱的东西。

第二，狄更斯的文学想象表现了对伦敦“爱恨交织”的复杂心绪。对狄更斯来说，城市在某种程度上是个有魔力的地方。他在一篇题为《误入歧途》的文章中回忆说，他曾经在一个不知姓名的某人带领下去参观圣吉尔斯区，后来不知不觉与这位成年同人走散了，于是他独自一人在伦敦的大街小巷闲逛，时刻都在观察周围“宏伟而神秘”的一切：他遇见了一条狗，吃了一根香肠，看见了宏伟的伦敦市政厅，还把伦敦金融城里的每个商人想象成神话故事里的人物。就算一个人迷了路，他仍然因为坚信一切都是美妙的而备受鼓舞。这是一个充满好奇心和期待的小男孩形象。在早期小说《尼古拉斯·尼克尔贝》中狄更斯对伦敦不乏溢美之词。在他笔下，伦敦是一个海纳百川的地方，能将 1 000 种世界结合成一个有机体。

随着工业化和城市化的进一步发展，科学技术的力量日益增强，生产力大幅度提高，但城市却越来越趋向于物质实利，人的精神变得日益萎缩，甚至导致人性的丧失。生态环境也遭到严重破坏，伦敦的社会问题越来越多，这从恩格斯对圣詹尔士的描述就可见一斑，他指出：“圣詹尔士位于该市人口最稠密的地区的中心，周围是富丽堂皇的大街，在这些街上闲逛的是伦敦上流社会的人物，这个地方离牛津街和瑞琴特街，离特拉法加方场和斯特伦德都很近。这是一堆乱七八糟的三四层的高房子，街道狭窄、弯曲、肮脏，热闹程度不亚于大街，只有一点不同，就是在圣詹尔士可以看到的几乎全是工人。在这里，买卖是在街上做的；一筐筐的蔬菜和水果（所有这些东西不用说都是质量很坏的，而且几乎是不能吃的）把路也堵塞住了，所有这些，像肉店一样发出一股难闻的气味。”① 在后期小说中，狄更斯对伦敦的厌恶情绪越来越深。

在《荒凉山庄》中对伦敦场景的描绘，愈来愈强地表现了对心灵的烦闷压迫之感。“我们坐着车子慢腾腾地经过世界上最肮脏、最黑暗的街道，我真不知道住在这些乱糟糟的街道上的人怎么保持清醒的头脑。”② 城市成了一个孤独的场所，因为整个家庭往往还遗留在庄园中；它还是一个没有道德原则的世界，完全靠金钱维系自身的运转。狄更斯决心要使这座城市变得人性化，把它带回到人性的范围之内。在《我们共同的朋友》中，城市染上的病菌比《荒凉山庄》更加严重。城市成了一个其大无比的垃圾倾倒场，人们在垃圾山中寻找度日的财富。泰晤士河作为伦敦城的血脉，流淌的是人类的残骸，没有人对城市的符号进行赋予意义的解读，没有人冲破神秘的迷宫，揭开谜底，拯救城市。如果说在《荒凉山庄》中伦敦还有救赎的可能，那么到了《我们共同的朋友》，伦敦已经成为一个不可救药的城市。因此，狄更斯对这个给他以灵感源泉的城市开始厌恶起来，1851 年，他写道：“我真诚地相信，伦敦是一个讨厌的地方。自从我在国外住过之后，我再也不喜欢他了。现在每当我从乡下回来，看到巨大而沉重的天空压在屋顶之上，就感到若不是任务在肩，那又何必去那儿做事情。”③ 1863 年，狄更斯在《英国的硬牛排》④ 一文中写道：“我只要在国外呆了任何一段时间，回来之后就会发现，与巴黎、波尔多、法兰克福、米兰和热那亚——几乎欧洲大陆任何一个最重要的城市——相比，我们英国首都的破破烂烂十分突出。与爱丁堡、阿伯丁、埃克塞特、利物浦以及像伯里圣埃德蒙等明亮的小镇相比，伦敦破破烂烂。与纽约、波士顿和佛罗里达相比，伦敦破破烂烂。详细地说，来自这些地方的任何一位陌生来客，人们可以说，都一定会觉得伦敦是个令人失望的、破破烂烂的地方。即使在罗马也没有比特鲁里街更破烂的地方。与巴黎的林荫道相比，摄政

① 马克思，恩格斯. 马克思恩格斯全集：第 2 卷. 北京：人民出版社，1957：307.

② 狄更斯. 荒凉山庄. 黄邦杰，陈少衡，等译. 上海：上海译文出版社，1981：40.

③ 赫·皮尔逊. 狄更斯传. 谢天振，等译. 杭州：浙江文艺出版社，1985：228.

④ 收录在后期的散文集《非旅行推销商札记》中。

街的简陋触目惊心，与巴黎的协和广场的美丽相比，特拉法尔加广场的烂尾工程的丑陋同样触目惊心。伦敦在白天破旧不堪，而在汽灯下则更加破旧。看了天黑之后的巴黎里沃利大街和皇宫，英国人才会知道汽灯该是什么样子。大多数伦敦人衣衫褴褛……也许在伦敦出售的旧衣服不如巴黎多，但是大多数伦敦人像穿着旧衣服，而在大多数法国人身上则看不到这副样子。"①

狄更斯对伦敦的感情一如《呼啸山庄》中的凯瑟琳·萧恩对希拉克利夫的感情。伦敦都市对他既有莫大的吸引力又令他讨厌（attraction of repulsion）。伦敦都市既吸引又排斥的力量为狄更斯的小说提供了深刻的主题和视点，在其小说中，城市与其说是一个地点，不如说是一种隐喻。对于狄更斯来说，"城市逐渐变成了类似于形式的东西"②。

在狄更斯笔下，伦敦既是一个繁华的都市，也是一个令他困扰、厌恶至极的城市，但不管怎样，伦敦又呈现了最令人难忘的时代巨变。狄更斯用并置的方式呈现了首都伦敦的财富与贫困、权力与堕落之间的两极对立：铁路既是"生命的血液"，又是"得意扬扬的怪物"。狄更斯的城市小说表达了对城市生活复杂而矛盾的态度，批判工业主义和机械文明但又赞美大都市的生机和活力，他对城市既爱又恨，但总的来说，恨远远多于爱。伦敦是狄更斯小说中的独特视角。后来的伦敦人通过狄更斯描述的视角来观察伦敦。

第三，狄更斯揭示了伦敦都市化过程中的城市观以及城市小说的内在含义。早在1855—1865年，狄更斯在写作其最后一部完整的小说《我们共同的朋友》的时候，在写作备忘录（memorandum book）的一段文字中，明确表述了城市这一概念的意义。"呈现伦敦——或巴黎或大地方——根据故事中所有人物完全不知晓的存在，并且只带有恐惧、幻想或想象的色彩，因此获得新的外观，一点儿也不像自己，奇特得令人难以信服。"③

20世纪中叶的马克思主义文化批评家威廉斯在《乡村与城市》中指出：

① 狄更斯．非旅行推销商札记．黄水乞，译．杭州：浙江工商大学出版社，2012：87.

② 马尔科姆·布雷德伯里．现代主义的城市//马尔科姆·布雷德伯里，詹姆斯·麦克法兰．现代主义．胡家峦，等译．上海：上海外语教育出版社，1992：77.

③ J. Hillis Miller. Charles Dickens：the world of his novels. London：Oxford University Press，1958：93.

> 狄更斯创造的新的小说类型——这一创造性成就起初有不少缺陷，但最终具有决定意义的是——可以直接与我们视为双重条件的东西相关——任意与系统，明显与模糊，这是城市的真正蕴含。在都市化时期，作为主流社会形式的小说尤其如此。
>
> 狄更斯最根本的伦敦观不是由地形或局部实例来证明，而在于小说的形式，叙事类型，描写方法，典型化的天才。我们用什么方法表达都不要紧。城市经验是小说方法，或者小说方法是城市经验。重要的是景观——不是单一的景观，而是连续的戏剧化——是书写形式。①

威廉斯认为狄更斯正在写作一种能够“表达独特城市经验”② 的城市小说，狄更斯的城市既是社会事实又是人类景观，他将人与物联系起来是有意识的策略，其目的在于关注城市生活对人的影响。

显而易见的是，狄更斯对城市的看法是独特的，他的城市概念是由城市中的每一个生命体构成的。任何人对世界的经验将它从其本来的样子变成世界的景观，这一景观赋予它新的“外观”，并使之奇特地扭曲了自己。对狄更斯而言，城市首先是成百成千的人在一个完全人性化的世界共同生存繁衍。因为人的完全人性化，所以城市不再有基督教的或浪漫主义的超越性。一切皆变成了对人类有价值的东西或成了人类相互沟通的手段，没有什么东西不受到城市环境的约束，因此，城市是人类精神胜利的结晶。但是，在这种胜利中，世界的统一性作为超出人类之外的东西则完全消失了。假如存在这种胜利，那是人类永远无法实现的。基于这一观念之上的城市小说则是以大都市为对象的文学形式，用恐惧、幻想或想象去表现大都市的日常生活。因此，“狄更斯是最早界定城市特殊生活环境的最伟大的小说家之一”③。狄更斯在精细观察的基础上通过自己的文学想象将维多利亚时代的英国变成一个完整的世界，这个世界具有自己独特的生命、活力和“伦敦腔”，与曾经的世界迥然不同。那么“狄更斯的小说世界”意味着什么？米勒指出：“世界是人类生活于其中的万物的总体。对于狄

---

① Raymond Williams. The country and the city. London：Oxford University Press，1973：154.

② Raymond Williams. The English novel：from Dickens to Lawrence. New York and London：Oxford University Press，1970：31－32.

③ J. Hillis Miller. Charles Dickens：the world of his novels. London：Oxford University Press，1958：293.

更斯来说，这个‘总体’的具体表征是巨大的现代商业城市，城市里生活着成千上万的居民，他们虽然密不可分，但又互不认识，因为他们是隔离的，孤独而秘密地生活着。狄更斯为城市所着迷，在这些城市中，最重要的是伦敦。”①

狄更斯的小说将现实世界中同质化的生活变成虚构的小说，他试图观察城市的一切、了解城市的一切、体验城市的一切。他的小说最显著的特点是形式多样，每个人物被自己生活于其中的环境所监禁，但又以独特的方式观察世界。因为故事中的人物实际上对城市一无所知。虽然每个人都乐于理解城市，但城市的品格在于超越人们对它的理解。每一个个体对城市的了解都是不完整的、困惑的，甚至是歪曲的。然而，狄更斯想了解的，正是城市中未知的和不可知的复杂性，并将它们纳入到他的作品之中。或者更确切地说，狄更斯希望把城市融入到他的想象之中，并通过小说中的人物和事件呈现出来。但他怎么抵达真实的城市呢？人们按照他们的恐惧、幻想和定见来阐释了城市，扭曲了城市，从而掩盖了真实的城市？通过呈现尽可能多的缺乏见识的人以及他们所看到的城市新面貌，也许可以超越单一视点的限制。由此所得到的真相就是狄更斯本人的真相，这是对世界的本质最深刻的认识。狄更斯用诗性的想象来解释城市，揭示西方城市及其机构的意义，为理解新兴的商业主义，为认识由银行、交易所和大法官庭之类的机构所组成的世界提供了洞见。

由于上述原因，只有“伦敦佬”狄更斯才能成为伦敦的符号与缩影。我们可以说“狄更斯的英国”，而说“丁尼生的英国”、“萨克雷的英国”或者“乔治·艾略特的英国”则毫无意义。以自己的名字为维多利亚时代命名的狄更斯正确地意识到他的小说为英国，尤其是“为后世提供了观察伦敦的证据”②。对于维多利亚时代的人来说，狄更斯的逝世，昭示了一个时代巨变的到来。在狄更斯去世后的第二天，《每日新闻》报道说：“他绝对是最能代表这个时代的小说家。后人将在他刻画的当代生活图景中了解到比史料还清晰的 19 世纪生活面貌。”③

---

① J. Hillis Miller. Charles Dickens：the world of his novels. London：Oxford University Press，1958：xv.

② Phillip Collins. Vision of modern city：essays in history，art，and literature，Baltimore and London，1987：101 - 121.

③ 彼得·阿克罗伊德. 狄更斯传. 包雨苗，译. 北京：北京师范大学出版社，2015：3.

## 二、狄更斯的街道美学

狄更斯不是理论家，没有提出有关街道的美学理论，但是他用自己的生命创造了独特的街道美学。

狄更斯的城市经验是伦敦街道的经验。童年时期在黑鞋油作坊的痛苦经历，一直萦绕于他的心头，福斯特在《狄更斯传》中多处提到，这里略举几例：

> 即使他出了名有了钱以后，这一段回忆还一直成为他的痛苦负担。只要他还有记忆力，他将永远不会忘记。这一段回忆时常折磨着他，使他伤心万分。“我暗中忍受，我巧妙地忍受着，除了我自己从来没人知道。我忍受的程度有多大呢？我已经说过，那是绝对超出我的叙述能力之外的。”①
>
> 即使到现在，我已经出了名，受到别人的爱抚，生活愉快，在睡梦中我还常常忘掉我自己有着爱妻和孩子，甚至忘掉自己已经长大成人，好像又孤苦伶仃地回到那一段岁月里去了。②
>
> 在破旧的亨格福特市场，亨格福特码头被拆除之前，在整个地方的面貌没有改观之前，我从来没有勇气回到我的奴役生活开始的地方去。我再也没有看到这个地方。我也不能容忍走近这个地方。③

狄更斯 12 岁被送到黑鞋油作坊当童工，装瓶，贴标签。这是他一生挥之不去的耻辱，以至于他从小就沉湎于街道闲逛。刚到贝恩街时，伦敦的夜生活让狄更斯着迷，其中让他印象最深的是“七街日晷”，因为在这里他看到了一个由罪恶、贫穷和乞讨组成的光怪陆离的世界。伦敦的修道院花园、泰晤士河、阿斯特利、格林威治博览会、大白天的沃克斯霍尔花园、食物和蔬菜市场以及贫富对立尤其让狄更斯着迷。这些景观对于一个体弱多病、个子矮小、过分敏感的孩子来说，是可怕的，却又有着不可名状的吸引力。童年时代往返于令人恐怖的作坊之间，以至于街道成了他的家。狄更斯总共只上了两三年学，他所接受的教育是在伦敦街道的贫民窟里。他的足迹踏遍伦敦的大街小巷及其偏僻的郊区。“没有哪个作家比狄更斯接受更少的教育了。……他的大学是在大英博物馆、阅览室、警察

---

① John Foster. The life of Charles Dickens. New York：Everyman's library，1966：14.

② John Foster. The life of Charles Dickens. New York：Everyman's library，1966：19.

③ John Foster. The life of Charles Dickens. New York：Everyman's library，1966：23.

局、法庭、报社办公室、议会新闻记者团，尤其在伦敦的街道。”①

狄更斯常常深更半夜闲逛到最难以想象的穷街僻壤去寻求安宁。“今天是我称之为开始工作前的徘徊日。我似乎总是在这样的时间里寻找着未曾在生活中找到过的东西。这种东西也许几千年后能找到，而且是在另一个世界的另一个地方。谁知道……我将去位于蛇麻草园和果园之间的坎特伯雷公路上徘徊求索。”② 狄更斯着手写第二本圣诞节读物时，虽然他已经选定了主题，却仍然觉得很难动笔。“他怀念伦敦的街道，当《圣诞欢歌》在他脑中酝酿时，他常常兴奋得深夜在伦敦的街道上走来走去。”③

狄更斯在伦敦街道的经验暗示他的每一部作品都在上演童年经验，他在《大卫·科波菲尔》中回忆说：“我来到那安静的街道，那儿的每一块石头，都是一本童年读过的书。”④ 第一部小说《匹克威克外传》中的萨姆·韦勒像狄更斯一样，是一个以街道为家的孩子，他知道表象不是现实，谨慎地接受了世界上荒唐的无法解释的现实。但狄更斯自己的意识和判断没有直接呈现在小说中，而是隐藏于萨姆和叙述者的背后，用超然的客观观察来描述他们的行动。在第二部小说《奥立弗·退斯特》中，午夜降临在“宫殿、地下酒吧、监狱、疯人院、出生和死亡的房子、健康和疾病的房子、僵尸冷冰冰的脸以及儿童的安宁的睡眠之上”⑤。在叙述奥立弗·退斯特在伦敦经历的苦难生活时，狄更斯揭示了发生在19世纪伦敦街头巷尾的各种犯罪行为，“夜晚来临之后，在整个伦敦地区，在夜幕的掩护下发生的所有恶行之中，这是最为恶劣的一起。随着有害的香味融入到早晨的空气中产生的种种恐怖，这是最难闻也最为残忍的一起”⑥。这时伦敦街道成为费金等恶棍谋取不义之财的空间。

“文学伦敦”是一个街道迷宫，迷宫意象是“文学伦敦”的显著特点之一。读者在狄更斯的街道迷宫中可以体验到潜藏于他心中的焦虑。如《马丁·朱述尔维特》中的托杰斯公寓：

> 你在巷子和小道、庭院和走廊摸索一个小时，也摸不到一条可以

① William J. Carlton. Charles Dicken: Family Histry. London: Routledge/Thoemmes Press, 1999.

② 赫·皮尔逊. 狄更斯传. 谢天振，等译，杭州：浙江文艺出版社，1985：229.

③ 埃德加·约翰逊. 狄更斯：他的悲剧与胜利. 林筠因，石幼珊，译. 天津：天津人民出版社，1992：372.

④ 狄更斯. 大卫·科波菲尔. 张若谷，译. 上海：上海译文出版社，1980：1221.

⑤ 狄更斯. 奥立弗·退斯特. 薛鸿时，译. 南京：译林出版社，1999：85.

⑥ 狄更斯. 奥立弗·退斯特. 薛鸿时，译. 南京：译林出版社，1999：38.

> 合情合理地称为街道的东西。当陌生人穿过迂回的迷宫，突然感到一种无可奈何的心烦意乱，认为自己肯定迷了路，出出进进，兜着圈子；走到一堵空白的墙壁前或者被铁栏杆迎面拦住了，再悄悄地转回来，并觉得走出迷宫的办法可能到时候自然会出现，但是预测是没有希望的。①

托杰斯公寓的迷宫就是伦敦本身，犹如伦敦就是整个世界一样。因为读者不可能将肮脏的都市迷宫与焦煤镇有着密密麻麻的庭院和街道的迷宫加以区分，也不可能与公园巷的“荒原”加以区分，公园巷摇摇欲坠的出租屋用柱子支撑着，看起来就像大宅第近亲繁殖的最后结果。读者还可以在数以百计的修道院的室内体验到这种焦虑，在托杰斯公寓的迷宫提供给俾克史涅夫小姐们的房子，可以看到两英尺之外的褐色的墙壁，墙壁的顶部有黑色的蓄水池（“不在潮湿的一边，”托杰斯太太说，“那边是金肯斯家”）。乔纳斯·朱述尔维特的污迹斑斑的发霉的房子像一个墓穴。在《我们共同的朋友》中赫克萨姆老头的小窝涂抹着红铅，到处是潮气，外观腐烂不堪。《荒凉山庄》中斯墨尔维德爷爷的黑暗的小客厅比街道低好几英尺。这种黑暗、潮湿的内室无异于坟墓。在《小杜丽》中，兜三绕四部、办公室、走廊等像迷宫一般纠结在一起。亚瑟·克莱南、丹尼尔·多伊斯等人物绝望地在兜三绕四部徘徊，填写难以数计的表格，起诉一个又一个讼案，却从未得到满意的答案。兜三绕四部是迷宫似的监狱，却成了政府的机构。亚瑟·克莱南在一个星期日的夜晚抵达伦敦的街道场景描写：

> 那是伦敦一个星期日的夜晚，阴森、湿热、沉闷。教堂的钟发出各种不同的音响，尖锐的和低沉的，沙哑的和清晰的，急促的和缓和的，敲得砖石、泥灰之间的回音令人厌恶、心烦。忧郁的街道披着煤灰的忏悔外衣，把那些被发落到这里开窗凝视这外衣的人的灵魂，浸入了极度的沮丧之中，在每一条通衢大道，从几乎每一条小巷，到几乎每一个路口，都有一个悲凉的钟在颤抖，在震荡，在敲打，仿佛城中蔓延了大瘟疫，收尸车在大街小巷推过。……什么也见不到，唯有这街道，街道街道。什么也呼吸不到，唯有这街道，街道，街道。②

---

① 狄更斯. 马丁·朱述尔维特. 叶维之，译. 上海：上海译文出版社，1998：99.

② 狄更斯. 小杜丽. 金绍禹，译. 上海：上海译文出版社，1993：41-43.

在这里，阴森、湿热、沉闷的伦敦街道唤起的是忧怒参半的疲倦厌烦之情，唤起一种忧郁的感伤，人们感觉到的只有街道。

对街道迷宫最熟悉的莫过于城市的侦探。在狄更斯的小说中城市侦探成了重要的人物，他们可以在茫茫迷雾中找到路，可以洞悉错综复杂的伦敦街道。英国的现代侦探制度建立于 1842 年。在《马丁·朱述尔维特》中，拿德盖特侦探披露了约那斯谋杀泰格的秘密。在《荒凉山庄》中，狄更斯用第三人称和第一人称交替变换的双重视角叙事，描写 19 世纪中期发生在伦敦的一系列暴力谋杀案，他将满地泥泞、雾气浓厚的伦敦街道设置成各种犯罪行为的场景，在对重重悬疑的推理、解套中，塑造了英国文学史上第一个探长布克特的形象。因为布克特比埃斯塔有着更为敏锐的洞察力，他能洞悉匿名而神秘的城市，获取它的各种秘密并利用这些信息除恶助善。埃斯塔陪同布克特的旅行，在城市中上下求索，寻找德洛克夫人的下落，并非叙事上的偶然。在这里，狄更斯运用两个叙述者来处理城市中的公共机构和个人，也同时利用两个人物来破译德洛克夫人失踪之谜。狄更斯呈现了城市街道的多样性和复杂性，阅读他的小说可以激发我们探索城市的秘密。狄更斯的侦探故事影响到了柯南·道尔笔下福尔摩斯系列小说中的伦敦，在柯南·道尔的小说中，伦敦有着迷宫般的阴暗和阴森可怖的魔力。狄更斯从独特的角度将伦敦街道永远镌刻在人们的想象中。

狄更斯是一个街道奋斗者，与非人性的现代性力量进行抗争的个人奋斗者，其伟大成就在于将个人的精神创伤转化为艺术的能力。正是童年时期在黑鞋油作坊中经历的贫困和心灵的巨痛才激励狄更斯奋发图强。通过努力，狄更斯在 40 岁时获得了一位作家期望通过写作所获得的一切：他的天才获得了普遍认可，无论走到哪里，他都受到人们的盛情欢迎。他的作品广受欢迎，他因此成了大富翁，拥有钱能买到的一切。45 岁那年，狄更斯买下了那座乡间别墅——盖茨山庄。通过旅行、在大陆生活以及学习意大利语和法语，他弥补了曾经与他失之交臂的学校教育。评论家吉·基·杰斯特顿将狄更斯童年的精神创伤称作“街道钥匙”。他指出，正是在这个地下世界，狄更斯发现了乌托邦：“夜晚的街道是上了锁的大房子，但狄更斯却拥有街道的钥匙……他能打开这个房子的内室——其门口通往秘密的走廊，走廊的四周是房屋，屋顶有星星。”①

街道是打开秘密走廊、走进狄更斯世界的钥匙。吉·基·杰斯特顿在

① G. K. Chestertton. Charles Dickens. New York：Schocken Books，1965：49.

论析狄更斯的著作中，绝妙地捕捉到了城市里无忧无虑的闲逛者。狄更斯终生不变的闲逛从童年就开始了。“做完工，他没有别的去处，只有游逛，他走过了大半个伦敦。他从孩提时代就是个沉湎于幻想的人，他比任何人都要关心自己那不幸的命运……他在黑夜里站在霍尔登的街灯下，在十字路口感觉受着殉教般的痛苦……他去那儿并不是像一个迂腐学究那样要去观察什么，他并没有注意那十字路口是如何形成的，也没有去数霍尔登的街灯来练习算术……狄更斯没有把这些东西印在心上，然而他把心印在这些东西上。”① 狄更斯的伦敦街道是一个剧场，想象的景观和现代生活的矛盾在那里表演和展示，因此，狄更斯的都市伦敦是白手起家的人表演现代戏剧的舞台。伦敦如同幻灯片展示（magic latern picture show）之地，使得他陶醉于第一座世界性都市的矛盾之中。

本雅明认为，“对闲逛者来说，他的城市……已不再是家，它为他提供一个展示地”②。本雅明的理论有助于我们理解情不自禁的闲逛和艺术创新之间的关系。本雅明将狄更斯和波德莱尔的闲逛以及对城市街道的描写视为对精神压抑的释放。这种情不自禁既使艺术家负担过重，同时又消耗其精力，因此妨碍他们专心致志地探求社会秩序，仿佛艺术家是按照创新的要求而浪迹街头，在阻遏其创新潜力时取得成功。这一点尤其适合于狄更斯。儿童时期的狄更斯被迫往返于令人恐怖的作坊之间，他将街道变成了室内，以至于熙熙攘攘的街道成了他的家。老年的狄更斯不得不再度回到他一直认同为危机情感的大街，他不听劝告，违背常识，超负荷地在一个又一个演讲大厅，在一条又一条大街朗读自己的小说，到 19 世纪 60 年代，这种公开朗读甚至到了令他着迷的程度。狄更斯对新奇事物的渴求如此不可抗拒，唯一的办法是走上大街。对他来说，街道经验不仅仅是创造的契机，而且也是他回忆痛苦场景的契机。因此，他几乎无法摆脱过度生产的负荷，也不能摆脱时代的焦虑。他陷入了恶性循环：难以释怀的夜间闲逛和对艺术创新的着迷耗尽了他的生命，最后，公共阅读要了他的命。在狄更斯的作品中总是回荡着伦敦街头的脚步声，这些脚步声实质上是他那焦虑不安的心绪的表征。

在《奥立弗·退斯特》中回荡着人群的脚步声：“人群中好像有一个

① G. K. Chestertton. Charles Dickens. New York：Schocken Books，1965：45.

② Walter Benjamin. The arcade project in Walter Benjamin：Selected Writings I. Cambridge MA，1996：437.

人骑在马上，高低不平的石子路面上响起了咔哒咔嗒的马蹄声。火光越来越多，脚步声越来越密集，越来越嘈杂。紧接着，门口传来一阵阵重重的敲门声，无数愤怒的人声汇成一片片闹哄哄的鼓噪，即使胆子最大的人也会为之颤抖。"① 在《老古玩店》中回荡着闲逛者的脚步声："那种经常的来回踱步，那种永无休止的坐卧不安，那种把粗糙的石块磨得油光发亮的持续不断的脚步。"② 在《双城记》中回荡着幽灵般的脚步声："那个角落一遍又一遍地发出脚步的回声，有的似乎在窗下，有的似乎在屋里，时远时近，时强时弱，有的戛然而止，有的最后停住。所有这些声音都发自那遥远的街上，然而望过去却又空无一人。"③ 在《小杜丽》中，"听到一阵慌乱的喘气声和脚步声，随后潘克斯先生便冲进了亚瑟·克莱南的帐房间"④。那神秘的沙沙声和颤抖声使爱芙莱感到害怕，"仿佛脚步声震动了地板，甚至仿佛一只可怕的手掌摸到了她身上"⑤。这是真正的警告，预示着布兰德瓦独自净化自己的罪恶时，那蛀空的旧房子解体，最后会机缘巧合地崩塌，砸到他头上。

1853年的夏天之后，狄更斯表现出深深的不满和无法平息的焦虑，严重失眠。有一段时间，狄更斯像一个着了迷的人一样在街头漫步，如同尼古拉斯·尼克尔贝一样，"越走越快，仿佛希望把自己的思想抛在后面"⑥。随着岁月的流逝，这种内心的紧迫感渐渐增大，驱使他去追求更大的成就，最终导致他的早逝。

作为迷宫的都市与人们对过去的记忆紧密相连。桑迪说："城市迷宫在空间中存在，所以记忆随时间发展，寻找着已经走过的未来的轨迹。"⑦闲逛与儿童时期的体验有相似之处。波德莱尔认为，"康复仿佛是回到童年。正在康复的病人像儿童一样，享有那种对一切事物——即便是看起来最平淡无奇的事物——都好奇不已的最高能力……儿童看什么都是新鲜的；他总是处于兴奋状态"。就此而言，"天才不过是任何一个重新获得的童年——一个现今为自我表现而装备了成年人的能力以及分析能力的童

① 狄更斯. 奥立弗·退斯特. 薛鸿时，译. 南京：译林出版社，1999：322.

② 狄更斯. 老古玩店. 许君远，译. 上海：上海译文出版社，1980：70.

③ 狄更斯. 双城记. 罗稷南，译. 上海：上海译文出版社，1983：3.

④ 狄更斯. 小杜丽. 金绍禹，译. 上海：上海译文出版社，1993：992.

⑤ 狄更斯. 小杜丽. 金绍禹，译. 上海：上海译文出版社，1993：994.

⑥ 赫·皮尔逊. 狄更斯传. 谢天振，等译. 杭州：浙江文艺出版社，1985：200.

⑦ Szondi P. "Walter Benjamin's city portraits." On Walter Benjamin：Critical Essays and Reflections. MIT Press，1988：18－32.

年，这种分析能力使得它得以整理无意间积累的大量原料”①。

本雅明认为，现代性指的是思想的都市化。狄更斯使得“街道文学”成为独特的文学样式。他用敏锐的目光打量着伦敦都市的日常生活，运用全知全能的叙事视角为读者呈现出迷宫般的伦敦街道，赋予伦敦街道丰厚的美学蕴意。街道是闲逛的场所和空间，闲逛是对街道的体验，闲逛是时间的空间化，是一种视觉打量。都市空间、闲逛、视觉都有着现代性的特质。

① 波德莱尔. 现代生活的画家. 郭宏安，译. 杭州：浙江文艺出版社，2007：8.

# 第二章　“文学伦敦”：狄更斯的现代性文学空间

法国思想家布朗肖在《文学空间》中将文学空间界定为一种生存体验的深度空间。在他看来，“文学空间并不是一种外在的景观或场景，也不是见证时间在场的固化场所，文学空间的生成源自作家对于生存的内在体验”①。布朗肖从生存论视域出发，“将文学空间理解为人类生存的体验方式，将空间性与生存性、体验性紧密地联系为一个整体，揭示出空间所具有的内在生存意蕴，体现出一种空间生存论或空间存在论的理论旨趣。从文学形成的角度来看，文学空间是一种想象的建构，指摄取到文学文本之中的想象世界，无论这些想象是基于现实还是超越现实，它们在作品中都被作为一个独立而自足的成分而存在”②。总之，文学空间是一个融汇着作者想象、文本描述和读者还原的三位一体的立体结构。

## 一、“文学伦敦”：狄更斯的文学空间

狄更斯在精细观察的基础上通过自己的文学想象将19世纪的都市伦敦建构为一个独特的文学空间，创造了“文学伦敦”。

狄更斯对都市伦敦日常生活中的人与事有着始终如一的兴趣。第一部公开发表的作品《博兹特写集》，可以说是狄更斯观察伦敦的成果，写的是他与伦敦及其大众的关系，表现了狄更斯描写都市的惊人才能。这部作品中有很多场景描写，如《早晨的街道》《夜晚的街道》等。

《夜晚的街道》是这样开篇的：“伦敦街道辉煌的景色应该在漆黑、呆滞、浑沌的冬夜观看，这时悄悄地沉降到人行道上的潮气使得人行道油腻腻的，洗不掉上面的污垢；飘浮在一切物体上的懒洋洋的薄雾使煤气灯更

① 莫里斯·布朗肖．文学空间．顾嘉琛，译．北京：商务印书馆，2003：7．

② 谢纳．批评的空间．文艺争鸣，2008（4）．

加明亮，在周围黑暗的衬托之下，灯火通明的商店更加辉煌。”① 狄更斯呈现了灯火辉煌、充斥快感、令人惬意的街道夜色，在狄更斯笔下，伦敦似乎唯有在夜晚才绚丽多彩。《七街日晷》写道：“街道上，房子肮脏而散乱，不时遇到一个意料之外的院子，四面的房子不成比例，奇形怪状，就像养狗场里打滚的半裸的孩子一样。”②《博兹特写集》预示了文学中对城市的再现以及独特的城市主题，如《访问新门监狱》中的罪犯梦幻预示了费金在处决赛克斯之前的痛苦。狄更斯摸索到了一种适合自己的文学范式，《奥立弗·退斯特》便脱胎于此。后来狄更斯继续利用早年当记者时写作《博兹特写集》的经验，利用漫步城市的经验来书写伦敦。《匹克威克外传》是狄更斯第一部以伦敦的城市生活为题材的小说，它将文本与意象结合起来，满足了读者大众的需求。作为现代城市文本的伦敦，是狄更斯小说的主人公。《匹克威克外传》所引起的反响在文学史上是空前的，人们称之为“博兹热”③。一时间，匹克威克式的帽子、外套、手杖、雪茄等风靡英国。家里养的猫、狗也取名叫作萨姆、金格尔、巴德尔、特罗特等，人们相互取笑时叫对方塔普曼、文克尔等。“胖小子”④ 一词成为人们日常生活中的常用词。《奥立弗·退斯特》中的伦敦不再是现实主义描写的 19 世纪 30 年代不洁的城市，而是魔鬼栖居的地下迷宫，一个梦幻的或诗意的象征。费金的现实与梦幻一样，人们常称他为魔鬼。狄更斯将超自然的、动物的品格结合起来，模仿文学传统对魔鬼的再现，费金被想象得栩栩如生，从而强化了魔鬼的原型意象。

---

① 狄更斯. 博兹特写集. 陈漪，西海，译. 上海：上海译文出版社，2013：57.

② 狄更斯. 博兹特写集. 陈漪，西海，译. 上海：上海译文出版社，2013：80.

③ 狄更斯于 1833 年开始发表第一篇特写，题目是《白杨大道上的晚餐》（*A Dinner at Popular Walk*），后来改为《明斯先生和堂兄弟》（*Mr. Minns and His Cousin*），发表时的笔名是“博兹”。博兹是狄更斯喜欢的一个小弟弟的外号，狄更斯称他为“摩西斯”，这个名字用鼻音滑稽地读就成了“鲍西斯”，再缩短就成为“博兹”。狄更斯用来做自己的笔名。1836 年 2 月，狄更斯的特写两卷本《博兹特写集》出版，这是狄更斯的第一本书，但不是第一部小说，狄更斯在文坛初露头角，引起了出版商的关注。出版商威廉·霍尔亲临狄更斯寓所，请他为著名漫画家罗伯特·西摩的系列滑稽运动整版插图写文字说明。西摩想画一套体育俱乐部成员的滑稽故事。狄更斯立即尖锐地指出，这类故事早已陈旧过时，应当断然抛弃，由他来创作充满新意的故事。他反客为主，要漫画家西摩根据他的文字作插图，出版商终于被他说服了，这样以“博兹”为笔名发表的长篇小说《匹克威克外传》一举成名，英国文学界出现了“博兹热”。

④ “胖小子”是长篇小说《匹克威克外传》中的人物，本名“乔”，他的身材胖得出奇，一身仆人装束。他似乎总是没有睡醒，外表平静而安详，总是发出低沉而单调的鼾声，无论发生多么令人惊讶的事情，他的脸上总是呈现出茫然呆滞的神情，正因为如此，那些情场老手总是要他做信使。

之后的小说《董贝父子》《荒凉山庄》《小杜丽》《我们共同的朋友》等同《匹克威克外传》一样，以不同的形式书写伦敦。

《董贝父子》是对伦敦商业主义的控诉。新兴的工业及其工厂和城市贫民区进一步改变了商业城市的面貌，从以人为中心转向以非人格的技术为中心，也使城市的面貌发生了变化。董贝作为商人，被利润主导全部生活，使他失去了爱的能力。他是狄更斯最早描绘的商人形象，他驱赶自己的女儿弗罗伦斯，因为她与男人的商业世界没有关联，但他却让自己的经理卡克尔从公司贪污大量资金。狄更斯用盘旋在城市上空浓密的黑云意象，来描写冷漠和违背天性的人类社会，以及商业主义泛滥所引发的道德后果：黑暗中的浓雾使我们看不清自我的行动，也看不清自我与他者之间的关系。

《双城记》以伦敦和巴黎为背景，其中伦敦是其重要的参照物和灵感源泉。《小杜丽》起初取名为“谁也没有错”，直到写完头四期即将开始连载时，狄更斯才定名为《小杜丽》。伤心园的地主克里斯托弗·卡斯贝先生是一个诡计多端的骗子，他一再要求潘克斯先生到伤心园去逼租。他对潘克斯先生常说的两句话是：“给了你工钱你就得去逼，你得去逼才能有工钱。”[①] 假仁假义的卡斯贝以其残忍无情而成为富甲天下的房产商。不秉公办事、阻挠进步的官僚机构“拖拉衙门”故意妨碍议案通过，办事手续烦琐。不择手段地行施财权的金融集团与政治人物结成罪恶的联盟，如巴纳克尔勋爵与金融骗子莫多尔之间的阴谋勾结。

《我们共同的朋友》的背景是伦敦，但这时候的伦敦已不再是《匹克威克外传》那时候的伦敦了。那时候的匹克威克先生精神焕发地从床上一跃而起去迎接照耀着戈斯威尔街的曙光，而现在的伦敦则变得黯淡无光了。伦敦都市已经成了荒芜的不毛之地，成了伦敦荒原，一个被灰色天空笼罩着的绝望的城市。在这个社会中，占统治地位的已经不是贵族，而是中产阶级、资本家和证券交易所。金钱是唯一的目的，也是衡量经济地位的标准。垃圾山是这个城市的崇拜偶像。那座由煤烟、渣滓、污物和粪便堆积而成的垃圾山成了人们的猎物、牟利的对象、社会财富的象征。狄更斯用污物堆成的垃圾山来象征财富，把 19 世纪维多利亚时代的最高目标化为尘埃与粪土，这一象征对当时支配一切的道德标准进行了讽刺。

在狄更斯之前，还没有哪个英国作家将城市作为自己作品表现的主要

① 狄更斯. 小杜丽. 金绍禹，译. 上海：上海译文出版社，1993：1110.

对象，狄更斯改变了这一现象，使城市成为文学表现的主题。传记作家赫·皮尔逊指出："人们在想到狄更斯的时候，首先联想到的是伦敦——他的文字所描绘和创造的伦敦。"[①] 这一评价是很中肯的。伦敦是狄更斯小说最主要的场景。他的小说除《艰难时世》[②] 外都有伦敦场景，而且是最主要的场景。他笔下的主人公如奥立弗·退斯特、尼古拉斯·尼克尔贝、大卫·科波菲尔、皮普等，虽然像狄更斯一样生于乡村长于乡村，但和他们的作者一样后来都到了都市伦敦。他笔下的人物离开伦敦去旅行，匹克威克先生去了肯特、萨福克、巴斯等地，尼古拉斯·尼克尔贝先去北方后去南方，马丁·朱述尔维特去了美国，杜丽一家用新得到的财富去意大利进行豪华旅游，但最后都回到了伦敦。这些人物不在城里时，其他情节线索一直在继续。唯有《老古玩店》的主要情节是从伦敦向外省延伸，最后在外省结束，但是其他人物仍然在伦敦，绝大部分情节也在伦敦发生。

狄更斯写了两本游记[③]，描写海外城市：波士顿、纽约、华盛顿、巴尔的摩、洛厄尔、曼彻斯特、威尼斯、罗马、那不勒斯等。这些地名后来反复出现在他的小说中。狄更斯喜欢巴黎并在那里生活了较长的时间，但除了书信外，他写到巴黎的文字不多，如提到昔日巴黎的历史小说《双城记》。

在狄更斯书写城市之前，城市只是偶尔作为情节发生的环境出现。在18世纪末19世纪初，主要存在于书画艺术家的作品之中，如霍格斯、乔治·克鲁克香克的风景画。后来，更多艺术家也加入其中，为渴望都市新闻的大众提供了城市意象。

尤其值得指出的是，在狄更斯之前或与他同时代的作家大多只表现了伦敦生活的某个方面。如亨利·菲尔丁的《汤姆·琼斯》主要描写来到伦敦的英国乡绅和伦敦贵族的生活，斯摩莱特的《蓝登传》主要描写伦敦小职员的生活，皮尔斯·伊根的《伦敦生活》感兴趣的主要是怪诞的职业、古怪的人物和新门监狱的犯罪行为，哈克纳斯的《城市姑娘》主要描写的是伦敦工人阶级的生活。而狄更斯对伦敦做了全方位的描写，在他笔下，伦敦场景的核心是中产阶级和伦敦市民，但却不局限于此，维多利亚时代

① 赫·皮尔逊. 狄更斯传. 谢天振，等译. 杭州：浙江文艺出版社，1985：17.

② 《艰难时世》的场景安排在英国北部，一个虚构的城市焦煤镇。这个城市可以看作1853年前后的曼彻斯特、奥尔德姆、博尔顿、布莱克本和普雷斯顿的一幅复合画。

③ 《游美风光》(1842)、《意大利风光》(1846)。

伦敦社会的方方面面，都是他描写的对象，如《董贝父子》对大资产者董贝的描写，《小杜丽》对马夏尔西监狱的描写，《荒凉山庄》和《远大前程》对下层人物的描写，《巴纳比·拉奇》和《荒凉山庄》对戈登勋爵、切斯特爵士、戴德洛克从男爵等贵族阶层的描写，等等。在中产阶级生活场景的周围，狄更斯汇集了伦敦生活的众多场景，从手工作坊到资本主义大工业，从法庭、监狱到政府部门，从贫民窟到贵族府宅，从伦敦街景到女性深闺，维多利亚时代的伦敦以全景图的形式在他的笔下呈现出来。

伦敦这座大都市纷繁复杂的生活、伦敦的街道和人群是狄更斯创作的灵感源泉。狄更斯的一生除了短暂的几次外出，其余大部分时间都生活在伦敦。他对伦敦的依赖度极高，不仅他的创作题材主要由伦敦提供，他的创作情绪、灵感和动力也是来自伦敦。狄更斯曾写信对他的好友约翰·福斯特说，“你知道，只要晚上八点钟把我放在滑铁卢桥上，让我尽情地四处游逛，我就会在回家之后迫不及待地奋笔疾书。但是在这里我却怎么也无法定下心来写作，我就是这么怪”①。狄更斯的写作离不开大都市熙熙攘攘的街道生活和形形色色的人群。在瑞士洛桑逗留期间狄更斯常常陷入情绪低落的状态，感到面临着精神或肉体崩溃的危险，这时他想念起伦敦的街道和人群，1846 年他在洛桑写《董贝父子》时说：“我无法表达我是多么需要那些街道。它们似乎为我的大脑提供了紧张工作时不可或缺的东西。我可以一两周内在一个僻静的地方很好地写作，然后去伦敦待上一天，接着又可以重新如此工作……但如果没有那盏神灯，日复一日地如此写作带来的劳苦将是非常可怕的……我笔下的人物若是没有人群在他们周围，往往就会显得死气沉沉。”②“在日内瓦湖畔，狄更斯怀恋地回想起热那亚，那儿有一条两英里长的街道满是路灯的光亮，让他能在夜里四处散步。”③

伦敦是狄更斯崛起的舞台。伦敦不仅仅是狄更斯作为小说家成功的城市，也是他童年时期受到羞辱、青年时期失恋让他痛苦的地方。这两大精神创伤是狄更斯在伦敦不断拼搏的精神源泉，通过拼搏他从一个只上了两三年学的穷小子成为举世闻名的一代文学大师。伦敦作为世界上第一座现

---

① 赫·皮尔逊. 狄更斯传. 谢天振，等译. 杭州：浙江文艺出版社，1985：169.

② 瓦尔特·本雅明. 发达资本主义时代的抒情诗人. 王才勇，译. 南京：江苏人民出版社，2005：47.

③ 瓦尔特·本雅明. 发达资本主义时代的抒情诗人. 王才勇，译. 南京：江苏人民出版社，2005：48.

代都市，既吸引着狄更斯，又令他感到绝望，而这两种情感对于狄更斯的想象都不可或缺。狄更斯是伦敦的现代艺术家。他接过华兹华斯的成长主题，然后让农村的孩子成长为都市中的角色，《奥立弗·退斯特》《大卫·科波菲尔》《远大前程》等的主人公都是这一类型。

从世界文学的维度来看，在巴尔扎克、陀思妥耶夫斯基的作品中，城市意象居于支配地位。巴尔扎克再现了城市社会的错综复杂及其流动不息，其形象虽然复杂但却清晰。陀思妥耶夫斯基强调城市的神秘怪诞、陌生感以及人与人之间的相互隔离，这与狄更斯颇为相似。但陀思妥耶夫斯基的作品是围绕不同的最终反应展开的。他与狄更斯的不同在于，他的认识并非来源于社会给人造成的窒息感，而是来自一种精神上的孤独绝望。

由于狄更斯熟悉伦敦的底细，所以他能够写出伦敦都市的真正蕴含。在《我们共同的朋友》中狄更斯写道："车轮滚滚，往前经过纪念碑，经过伦敦塔，经过码头。再往前，经过拉特克列夫，经过罗萨海斯。再往前，经过那人类渣滓垒积成堆的地方，它们，和许许多多的道德垃圾一样，仿佛是从更高的地方被冲击下来，便滞留在这里，一直滞留到其自身的重量迫使其越过河岸，沉入河底为止。"① 狄更斯如同伦敦的警探，告诉我们如何解密伦敦，如何穿过阴森森的街道。他的小说能够训练我们敏锐机智的观察力，审慎的判断力，深思熟虑的责任感。

阅读狄更斯的小说犹如与一位城市作家对话，他的作品不仅依赖城市作为情节和人物的环境，而且将伦敦作为小说的中心：伦敦是情节的发生器，是景观和环境的决定因素。狄更斯将自己与伦敦融为一体，创造了"文学伦敦"，这是他对文学做出的最宝贵、最富有个人特色的贡献。来伦敦了解风情的美国人蒙丘尔·康威读了狄更斯的小说后说道："狄更斯真是奇才！我越观察伦敦，就越喜爱并尊重这位伦敦的但丁，他赋予伦敦浪漫色彩，使伦敦的大街小巷英姿焕发。"②

城市是狄更斯始终如一的主题，"伦敦"仿佛就是狄更斯的签名，几乎等同于狄更斯。狄更斯与伦敦的结合是独特的不可复制的历史现象。狄更斯的小说对伦敦栩栩如生的描写后来成了不少作家和画家作品的主题，如卡莱尔对贵族花花公子和新兴资产阶级装模作样的讽刺，华兹华斯因之写了一首著名的十四行诗《威斯敏斯特桥上》，透纳和惠斯勒画的伦敦桥

---

① 狄更斯. 我们共同的朋友：上卷. 智量，译. 上海：上海译文出版社，1986：32.

② Moncure Conway. Autobiography，memories and experience. London，1904：6.

画像，但他们不像狄更斯那样是伦敦的一部分。传记作家赫·皮尔逊指出：“如果说其他人，如约翰逊博士和查尔斯·拉姆是伟大的伦敦人，那么狄更斯就是伦敦本身，他把自己和这座城市视为一体，以至成了其砖瓦和灰浆的一部分。一个人在想象和谈论狄更斯的伦敦时，就会觉得好像狄更斯造就了伦敦，好像伦敦的真正名字应该是狄更斯城似的。无论是谁都未能对一座城市描写到这样的地步，这一成就仅次于狄更斯的幽默，是狄更斯对文学做出的最宝贵、最富有个人特色的贡献。”① 一位具有非凡的视觉想象的天才作家诞生了。

在狄更斯的文学空间中，这个世界以极大的人类苦难为代价维持着，现实与非现实、物质与精神、具象与想象、世俗与超验的关系缺乏稳定性，并且都只存在于虚构世界的力量之中。狄更斯捕捉到了英国人的灵魂，“既有忧郁的沉思又有粗俗的幽默，既有诗情又有无畏，既义愤填膺又悲天悯人，既辛辣讽刺又自惭形秽……可以说狄更斯呈现的国民性格比同时期的任何作家都要全面，而这正是他独特的才能。作为一个普通人，他虽然辛辣尖刻、生气勃勃，却又极易忧郁和焦虑；作为一个作家，他充满了同样的矛盾性，在关心物质世界的同时也充满对超验世界的愿景念念不忘”②。

狄更斯的“文学伦敦”已经成为19世纪“现实伦敦”的组成部分，从而影响了他同时代以及以后几代人对伦敦的想象和认知。对读者而言，狄更斯几乎是伦敦的同义词。之后，游客们将狄更斯生活过的伦敦变成了朝圣之地。

## 二、“文学伦敦”：一个现代性的文学空间

英国有句谚语：“上帝创造乡村，而人类创造城市。”如果说维多利亚时代的诗歌专写上帝，那么狄更斯的小说则更加关注人之城，即人把自己变成了什么，在这个人造都市中，生产出了什么环境产品与社会产品。“狄更斯是那个时代拥有足够的经历、记忆和意志来就城市主题创作出伟大作品的唯一的文学天才。”③

---

① 赫·皮尔逊. 狄更斯传. 谢天振，等译. 杭州：浙江文艺出版社，1985：86.

② 彼得·阿克罗伊德. 狄更斯传. 包雨苗，译. 北京：北京师范大学出版社，2015：4.

③ Phillip Collins. Vision of modern city: essays in history, art, and literature. Baltimore and London, 1987: 101 - 121.

“伦敦：大熔炉，热土，罪恶之城，臃肿之都。”① 狄更斯以都市伦敦为象征，伦敦的景观对其想象具有深刻的意义。在《荒凉山庄》中伦敦的大雾象征法律纠葛的本质和无所不在。在《我们共同的朋友》中，黑暗的心脏就是城市的心脏，圣保罗教堂的圆顶似乎消失在雾海之中。在《小杜丽》中，克莱南夫人在伦敦的房子、马夏尔西监狱、卡斯贝的房子、韦德小姐的套间、莫多尔公司、巴纳克尔一家或斯巴克勒一家时髦的住所都有一个共同的特点，那就是——密密麻麻、阴暗、令人沉闷窒息，充满霉味儿，这是整个伦敦成了一座没有自由的监狱的象征。

本雅明的现代性研究依托于隐藏在 19 世纪都城中的辩证意象来展示：拱廊、街道、城市及其遗址，拱廊街的、商店的、世界博物馆里的商品，在全景图、照片、镜子和平板画中的想象。这些辩证意象是理解现代性的关键。

拱廊坐落在现代性最集中的迷宫——城市。木制拱廊是 19 世纪兴起的玻璃和钢铁拱廊的前身。在阿拉贡超现实主义幻象的启发下，本雅明在拱廊意象中看到了思想的结晶。对本雅明而言，拱廊是现代性的发源地。“拱廊街是豪华工业的新发明，它们用玻璃做顶，地面铺的是大理石，这些大理石过道通向整个一大批建筑群。……拱廊街是一座小型城市，甚至是一个小型世界。”② 闲逛者在这里找到了自己的场所。街道成了闲逛者的居所。在经济上，拱廊街被视为“商品资本的庙宇”，早期商店的先驱。

1847 年狄更斯回忆，黑鞋油作坊离河滨的劳瑟（Lowther）拱廊不远。在本雅明《拱廊街计划》的启示下，约翰·盖伊斯特（Johan Geist）编制了 19 世纪的拱廊目录，他将劳瑟拱廊描述为阿拉丁童话宫殿（Aladdin fairy palace），这里遍布可以幻想出来的荣耀和奇迹。在黑鞋油作坊和劳瑟拱廊之间，12 岁的狄更斯吃了不少苦头。狄更斯的原始景观的“秘密走廊”是从作坊到儿童仙境。阅读狄更斯的作品就要在其文本中找到“秘密走廊”，并重新书写被遗忘的历史。拱廊是狄更斯的伦敦世界的组成部分。狄更斯提到他常去劳瑟拱廊漫步，那是临近河滨的有屋顶的走廊。狄更斯在 19 世纪 20 年代所体验的伦敦街道宣告了他一生从事小说创作所建构起来的幻觉效应的伦敦。在本雅明的现代性理论中，拱廊街昭

---

① 彼得·阿克罗伊德. 狄更斯传. 包雨苗，译. 北京：北京师范大学出版社，2015：27.

② 瓦尔特·本雅明. 发达资本主义时代的抒情诗人. 王才勇，译. 南京：江苏人民出版社，2005：33.

示了过去与当下的联系，是 19 世纪以来资本主义商品经济的文化符号，是城市现代性的文化表征。

在狄更斯的小说中，水晶宫是伦敦日夜喧嚣的蒸汽机的象征。狄更斯于 1851 年参观过水晶宫，这一令人惊讶的玻璃房展示了改变世界的新技术，第一届世界博览会就建在这个房子里，机器安放在庭院里，玻璃屋里生长着树林和灌木林，用青枝绿叶给机器镶边，吸引观众探索世界的财富，这财富就装配在那时建成的最大的玻璃屋内。水晶宫从现代技术的成就中制造了扣人心弦的戏剧，这无疑增添了狄更斯小说的现代意识。

狄更斯时代是一个驿车与铁路共存的时代。狄更斯曾认识“铁路大王”乔治·哈德逊，铁路在《董贝父子》中扮演了极其重要的角色，狄更斯将卡姆登镇上一个即将要被铁路线包围的地区命名为“斯塔格斯花园”，而“斯塔格”在当时的俚语中指的就是铁路股票市场中的投机商。在《董贝父子》中，狄更斯将铁路的出现比作地震般的巨大的自然灾害，毁灭了斯塔格斯花园，狄更斯呼吁重建这座城市。火车不仅改变了乡村和城市，而且带来了新的观察方式，尤其是全景式的景观。狄更斯的小说弥漫了伦敦的声音，在伦敦生活的交响乐中表达了传统与现代时间意识的互动。铁路及其火车鸣笛刺耳的声音与街道小贩的叫卖声共鸣。这种对立的声音表达了时间的现代意识。无论是眼见的还是耳闻的，城市在狄更斯的作品中都展示出来了。

与 19 世纪的其他作家不同，狄更斯在其整个文学生涯中对新技术表现出热衷，并热切地运用他那个时代的通信和交通网络的每一项创新，他以钦羡的心情发表过关于伦敦邮局、铁路和蒸汽机方面的文章。离开伦敦时，他在邮车和火车上从事创作，急急忙忙地写信，并从邮局寄出去。他还用电报发送信息。他不仅是维多利亚时代技术进步福音的信仰者，而且他本人就是一个成功的创业者。像今天的互联网先驱一样，他是为自己的作品开拓新的销售渠道的天才。他的每一部小说在周刊上连载，然后结集出版。这些重大突破的发明，狄更斯起了重大作用。一旦发现从其创造的作品中衍生出派生产品，如小耐尔雪茄烟、甘普雨伞，他就有一种满足感。虽然销售这些产品他没有获得任何利益。他深谙宣传的价值，就像他后来认识到公共朗读的市场价值一样。

狄更斯的都市小说没有固定的再现模式，因为他有非常敏锐的视觉感和记忆细节的天赋。他运用了空间叙事、视觉叙事、插图叙事和声音叙事等多种多样的现代叙事方式，我们从他的描述中所收获的是伦敦的时间照片。朱莉安·沃尔弗雷斯（Julian Wolfreys）认为，“现代主义者关注城市，把城市当作碎片的、可变的空间，狄更斯的叙事技巧对此产生了重大影响”①。

## 三、“文学伦敦”：狄更斯的图像之城

波德莱尔认为：“现代诗歌同时兼有绘画、音乐、雕塑、装饰艺术的特点；不管修饰得多么得体、多么巧妙，它总是明显地带有取之于各种不同的艺术的微妙之处。”② 与波德莱尔处于同一时代的狄更斯在创造文学形象时尤其注重叙事的图像性，这从《荒凉山庄》的内部备忘录和期数安排便可见一斑。在《荒凉山庄》的内部备忘录和期数安排中狄更斯多次提到“图像”（picture）一词，如“开放的乡间别墅图像”“在桥上接近尾声的图像”“酒店图像”“夜间图像”“切尼斯山庄图像”等。不仅如此，狄更斯还计划安排大量具体的细节，这些细节就是对叙事图像进行详细描绘。在第 12 章我们发现“乡村别墅——晴朗、寒冷的一天”，而在文本中用具体的细节全面发展了图像叙事。同样，在后来的期数安排中，至少有 17 次提到图像，它们后来发展为精心构思的叙事场景。

“形象”一词依靠的主要是视觉对象。视觉叙事是狄更斯表达自我观念的重要手段，在其小说中有着十分重要的地位。狄更斯的视觉叙事与插图构成了“文学伦敦”的图像之城。陆涛在《图像与叙事——关于古代小说插图的叙事学考察》一文中认为，“那些对故事情节描摹的插图可以起到理解故事情节的作用，从而承担起叙事的功能。但是，小说插图的图像叙事并不是脱离文学的叙事，而是文学中的图像叙事。所以，小说插图在本质上属于文学的图像叙事”③。笔者认为，这一看法值得商榷。因为小说插图毕竟不是作者所画，而是作者与插图画家的合作成果。

### （一）狄更斯小说中的插图叙事

关于“插图”（illustration）一词，《牛津英语大词典》是这样解释的：illustrate 原来指“用语言加以解释”，illustration 表示“示意性的图

---

① Julian Wolfreys. Writing London: the trace of the urban text from Blake to Dickens. London: Macmillian; New York: St. Martin's, 1998: 12.

② 波德莱尔. 对几位同代人的思考//波德莱尔美学论文选. 郭宏安，译. 北京：人民文学出版社，1987：135.

③ 陆涛. 图像与叙事：关于古代小说插图的叙事学考察. 内蒙古社会科学，2011（6）：172-177.

片、给文学短文和书籍等做插图或者进行装饰等等”。理查德·L. 斯特恩认为，1816 年出版的一本名叫《陈列室的大英帝国图解[①]》的书是最早的附有插图的书[②]。可见，插图一词主要涉及视觉，一是指用图像呈现的形象，一是指对书写的文本进行视觉再现。但只有到了 19 世纪第一个十年，随着插图书开始大量出现，这一意义才开始广泛流行开来。据马丁·迈泽尔考证，到 1844 年《季刊》印刷有关“插图书籍”的评论时，illustration 的图片意义才开始不言自明。

狄更斯对插图始终有着特别的兴趣。他的第一部作品的标题为《博兹特写集和克鲁克香克的版画》[③]，副标题是“图示日常生活与日常生活中的人物”（Illustration of Every-day Life and Every-day People）。19 世纪 30 年代的狄更斯作为一名崭露头角且雄心勃勃的作家，在标题中将两位艺术家并列，强调作者角色的平等，其意在表明他写的文字也等于绘制图画，这是写作与绘画相似性的形象化表述。

狄更斯对插图的重视与连载发行和图书的销量有着千丝万缕的联系。三卷本作品售价 1.5 几尼很多人承受不起，而连载出版，每周一期，或者二十个月出齐，每期售价一先令（最后的第 19 部分包括两期，售价两先令），这样购买小说就在很多人的承受范围内。小说分为几部分出版，无论是分为几卷，还是分为更短的单元，在 18 世纪已经出现。但是 1836 年狄更斯的《匹克威克外传》使得分期连载风靡一时，几乎成了整个维多利亚时代居支配地位的小说发行模式。

出版商查普曼与霍尔要求狄更斯提供按月出版的《匹克威克外传》文本与罗伯特·西摩的系列蚀刻画一起出版时，狄更斯《博兹特写集》的问世已经让他崭露头角。事实上，在第二期出版以前，罗伯特·西摩就已经自杀了。接替罗伯特·西摩的插图作者不能令狄更斯满意，他特别提议由哈布洛特·布朗担任插图作者，结果他们的合作大获成功。《匹克威克外传》出版时，外有绿色封皮，内有四幅罗伯特·西摩的插图，每份定价一先令。在《匹克威克外传》的第四期狄更斯引入萨姆·韦勒这一角色，再配以哈布洛特·布朗画的插图，于是小说的月销量从 400 份上升到 4 万份，狄更斯的职业小说家生涯从此开始起飞。一方面，销售量是读者反应

① “图解”的原文是 illustration。

② Richard L. Stein. The Cambridge companion to Charles Dickens，Shanghai：Shanghai Foreign Language Education Press，2003：167－188.

③ 简称为《博兹特写集》。

的凭据，在维多利亚时代，销售量就是小说家受大众欢迎程度的衡量尺度；另一方面，销售量也是作家获取酬劳的一个重要渠道。

狄更斯的全部作品都用连载的形式发表，每月出版一期，有些作为印着插图的平装小册子单独发行，有些作为他既投稿又编辑的杂志的一部分发行，每一期通常包括 32 页文字和两幅插图。这种出版体制成了维多利亚时代文学在伦敦流通的神秘通货，对小说形式的发展具有深刻的文化、经济和审美意义。

狄更斯的创作与插图画家有着千丝万缕的联系，共有 18 位插图画家为狄更斯的小说绘过插图，其中最重要的有三位。第一位是自称为“菲兹”的哈布洛特·布朗。狄更斯一共创作了 15 部长篇小说，他为其中的 10 部小说作了插图①，通常被称为狄更斯的主要插图作者。第二位是克鲁克香克，虽然他只为狄更斯的两部作品《博兹特写集》和《奥立弗·退斯特》画了插图，但他仍然是狄更斯最著名的插图画家，因为他画出了一些震撼人心的插图，如“费金在死囚牢里”。第三位是丹尼尔·麦克利斯。爱尔兰画家丹尼尔·麦克利斯是狄更斯最好的朋友之一，他只比狄更斯大一岁。麦克利斯 14 岁辍学来到伦敦，两年后获得皇家艺术学院最佳历史画金奖，他以理想化、传奇式的油画而闻名。

虽然狄更斯作品中的插图是作家的“钢笔”与插图画家的“铅笔”共同创造的，但在狄更斯与插图作家的关系中，狄更斯始终处于主导地位。在他看来，掌握自己书稿的控制权十分重要。

狄更斯创作的第一部作品《博兹特写集和克鲁克香克的版画》出版时，克鲁克香克已经是非常著名的漫画家和插图画家了，他一头深色的头发，皮肤黝黑，一双突眼，一只又大又挺的鼻子，看上去活像是从自己创作的漫画中走出来的人物，与他所画的插图人物费金十分相像。吉·基·杰斯特顿评论说：“那幅画不仅看上去像一幅费金的画像，也像一幅出自费金之手的画。”② 克鲁克香克洞察力很强、很有主见，往往咄咄逼人、固执己见，但对书稿具有强烈控制欲的狄更斯更加独断专行，因此他们很难相处。狄更斯与克鲁克香克的合作模式是这样的：狄更斯建议哪些文章需要插图，然后交由克鲁克香克决定具体选哪一段或哪一个场景进行配图。无论是在创作和编辑方面，狄更斯“都想成为指挥千军万马的人，把

① 其中包括与乔治·卡特莫尔合作为《烹弗莱师傅的大钟》所作的插图。

② 彼得·阿克罗伊德. 狄更斯传. 包雨苗，译. 北京：北京师范大学出版社，2015：69.

最核心的位置留给自己”①。1838 年狄更斯要克鲁克香克给《匹克威克外传》画插图时，“我没给他形容那把小水壶是什么样子——放在火上那把——还要有一个小小的黑茶壶放在桌上，还有一个小托盘和诸如此类的东西——一个装两盎司茶叶的锡茶叶罐，还要挂着一条大围巾，火炉前要有一只猫和几只小猫”②。值得指出的是，《奥立弗·退斯特》一书的由来存在一些争论，这主要是由插图画家克鲁克香克造成的。《奥立弗·退斯特》出版多年之后，克鲁克香克声称，其中的一些人物和悲惨情境是他首先想到的。事实上一向独断专行的狄更斯不会默然接受他人的意见。如果说克鲁克香克曾提议写一个威廉·荷加斯（英国绘画史上第一个获得世界声誉的画家，画作以反映英国的现实生活为特色）式的男孩在贫困中的成长经历，也是有可能的。毕竟克鲁克香克与狄更斯所关注的事物有着共同之处：他们都迷恋于伦敦都市，尤其是伦敦阴暗污秽的一面，而且对监狱和刑罚的画面都感兴趣。早在费金住进新门监狱的“死刑牢房”之前，克鲁克香克就已经画出了牢房的轮廓，这只能说明作家狄更斯与画家克鲁克香克二者合作讲述伦敦底层人物的冒险故事。

插图作者哈布洛特·布朗为《董贝父子》一书绘制插图时，狄更斯这样指示他：“必须费苦心画好托克斯小姐。为了波利的缘故不要把图德一家过分丑化。我希望布朗考虑一下苏珊·尼普尔斯，这个角色在第一期里还没有出现。你看，我告诉你这些人名好像他们都是你所熟悉的。其实你一点也不知道他们，多妙啊！可是我乐于这么做。”③ 马库斯·斯通担任《我们共同的朋友》的插图工作，狄更斯接二连三地向他发出指示：“要注意，垃圾承包商的脸应该是滑稽可笑的，而不是面目可憎的。鲍芬太太从插图上看确实很好，鲍芬先生的古怪样子要画成一种诚实的、讨人喜欢的古怪相，不要让人看了吃惊。那个女裁缝比上次画的好得多，我想她现在这样就可以了，脸部显得瘦削，带有几分美色，这正是我所需要的。”④一旦狄更斯对插图感到不满意时，他就会心急如焚，焦急不安。“菲兹根本不理解他对皮普青太太的构思，而利奇为《生活之战》所画的插图犯了

---

① 彼得·阿克罗伊德. 狄更斯传. 包雨苗，译. 北京：北京师范大学出版社，2015：84.

② 埃德加·约翰逊. 狄更斯：他的悲剧与胜利. 林筠因，石幼珊，译. 天津：天津人民出版社，1992：178.

③ 埃德加·约翰逊. 狄更斯：他的悲剧与胜利. 林筠因，石幼珊，译. 天津：天津人民出版社，1992：422.

④ 埃德加·约翰逊. 狄更斯：他的悲剧与胜利. 林筠因，石幼珊，译. 天津：天津人民出版社，1992：664.

一个严重的错误。他向前者发出周密的指示，但要撤回利奇的插图已为时过晚。狄更斯不想给他带来不必要的痛苦，因而缄默不语了。”①

### （二）狄更斯的图像之城：插图叙事与文本叙事绘画的结合

狄更斯在一封信中坦率地说：他的脑子“拍摄了陌生的场景一张充满想象的照片”②。这一自相矛盾的说法表明狄更斯将想象性艺术融会于其文字描绘的图画之中。早在1861年一位评论家就准确地指出了狄更斯小说的图画特点：

> 狄更斯是描写大城市和平民生活尤其是描写伦敦生活的小说家和诗人。除了他，我们不知道能这样称呼的还有谁……这是一个大都市的时代，而狄更斯是大都市的画家，……描写都市生活的史诗作者。③

将狄更斯描写的都市生活比喻为图画，这是恰如其分的。例如，美国人蒙丘尔·康威在读了狄更斯的小说后说道：“狄更斯真是奇才！我越观察伦敦，就越喜爱并尊重这位伦敦的但丁，他赋予伦敦色彩，让伦敦的大街小巷住满了精灵，这样一来，不看到这座伟大的城市则已，一看到就一定有他所描写的那种人及其影子。”④ 下面以《荒凉山庄》为例，讨论插图的独特性以及插图与文本之间的重要联系。

《荒凉山庄》的独特之处表现在它是一部有多幅“暗色插图”的小说，“暗色插图”突出自然环境和氛围，只有四幅插图出现过人物。即使在这四幅插图中，人物形象与自然环境也有着鲜明的明暗对比。这种突出与狄更斯在《荒凉山庄》中倾向于突出具体的细节来构建叙事场景是完全一致的。就插图与叙事场景而言，至关重要的是突出物而不是人。

在创作《荒凉山庄》时，狄更斯比原先的小说更加有意识地创造言语叙事图像（verbal narrative picture）。虽然这些言语叙事图像在其早先的作品中已经出现过，但出现的频率很低，也不太关注具体的细节，并且也不是作为整体视觉结构的一部分来建构的。对于《荒凉山庄》哪些主题需要插图，狄更斯都有详细的建议，哈布洛特·布朗画出插图之后，要交给

---

① 埃德加·约翰逊. 狄更斯：他的悲剧与胜利. 林筠因，石幼珊，译. 天津：天津人民出版社，1992：187.

② Walter Dexter. Letters of Charles Dickens. London：Bloomsbury，1938：58.

③ Collins Philip A. W. Dickens：the critical heritage. London：Routledge &Kegan Paul，1971：46.

④ Moncure Conway. Autobiography，memories and experience. London，1904：6.

狄更斯查看并做最后审定。

《荒凉山庄》第 6 章的《宾至如归》是一幅很重要的插图，埃斯特与贾迪斯先生观看婀达和理查德的行为，这可以看作一幅典型的语言表述的叙事绘画（narrative painting）。

> 婀达和理查德所在的那个房间和贾迪斯先生现在站着的那个屋子是相通的，那儿没有点蜡烛，只看见炉火的亮光。婀达坐在钢琴前边，理查德站在她身旁，弯着腰。他们的影子在墙上叠印在一起，周围是一些奇怪的影子。这些影子虽然都是由一些静止不动的物体投射出来的，但在闪烁不定的火光映照下，却给人一种鬼影幢幢的感觉。婀达轻轻弹着琴，低声唱着歌，这时候，琴声和歌声都很小，就连那向远山吹去的如泣如诉的晚风，也依稀可闻。未来的秘密，还有当时所听到的声音给这个秘密所提供的一点线索，似乎已经在这个场合里揭示出来了。①

狄更斯运用最合适的方式来安排具体的细节，以便它们充当不确定性的图像，这一图像是休戚与共的命运的表征。婀达与理查德的未来的悲剧图像，他们的影子在墙上叠印在一起，四周被一些奇怪的影子包围着。这是对一系列线索的暗示，这比流行的叙事图像更加微妙。读者期望根据现在和未来的设想来弄明白场景的意义，埃斯特的回答也引导读者这样思考。

狄更斯对《荒凉山庄》各部分的期数安排表明，他认真地关注对未来的预示，并把具体的细节纳入其中。在第 4 章“望远镜里的慈善事业”中我们发现这样的符号——“两个受监护人，不幸的故事主体——贾迪斯与贾迪斯，婀达和理查德”。在第三部分写作备忘录的左边，我们发现这样的符号——“理查德与婀达相爱”。在整部小说中，狄更斯用这种方式追溯了重要的叙事线索。理查德与婀达在炉火边的场景是这一模式的视觉呈现。这一场景以及之前的期数安排不仅暗示了理查德与婀达命运之间的联系，而且为读者提供了大法官庭对这对夫妇的悲剧性的道德结果的暗示，向读者介绍哈罗德·斯金波之后的安排强化了场景的道德启迪。事实上，我们思考得越多，我们越能清晰地认识到它们不仅暗示了几个重要的主题线索，而且暗示了主要的图像模式。在《荒凉山庄》中有大量的关于雾、

① 狄更斯. 荒凉山庄. 黄邦杰，陈少衡，等译. 上海：上海译文出版社，1981：97－98.

影子、欺骗、不确定性的和阴暗的图像以及晦涩难懂的事，而在其他小说中，氛围、技巧与主题没有如此密切的联系。

在第 13 章“埃斯特的叙述”中，狄更斯回到了婀达与理查德的场景，并以婀达与理查德的场景做结局。这时狄更斯根据写作备忘录构建了他的叙事细节。因此，读者意识到婀达与理查德越来越互相爱慕，他们在继续并改变图像模式，从而进一步叙述图像的预示目的并使之变得更加明晰。

> 房门依然敞着，我和贾迪斯先生两人目送着他们，他们穿过隔壁那间充满阳光的屋子，从屋子那边走了过去。婀达挽着理查德的胳膊，理查德正低着头，很认真地和她说话；婀达抬起头来望着他的脸，倾听着，好像除了这张脸，她就什么也看不见似的。他们是这样年轻，这样漂亮，这样充满希望和大有前途，他们轻快地踏着阳光，这时可能正幸福地憧憬着未来的岁月，使未来的岁月变得光辉灿烂。后来他们走进一个阴暗的地方，就不见了。刚才那片阳光只是因为突然闪现出来才显得那么明亮。他们一走出去，那间屋子就阴暗起来，太阳也被云彩遮住了。①

在这里狄更斯为我们描绘了另一幅叙事图像，这一图像源于具体的细节，是对未来的暗示，这一光明与黑暗的图像不是根据反射静止物体的闪烁不定的火光创造的，而是根据夕阳产生的斑驳的灯光与影子创造的。读者期望阅读这一场景，犹如叙事绘画的观看者期望阅读这一场景一样。值得指出的是，在《荒凉山庄》最初的手稿中没有这一场景，可能是狄更斯在这一部分印刷之前增加了这一场景。我们知道，狄更斯有时把未完成的部分稿子送到印刷厂，其意图是以后增补材料，他在增补或删除材料时可以为印刷商省出好几天时间，狄更斯增加这一场景，明显调和了早先的叙事图像，暗示了这一线索所体现的视觉技巧的重要意义。

在第 17 章进一步强调了这一场景：

> 这是我第一次看见他不安地目送着婀达出去，他那慈善的脸，罩上了一层阴霾。我记得很清楚，从前婀达在炉火映照下唱歌的时候，他是怎样望着她和理查德的；而在不久以前，婀达和理查德在他面前表白了他们俩的爱情，他也目送着他们穿过那阳光明亮的屋子，走到

① 狄更斯. 荒凉山庄. 黄邦杰，陈少衡，等译. 上海：上海译文出版社，1981：237.

外面的阴影里去。①

这一场景以及早先提到的场景构成了一种视觉模式。与以前的小说相比，在《荒凉山庄》中，狄更斯有意识地试图安排视觉场景的具体元素，以便整部小说获得细节的统一性，进而创造、提高、推进主题的非话语意义。在这些叙事场景中，狄更斯通常关注通过积聚具体的细节所暗示的非话语意义而不是人物形象的行为。

除了前面讨论过的三个场景，这样的例子还有很多，如第 40 章“国与家”，狄更斯运用火、日落与影子的图像来传达意味深长的意义。

> 夕阳的光辉渐渐消失。就是在这个时候，地板渐渐昏暗了，阴影慢慢移到墙上，象岁月和死亡那样把德洛克打下地狱。这时候，一棵老树在大壁炉架上的夫人肖像投下一个奇怪的影子，使夫人显得面色苍白、心绪不宁，好像是一只大手拿着面纱或头巾，正伺机把夫人蒙起来。墙上的阴影越移越高，越来变越暗——接着，天花板上出现一片红光——接着，亮光就消失了。②

这一场景是一幅特殊的插图，因为它是九幅“阴暗的插图”之一，也是只有自然的或建筑的细节，而没有人物形象的插图之一（这样的插图总共有六幅）。它那具有象征意义的细节尤其饶有趣味。影子慢慢移到左手边的墙上，并遮盖了德洛克夫人的肖像，而德洛克夫人的肖像挂在德洛克祖先的肖像旁边，通过背景中的门口，我们看到了婚床的一部分，这张婚床因为图金霍恩披露德洛克夫人过去所蒙受的耻辱，所以房间里的其他物体如挂在椅子上的披肩、地板上的扇子、妇女和孩子的塑像，在我们阅读的时候所有的细节无不具有叙事绘画的意义。

荷加斯为达到讽刺目的所运用的创造漫画、滑稽怪诞的方法与《荒凉山庄》中哈布洛特·布朗的新风格之间的对照在第 37 章栩栩如生地呈现出来。在这幅图画中，我们看到理查德在霍尔斯的控制下身体在日益衰退：

> 我永远不会忘记，在灯光的映照下，他们两人肩并肩地坐在一起的情景；理查德手里拿着缰绳，谈笑风生，得意洋洋；霍尔斯先生却一动不动，戴着黑手套，扣子一直扣到脖子，好像看着和耍弄猎获物

① 狄更斯. 荒凉山庄. 黄邦杰，陈少衡，等译. 上海：上海译文出版社，1981：307－308.
② 狄更斯. 荒凉山庄. 黄邦杰，陈少衡，等译. 上海：上海译文出版社，1981：724.

似的望着理查德。我现在还能想起当初的情景：那是一个和暖的夏夜，天空不时打闪，烟尘滚滚的大道两旁尽是树篱和参天大树，那匹灰色的瘦马竖起耳朵，马车飞快地驰去，送他们去看贾迪斯控贾迪斯案的开庭。①

在这幅图像中狄更斯以视觉图像呈现了理查德衰退的过程，但它又不同于荷加斯对人类衰退的描绘，因为没有漫画或者讽刺的踪迹。霍尔斯的怪诞不是将滑稽而是将神话当作目的，狄更斯运用这一叙事场景的目的是从视觉上对早先发生的事件进行总结。当然，其目的远不止于此，因为它进一步扩大了叙事的、道德的、神话的、象征的意义，并为事件的进一步发展提供了线索。

第 41 章结局时的图像呈现了备受折磨的德洛克夫人在房间中来回踱步的画面："如果他看见那个女人在自己屋子里走来走去，仰着脸，头发乱蓬蓬的，两手在脑后十指交叉，好像非常痛苦似的扭动着身子，那么他一定会更加相信他刚才的想法。如果他看见那个女人这样走来走去，走了几个钟头，不停下来歇一歇，而鬼道上的脚步声也跟着出现，那么他一定会更加相信他刚才的想法。"②

第 19 章结局的场景呈现扫烟囱的孩子乔在啃午餐时，圣保罗教堂上金色的十字架在城市的浓雾中熠熠生辉："他坐在那里嚼着，啃着，一边仰望着圣保罗教堂顶上的大十字架，在一抹紫红色的烟雾中闪闪发光。从这孩子脸上的表情看来，你会觉得这个神圣的象征，在他眼里恐怕是这个难以理解的大城市里最难理解的东西，因为它是这样金碧辉煌，这样高不可攀，这样可望而不可及。他坐在那里，望着西下的夕阳，望着滚滚的河水，望着熙来攘往的人群——每一件东西都本着某种意图，朝着某个目标往前走——可是他却呆着不动，等着人来赶他，让他也'往前走'。"③

哈布洛特·布朗为《荒凉山庄》所作的插图，所画的人物常常孤孤单单，如第一版扉页中乔的画面；有几个场景根本没有人物形象，如"汤姆独院"和切斯尼山庄的四幅画（包括首页插图）就是如此。有些画面没有提供关键信息，当乔和埃斯特见面时，德洛克夫人的脸被女帽遮住了或者藏在阴影之中。

① 狄更斯. 荒凉山庄. 黄邦杰，陈少衡，等译. 上海：上海译文出版社，1981：687.
② 狄更斯. 荒凉山庄. 黄邦杰，陈少衡，等译. 上海：上海译文出版社，1981：747.
③ 狄更斯. 荒凉山庄. 黄邦杰，陈少衡，等译. 上海：上海译文出版社，1981：354.

在第12章“幽灵的漫步”转而使用阴暗的插图技巧时，哈布洛特·布朗的风格突然发生了根本性的变化，但是在小说最初的插图中使用额外的、暗示性的轮廓也是明显的，如《小老太太》，画的是弗莱特小姐在大法官庭与沃德见面的场景。在画面上，对天气（厚厚的衣服、扣紧的衣领）及氛围（在昏暗的背景中马车和大楼依稀可见）的暗示让人想起小说开头几段多雾的、窒息而恐怖的世界。另外，在第一期的另一幅插图《杰利比小姐》中，埃斯特脸朝一边，被帽子遮住了，暗示她的出身卑微。

在《德洛克夫人在树林里》这幅插图中，被女帽遮盖着的面孔提醒我们母女相貌之相似，这种相似虽然未用图片显示，但在文本中却被强调了。这仅仅是暗示，是低调的视觉影射。这些插图让我们瞪大眼睛想看到看不见的东西，穿透黑暗，揭开秘密，它们让我们意识到限度，即形象和视觉的限度。用图片显示可见之物与观看的条件，这些插图让我们想到小说的写法，造成与文本要求并行的视觉要求。

哈维认为，哈布洛特·布朗在为查尔斯·勒维的《罗兰·卡谢尔》画插图时，发展了画插图的技巧，但只有“在《荒凉山庄》中才使得昏暗的蚀刻背景成为兴趣的中心”[①]。迈克尔·史泰格认为，“插图画家运用阴暗的插图技巧形象地传达了狄更斯小说中黑暗的新强度”[②]，但是它们传达了更多的内容：故事本身强烈的自我意识，对认识与再现局限性的高度关注。插图画家力图用图像显示小说的思想——狄更斯在叙事中的思考方式，以及叙事要求读者思考和感知的方式，而哈布洛特·布朗的插图只不过是这种努力的最典型的例子。

《荒凉山庄》每月的插图有效地表现了小说的关键内容、情节的演进、情感的起伏等，揭示了作家的“钢笔”与插图画家的“铅笔”所创造的作品之间的关系。狄更斯坚持要求插图画家“忠实”地画出他最初想象的细节，“我创造了语言模式，你的任务是提供视觉对应物”。他要求插图画家力图用图像显示小说的思想——狄更斯在叙事中的思考方式，以及叙事要求读者思考和感知的方式。

语言之于狄更斯是一种呈现特殊画面的媒介，通过书写文字的力量让读者看到，确实是他创作小说的目标。插图是通过可视的形象，再现故事

① John R. Harvey. Victorian novelists and their illustrators. New York：New York University Press，1970：151－152.

② Michael Steig. Dickens and Phiz. Bloomington & London：Indiana U. P.，1978：131.

情节，直接刺激人们的感官以满足读者的审美需求，具有图像叙事的特征。在狄更斯的小说文本中，插图与文字同时呈现于同一空间，单独来看，插图预示文本，提供形象，读者凭借形象可能期待或者重新评价情节、人物，或小说的展开部分关注的问题。插图通常提供相关的细节，如关键场景的安排、人物的亮相、道德意义的象征性提示。这些插图让我们想到小说的写法，造成与文本要求并行的视觉审美。另外，这些插图也表示小说的划分、内在的差异以及特定的某期的起讫点。

插图与视觉叙事相结合，二者相得益彰，狄更斯的“文学伦敦”成了一个图像之城，在《博兹特写集》中，“作者的个性使成百幅透视画更明亮，使成千个描述词更尖锐深刻”①。在《尼古拉斯·尼克尔贝》中，有着表演经历的狄更斯对角色的外表、姿势和语言进行了细致的描绘，而插图画家哈布洛特·布朗的插图则起到了锦上添花的作用，“他的画以其特有的风格抓住了一切精髓，看上去好像是在舞台上发生的一样”②。插图画家塞缪尔·帕默精彩的插图成了《意大利风光》一书的一大亮点。因此，狄更斯的小说正如他自己所宣称的那样，“不仅要阅读更要观看”(seen as well as read)。

文本与插图相结合对于小说形式具有深刻的文化、经济和审美意义，这既是视觉媒介和视觉技术的运用，也是发展文化产业的最初尝试。在狄更斯时代，不少读者还不识字，他们从别人的朗读中了解并喜欢狄更斯的小说，通过插图建构想象的文本，插图为19世纪不识字的读者奉献了“穷人的圣经”，也为狄更斯的小说打开了广阔的市场。马丁·海德格尔认为，现代性的体验是“世界的图像时代”。插图是狄更斯的作品具有现代性因子的重要表现形式，狄更斯的创作对维多利亚时代视觉文化的发展做出了积极的贡献。

---

① 埃德加·约翰逊. 狄更斯：他的悲剧与胜利. 林筠因，石幼珊，译. 天津：天津人民出版社，1992：110.

② 彼得·阿克罗伊德. 狄更斯传. 包雨苗，译. 北京：北京师范大学出版社，2015：109.

# 第三章　经验与记忆：狄更斯的城市现代性特质

与波德莱尔同时代的狄更斯虽然没有提出现代性理论，但这并不表明他的作品没有现代性。城市是体验现代性的关键场所，狄更斯是城市转变的伟大记录者。作为第一个伟大的城市小说家，狄更斯创造的语言世界在句法能量、灵巧、惊奇方面模拟现代城市生活的戏剧经验。我们在阅读狄更斯的作品时，仿佛参与了现代城市生活的戏剧表演。与狄更斯同时代的美学家约翰·罗斯金（1819—1900）早就预言，“狄更斯的作品具有深刻的现代性”①。当代学者 G. M. 海德认为，“波德莱尔的诗歌中有一种精神境界，这使他的大多数追随者和模仿者的诗作相形见绌。在他之后，为他的作品所阐明的城市主题出现了许多变化。在英国伟大的城市文学是在散文中，在狄更斯的小说中”②。但令人遗憾的是，无论是约翰·罗斯金，还是 G. M. 海德，都没有对狄更斯的现代性展开论述，下面拟运用本雅明的经验、记忆与闲逛等现代性理论，在细读文本的基础上发掘狄更斯的现代性。

德国文化批评家、法兰克福学派的领军人物瓦尔特·本雅明（1892—1940）的《拱廊街计划》用文学蒙太奇的方法探索狄更斯、城市化以及资本主义发展之间的关系，从经验、记忆、闲逛等维度发现了狄更斯的现代性，重铸了狄更斯的形象，即狄更斯的小说用具有碎片意义的话语表述了现代城市经验的非连续性、转瞬即逝性和记忆的空间化，洞悉了现代性的本质。

本雅明学术生涯的大部分时间致力于研究 19 世纪的文化。英国引领

---

① Collins Philip A. W. Dickens：the critical heritage. London：Routledge & Kegan Paul，1971：443.

② G. M. 海德. 城市与诗歌//马尔科姆·布雷德伯里，詹姆斯·麦克法兰. 现代主义. 胡家峦，等译. 上海：上海外语教育出版社，1992：316.

世界经济发展的现象，是本雅明考察的中心。狄更斯通常被视为“英格兰特性”（Englishness）的典型代表，本雅明对新兴工业资本主义文化的了解，不可避免地需要接触狄更斯。事实上，本雅明谙熟狄更斯的作品，尤其是《老古玩店》、《大卫·科波菲尔》和《远大前程》。本雅明历时13年整理校勘的《拱廊街计划》用文学蒙太奇的方法摘录了有关法、德、英等国作家的片段，其中有关狄更斯的摘录达15处之多。在《拱廊街计划》中，本雅明将狄更斯与巴尔扎克（1799—1850）、波德莱尔（1821—1867）、普鲁斯特（1871—1922）等作家并置在一起进行考察。

本雅明与狄更斯虽然有着截然不同的地理观和历史观，但二者有着共同关注的问题：意识受到时间和城市语境的影响，人们越来越重视物质世界、物质文化和商品引发精神的或宗教的危机，现代性影响普通大众的生活。换言之，二者对城市现代性现象，即由工业资本主义和城市化所引起的现代经验的变化做出了历史性的回应。他们对现代经验的理解有着共同的立场，即在他们的作品中反复出现的题旨是对转瞬即逝的真相的探求，二者都把现代经验描述为迷惘、焦虑和沉沦，对知识的碎片式的理解或者对总体观的消解。

## 一、狄更斯的现代城市经验

自从齐美尔和维尔特以来，现代城市经验一直是城市文化研究的焦点。本雅明将城市看作表征现代性的独特场域，在《论波德莱尔的几个主题》（1939）中他探究了审美经验如何昭示现代经验连续性之断裂，关注的焦点是“震惊经验”。“经验的确是一种传统的东西，在集体和私人生活中都是这样。与其说它来自于回想过程中的被明确捕捉到的东西，不如说来自于积淀在记忆中的那些未被意识到的材料。”①

在本雅明那里，现代经验涵盖两个方面，即失败的行为和暴力行为。失败的行为是“经历”（Erlebnis），而暴力行为则是“震惊经验”（Erfahrung）。“经历”和“震惊经验”两个概念之间有着重要的区别。皮戈特认为，“经历”指“生活在知觉的、琐碎的、转瞬即逝的瞬间的情况”，而“震惊经验”则指“更深层的、反思性的有意义的经验”②。换言之，

---

① 瓦尔特·本雅明. 发达资本主义时代的抒情诗人. 王才勇，译. 南京：江苏人民出版社，2005：108.

② Gillian Piggott. Dickens and Benjamin：moments of revelation，fragments of modernity. Farnham：Ashgate，2012：92.

对于本雅明而言，经历是经验的一种萎缩形式，其特征是重复和缺乏深度，是经验结构的变化。本雅明将“经历”看作现代城市生活的条件，“叙事艺术由一般新闻报道代替，一般新闻报道又由轰动事件代替，这反映了经验的日益萎缩”①。

“震惊”原为弗洛伊德的精神分析学概念，指因外部刺激唤起的对瞬间事件的自觉关注，即人们在毫无准备的情况下对外界事物或者能量的刺激。在大街上行走的个体所遇到的一连串的震惊和碰撞，就是“震惊经验”，这是现代城市生活中不可排遣的特征。震惊经验反映出个人与现代城市生活之间的紧张关系。本雅明关注现代城市与震惊经验之间的关系，震惊迫使人们将意识当作过滤器去保护自己。“震惊的因素在特殊印象中所占成分愈大，意识也就越坚定不移地成为防备刺激的挡板。”②

狄更斯作为城市生活的卓越观察家，从其创作生涯伊始，就描写了快速发展的、拥挤的城市生活对伦敦人的感觉能力所产生的影响。例如，狄更斯在《飞行》(1851) 中描写了火车旅行产生的新感觉、对记忆的扭曲，使得这篇文章成为“19 世纪写作背景下的一篇革命性的作品，是现代都市经验的表达”③。狄更斯是典型的城市小说家，他对现代城市经验的文学表述，体现为用叙事的形式去捕捉现代都市生活的转瞬即逝性、碎片性的震惊经验，如《博兹特写集》中城市居民的生活，《董贝父子》中卡克在火车翻车事故中丧生，约翰·约斯泼的鸦片瘾，约那斯·朱述尔维特谋杀蒙塔古·泰格之后的震惊状态，《老古玩店》中吐伦特祖父的赌瘾，《我们共同的朋友》中布莱特赖·海德斯东的心理骚动等。上述内容成为本雅明研究现代经验的重要材料，反过来，本雅明的现代经验理论为我们认识狄更斯对城市经验的文学叙事提供了洞见。

布莱特赖·海德斯东是遭受城市疲倦的典型例子。“他象个机器似地接受了一大堆当教师必须的知识。他能够象个机器似地演奏教堂里的大风琴。从他童年的早期开始，他的头脑就象机器一样，是个贮藏东西的储存所。他要费一番心思来安排他的这个批发仓库，使之能够随时满足零售商

① 瓦尔特·本雅明. 发达资本主义时代的抒情诗人. 王才勇，译. 南京：江苏人民出版社，2005：112.

② 瓦尔特·本雅明. 发达资本主义时代的抒情诗人. 王才勇，译. 南京：江苏人民出版社，2005：133.

③ Gillian Piggott. Dickens and Benjamin：moments of revelation，fragments of modernity. Farnham：Ashgate，2012：103.

贩的需要——历史，放在这儿；地理，放在那儿；天文学，放在右边；政治学，放在左边——自然史、物理学、数目字、音乐、低等算术，应有尽有，各得其所——这番操劳使得他的面容上也带有一种疲倦的神情；而课堂上的提问与回答的习惯又使他具有一种疑虑不止的神情，或者顶好说它是一种时刻处于戒备状态的神情。他的面孔上显示出一种常驻不移的烦恼。从这张面孔看，他是一个天性迟钝而又精神委靡的人，他为获得他所获得的智力，曾经付出艰苦的劳动，而今他必须把他所已经获得的东西牢牢抓住。”① 这个自学成才的、工人阶级出身的教师，通过努力奋斗走出了社会的最底层，但其焦虑的心态却与日俱增。海德斯东勤勉的学习过程类似于工人在机器旁机械性地重复工作。如果说工人的工作过程缺乏整体性，且与前后发生的事情不相关联，那么海德斯东试图把数据一点一点地记录下来，这说明他对数据的吸收也没有深度。“他似乎总是心绪不宁，生怕他头脑的仓库中会丢失掉什么东西，他总是在盘点存货，以使自己放心。”② 这暗示了海德斯东记忆材料时的焦虑心态。海德斯东因为意识太劳累、太谨慎，以至于不能反思，不能深入地消化他所吸收的材料。“他的面孔上显示出一种常驻不移的烦恼”，这表明他不仅全神贯注地记录城市环境的“震惊”，而且全心全意地保留对其个人档案有用的信息。再者，他仔细检查他人的行为，回避他人对他的看法所引起的“震惊”，这种焦虑状态，以及主体试图全面理解碎片的经验，是现代经验的必然结果。狄更斯表述了城市居民运用保护的心理状态，习惯性地抵制刺激的方法来回避震惊的倾向。这与本雅明的经验理论所描述的设法保留经验材料的观点是一致的。

对海德斯东而言，伦敦也许是他最不愿意生活的地方。他那充满灵智的肉身，叙述者称之为“天性过于激动”。这是由于毅力的枯竭、自我怀疑和被压抑的阶级愤懑等因素造成的，因为向丽齐求爱遭到拒绝，他所眼见的一切无一不是潜在的忌妒对象。他认为，丽齐之所以拒绝他的求婚是因为她爱尤金。“‘一个人不到时候不知道他心里埋藏着多少痛苦。有些人一辈子也不会知道；让这种人享福去吧，去感谢上帝吧！是您啊，把痛苦带给了我；是您啊，把痛苦强加于我；汹涌的海洋啊，’他说着便捶起自

① 狄更斯. 我们共同的朋友：上卷. 智量，译. 上海：上海译文出版社，1986：314.

② 狄更斯. 我们共同的朋友：上卷. 智量，译. 上海：上海译文出版社，1986：314.

己的胸膛来，‘从此便翻腾澎湃，得不到平息。’ ”[①] 于是海德斯东产生了谋杀尤金的念头，尤金走到哪里，他就跟踪到哪里，日复一日地暗中监视他。狄更斯的描写为我们认识海德斯东与现代经验的关系提供了线索。狄更斯运用这种方法来体验城市生活，并将这一经验写入他的小说之中。

根据本雅明的经验理论，最能体现震惊经验理论的无疑是《老古玩店》中的老赌棍吐伦特老头。对本雅明而言，作为经历的现代生活与震惊所引起的焦虑的、超意识状态有关。当吐伦特意外发现赌棍在玩牌时，他的状态是：“女孩子（指小耐尔——引者）看到他的整个样子完全变了，心里又吃惊又恐惧。他的面孔急得发红，他的眼睛睁得很大，他的牙齿咬得很紧，他的呼吸又短又粗，那只搭在她胳膊上的手颤抖得很厉害，在他紧握之下，连她也震动起来了。”[②] 本雅明引证赌棍吐伦特老头赌博时的形态来唤起经历的短暂性，重复的当下性，没有深度的即时性。这种经验之所以发生，是因为意识被意识到是对震惊的保护，使得印象很少进入经验之中。本雅明把这视作经验的减少，其结果是人们生活在与震惊、单调乏味的苦差、没有深度等相伴随的转瞬即逝的瞬间，本雅明将其比作赌棍重复地掷骰子。《老古玩店》是狄更斯对现代城市世界的核心问题即精神危机的深度思考。本雅明对《老古玩店》的解读表明，狄更斯与本雅明有着共同的宗教观和语义危机观。

在波德莱尔那里，“震惊经验”是其艺术创造的中心。能够激发灵感的理想主要来自大城市的经验：无数关系相互交叉地集结在一起[③]。同样，狄更斯的小说呈现了城市街道上非连续的、不断变异的、喧闹的、具有突发性和疏异性的震惊经验，但狄更斯与波德莱尔对主题和题材的处理有着显然的差异。人们通常认为，与波德莱尔相比，狄更斯更让读者感兴趣，更具道德说教色彩，更富于同情心。其讽刺的、客观的风格为唯美主义的“为艺术而艺术”提供了灵感源泉。狄更斯用情节剧模式来唤起城市生活的震惊感觉和极端的情绪，用哑剧动作来表现震惊经验，这是狄更斯与波德莱尔的不同之处。

与生活相关的神经刺激决定了情绪状态的多样性，但它们必须以“焦虑的、超意识状态”的经验为中心。狄更斯描述了现代城市生活与情节剧

---

① 狄更斯. 我们共同的朋友：上卷. 智量，译. 上海：上海译文出版社，1986：581.

② 狄更斯. 老古玩店. 许君远，译. 上海：上海译文出版社，1980：270.

③ 瓦尔特·本雅明. 发达资本主义时代的抒情诗人. 王才勇，译. 南京：江苏人民出版社，2005.

之间的关系。“实际生活中，从摆满珍肴美馔的餐桌到临终时的临床，从吊孝的孝服到节日的盛装这种惊人的变化”比情节剧毫不逊色。“我们就是其中来去匆匆的演员，而不是袖手旁观的看客……以在剧院里模拟作戏为生的演员对于感情或知觉的剧烈变化与骤然刺激已经麻木。”如果从外部来看，他认为这似乎是“荒谬绝伦、颠三倒四”①。不仅狄更斯的小说内容描写了城市经验，他笔下的人物体验了城市经验的节奏、突然中断与震惊经验，而且他还以感伤小说为媒介，为读者提供超意识的、快节奏的、惊险的城市世界景观。感伤小说是狄更斯发展起来的重要文体，它是城市震惊、陌生的人群、哥特式的城市等观念交汇的场域。如果说狄更斯的艺术显示出打破总体性、表述城市现实四分五裂的、超真实的碎片，那么情节剧模式则是对城市美学恰到好处的补充。对情节剧模式和感伤小说的运用表明了狄更斯作为伟大的现代城市小说家的地位。

## 二、狄更斯的城市记忆

本雅明认为记忆是一个传统概念，在《论波德莱尔的几个主题》中他将普鲁斯特的“非意愿记忆”与柏格森的“纯粹记忆”以及弗洛伊德的现代心理学结合起来。本雅明认为，记忆分为两种，一是意愿记忆，一是非意愿记忆。意愿记忆是现代记忆，代表现代性经验和意象的匮乏，而非意愿记忆指的是经验和意象的存在方式，它是一种无意识的记忆，一种破碎的、零散的、创伤性的体验。在此，记忆已经不是现代人所理解的时间观念，而主要是一个空间概念，即通过回忆过去生活中的材料而找到关于未来的启迪。在回忆中，时间被中断，连续性断裂，只有空间、瞬间和非连续性。因此，记忆只不过是无数意象空间的拼贴。本雅明的“记忆空间化”思想显然受益于狄更斯的童年记忆。

狄更斯是一个对自己有着无限怀旧情愫的人，他能在瞬间非常清晰逼真地回想起一些事物，并将其记录下来，然后奋笔疾书。黑鞋油作坊在其第一部小说《匹克威克外传》中出现之后，每一部小说中都浸透着黑鞋油作坊的阴影，直到最后一部小说《艾德温·德鲁德疑案》。黑鞋油瓶、黑鞋油刷、擦鞋工箱子上的广告、黑鞋油作坊等在狄更斯的小说中是反复出现的意象。

短篇故事《着魔的人》强调记忆的重要性。这是一部关于逝去岁月的

---

① 狄更斯. 奥立弗·退斯特. 薛鸿时，译. 南京：译林出版社，1999：99.

书，讲述一个成功但却孤独的人如何被自己惶惶不可终日的忧郁摧毁并取代自己的家庭生活。主人公的哀伤与他的一位爱姊有关。过去的记忆“在音乐中、在风中、在夜晚的死寂中、在周而复始的年月里重又浮现”①。狄更斯坚信，回忆是一种温暖人心、净化精神的力量。追忆过去经历的痛苦和犯下的罪过可以触动心灵并激起对他人苦难的同情。他在自传片段中写到了父母对自己的忽视。正是他经受的苦难和对苦难的回忆给了他成为一名伟大作家的怜悯之心，而对过去艰苦岁月的回忆让他生发出对穷人和无业游民的同情。

《圣诞欢歌》是一个有关救赎的故事，故事中有两个孩子，一曰“无知”（ignorance），一曰“贫困”（want）。这两个孩子凄惨不幸，惹人讨厌，极其丑陋，十分卑劣，这一情节本身源自《匹克威克外传》中加尔里埃尔·格拉伯的记忆，故事中一个坏脾气的老头见到了各种各样的妖精，而这些妖精让他看到了自己的过去和未来。在斯克掳奇的童年经历中有着狄更斯自己童年中许多熟知的元素，如一个破败建筑的形象就是鞋油作坊和盖茨山庄的结合。正是在这里，斯克掳奇看到了他童年读物中的主人公，这是对狄更斯自己幻想的再现。另外，克拉奇一家住在一幢不大的排屋里，这令人想起狄更斯一家刚搬家到伦敦时在贝恩街上租的那幢房子。狄更斯的弟弟——一个瘸腿的婴儿在受洗时并不是叫“小丁姆”而是叫“小弗雷德”。在这个故事中他将童年时期最早的记忆融为一体了，可见这个故事的感染力来自埋藏在狄更斯心头的回忆。在《圣诞欢歌》中，狄更斯再一次回味了自己的童年，创造了一个现代童话故事。

理解狄更斯童年记忆的主要文献是其自传体小说《大卫·科波菲尔》以及福斯特的《狄更斯传》。《大卫·科波菲尔》用文学的形式建构了回忆的过程。1845—1847 年狄更斯开始写作自传，再现他一生最初 13 年的时光，可惜他后来放弃了。到 1849 年他开始以小说的形式写作《大卫·科波菲尔》。关于《大卫·科波菲尔》的书名，狄更斯先后思考过《科波菲尔秘事》、《科波菲尔史录》、《科波菲尔周游大千世界》、《小大卫·科波菲尔的临终赠言与自白》、《大卫·科波菲尔的临终遗嘱》、《科波菲尔大全》和《科波菲尔的一生》等，最后定名为《大卫·科波菲尔的亲身经历》②。

① 狄更斯. 圣诞故事集. 汪倜然，金绍禹，等译. 上海：上海译文出版社，2013：78.

② 中文本简译为《大卫·科波菲尔》。

《大卫·科波菲尔》的故事背景在19世纪二三十年代，狄更斯特别注意大卫·科波菲尔的年龄，确保他最后被送到工厂做工时与自己刚到伦敦时是同一个岁数。传记作家彼得·阿克罗伊德认为，《大卫·科波菲尔》“是一本关于小说本身的小说，这既是一本关于记忆的小说，也是一本关于记忆力的小说”①。细读小说文本，我们不难发现，这部小说展示了绚丽多彩的记忆：“我从未见过像四月天的午后那样明媚的阳光”，他的母亲“拥有美丽秀发和年轻的身材”。科波菲尔在作坊中哀叹：“我现在对于世事人情，既然经多见广，所以对于任何事物，都很少有感到惊奇的时候；但是，在我那样小的年纪里，他们竟然能那么容易地就把我推出门去，这种情况，即便现在，还是使我觉得有些惊奇。我这个孩子，既然生来有些才分，观察力强，学习心盛、心眼灵快，心地细腻，精神和身体方面，一受委屈，很容易就难过起来……然而实在却没有人出来说一句话。”②

童年时期大卫·科波菲尔从自己熟悉的窗户往外望时看见了自己孩提时代悲伤的身影，“我现在回忆的时候，我记得，当时我意识到我的前途，没有一丁点儿希望。我感觉到我的地位十分可耻，我那颗小小的心里痛苦地相信，我过去所学的、所想的、所喜欢的、使我有雄心大志的、使我能急用斗强的，都要一天一天渐渐离我而去，永远不再回来了；这种种感觉，都深深地印在我的脑子里，绝非笔墨所能形容”③。于是，记忆在逆境中重塑了自我，将过去与现在联系起来，带来连贯性和一致性，在忙碌喧嚣的世界中营造出一份平静和安宁。这是狄更斯内心中最纯净美好的部分，是他泪水的源泉，是生命的本源。

小说《大卫·科波菲尔》的叙事不是以线性的方式描述事件的发展过程，而是以碎片的形式呈现出来。小说开头的特色在于，一开头就中断自己的叙事，并被多个开头和回溯往事所打断，拒斥传统的从过去、现在到未来的时间连续性的线性时间观。

小说的开端，叙述者不是从“我生于某时某地”起笔，而是以如下的文字打断了开头：“在记叙我的平生这部书里，说来说去，我自己是主人公呢，还是扮那个角色的另有其人呢，开卷读来，一定可见分晓。为的要从我一生的开始，来开始我一生的记叙”④。这是叙述者开始叙述，也是

① 彼得·阿克罗伊德. 狄更斯传. 包雨苗，译，北京：北京师范大学出版社，2015：225.
② 狄更斯. 大卫·科波菲尔. 张若谷，译. 上海：上海译文出版社，1989：228.
③ 狄更斯. 大卫·科波菲尔. 张若谷，译. 上海：上海译文出版社，1989：230.
④ 狄更斯. 大卫·科波菲尔. 张若谷，译. 上海：上海译文出版社，1989：3.

“重新开始”。叙述者写自己的历史，也是再写自己的历史，叙述者必须中断历史，从新的起点开始。这是中断与重复的重叠，写下记忆并让记忆呈现于脑际，从而让叙述者揭示历史的运动得以中断，而重复就是运用早先的事件，这就是“意愿记忆”（voluntary memory）。小说的开端也是叙述者的复活，第一章的标题“我呱呱坠地”用的是现在时态，这暗示重复的背后是再生，通过制造新的开端而实现再生。这就为“我的历史的复活”以及“我的历史的重复”提供了契机。特别是复活和再生为即时性和差异性腾出了空间。小说的开头质疑传记过程和叙述者的作用。叙述者科波菲尔不是泄露信息，而是拒绝披露信息，他拒绝陈述他是否为小说的主人公。

下面两段文字，是狄更斯对时间流逝的描写：

> 时间悄悄静静，人不知鬼不觉地过去了。在现在来到的岁月里，亚当斯已经不是学长了，不止是现在不是，而且不止一天两天就不是了。
>
> …………
>
> 我头一天在维克菲先生家里看到的那个小女孩子呢，她在哪儿哪？她也一去不回了。在她身上，看不见那幅画像的童年了，而完全是画像本人，在这所房子里出入活动了；现在的爱格妮，我的亲妹妹（我在心里这样称呼她），我的良师和密友，一切受到她那样恬静、安祥、克己自制的影响的那些人的福星——完全是一个长大成人的姑娘了。①

在第一段，亚当斯在学校做学长时连续的学校意象与亚当斯辍学时的学校意象进行对比，以此让人想起时间的流逝。在第二段，叙述者将爱格妮还是个小姑娘时维克菲先生家的内室意象与爱格妮已是一个长大成人的姑娘时维克菲先生家的内室意象并置在一起，其目的在于让读者认识到主体的相似性，认识到空间化语境的身份。正是对空间化语境以及两个主体之差异的重复来暗示时间的流逝。这两段时间流逝的描写主要是比较同一空间中的两个意象。在追溯流逝的过去时，叙事只是摄取一两个快照，没有连续的、过渡的描写，只有一系列互不相关的瞬间，其微妙的差异创造了运动的幻觉。因此，通过并置快照、剧照或碎片，让读者想起时间的流

---

① 狄更斯. 大卫·科波菲尔. 张若谷，译. 上海：上海译文出版社，1989：396.

逝。狄更斯再一次运用中断（interruption）预示了本雅明对记忆（memory）的理解。本雅明在《柏林纪事》中指出，“神秘的回忆性作品确实是无限插入其空间中的叙事”①。叙述者搜集碎片并将它们并置起来，在小说的另一瞬间暗示连续性。叙事被追溯往事所打断，叙述者中断叙事，然后在过去开始的瞬间重新开始。这不是叙述者回到过去的事物状态，而是过去与当下的时间蒙太奇，这一事件为经验的新奇留下了空间。这就接近于本雅明所谓的“辩证意象”。

将两个极端的象征并置在一起以唤起人们对城市的种种记忆，这在狄更斯的早期小说《奥立弗·退斯特》中就初露端倪：“子夜已降临这座人烟拥挤的都市。降临宫殿，地下室酒店，监狱，疯人院，进入这些生与死，健康与疾病共同拥有的房间，降临尸体和那僵直的面孔与孩子平静甜美的睡眠。”② 子夜中断了城市的正常活动，在这样一个混沌的世界，无生命之物发挥着统一的功能。狄更斯运用中断的方法预示了本雅明对记忆的理解。在《单行道》及其他作品中本雅明指出，语言明显地表明，记忆不是探索过去的工具而是探索过去的战场。它是过去经验的媒介，犹如地面是死亡城市的媒介。试图走近已逝过去的他必须像掘墓人一样表现自己。因此，记忆不应该继续以叙事的方式进行，更不能以报告的方式进行，而必须以最严格的史诗和狂热表达的方式进行。用原来的方法在全新的地方开掘到更深的层面③。本雅明试图恢复记忆，但他关注的不是断裂的意义，而是恢复断裂的意义。本雅明认同这样一种观点，即真理不能以直觉知识的形式通过概念来理解，真理是对自我的再现，作为形式内在于自我再现之中。人们不能外在地发现真理，真理必须向人们展示自己，这与他所倡导的超现实主义是一致的。

叙述者科波菲尔声称，记忆使得经验在当下的瞬间获得再生。“她那副面孔，虽然按理说，我记得的是她改变了样子，虽然我确实知道，她已经不在人间了，但是就在现在这一刻，那副面孔却在我面前出现，和在行人拥挤的街道上我愿注视的任何面孔一样清晰，那么我怎么还能说，那副面孔已经一去不返了呢？她那天真烂漫、如同少女的美，仍旧和那天晚上一模一样，有一股清新之气扑到我的脸上，那么我怎么还能说，那种美已

① Walter Benjamin. Walter Benjamin：selected writings II. Cambridge MA，1996：603.

② 狄更斯. 奥立弗·退斯特. 薛鸿时，译. 南京：译林出版社，1999：288.

③ Walter Benjamin. One way street and other writings，London：New Left Books，1979：314.

经消歇了呢？就在此时刻，我的记忆，都使她那青年美貌，正像刚才所说的那样，复活重现。”① 在熙熙攘攘的城市语境中，面孔以及被乘机抢抓的瞬间，对于科波菲尔而言，类似于生活中记忆的呈现与消失。如果人们在人群中寻找一张面孔，那么面孔意象始终处于流动状态，与之相关的是，“自我”也处于流动状态，它是不稳定的，瞬间就消失了，但其影响却是巨大的。在此，记忆以快照的形式呈现出来，它戏剧性地照亮，然后立即消失。这一段描写也是时间蒙太奇，它把种种碎片聚集在一起。叙述者科波菲尔把回忆当作本雅明的“辩证意象”来体验。“意象是这样一种东西：在意象中，曾经与当下在一闪现中聚合成了一个星丛表征。换言之，意象即定格的辩证法……只有辩证意象才是真正历史的（即不是陈旧的意象）；能够得到这种意象的地方是在语言中。”② 叙述者科波菲尔在回忆过去时，母亲的面孔刹那间在他眼前显现，母亲虽不在人间了，但年轻的、无忧无虑的科波菲尔太太那生气勃勃的面孔却是如此清晰地重现于眼前，进入当下。同时又在极短的瞬间引导读者审视狄更斯的文字，让读者想起改变容颜的母亲的意象以及她在生命垂危关头的意象。叙述者科波菲尔让死者在当下复活的记忆能力令人惊讶，本雅明肯定这一点。“本雅明的朋友的意象在当下已经是死者的意象。”③ 科波菲尔对回忆的再现，是对真相的表述，本雅明称之为普鲁斯特的“非意愿记忆”，“因为一件经历的事件是有限的，无论怎样，它都局限在某个经验的领域；然而回忆中的事件是无限的，因为它不过是开启发生于此前此后的一切的一把钥匙”④。本雅明的“辩证意象”是为了“当下”而攫取“过去”，在支离破碎的瞬间状态捕捉历史的真实面目。

“我们大家都有一种经验，偶尔会有一种感觉，好象我们所说的话，所做的事，很久很久以前都已经说过，已经做过似的。好象在渺茫的前代，我们已经就有过同现在一样的面貌，一样的东西，一样的环境，围绕在我们身边似的，好象我们以后紧接着要说什么话，我们知道得非常清楚，仿佛我们忽然把要说的话想起来了似的！”⑤ 这是狄更斯对幻觉记忆

---

① 狄更斯. 大卫·科波菲尔. 张若谷，译. 上海：上海译文出版社，1989：41.

② 瓦尔特·本雅明.《拱廊计划》之N：知识论，进步论//汪民安. 生产（第一辑），郭军，译. 桂林：广西师范大学出版社，2004：315.

③ Walter Benjamin. Walter Benjamin：selected writings II. Cambridge MA，1996：604.

④ 汉娜·阿伦特. 启迪. 张旭东，王斑，译. 北京：生活·读书·新知三联书店，2008：216.

⑤ 狄更斯. 大卫·科波菲尔. 张若谷，译. 上海：上海译文出版社，1989：833.

的描写。幻觉记忆的经验作为对过去事件的双重披露为记忆的分析提供了材料。在幻觉记忆中，在某种程度上存在某种模糊不清的认识，即某人在此，在做这件事。这一认识既将我们与环境疏远开来，又将我们与环境联系起来。这是重复的模糊的心理印象，其结果是异常的。幻觉记忆的模糊与迷惘纯粹属于城市语境。本雅明的“经历”是一种经验形式，其吸收或保留我们周围世界的信息的能力由于受到现代生活震惊经验的损害在日益减少。狄更斯有意识地在幻觉记忆与写作自传的过程之间进行类比。写作自传涉及过去的碎片材料，这同记忆过程如出一辙。记忆同写作一样，因内容的清晰程度而不同。幻觉记忆的经验按照清晰程度表述最为困难、最没有生产性的记忆。

自传体小说《大卫·科波菲尔》是表征狄更斯的城市记忆的主要作品。他对过去的回忆并不是为了回到过去，而是要理解过去，将他所回忆的过去生活的一切，当作未来的预示，过去生活的经验融入到空间语境之中，被压缩成一幅幅时空交错的画面。本雅明的《柏林纪事》研究的是在新的城市中唤起儿童经验陌生和恐怖的记忆。“这些都市童年的画面或许能够预先塑造蕴含其中的未来之历史经验。”① 本雅明使时间空间化，通过文本实践补充历史的叙事编码，由此瓦解磁铁一般牢不可破的历史链条。本雅明将记忆视为断裂的碎片，使得过去的一瞥得以在当下显现。《大卫·科波菲尔》中对时间的空间特征的描写表明狄更斯/大卫的生平可以比作城市本身的地形学结构。“狄更斯预示了本雅明的理论总结，即那迷宫般的城市导致了人们与自身和记忆的际遇，支配并恢复自身的经验。”②

“城市是物质的，它的特征产生了艺术形式。”③ 回忆小说《大卫·科波菲尔》是狄更斯最具个性的小说，它的原点是狄更斯的童年生活及其在黑鞋油作坊干苦力的痛苦经历的自传叙事，正如大卫所说，“叙事是我的书面回忆”④。在这部小说中，“幻想的迷雾”与记忆犹新的事实交织在一起。狄更斯的创造性天才与其说是才华横溢地对现实进行扭曲变形，不如

---

① 瓦尔特·本雅明. 驼背小人. 徐小青，译. 上海：上海文艺出版社，2003：3.

② Gillian Piggott. Dickens and Benjamin：moments of revelation，fragments of modernity. Farnham：Ashgate，2012：131.

③ 马尔科姆·布雷德伯里，詹姆斯·麦克法兰. 现代主义. 胡家峦，等译. 上海：上海外语教育出版社，1992：79.

④ 狄更斯. 大卫·科波菲尔. 张若谷，译. 上海：上海译文出版社，1989：58.

说源自他在童年时代养成的观察事物的方法。习语“as if”的无处不在就是狄更斯小说中才华横溢的隐喻变形的表征。“as if”承认超现实主义人物的虚构性，它证明狄更斯的儿童与成年人的虚幻观念的同时在场。与其他维多利亚时代的作家一样，狄更斯只要坚守童年时代的主根（taproot）① 就拥有源源不断的创造力。华兹华斯式的童年与大自然是融为一体的，但在狄更斯那里，童年与自然以及所有的人与事是隔离的。阅读小说文本，我们不难发现，大卫犹如《追忆逝水年华》中的马赛尔，当下的一点儿气味或声音皆可以成为回忆的符号，产生情感回忆的奇迹。这种记忆模式对于大卫而言并不是一件很难的事情。只要受到一点点自愿或者非自愿联想刺激的触发，回忆就随之而来，并涌现在叙述者的脑海中。通过当下能够具体感觉到的联想，过去与当下的经验重合在一起。但是，即使在重温过去时，大卫也与记忆的过去保持一定的距离，而不是像普鲁斯特那样，将过去与现在结合起来超越时间。对狄更斯而言，过去就是一去不复返，且迷失在过去的大海之中，不复存在。大卫的全部回忆是相互关联的，他的全部回忆连缀成一个整体——过去生活的有机连续体。

《大卫·科波菲尔》存在着绵延（duration）和连贯（coherence），这是第一人称叙事所产生的独特魅力。由于联想的巨大作用，主人公精神的在场将回忆的事件组织成统一的模式。童年时的大卫只能体验到孤立的感觉碎片，没有力量将这些碎片形成一个连续的整体。但最终主人公夸耀说他虚构了自己的命运，并用心灵的磁场将它们连成一体。整部小说反复指涉了截然不同的统一的在场，这种在场外在于主人公，指导他的生活。这种天缘巧合的精神决定了事件的连贯性及不可改变的必然性。小说中也有前意识的记忆，如“有时候突然有一种我们正在说的话和做的事情在很久很久以前就已经说过和做过的感觉”②，于是记忆成了一种复活形式。

狄更斯在《大卫·科波菲尔》中写道：“我有时候会坐着看那些转瞬即逝的幻想、白日梦，它们仿佛是画在我房间的墙上，隐约可见，而且它们会渐渐消失，又留下一面空白的墙。”③《大卫·科波菲尔》的叙事明晰地表述了狄更斯想象力的源泉，由此我们可以直接发现创造性的想象力与

① taproot，是威廉·燕卜荪（William Empson）评论19世纪诗歌的术语。

② 狄更斯. 大卫·科波菲尔. 张若谷，译. 上海：上海译文出版社，1989：381.

③ 狄更斯. 大卫·科波菲尔. 张若谷，译. 上海：上海译文出版社，1989：563.

异化的儿童观之间的内在联系。对狄更斯来说，“记忆力、幻想和想象力结合在一起就成了一种神赐的能力，可以将在世之人与已故之人联系起来，将人间与天堂联系起来，它成了一种让现实充满神赐恩典的方法”①。狄更斯“一直都在还原逝去的时光，恢复消逝的轮廓，将世界联系在一起，并让他变得清澈透明，让色彩更鲜明，让意义更明确”②。

## 三、转瞬即逝、孤独冷漠和异化：城市现代性的特质

狄更斯的城市小说准确而深刻地把握了都市伦敦的现代性特质，即转瞬即逝、孤独冷漠和异化，体现了城市的多样性、复杂性。

### （一）都市的混杂性、转瞬即逝性

本雅明在《发达资本主义时代的抒情诗人》中指出“城市文学着重关注城市生活中令人不安和使人生畏的方面，以大众为对象，热衷于挖掘大城市民众的特有的功能”③。可见，城市小说中的“城市”指的是都市而非作为工业中心的城市。工业小说再现的城市是千篇一律的，狄更斯的独创性在于他描写了伦敦都市最根本的特征，呈现了伦敦最引人注目的现象——城市经验的混杂性、转瞬即逝性。20世纪中叶的马克思主义文化批评家威廉斯指出：“唯有狄更斯将城市经验写进小说中。”④“只有在城市经验的维度上才能理解狄更斯的天才。”⑤下面我们以狄更斯对“维尼林家”的描写为例来加以说明。

> 维尼林先生和维尼林太太是伦敦一个崭新的住宅区中一幢崭新的房子里住着的两位崭新的人。维尼林家的每件东西都是簇新透亮的。他们的家具全都是新的，他们的朋友全都是新的，他们的仆人全都是新的，他们的黄铜门牌是新的，他们的马车全都是新的，他们的缰绳辔头是新的，他们的马是新的，他们的画像是新的，他们本人是新的，他们是新婚夫妇，新到他们可以合法地有一个崭新的婴儿的程度。假如他们搬出一位曾祖父来，这位老人家也一定是从家具陈列馆

---

① 彼得·阿克罗伊德. 狄更斯传. 包雨苗，译. 北京：北京师范大学出版社，2015：90.

② 彼得·阿克罗伊德. 狄更斯传. 包雨苗，译. 北京：北京师范大学出版社，2015：186.

③ 瓦尔特·本雅明. 发达资本主义时代的抒情诗人. 王才勇，译. 南京：江苏人民出版社，2005：37.

④ Raymond Williams. The country and the city. London：Oxford University Press，1973：218.

⑤ Raymond Williams. The country and the city. London：Oxford University Press，1973：165.

用蒲包装好运回家来的，全身没有一处擦伤，直到头顶心都是油光水亮的。①

维尼林一家的现实性是由物赋予的：房子与家具，马车与缰绳辔头，黄铜门牌与画像等。但正因为如此，它暴露了使世界人性化的最根本的缺陷。因为赋予价值的行动不能并行不悖地同时朝两个方向运动：或者物体已经具有价值与意义，并将这种价值与意义传递给生活于其中的人类；或者人类赋予物体意义。

在《我们共同的朋友》中，城市化选择的是后者，即人类赋予物体意义，因为他们不再相信前者的有效性。被人类制造出来的物体为人所拥有，只是在人类生活中使用它们并赋予它们价值才能存在。它们不是外在的、独立的、自足的，而是内在的。这些物体犹如赋予它们价值的人一样，具有意义和真实性。维尼林一家是“崭新的人”，这表明他们本身没有真正的现实性，也没有价值与意义。

所谓的人，就其本身而言，什么也没有；所谓的世界完全变成了影像，因此也就化为一无所有。而维尼林一家，不仅仅维尼林先生和维尼林太太是崭新的，而且他们的住宅，住宅中的家具、朋友、仆人、黄铜门牌、马车、缰绳辔头、马、画像等无一不是崭新的，甚至连他们的曾祖父也是“油光水亮的”。这段描写狄更斯运用了现在时态，从而强化了转瞬即逝的印象，家之“崭新”，房屋之“崭新”，强调的是短暂性、瞬间性，这也是对他们漂泊无根的暗示。

雷蒙德·威廉斯认为，“狄更斯开创了新型城市小说之先河”②。“因为伦敦这样的城市不能简单地以千篇一律的修辞姿态来描绘，相反，它的混杂性、拥挤的多样性、运动的随意性，是伦敦最引人注目的现象，如果从内部来看，尤其如此。……甚至对于现代经验而言，他所展示的比早期工业革命千篇一律的城市更具根本性的方面是一种矛盾和悖谬：多样性、明显的任意性与最终被视为决定系统的东西共存。这个决定系统是明显的个别事实但又超越了事实，常常掩盖普通情况和命运”③。

19 世纪的伦敦都市是新的社会关系、经济关系和文化关系开始形成

① 狄更斯. 我们共同的朋友：上卷. 智量，译. 上海：上海译文出版社，1986：12.

② Raymond Williams. The country and the city. London：Oxford University Press，1973：154.

③ Raymond Williams. The country and the city. London：Oxford University Press，1973：153－154.

的场所。这个都市的社会特征是转瞬即逝、出人意表（unexpectedness），虽然置身于人群（crowd）和大众（masses）之中却感到孤独（isolation）和冷漠。威廉斯明确指出了城市现代性的特质："孤立和相互隔绝成为一种新的、活跃的境况……一种活力的狂欢，一个狂热欢乐的瞬间和稍纵即逝的世界……一种新的快乐，一种身份的扩展，这样他们淹没在人群中。"① 狄更斯率先用小说捕捉到了工业化和城市化浪潮中稍纵即逝的景观，以及人们由此而生的迷惘和困惑，人们虽然身居闹市，却倍感冷漠和孤独。他指出：

> 狄更斯的小说中的男女与其说相互联系，不如说相互走过，有时相互碰撞。他们也不以寻常的方式说话。他们交流或者相互走过，首先想到的是通过自己的话语来界定自己的身份和现实，用一成不变的自我描述，提高嗓门，在类似的声音中强调到足以让他人听清的程度。但是随着情节的发展，未为人知的、未得到公认的关系，深刻的和决定性的联系，明确的、坚定的认可和声明不得不进入意识。这是真实的、不可避免的关系，人类社会必不可少的认可和声明。但是它们因纯粹的忙碌、噪音、新的复杂的社会秩序的混杂性而变得模糊，让人困惑不解。②

狄更斯的小说对城市经验的描写是对城市隐喻的发展，并运用想象的或超现实主义的预言家和先锋派人物的态度，从而能够深刻地揭示出城市生活的冲突和发展的偶然性和多样性。史蒂文·马库斯在《恩格斯、曼彻斯特和工人阶级的状况》一文中指出，"只有成熟的狄更斯才能与恩格斯比肩或超越恩格斯对工业城市的描写，并展示对活的主体的直接而创造性的把握"③。狄更斯对城市经验的描写也影响到后来作家的城市观，如哈代就认为伦敦是一个有着 400 万个头颅和 800 万只眼睛的怪物。

**（二）人群中的孤独与冷漠**

恩格斯发现了伦敦都市熙熙攘攘的人群是孤独、冷漠的，他指出：

---

① Raymond Williams. The country and the city. London：Oxford University Press，1973：281 - 282.

② Raymond Williams. The country and the city. London：Oxford University Press，1973：155.

③ Steven Marcus. Engels，Manchester and the working class. New York：Random House，1974：142.

> 伦敦人为了创造充满他们的城市的一切文明奇迹，不得不牺牲他们的人类本性的优良品质；……在这种街头的拥挤中已经包含着某种丑恶的违反人性的东西。难道这些群集在街头的、代表着各个阶级和各个等级的成千上万的人，不都是具有同样的属性和能力、同样渴求幸福的人吗？难道他们不应当通过同样的方法和途径去寻求自己的幸福吗？可是他们彼此从身旁匆匆地走过，好像他们之间没有任何共同的地方，好像他们彼此毫不相干，只在一点上建立了一种默契，就是行人必须在人行道上靠右边走，以免阻碍迎面走过来的人；同时，谁也没有想到要看谁一眼。所有这些人愈是聚集在一个小小的空间里，每一个人在追逐私人利益时的这种可怕的冷淡、这种不近人情的孤僻就愈是使人难堪，愈是可恨。虽然我们也知道，每一个人的这种孤僻、这种目光短浅的利己主义是我们现代社会的基本的和普通的原则，可是，这些特点在任何一个地方也不像在这里，在这个大城市的纷扰里表现得这样露骨，这样无耻，这样被人们有意识地运用着。人类分散成各个分子，每一个分子都有自己的特殊生活原则，都有自己的特殊目的，这种一盘散沙的世界在这里是发展到顶点了。①

恩格斯的这一观点后来成为齐美尔、本雅明研究城市现代性的理论基点。与恩格斯同时代的狄更斯以诗性的方式表现了人群中的孤独与冷漠。狄更斯在第一部作品《博兹特写集》中写道："有这么一类人，我们天天碰见他们，他们打着黑色宽领带，穿薄背心，拿乌黑发亮的手杖，脸上带有不满意的表情，这些都是这个民族的特征。其他一些人很快地擦过你的身边，有的拖着沉重的步子一直走到办事的地方去，有的在愉快地追求享乐。然而这些人却漠然地荡过去，像值班的警察一样满脸喜色、精力旺盛。他们什么都不放在心上"②。这与恩格斯的理论表述有异曲同工之妙。

在《董贝父子》中狄更斯写道：

> 啊，如果有个善良的精灵用一只比故事中的瘸腿魔鬼更有力更仁慈的手把屋顶掀开，向一个信仰基督教的民族表明，什么样黑暗的形体会从他们家里走出去，参加到毁灭之神的随从队伍中去，那会怎么样啊！啊，如果有一夜看得到这些苍白的幻影从我们忽视过久的那些地方走出来，从邪恶与热病一起蔓延的黑暗阴沉的天空中走出来，让

① 马克思，恩格斯．马克思恩格斯全集：第2卷．北京：人民出版社，1957：303－304.
② 狄更斯．博兹特写集．陈漪，西海，译．上海：上海译文出版社，2013：69.

> 可怕的社会报应像雨一般永远不停地、愈来愈大地倾泻下来，那会怎么样啊！经过这样一夜之后出现的早晨将会明亮而幸福；因为人们将不再受自己所设置的绊脚石的障碍，这些绊脚石只不过是他们通向永恒的道路上的几粒尘埃罢了；那时候他们将像出于同一根源、对同一个家庭的父亲负有同一个责任、并为一个共同的目的而努力的人们一样，专心致志地把这个世界建设成为一个美好的地方。如果有一天唤醒了从来没有观察过周围的人生世界的人，让他们了解自己与这个世界的关系，让他们了解自己萎缩的同情与估计中扭曲的天性（这种扭曲一旦开始，其发展就会跟天下最严重的堕落一样严重，一样自然），这一天也会一样光明与幸福；但对于董贝夫妇来说，这样一天从来没有破晓过；于是各人走了各自的道路。①

那只掀开屋顶放出从忽视和冷漠中产生的形体和幻影的仁慈的手，那只使空气澄清让人们克服违背天性的同情心萎缩而相互看见与承认的手，从来就没有出现过，最终董贝夫妇只能是“各人走了各自的道路”。这一事件在《董贝父子》第 47 章对城市的描写中还出现过。18 世纪商业日益占重要地位，19 世纪工业日益占重要地位。政治经济学家们把残酷贪婪的精神合理化，使之成为主宰全社会的制度。狄更斯认识到，都市伦敦只注重物质实利，它使得人们心肠变硬，越来越冷漠无情，并改变了我们的共同体感觉和以人为本的认识。狄更斯将自己捕捉到的感觉戏剧性地呈现出来，描述了一般人肉眼看不到的社会制度所造成的严重后果。

《圣诞欢歌》中的斯克掳奇是不折不扣的“经济人”的化身。斯克掳奇的一生只与钱柜和账单打交道，他欺负雇员，克扣他们的工资，将人世间的一切感情——仁爱、慷慨、温情都斥为“欺人之谈”，把一切想象力都看作思想上的消化不良症。他认为自己对社会已经尽了全部责任，他纳了税用以支付监狱和济贫院的经费以及执行苦役和实施济贫法的费用。他认为失业和贫困的人都是无用的懒汉，他们最好死去，以减少过剩的人口。狄更斯与斯克掳奇及正统政治经济学家们的看法正好相反，如果一个社会不考虑人是需要别人爱的，也需要有人爱的，那这个社会就是不健康的。“《圣诞欢歌》是拯救社会的亦庄亦谐的寓言。”② 斯克掳奇的转变就

---

① 狄更斯. 董贝父子. 吴辉，译. 南京：译林出版社，1991：754.

② 埃德加·约翰逊. 狄更斯：他的悲剧与胜利. 林筠因，石幼珊，译. 天津：天津人民出版社，1992：347.

是狄更斯所期望的整个社会的转变。

### （三）人性的扭曲和异化

异化是德国古典哲学的重要范畴，也是西方现代主义文学的重要主题之一。异化指的是人与社会、人与自然、人与人、人与自我的关系失去了健康、和谐的状态，出现了全面的错乱和扭曲。马克思在《资本论》和《1844年经济学哲学手稿》中做了深刻的阐释。在《资本论》中，马克思将人的异化现象归结为“物对人的统治，死劳动对活劳动的统治，产品对生产者的统治”①。在《1844年经济学哲学手稿》中，马克思指出：“生产不仅把人当作商品、当作商品人、当作具有商品的规定的人生产出来；它依照这个规定把人当作既在精神上又在肉体上非人化的存在物生产出来。”② 按照马克思的观点，异化是在私有制度下人与自己的劳动和劳动产品相分离而产生的一种社会现象。其基本含义是，人的创造物与人相脱离、相独立，并且反过来奴役人、支配人。狄更斯生活的英国，工业革命已经基本完成，工商业得到长足发展，资本主义进入到鼎盛时期。但是，由于整个社会陷入物质主义，人的压力也越来越大，混乱威胁着秩序，死亡的威胁降临到这个商业化的都市之中，家庭生活变得越来越不可预测，温馨已经让位于诡异，人的本性开始出现变异。虽然狄更斯不是理论家，但他作为一个敏于观察的划时代的作家，用文学的方式对异化现象做了入木三分的描写。

在狄更斯的作品中，工业社会被描绘成一种压迫人和使人异化的制度，它敌视和排斥制度中的个人，个人因此失去了人性，成为物一般的机械存在。后期小说《艰难时世》的基调是通过对工业表面的描述来探索内在的含义。在葛擂硬的世界不许有想象力、不许有幻想、不许有情感，只有事实和功利主义的盘算。这个世界的哲学是以铁的事实为根据，这是维多利亚时代残酷的实利主义的露骨表现。焦煤镇便是在实利主义思想作用下产生的怪胎，烟囱和烟囱顶管仿佛产生了残疾的、图腾般的生命——因为缺乏空气形成通风的气流，这些烟囱被建造成五花八门的形状，有的短小，有的扭曲，仿佛每一座房子都挂上了招牌，标明哪种人将会在里面出生——这种意象产生了栩栩如生的幻觉效应，给予读者的感受非常强烈。

在《马丁·朱述尔维特》中，从托杰斯公寓屋顶上可以看到的相对纯

① 马克思，恩格斯. 马克思恩格斯文集：第8卷. 北京：人民出版社，2009：469.

② 马克思，恩格斯. 马克思恩格斯全集：第3卷. 2版. 北京：人民出版社，2002：282.

真的景象更加具有幻觉效应。

> 一大堆房屋上旋转的烟囱顶管，似乎时常在转身过来郑重其事地打招呼，还悄声报告各自观察到的下面正在发生的事情的结果。有些顶管，躬腰驼背，似乎都心存不善，故意要扭着身子，挡住远处的景物，让托杰斯公寓看不清前面的情况。对面有一个人正靠着过道上面的楼窗修一支笔，在这片景物中占据了无比重要的位置，他一离开那个地方，就空了那么一大块，跟人的大小完全不成比例，简直是荒唐。有一块布正在染坊竿子上欢跃狂舞，一时之间，比那众多物体的无穷变化还要有意思得多。旁观者正为了这个跟自己生气，并且纳闷到底是怎么回事，这一片混乱变成了呼啸之声；本来就密密麻麻的东西，密度与面积似乎比原来增加了一百倍，观望四周之后，他惊慌失措，又跑回了托杰斯公寓，奔跑的速度比出来时要快得多，十之八九，事后他跟托杰斯先生说：要是没跑进来会发生什么情况：人早就抄最便捷的路跑到大街上去了——也就是说，一头栽下去了。[①]

在这一描写中，非人的存在物拥有难以区分的生命。从托杰斯公寓看到的景象，如烟囱顶管、空白的上窗，或者染工的布等，这些物体的相对意义已经消失，这让置身于托杰斯公寓屋顶的观察者突然感到恶心，几乎想自杀，原因在于他看到的只不过是世界的瞬间景观，在这个转瞬即逝的世界中，意义已经不复存在，只有赤裸裸的存在。在狄更斯的小说中，人和物的关系常常被颠倒，我们看到人的感情被倾注在房子、家具甚至衣服等无生命的东西上，人因此具有了非人的特征。

物化的人在狄更斯的作品中大量存在。他有一种特殊的能力，即能在人类的偶然事件和动物界或植物界的现象之间发现相似之处，例如装着木腿的人、家具等。

木腿人在狄更斯的小说中反复出现，如甘普先生和赛拉斯·魏格。在《马丁·朱述尔维特》中作者这样描述甘普先生的木腿："至于丈夫，有一条木腿，同样已经乌乎哀哉了。这条木腿时刻往酒窖里走，进去就不肯出来，直到被人强行带走，弄得即便不说比肉体还要虚弱，也是一样虚弱了。"[②] 可见，甘普先生已经被木腿所控制。在《我们共同的朋友》中魏格的木腿更具喜剧色彩。"他简直就是个木头人，他那条木制的腿看起来

---

① 狄更斯. 马丁·朱述尔维特. 叶维之，译. 上海：上海译文出版社，1998：279.

② 狄更斯. 马丁·朱述尔维特. 叶维之，译. 上海：上海译文出版社，1998：321.

像是天生的，而且暗示想象力丰富的观察者，他很有可能——如果他的发育没有过早地受阻的话——在六个月时间内完全由一双木腿支撑起来。”①狄更斯小时候生活的查塔姆有很多装着木腿的人，他的一生对木制假腿一直都很迷恋，在其小说中不厌其烦地一再描写，木腿插入煤堆中的情景在《我们共同的朋友》中多次出现。

在《我们共同的朋友》中可怜的特威姆娄被东道主当成可以折叠的餐厅家具，按照晚会的规模来伸展或者收拢他。“有一件天真无邪的餐厅‘家具’，他靠轻便的小脚轮走路，不派用场时放在圣詹姆士广场杜克大街一家出租马车行的楼上，维尼林夫妇是使这件‘家具’莫名其妙大伤脑筋的原因。这件‘家具’的姓名是特威姆娄。作为斯尼格斯沃斯勋爵的嫡亲表兄弟，他是经常被人使用的，在很多户人家里，可以说是有了‘它’，餐桌才处于正常状态。”② 在维尼林夫妇眼中，特威姆娄是一件有利可图的家具，如果不用就把它放在圣詹姆士广场杜克大街一家出租马车行的楼上，这件家具既“天真无邪”又便于使用，“他靠轻便的小脚轮走路”。还有波茨纳普的女儿乔治亚娜，她的父亲波茨纳普认为，她完全可以“象餐具一样收藏，象餐具一样取出，象餐具一样擦光、数数、算重量，并且象餐具一样定价钱”③。由于人性的扭曲，人便成了物化的人。

《马丁·朱述尔维特》被誉为“把人变成机械驱动的物体的集大成之作”④，关于人变成物的例子不胜枚举。例如，波金斯少校“酷似公共花园里腐烂的野草，将其锄掉，扔进跟他气味相投的粪堆，会对园里像样的植物的生长大有好处”。无精打采的以利亚·波格莱姆与马丁握手时“像已经完全松开的发条驱动的人形”。朱述尔维特的职员老楚费是一件家具，一张“细长腿”的椅子或桌子，可以像其他没有生命的物体一样储存起来；或者是“破烂的酒桶”：“仿佛他是半个世纪以前贮藏起来，被人遗忘了；有人刚刚在木材储藏室发现了他”⑤。

由于人性的丧失，人与人之间的社会关系便成了一种市场关系，纯粹的经济上的交易关系。在《小杜丽》中，亚瑟·克莱南说：“我是父母唯

① 狄更斯．我们共同的朋友：上卷．智量，译．上海：上海译文出版社，1986：267.

② 狄更斯．我们共同的朋友：上卷．智量，译．上海：上海译文出版社，1986：12－13.

③ 狄更斯．我们共同的朋友：上卷．智量，译．上海：上海译文出版社，1986：207.

④ Dorothy Van Ghent. The Dickens world：a view from Todgers. Sewanee Review，LVIII，Summer 1950：419－438.

⑤ 狄更斯．马丁·朱述尔维特．叶维之，译．上海：上海译文出版社，1998：328.

一的孩子，他们对所有东西都会称重量、量尺寸和定价格。对于他们来说，不可以称重量、量尺寸和定价格的东西从来就不存在。”① 这在后期作品《我们共同的朋友》中又有了进一步的发展。

> 波茨纳普家餐具的特点是结实得可怕。每样东西都做得看来尽可能地重，而且占据尽可能大的空间。每样东西都在自我夸耀地说：“你只瞧见我这副丑样子，好象我不过是一块铅，然而我是那么多重每两值那么多钱的贵重金属呢；——你不想把我熔化了看看吗?”一只又粗又大、四面铺开的果盘架从餐桌中央一只其貌不扬的银盘中，发表了这番讲话，它浑身斑驳，仿佛是一下子爆发出来、并不曾精心修饰过似的。四只银质冰酒缸，每一只都装饰着四个眼珠突出的人头像，每只头像的每只耳朵上都耀眼地挂着一只大银环，也在餐桌各处表达出这种情绪，并且把它传给了大肚皮的银盐缸。②

维多利亚时代无论对物还是人，都是按照可以量化的金钱原则来定价，而波茨纳普的餐具意象使得这一观念变得更加明晰具体。波茨纳普用同样量化的标准对人进行定价，在他家聚会的“大多数客人也都和这些餐具一样，其中还包括几件份量特重的”③。

人在工业机器和商业主义的控制下变成物品，人被机器操纵、控制，甚至成了可以买卖的商品，孤儿期货市场便是突出的例子。鲍芬夫妇打算收养一个孤儿，叙述者是这样描述的：

> 他们发现要办好这件善事而又不用花钱买孤儿的方式是不可能的，因为一旦传出话去，说有个孤儿有人想收养，便会忽地冒出一个对这孤儿关怀备至的亲戚来，给这孤儿定下个身价。市场上孤儿价格上涨之猛烈，几非股票交易所中最疯狂的记录所可比拟。往往是早晨九点钟，他可能由别人领养在外，正玩着烂泥饼，价要打五十折，而（一经寻求）在中午以前身价便上涨五十倍。市场被千方百计加以“操纵”。假货盛行。亲爹娘会勇敢地自称他们自己已经亡故，把他们的孤儿带来给你。真正的孤儿货色却悄悄地退出了市场。他们为此专门安插了密探，一声宣布，说米尔维夫妇正经过院中走来，作为临时通货的孤儿便立即被人藏起，不肯交出，除非答应这些掮客们一个条

① 狄更斯. 小杜丽. 金绍禹，译. 上海：上海译文出版社，1993：65.
② 狄更斯. 我们共同的朋友：上卷. 智量，译. 上海：上海译文出版社，1986：189.
③ 狄更斯. 我们共同的朋友：上卷. 智量，译. 上海：上海译文出版社，1986：189.

> 件，这通常是“一加仑啤酒”，同样地，由于孤儿持有者们始而囤积居奇，继而十个八个地涌入市场，而造成海浪般汹涌起伏的价格涨落。然而尽管方式变化万千，其根本原则则一，都是搞买卖交易，而这个原则是米尔维夫妇所不能认可的。①

作者用轻松幽默的语气描绘了将人作为商品进行投机交易的场景，这表明到了维多利亚时期，人性的异化已经到了令人触目惊心的地步，家庭关系也反常、病态到了极点。小说强化了这样一种观念，投机的市场原则不仅仅局限于股市交易，而且作为社会的信仰和准则渗透到社会的各个领域。

19 世纪以前，西方社会基本处于农耕时代，人与自然的关系是和谐的，文学作品中的人物也是正常的，理性主宰着人物的思想与情感，人物遵循着亚里士多德所说的“可然律”与“必然律”行动。进入后工业社会，手工业者开始退出历史舞台，社会分工越来越精细，物质主义像原子一样渗透到了整个社会，人的创造物对个人的压迫日趋严重。狄更斯敏锐地抓住了这个时代的特点，探讨了对金钱的过度贪欲所造成的人性的异化，如《马丁·朱述尔维特》中的约那斯，为了早日得到遗产，竟然对自己的父亲下手，企图毒死其父。《圣诞欢歌》中转变前的斯克掳奇，对财富的执着追求使他丧失了最起码的人性，完全异化成一架经济机器。狄更斯对异化的描写极大地影响到 20 世纪的西方现代主义作家。

---

① 狄更斯. 我们共同的朋友：上卷. 智量，译. 上海：上海译文出版社，1986：281－282.

# 第四章　“文学伦敦”的现代性主体

“文学伦敦”是狄更斯创造的现代性文学空间，以伦敦街道为家园的闲逛者和拾垃圾者是伦敦都市的现代性主体。

## 一、闲逛者

学界大多数人认为，闲逛者意象起源于19世纪的巴黎，特别是波德莱尔的诗歌。但事实并非如此。闲逛作为一种都市文化活动决不囿于19世纪的巴黎语境。早在华兹华斯的诗歌中，就出现了闲逛者意象：

啊，朋友！有一种感受，它凭借
独有的权利，属于这个大城市；
在熙熙攘攘的街头，多么常见，
我在人群中前行，对着我自己
说道：“经过我的每个人的
面孔，都是一个谜！”

于是，我看着，不停地看着，受到
什么与何处，何时与如何的念头压抑
直到我眼前的各种形状变成
超出视力的队列，犹如滑翔
经过静默的群山，或如出现在梦中。
全是熟悉的生活的重压，
现在，和过去；希望，恐惧；全都停滞，
行动、思维、说话的人的一切律法
从我面前经过，既不认识我，我也无所知。①

---

① 王佐良．英国浪漫主义诗歌史．北京：人民文学出版社，1991：25.

这首诗通过闲逛者“我”在伦敦街道的闲逛和观察，呈现了伦敦下层居民的痛苦和恐惧，诗歌中的“我”成了19世纪伦敦第一个闲逛者形象。华兹华斯描述了闲逛者在人群拥挤的街道上所看到的每一张面孔都是陌生的、转瞬即逝的，这是现代城市中的现代经验。英国是资本主义发展最早的国家之一，这个“日不落帝国”到了19世纪工业文明出现高度繁荣的景象。伦敦作为世界上第一个工业化的大都市，是当时欧洲的工业、商业和金融交流的中心，而巴黎直到19世纪中期豪斯曼进行大规模的改建后，星罗棋布的小巷被“抹擦掉”，街道被拓宽，才开始出现崭新的林荫大道，巴黎的街道才得以现代化。这是闲逛者在伦敦比在巴黎更早成为城市意象与现代性因素的重要原因。

最早从理论上将闲逛者作为文化意象进行研究的是德国文化批评家本雅明。闲逛者（Flâneur）[①] 既是本雅明现代性理论的核心范畴，也是其著作中的核心人物。闲逛者穿过都市的人群，他们站在大城市的资产阶级队伍的门槛上，在人群中寻找自己的庇护所。闲逛者因为具有与大城市相吻合的节拍，能够捕捉稍纵即逝的事物，因此他们扮演着侦探角色，专事打探别人的秘密。本雅明就是富于激情的闲逛者，在精神旅途中听凭其思绪四处游荡。1932年本雅明在伊维萨撰写的自传片段《柏林纪事》将孩提时代的回忆融入到对柏林和巴黎的闲逛之中，“摄影式”地回忆了他的儿童时代在柏林和巴黎街道的闲逛经验，宏观地呈现了《拱廊街计划》的根本理念。在《单行道》中本雅明表述了童年时期对城市闲逛的思考：“我想起在巴黎的一个下午，刹那间我洞悉了生命的意义，这种洞见具有启迪的力量……我告诉自己，只有在巴黎才能闪烁这种洞见。这里的城墙和码头，逗留之地，收藏品，垃圾，铁轨和广场，拱廊和售货亭，都在训练一种奇特的语言。”[②]

闲逛者是现代都市的现代性主体。闲逛者意象为人们阅读和分析城市文本，探讨城市经验、城市空间和城市现代性提供了一个极佳的视角。

在《拱廊街计划》中，本雅明将狄更斯、波德莱尔和爱伦·坡三者在街道上的闲逛联系起来。

---

① “Flâneur”是一个法语词，常被翻译为“游荡者”“漫步者”“浪荡子”“流浪汉”“游手好闲者”“闲逛者”，其原意是指生活艺术的漫不经心，有闲散、晃荡、漫游、慵懒等意蕴。

② Walter Benjamin. One way street and other writings. London：New Left Books，1979：318.

### （一）闲逛者狄更斯

对现代城市新特征的认识，从一开始就离不开独自在城市街头漫步的闲逛者。

闲逛者以 19 世纪为其家园，伦敦让狄更斯学会闲逛，闲逛也激发起他的文学激情。狄更斯作为城市经验的经历者与表达者，天生就是个闲逛者，并且狄更斯终其一生将自己视为城市的闲逛者，街道的流浪者。

童年的经验使闲逛成了狄更斯终生不变的爱好。在城市漫步，迷失在那些狭窄的街道里，偶遇最奇异的鲜明对比，每到一处就有美丽、丑陋、宏伟、令人愉悦和惹人不快的事情跃入眼帘。即使在国外期间狄更斯仍然要去城市的大街小巷闲逛。据狄更斯自己的描述，他在巴黎逗留期间，漫步到了医院、监狱、陈尸所、歌剧院、戏院、音乐厅、公墓、宫殿和酒店。他看着国王路易·菲利浦从面前走过，看到警察总监骑马走在前面，像荷兰钟表上的小人儿那样，不停地左顾右盼，就好像怀疑爱丽舍田园大街上树木的每一个幼芽似的。显然，这是一幅充满艳丽而又恐怖景象的“全景图”，这说明狄更斯眼中的世界多么富于戏剧性，欣赏这幅色彩鲜艳的全景图是他当时最大的乐趣之一。他尤其喜欢独自一人去巴黎的陈尸所①。狄更斯常去这个地方，因为太平间让他进入到“既令他厌恶又让他入迷的状态”，他坦承“我让一股无形的力量拽进了太平间”②。狄更斯曾经用恐怖的语言描绘过这一场面：“令人毛骨悚然的尸床，浸透了水而有些膨胀的衣服，水从衣服上滴下来，滴上一整天，那上面还有别的湿透而膨胀的东西堆在角落里，像一大堆过熟的无花果给压碎了。”③

1842 年狄更斯访美在纽约逗留期间，采访跟踪他的人接踵而来，让他无法休息，终日焦灼不安，但是他还是要偷偷摸摸地去街道上闲逛。有一次他在两位警官的护送下，在一天夜里去看了五点街那个醉汉，以及贫民聚集的地方和罪恶的渊薮。他看到的是断墙折柱、破窗烂瓦，千疮百孔的房屋入口处有摇摇欲坠的踏脚。有的地方楼梯黑得伸手不见五指，走一步，脚下的木板颤一颤，还有些房间里散发出衣服和人身上的恶臭。胡同里满是泥浆，深及膝盖。洞穴似的小屋里有许多水手和女人在饮酒和跳舞。狄更斯从闲逛中获得了极大的乐趣。由于过度操劳，在狄更斯 49 岁

---

① 在巴黎经常会陈列近期找到的无名尸体，供市民辨认。

② 彼得·阿克罗伊德. 狄更斯传. 包雨苗，译. 北京：北京师范大学出版社，2015：197.

③ 彼得·阿克罗伊德. 狄更斯传. 包雨苗，译. 北京：北京师范大学出版社，2015：197.

时，他的健康已在衰退，但他仍疯狂地坚持闲逛的习惯。晚年的狄更斯到朴次茅斯巡回朗读自己的作品，还常常和经纪人在街上闲逛。

狄更斯迷恋于在城市的街道上闲逛，对于什么是“闲逛”有着深刻的理解。在他看来，闲逛事实上也是一种观察，并从观察中获得乐趣，他在《博兹特写集》中自述道：“伦敦的街道能提供不竭的材料供你思考……对于一个戴着帽子，拿着棍子从修道院花园走到圣保罗教堂墓地，而且还走了回来，竟然从闲逛中没有获得半点乐趣的人，我们丝毫也不同情。”“我们的乐趣之一是留心观察几家店铺的盛衰过程。”① 1855 年狄更斯与威尔基·柯林斯去巴黎旅行时使用了“闲逛者”一词，并为《家常话》编辑有关闲逛的材料。狄更斯十分崇拜巴尔扎克，巴尔扎克的《婚姻生理学》被认为是最早将闲逛者置于艺术语境的作品之一，而“《博兹特写集》则是狄更斯早期创作的与巴尔扎克的闲逛作品齐名的作品”②。

街道闲逛是狄更斯的灵感源泉。从福斯特到彼得·阿克罗伊德的传记作品表明，童年时期的狄更斯就在伦敦的街道上闲逛，闲逛的目的是为了摆脱不幸的困境，刺激其想象力，获取创作素材。

在狄更斯的写作生涯中，每一部新小说的酝酿都会出现同样的症状：“强烈地焦躁不安，晕乎乎地，不知道自己去哪儿”，“就像被赶着走一样”③。于是他就到处闲逛，“白天的时候在郊外到处走，晚上则徘徊在伦敦最奇怪的地方，坐下来狂写一阵，什么都没写出来又站了起来”④，这对他来说是分娩的阵痛，夜里四处徘徊，漫步到最古怪陌生的地方，希望求得安宁，却仍不得安歇。激情和无休止的辛勤写作，再加上内心的不安宁，促使狄更斯痛苦地四处闲逛。“我扯着头发，坐下来写，什么也没写出来，写一点又撕掉了，走出去又走进来。家里人把我看作一个怪物，我把自己看成是一个恐惧的对象。”⑤

结集在《不善钻营的旅客》中的几篇散文可以称之为“安眠良药”。因为它们写的是狄更斯在失眠之夜在城市的夜游经验。其中的《夜间漫步》是这样开头的：“数年前，我因为心事烦忧而出现了暂时性的失眠，

---

① 狄更斯. 博兹特写集. 陈漪，西海，译. 上海：上海译文出版社，2013：69.

② Gillian Piggott. Dickens and Benjamin：moments of revelation，fragments of modernity. Farnham：Ashgate，2012：160.

③ 彼得·阿克罗伊德. 狄更斯传. 包雨苗，译. 北京：北京师范大学出版社，2015：213.

④ 彼得·阿克罗伊德. 狄更斯传. 包雨苗，译. 北京：北京师范大学出版社，2015：213.

⑤ 彼得·阿克罗伊德. 狄更斯传. 包雨苗，译. 北京：北京师范大学出版社，2015：574.

导致我接连几个晚上都整夜漫步街头。如果只是在床上辗转反侧作无谓的抵抗，失眠症状可能要花很长时间才能消除，但是，由于我躺下后随即起床，出门漫步，到日出时分才拖着疲惫的身体回家，这种散心疗法很快便治愈了我的失眠。”然后，作者这样向读者自我介绍：“我是一个天生的城市闲逛者，我永远在不停地赶路。打个比方说，我是庞大的人类兴趣兄弟公司的旅行推销员，经营大批的富有想象力的商品。”① 由于经常漫步街头，狄更斯对鬼魂、尸体、凶手、疯人、罪犯、行刑、绞刑吏、拷问手和其他种种酷闻暴行兴趣颇浓，他讲起这类题材的故事来总是眉飞色舞。

狄更斯在开始写作一部新的小说之前，几乎总要做几次长时间的漫步。《董贝父子》的写作经历了好几个地方才最终完成。在巴黎时，他深夜漫步去察看监狱、宫殿和画廊，直到第二天早饭时分才回家。在洛桑时他一边漫步一边构思着小说《董贝父子》的情节，有时他走到洛桑后面的山中漫步，越过湖面眺望对面的群山，脑海中想着小说的主旨大意。为了写《着魔的人》狄更斯常常在晚上在挤满人群的街头上游逛。为了写作《圣诞欢歌》，在人们酣睡时，狄更斯独自在漆黑的伦敦街道上闲逛，往往一夜走上 15 或 20 英里。在写作《马丁·朱述尔维特》时，他常常步行走 20 英里左右，很少放慢步伐，有时在晴天信步前往汉普斯特德。1844 年他在热那亚期间，四处闲逛，走遍了热那亚的每一个偏僻角落。《艰难时世》一书的写作完成之后，狄更斯的心境烦躁不安，再加上繁重的工作，于是他四处奔走，到过爱丁堡、曼彻斯特、伯明翰、洛桑、巴黎、布洛涅等。《我们共同的朋友》中的许多场面和人物都是狄更斯夜访伦敦东区的船坞和码头得来的。他在圣·贾尔斯教堂见到了接骨师维纳斯先生，在查塔姆见到了查理·赫克萨姆和他的父亲。小说中的“泰晤士河”就像《荒凉山庄》中的“浓雾”，也是一个“人物”。

**（二）闲逛者形象**

如果说狄更斯漫游街道是在真实的世界中闲逛，那么写作则是在虚构的艺术世界中闲逛。狄更斯是天生的闲逛者。他笔下的闲逛者展示了稍纵即逝的迷宫般的都市生活经验。闲逛者狄更斯创造了佛罗伦斯·董贝、大卫、烹弗莱师傅、悉尼·卡尔敦等闲逛者形象。

《老古玩店》中的老人——烹弗莱师傅喜欢夜间在城市的街道上闲逛，是个典型的闲逛者：

① 赫·皮尔逊. 狄更斯传. 谢天振，等译. 杭州：浙江文艺出版社，1985：327.

> 烹弗莱师傅十分喜欢椭圆形的一瞥，碎片以及不完整的启迪。烹弗莱师傅暗示，光线与活跃的观看阻挠了其想象力。他感兴趣的是晦涩的线索、神秘、空中城堡，而不是知识。人们不能说这种活动被动或没有目的，虽然他称这一过程“漫无目的”。“晚上我经常到外面去散步。在夏季，我往往清早出门，终日在田野里和曲径中遨游，甚至流连几天或几个星期。但是除非在乡下，我很少在断黑以前出门。……中午阳光眩目，行人来去匆匆，极不适合于做我这种无聊的工作。路灯或橱窗灯光映照出来的一闪一闪的面影，往往比白昼显示得更清楚，更有利于我的要求……夜晚比白昼温和得多，在白昼，一个空中楼阁将近完成的时候，往往横遭摧残，一点也不觉得可惜。”①

《老古玩店》这个故事本身是从闲逛中得来的，故事从外出闲逛起笔，交代了养成闲逛习惯的理由：有益身体，研究街上来往行人的性格和职业。烹弗莱师傅暗示，光线与活跃的观看阻挠了其想象力。他感兴趣的是晦涩的线索、神秘、空中城堡，而不是知识。虽然他的闲逛活动“漫无目的”，但是因为“他具有与大城市节拍相吻合的各种方式，他能捕捉稍纵即逝的东西”②。这样的闲逛者便是艺术家。

再如《董贝父子》中的佛罗伦斯·董贝：

> 人们为日常生活与工作奔忙而引起的纷争与喧嚣声一浪高过一浪……佛罗伦斯看到从她身旁匆匆走过的脸上掠过惊诧和古怪的表情……看到长长的影子又返回到人行道上……她听到陌生的声音在问她……她到哪里去？到底去哪里？发生了什么事？她仍然走她的路，但是去哪里？她想起她在那里唯一的另外一次，她在茫茫的伦敦荒原迷了路……③

狄更斯以新的情感呈现了闲逛者佛罗伦斯·董贝逃离父亲漆黑的房子时所际遇的陌生疏离的城市经验，置身于都市的人群引发的感觉是害怕、恐怖和震惊，以至于在熙熙攘攘的街道迷宫——大众中迷失了自己，这是一种穿行于陌生的人群中的稍纵即逝的经验。

《大卫·科波菲尔》中的主人公科波菲尔沿着街道闲逛时感到犹豫不

---

① 狄更斯. 老古玩店. 许君远，译. 上海：上海译文出版社，1980：1.

② 瓦尔特·本雅明. 发达资本主义时代的抒情诗人. 王才勇，译. 南京：江苏人民出版社，2005：37-38.

③ 狄更斯. 董贝父子. 吴辉，译. 南京：译林出版社，1991：181.

决："我写到这儿，一阵恐惧不觉来临。我那时正要踽踽独行，沿着来路，重新回到那个远处的市镇。只见那个市镇上面，有一片乌云，阴沉笼罩。我现在不敢向它走去，因为我现在想到了在那个令人难忘的晚上那儿发生的那件事了。如果我写下去，那件事就非重演一番不可，我心里就受不了。"① 在回忆经验过程中的"自我"分裂意识并不能妨碍对经验的清楚表述。叙述者科波菲尔宣称，"不是多年以前的事情而是当下瞬间的事情萦绕于我的心头，它们都呈现在我的面前"②。或者"当我书写它们时，我看到、听到而不是回忆"③。

《荒凉山庄》中的乔身患不治之症，他提到自己在病中沿着"斯托邦斯路"闲逛的过程。由于叙述者对这位扫地工太专注，结果叙述者便成了拖着脚步在伦敦大街小巷穿行的乔，"在街上让人推搡着，挤撞着，不断往前移动着，而且确实自己不论到哪里都无足轻重"④。

《双城记》中的卡尔登最后一次在巴黎街上闲逛时回想起早些时候的一个夜晚漫步伦敦街头的情景，"尘埃正在晨风之前旋转而又旋转，好像沙漠的灰沙已经从远方飞扬起来，它的浪峰已经开始扫荡城市"。最终他的思想走上了宗教："复活在我，生命在我。"⑤

在狄更斯的小说中，闲逛者形象还有很多。奥立弗·退斯特午夜来到伦敦街道闲逛。在《圣诞欢歌》中，幽灵领着斯克掳奇在伦敦的大街小巷漫步。《此路不通》(1853) 记叙闲逛者狄更斯重访、重写儿童时期迷路的场景。在《小杜丽》中狄更斯描写了女主人公穿过伦敦荒原的闲逛情节，悲伤的夜行、脚步声和街灯、湍急的潮水和倒影、钟声、无家可归的人、醉汉。《小杜丽》的最终结局是，亚瑟·克莱南和艾米·杜丽离开马夏尔西监狱，从结婚的教堂走进喧闹的街道。

狄更斯在城市街道上的闲逛与波德莱尔的闲逛别无二致，对他们来说，闲逛、思考和写作是一致的。狄更斯、波德莱尔不断回到城市空间中是闲逛者理解世界存在(自我)的转瞬即逝的表征，他们不停地闲逛表明一种条件意识，在此条件下，经验与记忆才得以发生。叙述者大

---

① 狄更斯. 大卫·科波菲尔. 张若谷，译. 上海：上海译文出版社，1989：663.
② 狄更斯. 大卫·科波菲尔. 张若谷，译. 上海：上海译文出版社，1989：145.
③ 狄更斯. 大卫·科波菲尔. 张若谷，译. 上海：上海译文出版社，1989：463.
④ 狄更斯. 荒凉山庄. 黄邦杰，陈少衡，等译. 上海：上海译文出版社，1981：467.
⑤ 狄更斯. 双城记. 罗稷南，译. 上海：上海译文出版社，1983：96.

卫·科波菲尔说：“那儿的每一块石头，对我都是一本童年读过的书。”① 这是大卫·科波菲尔与城市空间的心理联系的戏剧性表述，小说叙述、阅读记忆、重述这些活动通常是痛苦而艰难的体验，其实质是城市空间、记忆与写作之间的互动。对于波德莱尔与狄更斯而言，在城市的街道上闲逛，与思想、梦幻、小说创作具有同一性。在与福斯特的通信中，狄更斯明确声明，闲逛、思考与写作之间具有同一性。其自传体小说《大卫·科波菲尔》反思了他在黑鞋油作坊的经历，叙述大卫·科波菲尔不仅在身体上而且在精神上重访这一空间。“我在夜间漫步时，我常去那儿，从那以后，渐渐地，我把它写下来。”② 字面意义上的闲逛训练狄更斯的小说观，身体活动使其小说观充满活力。“最初构思一部新小说时，总是在没有睡眠的情况下进行的。在他的大脑中成长的人物总是闯入他的夜间漫步中。”③ 在狄更斯的小说中，仿佛意识到其神秘的创作过程，狄更斯描写闲逛者的步履如何将其思维过程印在城市的街道上。狄更斯独特的闲逛形式对城市生活更为个性化的心理描写产生了影响。狄更斯的城市空间用穷人、弃儿、狄更斯本人隐秘的令人恐惧的经验来追溯。

本雅明在谈及闲逛者狄更斯时指出，“书桌紧贴建筑物的墙壁，他按着笔记本，报摊是他的图书馆”④。本雅明强调在城市中漫无目的地闲逛，称颂大卫着魔般地回到同一城市空间，并以之作为恢复记忆和过去的碎片的有机组成部分。狄更斯着魔般地回到城市空间并再造城市空间，他的闲逛、思考与写作中“永恒回归”的成分犹如本雅明所概括的写作、阅读与思维过程一样。他认同的写作模式反对这样一种观念，即它在读者心灵中产生的阅读思维与不停地导向作者意义的意图有关。本雅明关于城市空间的论述，关注的焦点是街道上的闲逛者，因为他们能够颠覆传统的意义和价值观。同时，本雅明对闲逛者的兴趣主要不是把它阐释为存在于城市历史环境中实际的社会类型，而是作为理论的、批判的、与大众观念对立的社会类型，表明继续存在的批判潜质的类型。

本雅明指出，“文人在大街上与其所生活的社会同化。在街头，他必

① 狄更斯．大卫·科波菲尔．张若谷，译．上海：上海译文出版社，1989：1221.

② John Foster. The life of Charles Dickens. New York：Everyman's Library，1966：35.

③ John Foster. The life of Charles Dickens. New York：Everyman's Library，1966：388.

④ Walter Benjamin. Charles Baudelaire：a lyric poet in the era of high capitalism. London：L. L. B，1973：19.

须使自己准备好应付下一个突发事件，下一句俏皮话或下一个传闻。在这里，他展开了自己与同事及其他人之间全部的联系网，他对这种关联的依赖就好像妓女离不开乔装打扮的技巧”①。从根本上来说，都市闲逛是一种艺术活动。城市闲逛者提供了诗性图像、摄影、电影、绘画、报道、随笔，这些文化产品为某一瞬间稍纵即逝的生活经历和都市生活世界所特有的持续性经验之间的裂缝搭建了桥梁。小说创作要求作家既入乎其内，又出乎其外，作为艺术家/闲逛者、观察家/作家，他与城市融为一体。

对于狄更斯与波德莱尔而言，街头闲逛是一种审美体验形式，两位艺术家从他们在城市空间看到的材料中吸取力量，虚构出他们自己的城市空间，重访并再创造原先的城市空间、记忆与梦想。街头闲逛的重要性对于狄更斯、波德莱尔和本雅明三者是不言而喻的，因为“对三者而言，城市空间决定着对自我、回忆和经验的理解”②。只不过相对于波德莱尔和本雅明而言，闲逛者狄更斯参与了更多的社会事物，他的作品充斥太多的道德寓意和社会讽刺。

## 二、拾垃圾者

本雅明在《发达资本主义时代的抒情诗人》中将现代性定义为经验的不连续性。在其现代性理论中，拾垃圾者是屹立在都市风景线上的现代性主体。但他的《拱廊街计划》并未摘录与狄更斯相关的拾垃圾者的条目，也就是说，本雅明的“拾垃圾者”理论主要是以波德莱尔的《醉酒的拾破烂者》为基础建构起来的。细读狄更斯的小说文本，我们发现，在他的“文学伦敦”存在着大量的拾垃圾者形象。

《荒凉山庄》中的废品店老板克鲁克是一个拾垃圾者，狄更斯这样描写他的废品店：“铺子门上方写着：克鲁克——碎布旧瓶收买店。还有几个细长的字写着：克鲁克——旧帆具收买店。橱窗的一角有一幅画，画着一个红色的造纸厂，造纸厂门口有一辆运货马车卸下一包包的碎布。橱窗的另一角，有一个牌子写着：收买骨头。另一个牌子写着：收买厨房用具。又一个牌子写着：收买旧铁器。还有一个牌子写着：收买废纸。更有一个牌子写着：收买男女估衣。这里似乎什么东西都收买，可是什么也不

① 瓦尔特·本雅明. 发达资本主义时代的抒情诗人. 王才勇，译. 南京：江苏人民出版社，2005：23.

② Gillian Piggott. Dickens and Benjamin：moments of revelation，fragments of modernity. Farnham：Ashgate，2012：130.

出售。橱窗里还摆满了脏瓶子、黑鞋油瓶、药瓶、姜汁啤酒、苏打汽水瓶、酸菜瓶、酒瓶、墨水瓶。……这铺子在某些小地方，有一种同法律搭界的气氛，它似乎是法律界的一个肮脏的食客或是脱离了关系的亲戚。”①

由于拾垃圾者克鲁克什么都收集，因此他的废品店无所不有。克鲁克成天在旧的法律文件中翻找，试图找到能让自己发财的东西。他靠法庭的废纸过活，在生命临终时，发现敲诈是大有希望的投机，但令人震惊的是，克鲁克最终自燃了。

《艰难时世》中的葛擂硬也是一个拾垃圾者：“葛擂硬先生迅速回到国家的垃圾堆中，继续过滤垃圾，寻找他所需要的零零碎碎的东西，他将垃圾到处乱扔，扔到了在那里寻找东西的人的眼中——事实上，他仍履行着议会的职责。”② 葛擂硬先生是议会的议员，成天在国家的“垃圾堆”中寻找他所需要的东西。但真正将“拾垃圾者”形象发挥到登峰造极的境界的还是《我们共同的朋友》，这部小说中的“拾垃圾者”更具掠夺性。《我们共同的朋友》的主要情节可以概括为两个方面：一是抢劫泰晤士河中的尸体，一是为了占有这笔因垃圾所带来的横财而引发的斗争。无论哪个方面，抢夺的主体都是“拾垃圾者”。

### （一）弱势群体中的“拾垃圾者”

在《我们共同的朋友》中，在泰晤士河打捞尸体是赫克萨姆老头的谋生手段。这一职业不是狄更斯想象出来的，而是以维多利亚时代英国日常生活中的事实为基础描写的。狄更斯在旅居巴黎时观察到，疯狂地追求奢侈生活和在股票市场上做投机生意已经成为全城的狂热。“如果你在下午4点钟看一看巴黎证券交易所门前的台阶，和聚集在那里的投机者中间那穿着粗布衫和打补丁的裤子的人都在嚎叫，声嘶力竭，你就会吓呆了，以为一定发生了什么大事。看门人之类的穷人常常用枪把自己的脑袋打得开了花，或是跳进塞纳河寻死，都是由于在证券交易所失败。而在另一方面，整天络绎不绝地从这里经过的有无数纯种良马，有红丝绒的马车，由乌黑发亮的马拉着，马身上配备着小羊皮制作的马具。路上行人转过头来看他们，笑着说：‘这就是交易所’。”③ 其实，大英帝国又何尝不是如此?

作为拾垃圾者的赫克萨姆老头，有着鹰一般锐利的目光，小说的描写

① 狄更斯. 荒凉山庄. 黄邦杰，陈少衡，等译. 上海：上海译文出版社，1981：67-68.
② 狄更斯. 艰难时世. 陈才宇，译. 上海：上海三联书店，2014：206.
③ 彼得·阿克罗伊德. 狄更斯传. 包雨苗，译. 北京：北京师范大学出版社，2015：569.

突出了赫克萨姆老头的鹰雕（bird of prey）形象。“他是一个鹰钩鼻子的人，这鼻子，和他亮晶晶的眼睛，以及他蓬松的头发，使他很有些象是一只怒气冲冲的老雕。”① 叙述者将拾垃圾者赫克萨姆老头与鹰雕类比，抓住了二者之间的相似点：都以死尸为食。尤其重要的是，他的形象与鹰雕几乎没有区别，他有着“鹰钩鼻子”“亮晶晶的眼睛”“蓬松的头发”，因此，与一只怒气冲冲的鹰雕没有什么两样。胡赖·赖德胡德在谴责赫克萨姆老头时也说他“像个秃头老雕”，他打捞到的死尸是他嗅出来的。“他具有一些鹰雕所有的特点，眉头一皱，头顶的冠毛便高高竖起。”② 当赫克萨姆老头从旺火前转身，跟莫蒂默打招呼，他“象一只鹰雕”③。

赫克萨姆老头的命运以及在河边谋生的特征使他成了一个拾垃圾者的原型形象。在小说开头，与胡赖·赖德胡德争吵时，赫克萨姆老头愤慨地说：“死人要钱有啥用？死人可能有钱吗？死人属于哪个世界？那个世界。钱属于哪个世界？这个世界。钱怎么可能属于一具尸首？一具尸首会有钱、要钱、花钱、讨钱、想钱吗？你不要那样混淆是非。可是那种贼头贼脑抢劫活人的鬼家伙倒是会这么干的。”④ 在他看来，死人属于另一个世界。死亡的世界、金钱的世界是令赫克萨姆老头困惑不解的。金钱虽然属于此岸的世界，但不能是一具尸体，正是因为没有钱，才把自己变成了一具尸体。后来，胡赖·赖德胡德为了得到一笔赏钱，不仅出卖了赫克萨姆老头，而且在深夜时分伏击赫克萨姆老头，把他的船撞沉了。打捞尸体成为人谋生的手段，赚取的金钱背后是一具具尸体。

赫克萨姆老头临死前与女儿丽齐有一段对话。

> “……您一定冻坏了。”
>
> “嗯，丽齐，我不会浑身滚热的；那是当然罗。我的两只手好象钉进桨里一样。瞧，他们多僵！”从手指的颜色上，或者是从她的脸色上，好象有什么东西给他一种联想，因此，当他把手伸出来的时候，他显出吃惊的样子；他转过身去，把手伸向火盆。⑤

如果说赫克萨姆老头冻僵的手以及对手的知觉一起被“钉进桨里”，

---

① 狄更斯. 我们共同的朋友：上卷. 智量，译. 上海：上海译文出版社，1986：7.
② 狄更斯. 我们共同的朋友：上卷. 智量，译. 上海：上海译文出版社，1986：35.
③ 狄更斯. 我们共同的朋友：上卷. 智量，译. 上海：上海译文出版社，1986：33.
④ 狄更斯. 我们共同的朋友：上卷. 智量，译. 上海：上海译文出版社，1986：11.
⑤ 狄更斯. 我们共同的朋友：上卷. 智量，译. 上海：上海译文出版社，1986：107.

这生动地暗示他被自己的职业折磨着，也暗示了可能存在超越一般死亡的东西，当侦探复原赫克萨姆老头实际死亡的场景时突然想起了这一意象。因为赫克萨姆老头失去平衡从船外跌下而落水，他的解释是赫克萨姆老头的小船陷入两只轮船的漩涡。他还指出，赫克萨姆老头丧命时仍然把银币紧紧地捏在手心里。这再一次暗示死亡不是人生的终结，据说赫克萨姆老头是受洗礼而死亡。我们不难发现，死亡的意象产生了复活的意象。但赫克萨姆老头无法挽回地属于另一个世界。

小说中有一个描写赫克萨姆老头洗钱的场景。钱是他从河中打捞的尸体的口袋里掏出来的。“直到这时候，那男人的上半截身体才缩回到船里。他的两臂又湿又脏，他在船舷外把它们洗净。他的右手里捏着个什么东西，也把那个东西放在河水里冲洗。这是钱。他把它丁当地敲了一下，对它吹口气，吐口唾沫——‘讨个吉利’，他沙哑地说——然后把钱放进口袋里。”①

小说开头赫克萨姆老头在河水中洗钱戏剧性地表现了整部小说金钱与污物之间的关联，这一行动具有多方面的意义，可以看作对于玷污他赚钱的污物的一种象征性的否定。一方面，它指向弗莱吉贝，因为弗莱吉贝强迫瑞亚替他干肮脏的交易；另一方面，指向维纳斯，因为维纳斯向鲍芬先生坦白承认，他与魏格暗地里跟踪鲍芬②。维纳斯说：“在这件肮脏勾当开始的时候，我的一双手在开始几小时内也不像我希望的那么干净。”③在河水中将肮脏的钱洗干净也是将垃圾山与河流联系的手段，它表达了河流意象的复杂性、模糊性。如果说钱在河水中被玷污，也是河水将钱上的污物清洗干净。

小说开头，与赫克萨姆老头一起出场的还有胡赖·赖德胡德。他们曾经一起合作在泰晤士河打捞过尸体，但后来赫克萨姆老头不愿与他一起干了。看着赫克萨姆老头的小船拖着尸体，胡赖·赖德胡德充满妒意。叙述者描写道：

> “又是老运气罗，老头儿?”划船的那个乜斜着眼睛的人说，他的船上只有他独自一个人。“我知道你又走运了，从你船后面留下的水

① 狄更斯. 我们共同的朋友：上卷. 智量，译. 上海：上海译文出版社，1986：7.
② 鲍芬在小说中被称为“拾垃圾的金人儿”（the golden dustman）。
③ 狄更斯. 我们共同的朋友：下卷. 智量，译. 上海：上海译文出版社，1986：286.

印子看出来的。”①

“运气”强化了危险的主题。胡赖·赖德胡德如同堕落的皮普一样，既对前程充满憧憬，又不愿意付出艰辛的劳动。他再三强调“运气”，“一个诚实人额头上的汗水”是他挂在嘴边的口头禅。尸体被发现之后不久，胡赖·赖德胡德多次称赫克萨姆老头为“伙计”，“咱们从前一块儿干过，可是咱们现在不一块儿干了，将来也不一块儿干”②。他的央求遭到赫克萨姆老头的断然拒绝，这也为赫克萨姆老头的死埋下了伏笔。

虽然胡赖·赖德胡德与赫克萨姆老头一样打捞尸体，但赫克萨姆老头只打捞死尸，他有做人的原则，坚守“崇高的道德”，坚持无可非议的立场。而对于胡赖·赖德胡德而言，活肉与死尸是一样的，因此，他不仅抢劫死人，也抢劫活人。胡赖·赖德胡德为了得到一笔赏钱，不仅出卖了赫克萨姆老头，而且在深夜时分伏击赫克萨姆老头，把他的船撞沉了。叙述者对“崇高的道德”的讽刺性评论使得这一事件具有挥之不去的力量。胡赖·赖德胡德在道德上是卑鄙的，对财富的追求也是如此。叙述者对老头的立场是模棱两可的，因为狄更斯尽量不去谴责他。丽齐爱他，把他当作一个好人，而他的儿子查理却恨他，把他当作一个坏人。狄更斯认为，老头以打捞死尸为生的职业是不道德的。胡赖·赖德胡德厌恶劳动，期待生活中运气的出现，金钱与运气的不当结合，导致胡赖·赖德胡德走向深渊，最终与布莱特赖·海德斯东在泰晤士河搏斗时同归于尽。

“拾垃圾的金人儿”鲍芬是老哈蒙的遗产继承人和管理人，以前在老哈蒙家做雇工。老哈蒙靠拾垃圾发了大财，很快“堆起了一条属于他所有的山脉”，他“住在一个到处是垃圾堆成的小山的乡村峡谷里”③。老哈蒙死后，他的垃圾山交给了鲍芬，于是这座垃圾山成了大家觊觎的目标，成了伦敦人“繁荣昌盛的猎物”（a prey to prosperity）或者说“发财的猎物”。在伦敦城，流离失所和郁郁寡欢的看门人和清洁工甚至在路旁的排水沟的垃圾中翻捡、过滤垃圾，他们“翻来翻去，伛偻着身子拨弄着，仔细搜寻着，想找出点能够卖钱的东西”④。有了垃圾他们才能勉强度日。流离失所和郁郁寡欢的人没日没夜地在废纸和垃圾中寻找着可以变成金钱

① 狄更斯. 我们共同的朋友：上卷. 智量，译. 上海：上海译文出版社，1986：9.
② 狄更斯. 我们共同的朋友：上卷. 智量，译. 上海：上海译文出版社，1986：11.
③ 狄更斯. 我们共同的朋友：上卷. 智量，译. 上海：上海译文出版社，1986：22-23.
④ 狄更斯. 我们共同的朋友：上卷. 智量，译. 上海：上海译文出版社，1986：577.

的东西，这与哈蒙生产财富的活动十分类似。“哈蒙监狱的老狱卒从垃圾山的每一个弃儿身上赚大钱。”这表明城市本身成了一个庞大的垃圾山，底层的拾垃圾者浑身散发着难闻的气味。

鲍芬先生被觊觎垃圾山的人团团包围，“商店主人的定货簿子对这位拾垃圾的金人儿的金垃圾如饥似渴，商店主人们的嘴巴也对之垂涎三尺”。“鲍芬家的用人们收到了各种礼物，他们在大街上遇见手执商号名片的态度和蔼的陌生人，试图用行贿的办法买通他们。”① “他们拿出了各式各样的金玉其外的垃圾，企图换取这位拾垃圾的金人儿的黄金呢！”② 这样，“拾垃圾的金人儿”本人也变成了垃圾，成了拾垃圾者的猎物：“在这百花盛开的仲夏季节，请看鲍芬夫妇怎样定居在那高贵的府邸之中，请看形形色色的蠕动的、爬行的、拍翅膀的、嗡嗡叫的生物们怎样在这位拾垃圾的金人儿的金垃圾的吸引下蜂拥而至吧！”③ 维尼林夫妇“急急忙忙来到那高贵的府邸的台阶前时，那副气喘吁吁的神情”④。“整个世界和他的夫人以及千金小姐都来留下名片。”⑤ 显而易见的是，他们都是垃圾山的拾垃圾者。

在众多的觊觎者中，魏格和维纳斯是最令人注目的两位。维纳斯先生是一家接骨店的老板，装着一条木腿的魏格起初在伦敦的一条小巷子里摆一个小摊，后来被目不识丁的鲍芬雇佣，下面是维纳斯先生与魏格先生的对话：

> “哎呀，哎呀！”维纳斯先生重重地叹息两声，把蜡烛芯上积下的烛花掐掉，“繁花似锦的世界已经一去不复返啦！你在观赏我的店铺，魏格先生。我来给你照个亮。我的工作凳。我徒弟的凳子。老虎钳。工具。人骨头，各种各样的。头盖骨，各种各样的。印度婴儿标本。与此相同的，非洲的。瓶装的现成标本，各种各样的。你的手够得到每一件，都是制作精良的标本。那些破破烂烂的都堆在顶上。那上面的大篮子都装着些什么，我记不大清了。大概是各种人骨头。猫。拼好的英国婴儿。狗。鸭子。玻璃眼睛，各种各样的。晾干了的鸟。剥下来的晾干的毛皮，各种各样的。哎呀！全景就是如此。”

---

① 狄更斯. 我们共同的朋友：上卷. 智量，译. 上海：上海译文出版社，1986：302－303.
② 狄更斯. 我们共同的朋友：上卷. 智量，译. 上海：上海译文出版社，1986：303.
③ 狄更斯. 我们共同的朋友：上卷. 智量，译. 上海：上海译文出版社，1986：301.
④ 狄更斯. 我们共同的朋友：上卷. 智量，译. 上海：上海译文出版社，1986：301.
⑤ 狄更斯. 我们共同的朋友：上卷. 智量，译. 上海：上海译文出版社，1986：301.

“我在哪里呢？”魏格先生问。

“你在院子那边店堂后房一个什么地方搁着呢；坦白说，我真希望我没从医院工友手上买过您。”

“那么，我问您，您为我付过多少钱？”

“嗯，”维纳斯吹着他的茶回答：……“您是一大堆杂件当中的一个，我不知道为您付过多少钱。”①

从维纳斯与魏格的对话中我们不难发现，维纳斯先生的接骨店可谓无奇不有。他的职业与赫克萨姆老头没有区别，他是一个典型的拾垃圾者。这一职业在金黄色的垃圾世界具有典型意义。其典型意义在于，在这样一个世界，一切都可以买卖，甚至人肉也不例外；在这样一个世界，与维纳斯从医院工友那里购买魏格的骨头相类似的例子还不在少数。维纳斯给魏格照个亮，照亮的不仅仅是接骨店的内室，因为这个接骨店只不过是整个社会的微型缩影而已。其照亮的全景与维尼林家的聚会不无相似之处。无论我们看哪里，都会遇到“人骨头”，或者看到皮肤下的骨骼，头脑中充满各种生活的幻想。

后来魏格与维纳斯都在垃圾山附近住了下来，为了欺骗并霸占鲍芬先生的财产，二者在所谓的“友好行动”中结成了“联盟”。鲍芬先生时刻处于他们的监视之中。一天晚上，魏格与维纳斯暗中监视的鲍芬先生从垃圾山的隐蔽处取出一只荷兰玻璃瓶，维纳斯竭力阻止魏格别跟踪太紧。可是，鲍芬先生刚一离开，魏格便立即用双手抓住维纳斯，而维纳斯也“用两只手紧紧抓住他，于是他们纠缠在一起立在那里，好象一对荒谬的拳斗师”②。鲍芬先生拿着荷兰玻璃瓶离开后，他们的格斗进行至高潮：“他（指魏格——引者）暴跳如雷，猛力挣扎着要冲出去，维纳斯先生认为最好是把他举起来，摔倒，并且跟他一同跌下去；他很知道，一旦倒地之后，凭他那条木腿，就不会很容易地重新爬起来。于是，他们两人便在地板上滚动着；当他们这样滚动的时候，鲍芬先生已经合上了院子的大门。”③ 结成同盟的魏格与维纳斯因为觊觎埋藏于哈蒙垃圾山的财富而战斗起来了，这是共同的贪婪欲望而引发的解决分歧的唯一办法，这一场景高妙地表现了狄更斯汪洋恣肆的文学想象力。

① 狄更斯．我们共同的朋友：上卷．智量，译．上海：上海译文出版社，1986：118－119．

② 狄更斯．我们共同的朋友：下卷．智量，译．上海：上海译文出版社，1986：104．

③ 狄更斯．我们共同的朋友：下卷．智量，译．上海：上海译文出版社，1986：110．

魏格与维纳斯对垃圾的争夺还有一个戏剧性的场景。魏格曾经将自己的腿和脚骨头卖给了一家医院，维纳斯从医院购买了魏格的腿和脚骨头，并将它们加入到自己的收藏品之中，以便为其他人连接骨头时备用。一天，魏格在维纳斯的接骨店看到了自己的骨头，并试图从维纳斯那里买回他自己的腿和脚骨头。

> “……我没法把您放进一个杂凑的里边去，办不到啊，不管怎么弄，您都不合适，任何一个有点儿知识的人，看一眼就会把您剔出去，还会说——“‘不合适！配不上！’”①
>
> “不，我不知道是怎么回事，可是真是这么回事。您那条腿骨头上有一处扭伤，我看是这样。我从来没见过有谁象您这样。”②
>
> “我有指望使我的境况变得好些，靠我自己的努力高升一步，”魏格富于感情地说，“在这种情况下，我不希望——我坦白地对您说，我不希望——比如说被弄得七零八落，我的一部分在这里，一部分在那里，而希望把我自己象个体面人一样凑拢在一起。”③

维纳斯是一名接骨师，他四处收购骨头，并将之拼成人的骨骼，魏格要维纳斯用真骨头替他做一条腿，以代替他的木腿。拾垃圾者着魔般地在垃圾山寻找发财的金银财宝，从而成了垃圾山的蚕食者。卡尔维诺认为，“小丑般与鬼魅般的人物居住这个荒原，在我们眼前，狄更斯的世界成了贝克特的世界：狄更斯晚期的作品中充满了黑色幽默，我们在其中品尝到了贝克特的味道”④。

### （二）体面的拾垃圾者

在一个垃圾成堆的世界，拾垃圾者形形色色，不同的拾垃圾者渴望得到自己想要的东西。卑鄙狡猾的商号老板弗莱吉贝雇用犹太老人瑞亚，同时以瑞亚的名义放高利贷，然后把自己打扮成公正无私的人。弗莱吉贝要瑞亚用废纸的价钱去收购股票。

> “人家早就知道，半堆都是废纸，”弗莱吉贝说道，“你能不能按废纸价钱买进来？问题在这里。”⑤

---

① 狄更斯. 我们共同的朋友：上卷. 智量，译. 上海：上海译文出版社，1986：115.
② 狄更斯. 我们共同的朋友：上卷. 智量，译. 上海：上海译文出版社，1986：117.
③ 狄更斯. 我们共同的朋友：上卷. 智量，译. 上海：上海译文出版社，1986：120.
④ 伊塔洛·卡尔维诺. 为什么读经典. 黄灿然，李桂蜜，译. 南京：译林出版社，2006：171.
⑤ 狄更斯. 我们共同的朋友：上卷. 智量，译. 上海：上海译文出版社，1986：578.

弗莱吉贝买了成捆成捆的废纸，从股市中榨取民脂民膏，这就将以垃圾谋生的人与以股票谋生的人联系起来。其言外之意无非是，股市投机者只不过体面一点，他们是体面的拾垃圾者，他们只是不用伛偻着身子在深沟里拨弄、翻找而已。

到维多利亚中期，市场投机发展起来。19 世纪 60 年代中期的英国产生了一个暴发户阶层，在《我们共同的朋友》中，维尼林就是暴发户阶层的代表。小说突出强调了股票投机在经济生活中的意义。

> 这位已经熟透了的年轻女士是一位颇有资财的女士，这位已过中年的年轻绅士也是一位颇有资财的绅士。他把他的财产用于投资。他带点外行味儿，趾高气扬地走进伦敦商业区，出席经理会议，还经营股票交易。正如他们这一代人中的有识之士颇为熟知的那样，股票交易是这个世界上唯一值得一做的事情。不必有祖宗，不必有确定的性格，不必有教养，不必有思想，不必有礼貌；有股票就行。有足够的股票可以参加某某公司的董事会，可以在伦敦巴黎之间穿梭来往，办些神秘莫测的事务，可以让你成为一个伟大的人物就行。他从何处来？股票。他往何处去？股票。他的趣味何在？股票。他可讲任何道德原则？股票。什么东西把他塞进了议会？股票。也许他本人从来不曾取得任何成就，从来不曾倡导过任何事情，也从来没做出过任何事情！只需千篇一律地回答：股票。呵，强大的股票！把那些空虚的形象抬得那么高，使我辈贱若蛆虫的小民，如同迷醉于天仙子或鸦片烟一般，日夜哭泣叫喊，“求您行行好，把我们的钱全拿走吧，为了我们把它挥霍掉吧，把我们买下吧，卖掉吧，毁灭掉吧，只求你们去和那些世上的大亨们平起平坐，并且用我们的脂膏养肥你们自己！”①

在这里，抽象的概念被戏剧性地表现为物一般的力量，如同大法官庭和兜三绕四部一样，它是一种外在的力量。股票把社会分成剥削者和被剥削者两大群体，拉姆尔的朋友和同事等投机者把世界划分为两个阶级——发财的人和破产的人。投机者以股票经营为手段，依靠社会上“较弱的寄生虫”来养肥自己。这就是小说中反复出现的拾垃圾者意象，这一意象暗

① 狄更斯. 我们共同的朋友：上卷. 智量，译. 上海：上海译文出版社，1986：165－166.

示了整个社会拾垃圾者的特色和普遍性：饿狼一般追逐金钱，没有任何道德和良知可言。

在《小杜丽》中整个社会拜倒在财神的脚下，到《我们共同的朋友》则整个社会的成员都成为“拾垃圾者”。在这样一个世界，投机既是大众的鸦片和宗教，也是贱若蛆虫的小民的鸦片和宗教。这个世界的最高价值可以归结为纸屑，而纸屑注定会成为锯木屑。出色的投机者如维尼林先生，“不必有祖宗，不必有确定的性格，不必有教养，不必有思想，不必有礼貌；有股票就行”①。也就是说，在一个拜金主义社会，股票万能，只要有了股票就可以通吃天下，可以把一切踩在脚下，为所欲为。这些体面的拾垃圾者把贱若蛆虫的贫民作为吞噬对象，并用贫民的脂膏来养肥自己。因此，所谓“颇有资财的女士”“颇有资财的绅士”——拉姆尔夫妇原来也不过是拾垃圾者而已。他们互相把对方看成能给自己带来丰厚报酬的牺牲品，最后双方发现他们在互相欺骗，正如拉姆尔先生所说：“拉姆尔太太，我俩都在骗人，而我俩结果都被人骗了。我俩都在咬人，而我俩都被人咬了一口。总而言之，就是这么回事情。”② 穷人们在富人眼中只不过是社会垃圾而已。在一个金钱至上，金钱成为万物尺度的社会，穷人往往被视为垃圾产品，甚至于一次性的垃圾产品，他们是上流社会猎取的对象。

在《我们共同的朋友》中，叙述者以幽默的笔调拓展了“拾垃圾者”意象的意涵。

> 维尼林巴不得如此，他从哈蒙遭人谋杀的案件中已经捞到不少油水，他利用这件事给他带来的名声，又交结了好几个崭新的知心朋友。真的，要是再碰上一次这样的好运气，那就几乎可以说他在这方面是心满意足了。于是，他便对左右的客人中最便于下手的一位谈将起来（这当儿，维尼林太太也抓牢了那第二个最便于下手的客人），他一个猛子扎进了这件案子的汪洋大海中，二十分钟后，从中重新浮出来，便已经和一位银行经理手挽着手成为知交了。而同时，维尼林太太也潜入这同一片海洋，捉住了一位有钱的轮船经纪人，拎住他的头发，把他安然无恙地捞了出来。然后，维尼林太太又不得不对更多的听众述说，她如何见到过那个女郎，这女郎又是如何确实生得漂

① 狄更斯. 我们共同的朋友：上卷. 智量，译. 上海：上海译文出版社，1986：165.
② 狄更斯. 我们共同的朋友：上卷. 智量，译. 上海：上海译文出版社，1986：182.

> 亮，而且（如果考虑到她的身分）很拿得出手呢。她在讲这番话时，成功地炫耀了她那八只鹰爪似的手指头和这些手指头套满的宝石钻戒，从而愉快地又抓住了一位在这片汪洋中漂流的将军，以及他的夫人和女儿，不仅使他们暂时中断的生气得以恢复，而且不到一小时便使他们成为自己的密友。①

维尼林夫妇是上流社会人士，这段文字生动形象地呈现了上流社会拾垃圾者的特色。当维尼林夫妇在餐桌上的汪洋大海中"拾垃圾"的时候，与赫克萨姆老头在泰晤士河打捞死尸之间有着意味深长的相似。也就是说，他们与赫克萨姆老头一样是"拾垃圾者"。为了捞油水、巩固名声和社会地位，他们无所不用其极。他们有着鹰一般锐利的目光、鹰一般的凶狠。维尼林先生"一个猛子扎进了这件案子的汪洋大海中"；而维尼林夫人也不示弱，"潜入这同一片海洋，捉住了一位有钱的轮船经纪人，拎住他的头发，把他安然无恙地捞了出来"，因为"她那八只鹰爪似的手指头"是适合于猛子扑水一般的抓捕行为的，这种聚会无异于"拾垃圾"。

### (三)"文学伦敦"的拾垃圾者

随着城市化和工业化的加速发展，城市里的废旧物品越来越多，因为废旧物品具有特定的再使用的价值，因此，拾垃圾者也越来越多。最早研究贫困问题的学者开始关注城市里的拾垃圾者，傅雷基在其《危险阶层》一书中用了六页的篇幅来讲述拾垃圾者，勒普莱推算了一个拾垃圾者及其家庭在 1849 到 1850 年的收支情况，波德莱尔的诗就诞生于这一时期，这时狄更斯正在写作他的长篇小说《大卫·科波菲尔》。

拾垃圾者在城市居民酣睡时低着头，拎着塑料袋，孤寂地在城市的街道上闲逛。精神领域的拾垃圾者与此极其类似。"从文学家到职业密谋家，都可以在拾垃圾者身上看到一些自己的影子；他们都或多或少地处在一种反抗社会的躁动之中，并或多或少地过着一种朝不保夕的生活。"② 本雅明将波德莱尔称作拾垃圾者，捡拾着偶然的、瞬间的意象和碎片。在此意义上，狄更斯也是一个拾垃圾者，他热衷于在伦敦的大街小巷闲逛，搜集垃圾的碎片。

拾垃圾者对自己所生活的时代十分着迷。波德莱尔的《醉酒的拾垃圾

---

① 狄更斯. 我们共同的朋友：上卷. 智量，译. 上海：上海译文出版社，1986：194.

② 瓦尔特·本雅明. 发达资本主义时代的抒情诗人. 王才勇，译. 南京：江苏人民出版社，2005：14.

者》写道：

古旧的郊区中心，泥泞的迷宫，
人群稠密又拥挤，孕育着暴风，
风吹压着火焰，把玻璃罩敲打，
在这盏路灯的绝色的光亮之下，

常见一个拾破烂的，跌跌撞撞，
摇头晃脑，像个诗人撞在墙上，
毫不理会那些密探，他的臣民，
直把心曲化为宏图倒个干净。

他发出誓言，口授卓越的法律，
把坏蛋们打翻，把受害者扶起，
他头顶着如华盖高张的苍穹，
陶醉在自己美德的光辉之中。

是啊，这些人饱尝生活的烦恼，
被劳作碾成齑粉，为年纪所扰。
巨大的巴黎胡乱吐出的渣滓，
回来吧，散发着酒桶的芬芳，
被压得啊弯腰驼背，精疲力竭，
他们又来了，气味如酒桶一般，
跟着一些久经沙场的老伙伴，
小胡子耷拉着像古旧的军旗，
战旗，花饰，还有胜利的弓矢，

在他们面前起立，庄严的魔力！
在号角、阳光、喊杀声和战鼓的
震耳欲聋、光彩夺目的狂欢中
把光荣带给陶醉于爱的民众！

因此，纵贯无聊的人类的历史，

酒是帕克多河，耀眼的摇钱树，
它用人的喉咙歌唱它的功绩，
因天赋而像真王一样地统治。

对这些默默死去的老人，
上帝让他们睡去，有感于悔恨，
为了消除其怨恨，把麻木慰藉，
而人加上了酒，这太阳的圣子。①

波德莱尔描述了醉酒者在稠密拥挤的城市迷宫——人群中捡拾着“历史的垃圾”，其中的拾垃圾者就是城市中的诗人。

在本雅明那里，拾垃圾者是采集闲话与社会现实的收藏者，他们是城市中的现代性主体。拾垃圾者从收藏品中将一件件物品抽离出来，又将它们放进由收藏家创造的历史体系或星丛结构中，并对它们进行研究，使之升华为“一部关于时代、地域、产业以及关于物品的所有者的全部科学知识的百科全书。与叙事者相反，收藏家把看似不关联的事物关联起来，即是说，收藏家把那些事物放在相互关联的体系之中”②。

狄更斯喜欢闲逛，因为闲逛能够观察人生世相，洞悉世故人情。“我的四周包围着奇怪的、极棒的小说场景，就好像在我的旧脑袋旁并排支着一个新脑袋”③。狄更斯尤其喜欢夜晚在伦敦的大街上闲逛，这是他从孩提时代起就养成的习惯。“气候好坏没有多大关系，在大雾、下雨或下雪的夜晚，他在最神秘莫测的街区里走着，偶尔听到一句话，把它记下来，把耳朵贴到一家店铺的门上偷听，朝另一家铺子里奇特的陈设瞥上一眼；跟着一对流里流气的青年男女。当他这样通过长时间的夜游，重新接触到他的伦敦时，早上的写作就会得心应手了。”④ 狄更斯的闲逛显然是在收集“历史的垃圾”。在狄更斯的小说中，不仅有弱势群体的“拾垃圾者”、上流社会的“拾垃圾者”，而且他凭着自己的观察和思考，把整个伦敦纳入他的象征框架，从而将自己变成一个“拾垃圾者”。

《我们共同的朋友》中在垃圾山的拾荒活动，无论是诚实可信的公民，

① 波德莱尔. 恶之花. 郭宏安，译. 上海：上海译文出版社，2008：78.

② Walter Benjamin. The arcade project in Walter Benjamin: Selected Writings I. Cambridge MA，1996：279.

③ 赫·皮尔逊. 狄更斯传. 谢天振，等译. 杭州：浙江文艺出版社，1985：79.

④ 莫洛亚. 狄更斯评传. 王人力，译. 上海：上海译文出版社，1986：53.

还是社会上的亡命之徒，都是“拾垃圾者”。狄更斯将伦敦的拾垃圾者纳入一个巨大的象征框架，其寓意是不言而喻的：将商业城市的最终产物和废墟、死亡意象联系在一起，并且将这个商业城市的守护神与法语中的“废物”联系起来，如莫多尔、摩德斯通、特维德洛甫、巴纳克尔，从而预示了这种废墟和死亡。此时的狄更斯已经深深地怀疑，仁慈的力量已经抵挡不住毁灭城市的力量。米勒认为，“哈蒙垃圾山是小说的中心意象”①。这一评价突出了拾垃圾者的意义。显然狄更斯的“拾垃圾者”意象的象征意蕴远远超过波德莱尔的《醉酒的拾垃圾者》。此时的狄更斯也就成了“文学伦敦”的拾垃圾者。

① J. Hillis Miller. Charles Dickens: the world of his novels. London: Oxford University Press, 1958: 282.

# 第五章　狄更斯小说的现代形式

传记作家安德烈·莫洛亚在《狄更斯的哲学》一文中将托尔斯泰与狄更斯进行了比较，他认为，虽然托尔斯泰唤起的感情具有更为广泛的人性，艺术手法也更为精湛，但是，托尔斯泰是站在狄更斯的肩膀上才有那样的高度。莫洛亚指出："托尔斯泰再现的人生图景比狄更斯的要更为精确和感人，这是确定无疑的。在两人的作品中，有些场景的主题几乎同一，可以作为同一现实的不同复制品摆在一起。《战争与和平》中老伯爵罗斯托夫跳舞的场景精确对应了匹克威克先生在华德尔先生家跳舞的场景，《复活》中的监狱场景可能让人想起匹克威克先生被关押在债务人监狱的场景。这两个例子中都包含了感情。"① 关于狄更斯对托尔斯泰的影响以及托尔斯泰对狄更斯的崇敬，我们可以从托尔斯泰的两封信来加以证明。

第一，1886 年 2 月 22 日在给契诃夫的信中，托尔斯泰写道："最近只是在读书，觉得狄更斯引起我越来越浓厚的兴趣。我已叫奥洛夫翻译《双城记》。打算叫奥兹米多夫翻译《小杜丽》。《我们共同的朋友》也引人入胜。只是译者不得不尽量改动原作：把神圣的真实置于作者的权威之上。我本打算自己翻译《我们共同的朋友》，无奈另有他事要做。如果我们当中之一能翻译此书，实为一件大好事。"② 第二，1904 年 2 月 3 日在给詹姆士·莱依的信中，托尔斯泰说："我认为查尔斯·狄更斯是 19 世纪最伟大的小说家，他的作品打上了真正的基督精神的印记，已经并将继续对人

① André Maurois. The Philosophy of Dickens，Dickens，Paris，1927 and London. 1934：149 - 182.

② Michael Hollington. Charles Dickens critical assessment：Volume I. Robertsbridge：Helm Information Ltd，1995：545 - 547.

类大有益处。”①

美国著名评论家爱德蒙·威尔逊的论文《狄更斯：两个斯克掳奇》被公认开创了狄更斯研究的革命。威尔逊用大量事实证明狄更斯是陀思妥耶夫斯基的师父，因为陀思妥耶夫斯基的两部小说《罪与罚》和《卡拉马佐夫兄弟》对杀人犯和社会叛逆者的描写从狄更斯那里受益匪浅。“布鲁姆斯伯里文社谈及陀思妥耶夫斯基时却没有提到他们的师父狄更斯。”② 1870 年狄更斯在《艾德温·德鲁德疑案》中对约翰·约斯泼的描绘就是对难以理解的、复杂的、神经错乱的心理领域的探讨，而陀思妥耶夫斯基在《罪与罚》中对拉斯柯尼科夫的描绘也是对这一领域的探讨。“虽然陀思妥耶夫斯基也有某种牵强的戏剧性，但比起狄更斯的轻松愉快和生气勃勃，他就望尘莫及了。”③

作为一位天才作家，狄更斯十分注重小说的形式创新，这是他的城市小说具有现代性特质的重要表征。狄更斯的早期小说采用了流浪汉小说或游记体小说的时间叙事模式，结构显得较为松散。同时为了吸引读者，扩大发行量，又运用了情节剧、感伤小说之类的文体，这是客观存在的事实。但是，随着经济的改善和创作技巧的日渐成熟，他逐渐向现代叙事方向发展。

早期小说《奥立弗·退斯特》与亨利·菲尔丁同类小说的构思很接近，《马丁·朱述尔维特》尚存在流浪汉小说结构松散的缺陷，但后来的小说克服了这一毛病。狄更斯把故事组织成一个整体，从象征维度安排所有人物，赋予细节意义。从《董贝父子》开始，狄更斯小说的结构呈现出新的面貌。《董贝父子》有着全新的连贯性，小说以伦敦的商业公司为中心。在中期杰作《荒凉山庄》中，狄更斯运用新的手法来安排情节，情节布局更为严谨。这是一部超越时间范畴的作品，标志着狄更斯风格的转变，开启了小说家的“黑暗时期”。“他在这一部小说中将自己想象的方方面面都紧紧凑在一起，因此排除了自由发挥和即兴创作的可能性。”④

狄更斯小说的现代形式表现在哪些方面呢？下面拟从四个方面进行

① Michael Hollington. Charles Dickens critical assessment：Volume I. Robertsbridge：Helm Information Ltd，1995：545 - 547.

② Michael Hollington. Charles Dickens critical assessment：Volume I. Robertsbridge：Helm Information Ltd，1995：762.

③ 埃德加·约翰逊. 狄更斯：他的悲剧与胜利. 林筠因，石幼珊，译. 天津：天津人民出版社，1992：743.

④ 彼得·阿克罗伊德. 狄更斯传. 包雨苗，译. 北京：北京师范大学出版社，2015：244.

探讨。

## 一、文学蒙太奇

审美现代性理论十分关注瞬间流变与永恒不变的结合。那么，如何从短暂中抽取永恒？波德莱尔认为，艺术家的任务就是“从流行的东西中提取出它可能包含着的在历史中富有诗意的东西，从短暂中抽出永恒”①。本雅明强调碎片的意义和对碎片的拯救，提出运用文学蒙太奇的方法在一个马赛克图案或新的“星座”中探寻现代性起源。那么，什么是文学蒙太奇？他在《拱廊街计划》中是如此界定的：

> 文学蒙太奇。我无法去说，只是去展示。我不会采纳任何智者的精当阐释，不猎取任何视作珍宝的东西。但是碎片、垃圾：我不会描述，而是展示他们。②
>
> 将蒙太奇原则带入历史。这就是说，从最小的、正是时尚的结构元素中构建出大结构，确实，从小的个别时点的分析中，探索出总体事物的结晶。③

为了探寻19世纪首都巴黎的现代性史前史，本雅明运用文学蒙太奇的方法将各种历史客体装配在一个星丛中，装配在一个辩证意象的全景图中，从而揭示了历史客体的过去与现存之间的张力。

大卫·哈维认为，现代性专注于从语言中突破，其艺术成就取决于语言和表达方式的创新，艺术因此成了自我指涉的建构而不是社会的一面镜子。如果词语是瞬间、流变、混乱的，那么艺术家就应当通过一种瞬间的效果来捕捉永恒，通过蒙太奇/拼贴来将时间空间化。这样，现代性作品将自身的真实展示为一种建构或技巧，借助蒙太奇/拼贴，将不同时间、不同空间的物体并置在一起创造出神奇的效果。

19世纪伦敦都市的现代生活以一种转瞬即逝和碎片化的方式呈现出来，同时也以世俗化和理性化的方式呈现出来。前者是以都市生活来对照乡村生活，后者则是以世俗生活来对照宗教生活。

---

① 波德莱尔．波德莱尔美学论文选．郭宏安，译．北京：人民文学出版社，1987：439.

② Walter Benjamin. The arcade project in Walter Benjamin：selected writings I. Cambridge MA，1996：1030.

③ Walter Benjamin. The arcade project in Walter Benjamin：selected writings I. Cambridge MA，1996：575.

狄更斯创作的以伦敦为背景的小说也运用了文学蒙太奇的手法，下面以《奥立弗·退斯特》和《小杜丽》为例做一说明。

在《奥立弗·退斯特》中，狄更斯通过伦敦西区上流社会的布朗洛-梅莱世界和伦敦东区犯罪的费金-赛克斯世界为了占有奥立弗之间的斗争来揭示奥立弗的身份。内在于小说中的二元对立特质表明，伦敦都市可以看作一个简单的二元结构，这种二元结构得到了梅休的证实。梅休指出：伦敦是一个"对立的城市"(a city of antithesis)，贝尔格拉维亚和贝斯纳尔格林成为与圣殿酒吧对立的两极。在这部小说中，伦敦东区和西区之间的分界线即是奥立弗和其他几个角色从北部进入伦敦中心的路线，也就是从伊斯灵顿的安琪尔酒家，沿着圣约翰路到格雷公馆路和大红花山的路线，它位于克拉肯韦尔的格雷公馆路和史密斯菲尔德之间。如果继续向南，这条路线将出现在舰队街，在圣殿酒吧稍东一点，这是伦敦的中心。

在《奥立弗·退斯特》中伦敦的两部分将各种角色和他们的居住区分成两组。善良的私生子奥立弗是合法婚姻所生的、邪恶的孟可司的对立面，栖居在潘顿维尔和河滨的布朗洛先生是居住在红花山和白教堂的费金的对立面，而居住在伦敦西部彻特西和伦敦海德公园附近的哈利和罗斯·梅莱是居住在贝斯纳尔格林的比尔·赛克斯和南希的对立面。狄更斯在这两个对立的人群之间来回切换，创造了电影理论家艾森斯坦所谓的"蒙太奇"的"平行情节"。关于这一技巧，狄更斯在第十七章中说："场景的突然转变，时间和地点的迅速变化，长期以来不仅在书籍中沿用，而且被许多人认为这属于大手笔。"① 这种来回切换所造成的蒙太奇效应加强了两个对立世界的相互联系。

在两个对立的世界之间来回切换的蒙太奇手法按照两个节奏模式展开，即向城市中心收缩和向外扩张的节奏模式。克拉肯韦尔，是布朗洛先生发现奥立弗的地方，也是赛克斯和南希捉住奥立弗的地方，还在这里建了一个窥视孔，专门窥视三瘸子酒店。因此，克拉肯韦尔是城市中心和两个世界的交汇点。

当奥立弗首次来到伦敦并被费金关押在红花山时，情节向这个共同的中心收缩。而当奥立弗先被带到栖居在彭顿维尔的布朗洛先生家里，后来又被带到栖居在白教堂的费金的寓所，再被带到住在伦敦西部彻特西的梅莱的寓所，情节从这个共同的中心向外扩张。当布朗洛先生从彭顿维尔搬

① 狄更斯. 雾都孤儿. 何文安，译. 南京：译林出版社，1999：99.

到河滨的克雷文街寻找孟可司，当罗斯和奥立弗从彻特西搬到海德公园附近，当诺亚·克雷波尔来到伦敦，来到三瘸子酒店成为费金的间谍，当南希受到费金和诺亚的监视，在贝斯纳尔格林被赛克斯杀死，情节再一次收缩。

随着赛克斯在雅各岛的被诱捕和被绞死，随着费金在三瘸子酒店附近的新门监狱被绞死，节奏模式向城市中心的收缩逐渐完整。随着奥立弗和整个布朗洛-梅莱世界从伦敦来到乡村，情节最后一次从城市中心向外扩展。这种向城市共同的中心的有节奏的收缩，从城市共同的中心向外有节奏的扩张再次强化了两个城市世界之间的相互关系，这两个城市世界竭力封锁和揭示奥立弗的身份。

在《奥立弗·退斯特》中，内在于伦敦结构中的二元性是内部与外部之间的二元性，这种二元性更为微妙。城市的内部和外部是由墙壁、门和窗口建构起来的。墙壁根据具体情况被封闭或阻止进入。正如希利斯·米勒所说，奥立弗“对围场的恐惧”与他对“被排斥的恐惧”交替出现。然而窗口与门一起使得内部和外部空间发生物理的和视觉的互渗，这种内部和外部空间通过墙壁的封闭和排斥来界定。因此，伦敦作为不透明表面的复合体，到处被小孔（如门和窗口）和透明物所穿透，从而构建了《奥立弗·退斯特》中两个世界的相互联系。这两个世界既与城市的内外两重性联系在一起，同时又被城市的内外两重性隔离开来。

此外，由于小孔和透明物使得从外部到内部，从内部到外部，或者同时从外部和内部的视觉和物理渗透成为可能，它们促进了复杂的监视、避免监视和反监视的模式，这种模式将《奥立弗·退斯特》城市中相互对立的世界统一起来了。

由于城市内部—外部的二元复合体的小孔和透明体的双向性，两个对立的世界可能会专注于他们共同关注的对象，这样监视可能会发生逆转，监视者也可能会被窥视。小孔和透明物的双重性质在城市内外二元性的大背景下构建了包括奥立弗的身份在内的两个世界的相互关系，这两个世界既体面又阴暗，既隐秘又暴露，既监视他人又被他人窥视。

城市结构的二元性——犯罪的东部和体面的西部，内部和外部，向里面看与向外面看，预设了运动的观察者既从城市世界也从无所不知的观察者—叙述者的角度观察人物。《奥立弗·退斯特》中的叙述者，无论是通过奥立弗的眼光还是其他人物的目光来呈现城市，或者假定一个运动的观察者，抑或仅仅是无所不知的观察者，都会给读者一种印象：在小说中叙述者和奥立弗是城市的旁观者、观察者，甚至监视者。这样一位观察者—叙述者用各种改头换面的形式，看到了城市中每一个结构二元性的两个方面，并用无所不在的观察者的目光来呈现。

在《奥立弗·退斯特》中，上流社会的布朗洛-梅莱环境与犯罪的费金-赛克斯环境构成对立面，但二者是截然分开的。尽管《小杜丽》中有墙壁的城市环境呈现了某种程度的多元性，但与《奥立弗·退斯特》中的城市环境不一样的是，《小杜丽》中有墙壁的城市环境是可以互换的。

上流社会克莱南、卡斯贝、莫多尔的环境是可以互换的，马赛监狱、马夏尔西狱之间的环境也是可以互换的。克莱南太太的房屋与杜丽一家的马夏尔西狱在泰晤士河的两岸，面对面相望，伦敦桥和南华克铁桥将它们联系起来，构成监狱之城的两个焦点。虽然马夏尔西狱是一座监狱，却是杜丽先生一家人的“家”，而克莱南太太的房屋则成了克莱南太太一家人的监狱。克莱南太太的病房和杜丽先生的牢房在这两个环境之间来回切换，是可以互换的。这是蒙太奇手法的表现形式。

在《小杜丽》中，狄更斯创造了监狱之城的蒙太奇。在这个监狱之城中，城市迷宫中的很多环境变成了一个环境——监狱。在这个监狱之城中，环境的互换性构成了一个悖论：表面看起来谁也没有错，实际上却是每个人都有错。这种罪过的相互性只有通过与监狱和城市相关的天启神示才能救赎。在小说中天启神示由太阳凝视的目光、瘟疫、火焰、复活、时间的终结和眼睛的张开来象征。观察迫使有东西隐藏的人进入到自身的监狱里，同时也揭示为了救赎目的而必须看到的东西。因此，叙述者、城市中的各种监视者和人群、身感愧疚的亚瑟·克莱南或无辜的小杜丽的观察也是一种评价。在观察者眼中，人类罪恶的相互性及其救赎的中介是由宗教天启式的监狱之城建构的，并被想象为宗教天启式的监狱之城。

在《小杜丽》中，在构成监狱之城的可互换的监禁的迷宫内，窗口具有重要的连接功能。虽然可互换的监禁的墙壁将人隔绝开来，但同时也将他们联系起来，隔绝是在愧疚中统一的共同条件，而窗口则有着更为复杂的功能。在不少场景中，一个角色站在窗口向外望着监禁之城的墙壁，如亚瑟·克莱南在克莱南太太的房屋的阁楼窗口向外张望，小杜丽在马夏尔西狱的阁楼窗口向外张望，这些场景相互补充，并强化了环境相互变化的观念，在这种环境中，人们被单独监禁在共同的愧疚之中。同样地，在不少场景中，一个角色站在外面向上张望第二层窗口，又如在克莱南太太的窗口向下俯视可以看到有围墙的庭院，而从杜丽先生的窗口向下俯视可以看到马夏尔西狱有围墙的庭院，这些场景相互补充，并强化了环境相互变化的观念。

## 二、意识流叙事

一般认为，内心独白和自由联想是意识流小说的艺术技巧。“意识流”这一术语最先是由美国心理学家威廉·詹姆斯提出的，他在《心理学原理》中指出：“意识就其本身而言并非是许多截成一段一段的碎片，‘链条’或‘系列’之类的字眼都不能恰当地描述意识最初呈现出来的样子。它不是片段的连接，而是流动的，用‘河’或‘流’这样的比喻才能最自然地把它描述出来，此后再谈到它的时候，我们就称它为思想流、意识流或主观生活之流。”① 威廉·詹姆斯用“意识流”这一术语来描述处于觉醒状态的思想中连续不断的思维与意识流动的特点。后来，梅·辛克莱将这一术语第一次引入到文学批评中。意识流技巧的特点在于，它不受传统时间和空间概念的约束，借助内心独白和自由联想等各种方法，运用异地同台、时空交错的更迭变换形式，来描写不受理性控制的意识流动状态，试图真实地表现人的意识活动而不是客观的外部世界。

虽然狄更斯于19世纪中期创作的小说还不能称作意识流小说，但他确实大量运用了内心独白、自由联想等意识流的叙事方法。

### （一）内心独白

内心独白与文学的表现技巧有关。罗伯特·汉弗莱指出：“内心独白是小说中用以表现人物的意识活动内容和活动过程的一种技巧。这种技巧所表达的内容或部分或全部是未及言表的。”② 作为一种艺术表现技巧，内心独白旨在表现处于意识范围内各个层次上的意识活动的内容和过程，它与意识活动的内容和过程两者均有联系。内心独白所表达的内容是未及言表的，因为它描写的意识内容尚处在未形成合乎理性语言的低级阶段。简言之，所谓内心独白，指的是把人物的意识活动内容和过程呈现于读者面前，其中包括对过去的回忆、对现在的思索以及对未来的想象和预测。

内心独白可以分为直接内心独白和间接内心独白。直接内心独白既无

---

① 威廉·詹姆斯．心理学原理．胡泳，译．北京：北京大学出版社，2015：67．

② 罗伯特·汉弗莱．现代小说中的意识流．程爱民，王正文，译．长沙：湖南人民出版社，1987：31．

作者介入，也无假设的听众。它可以将意识直接展示给读者，而无须作者作为中介来向读者进行解释；而在"间接内心独白中，一位无所不知的作者在其中展示一些未及言表的素材，好像它是直接从人物的意识中流出来的一样，作者则通过评论和描述来为读者阅读独白提供向导"①。

在《小杜丽》中，狄更斯大量运用了间接内心独白，而在《我们共同的朋友》中作者主要运用了直接内心独白来展示人物的心理意识。

1. 间接内心独白

在《小杜丽》中，伤心园的地主克里斯托弗・卡斯贝先生被人们称为"最后一位可敬的老人"，弗罗拉是他的女儿。弗罗拉曾经与亚瑟相恋过，由于父母的反对，他们的订婚告吹。后来亚瑟去了国外，弗罗拉则与F先生结了婚，但很不幸的是，她结婚才几个月丈夫就死了。

一天夜晚，伤心园的泥水匠普罗尼希来到马夏尔西债务人监狱告诉小杜丽，弗罗拉小姐和F先生的姑妈去他家找过他，说卡斯贝先生家需要一个女佣，他们希望小杜丽去给他们家干点儿活。第二天清早，小杜丽就来到了卡斯贝先生家。小杜丽这时才得知，弗罗拉在丈夫去世后又回到父亲卡斯贝先生家里住。她来到弗罗拉的起居室，便有了弗罗拉滔滔不绝的自言自语：

> "真太抱歉偏偏今天早晨我会起得晚了因为我原来想的原来希望的是等你一到就来同你会面让你知道只要亚瑟・克莱南稍微有些关心的人我一定关心的告诉你我从心底里欢迎你我心里太高兴了，可他们倒好你到了也不来叫我一声我恐怕还在那里呼呼地睡要是你知道这是怎么一回事要是你冷鸡也不喜欢吃热火腿也不喜欢吃我得说许多人恐怕是不喜欢吃的只有犹太人喜欢吃他们吃东西有很多忌讳我们得尊重他们不过我得说他们把显然是一文不值的滑头货卖给我们以假乱真我希望他们也能有同样的顾忌讲点良心要是你知道是这么回事要是你这些东西都不吃那我就会犯难的，"弗罗拉说道……②

小杜丽来到弗罗拉的起居室，发现早餐已经摆在桌子上了，小杜丽由于羞怯，总觉得忐忑不安，手足无措。弗罗拉小姐发现小杜丽仍旧坐在靠门口的地方，还戴着帽子，觉得很抱歉，她帮小杜丽脱下帽子，看到了那

① 罗伯特・汉弗莱．现代小说中的意识流．程爱民，王正文，译．长沙：湖南人民出版社，1987：37.

② 狄更斯．小杜丽．金绍禹，译．上海：上海译文出版社，1993：386－387.

张脸庞，感动得惊叫了起来。弗罗拉还说她是亚瑟·克莱南先生的好朋友，希望自己能为亚瑟的朋友帮点儿忙。另外，弗罗拉希望小杜丽不要有什么饮食方面的顾忌，冷鸡、热火腿这些食品随便吃，不然她会犯难的。这些对话与动作表明弗罗拉是一个和蔼、善良、待人热情的女人。

传记作家弗雷德·卡普兰①（Fred Kaplan）认为，“在《小杜丽》中，狄更斯的小说实验生产了一个角色叫弗罗拉·芬沁（Flora Finching），她的言语反应与其心理反应是相吻合的；在风格形式上，我们可以称之为内心独白（interior monologue）”②。

从上述引文可知，弗罗拉的内心独白充斥着陈腐的套语。狄更斯运用间接的内心独白把弗罗拉的意识活动直接呈现于读者眼前，这里既有弗罗拉的感觉、表象、记忆、感情，也有弗罗拉的思维、意志和梦境等；既有浅层的、明确清醒的意识活动，也有深层的、朦胧模糊的意识活动。其意识流动状态可谓思接千载，视通万里，对弗罗拉的独白不进行任何加工，也不做任何解释，直接呈现了弗罗拉转瞬即逝的语言与动作，打破了物理时间的持续性，其心理活动呈现出不规则性、间断性和跳跃性。

弗罗拉·芬沁的独白话语删除了标点符号，主要依赖连词来呈现，从而造成了语言的流动不息，用文字再现了弗罗拉的深层意识，呈现连续、流动、联想的思想过程，这种内心独白产生了心理上的真实感。

> “那就请立即喝点茶，”弗罗拉说道，“还有这鸡翅膀这块火腿也吃下去，我就别管了也不要等我因为我总是亲自把这盘子端去给F先生的姑妈是的她就在床上吃早餐她还是个非常可爱的老太太非常机灵，门后挂的那是F先生的画像也很象只不过额角画得太宽大了至于一根柱子大理石的路面栏杆一座山我可从来没有看见他到过那个地方做酒类买卖也不可能碰上这么个地方的，他是个很了不起的人可一点也不是这个模样。”③

F先生是弗罗拉已故的丈夫，门后挂着F先生的画像，表明她的丈夫已经离开人间。F先生的姑妈是F先生留给弗罗拉的遗产，F先生临死前曾立下遗嘱，将他的姑妈交托给弗罗拉。F先生的姑妈是一个使人咋舌的

① 1988年出版传记《狄更斯》(*Dickens*)。

② Fred Kaplan. Dickens' Flora Finching and Joyce's Molly Bloom. Nineteenth-Century Fiction, Vol. 23, No. 3 (Dec., 1968), University of California Press, 1968: 343-346.

③ 狄更斯. 小杜丽. 金绍禹，译. 上海：上海译文出版社，1993：387-388.

矮小老妇，她的脸像一个瞪着眼睛的木头娃娃，毫无表情，“她没有名字，只叫作 F 先生的姑妈”①。亚瑟·克莱南发现 F 先生的姑妈的主要特点是样子极为严酷，板着脸一言不发，有时她喜欢打断人家的谈话，插进一句话来，语调低沉而含有威胁，说的话又与旁人正在议论的事没有丝毫关系。

小杜丽朝那画像看了一眼，对于这件艺术品的意义她一点儿也不理解，于是弗罗拉做了解释。“F 先生是一心爱着我所以他一刻没看见我就难受”②。他是个高尚的人但不是个富有想象的人，他有男子汉气概可是很平凡，没有浪漫色彩。

小杜丽又朝那画像看了一眼，那肖像的头部，从智慧的角度来看，显得头重脚轻。

> “不过，浪漫色彩，”弗罗拉接着又说道，一面忙着给 F 先生的姑妈准备吐司面包，“这话在 F 先生向我求婚的时候我就公开同他说过了你听了一定会非常吃惊他向我求婚有过七回一回是在出租马车上一回是在游船上一回是在教堂的一条靠背长凳上一回是在腾布里奇温泉的一头毛驴背上其余三回则是跪在地上，浪漫色彩随着亚瑟·克莱南青少年时代的过去也无影无踪了……”③

这一内心独白是由小杜丽看到的画像引起的，表达了弗罗拉记忆中的恋爱经历。虽然 F 先生是一个没有浪漫色彩的男人，但他向弗罗拉求过七次婚，一回是在出租马车上，一回是在游船上，一回是在教堂的靠背长凳上，一回是在腾布里奇温泉的一头毛驴背上，还有三回是跪在地上。事实上，他们的爱情是浪漫的，弗罗拉之所以觉得不够浪漫，是因为她心里爱着亚瑟，觉得与当年亚瑟对她的爱相比显得不够浪漫。“浪漫色彩随着亚瑟·克莱南青少年时代的过去也无影无踪了”。由于双方的父母拆散了他们的婚姻，他们成了铁石心肠的人。这一内心独白所表达的内容是隐含的，它呈现的意识是非理性的。

弗罗拉端着盘子走了，只留下小杜丽一人在回味弗罗拉前后不相连贯的话到底是什么意思。没多久弗罗拉又回到起居室，一边吃早餐一边说着话。

---

① 狄更斯. 小杜丽. 金绍禹，译. 上海：上海译文出版社，1993：216.
② 狄更斯. 小杜丽. 金绍禹，译. 上海：上海译文出版社，1993：388.
③ 狄更斯. 小杜丽. 金绍禹，译. 上海：上海译文出版社，1993：388.

“没法子我只好遵照医嘱一点也疏忽不得可是我这么个可怜的人喝这种东西可真不好喝也许我年轻的时候受了打击之后就一直没有恢复过那时候与亚瑟分手以后就在隔壁房间里哭呀哭的，你认识他很久了吗？”①

“你要知道亲爱的，”弗罗拉说道，“不过你肯定已经知道了不只因为我已经说过事情的大致情况而且还因为我觉得某某人的名字就刻在我的额角上事情是明明白白的在我被介绍给已故的F先生之前我就跟亚瑟·克莱南订过婚了——公开场合需要慎重一点的时候叫他克莱南先生在我这里就叫他亚瑟——我们俩是心心相印的那时候是人生的青春时代那是狂喜的时代那是热情奔放的时代那是一切的一切都是最最美好的时代，可就在那时候我们俩被拆散了我们都成了石头一般冷漠的人亚瑟就是怀着这样的冷漠漂洋过海到中国去了我也做了已故的F先生的石雕新娘。”②

这两段独白是弗罗拉对亚瑟·克莱南昔日的恋情的回忆，在她被介绍给已故的F先生之前，她就跟亚瑟·克莱南订过婚了，她曾经深爱过亚瑟，与亚瑟分手之后她哭了好久，并且长时间没有从这一打击中恢复过来。后来亚瑟漂洋过海到了东方，而她则做了已故的F先生的“石雕新娘”，成了F先生的遗孀。

“那天早晨的情绪当时心都已经冷了F先生的姑妈坐在一辆玻璃马车里跟在后面那辆马车人们都说一定是一辆破车子否则出门才穿过两条马路是绝不会坏的F先生的姑妈就用灯芯草垫子的椅子抬着回家就跟十一月五日那个模样叫我是怎么也不会让人这样抬的，别的就不用噜苏单说那顿纯粹是装装样子的早餐就在楼下那个餐室里办的爸爸因为腌鲑鱼吃得太多结果病了好几个星期我跟F先生到大陆旅游去了加莱那儿在码头上人家为了我们大打出手结果我们两个人走散了不过没有永远分开那是后来的事了。”③

弗罗拉的独白跳跃性很大，这一段从回忆弗罗拉与亚瑟·克莱南昔日的恋情，一下子跳到她与F先生的婚礼。她与F先生的婚礼没有什么浪漫可言，只是回忆了那顿不像样子的早餐，她的父亲卡斯贝先生因为腌鲑鱼

① 狄更斯. 小杜丽. 金绍禹，译. 上海：上海译文出版社，1993：389.
② 狄更斯. 小杜丽. 金绍禹，译. 上海：上海译文出版社，1993：391.
③ 狄更斯. 小杜丽. 金绍禹，译. 上海：上海译文出版社，1993：391－392.

吃得太多，结果病了好几个星期，后来她与F先生到欧洲大陆旅游去了，结果他们两个人走散。显然弗罗拉滔滔不绝的独白话语前后缺乏连贯性，但她的姿态神情却是扬扬自得。

上面弗罗拉的内心独白之所以是间接内心独白，是因为她的独白话语有一个假设的听众——小杜丽，作者总是介入人物的意识与听众之间，对于听众，作者是一位场上指导。不仅如此，作者还出面进行评论："她（指弗罗拉——引者）将自己十八岁时的少女时代大约分出了一半，远远地丢开了，而其余的一部分则移植到了已故的F先生的寡妇身上，从而使自己变成了一个精神上的美人鱼。她先前的情人（指亚瑟·克莱南——引者）望着这精神上的美人鱼沉思起来。在他的情感中，他对伤心事物的感觉与他对可笑事物的感觉奇怪地结合在一起了。"① 这是与直接内心独白的明显不同。

亚瑟回国后，他参与合股的丹尼尔·多伊斯工厂就在伤心园的一端。一天下午，亚瑟来到伤心园卡斯贝先生家，见到了弗罗拉。他在青年时代热切地爱着这个女人，在她身上，他倾注了自己全部的感情与想象。"这丰富的感情与想象，在他那沙漠似的家中，宛如鲁宾逊·克鲁梭的钱币，与谁都不能交换，只能在暗中闲待着，任其生锈，直至遇到了她才尽情倾注。从那个值得纪念的时刻起，一直到他回到伦敦的那个晚上，尽管他已经将她与他现在的或未来的任何联系割断了，仿佛她已经离开了人间，然而他将自己旧时的迷恋仍旧保留在其旧时神圣的地方。"② 但这次相见，让亚瑟十分失望，过去的一切都烟消云散了。"克莱南的目标刚落到他旧时感情所寄托的目标，那目标便颤动起来，化成了碎片。"③ "我们发现，大多数人常常对自己坚信不移，从而对旧时的观念也坚信不移。当那观念不能与现实作一贴近比较，并且一经比较便给那观念致命一击的时候，这并不能拿来证明人之反复无常，而是恰恰相反。克莱南的情形正是如此。"④ 尤其让亚瑟失望的是，弗罗拉原来有着苗条的身材，现在变胖了，而且气喘。在他出国的时候弗罗拉是一棵百合，现在变成了一株芍药。特别是，弗罗拉过去言语与思想似乎很迷人，现在不仅语言啰唆，而且痴笨，"弗罗拉很久以前就受到溺爱而且娇憨，现在她决意要让人溺爱。这

---

① 狄更斯. 小杜丽. 金绍禹，译. 上海：上海译文出版社，1993：213.

② 狄更斯. 小杜丽. 金绍禹，译. 上海：上海译文出版社，1993：206.

③ 狄更斯. 小杜丽. 金绍禹，译. 上海：上海译文出版社，1993：206.

④ 狄更斯. 小杜丽. 金绍禹，译. 上海：上海译文出版社，1993：206.

才是致命的一击”①。

在《小杜丽》下卷的第 9 章“刚露面又不见了踪影”中亚瑟·克莱南在一个阴沉黑暗的黄昏来到了弗罗拉·芬沁和 F 先生姑妈的家里。这是他们分手后的第二次相见。亚瑟告诉弗罗拉，小杜丽和她全家人一起到意大利去了，弗罗拉说了一系列不连贯的话：

> “她真到了意大利了吗?”弗罗拉说道，“那儿到处种着葡萄和无花果还有熔岩项链那个诗歌之乡有燃烧的山尽管风光奇异叫人难以相信要是弹风琴的人从附近的地方逃出来没有被烧焦那是谁也不会奇怪的因为他们年纪轻轻还带出了白鼠真太仁慈了。她真到了那个人人向往的地方啦对周围的一切都不了解还有临死的角斗士梵蒂冈的贝尔迪薇拉虽然 F 先生他并不相信因为他情绪好的时候提出过异议他说这些雕像不可能是真的因为这些雕像要么披挂了一身奢华的衣衫衣衫上又尽是皱褶要么身上一丝不挂从没见过介乎两者之间的，这当然是不可能的尽管也许是由于贫富两极所引起的这样说也许能解释得通。”②

弗罗拉说话的语调具有异国情调，充满亢奋的激情，她回忆了她所阅读的书籍和对意大利的幻想，这是对异域生活和异国情调的回忆，她对异域生活和更美妙的国家充满着渴望与向往。弗罗拉被旖旎如画的异域风景所陶醉，被现实的期望和诱惑力所憧憬；这种旖旎如画的风景、现实的期望和诱惑力比她目前所适应的日常生活来得强烈。文本的叙述者运用了连词“和”，这是句法和语言不连续性的内部幻想和意识流动的标志。弗罗拉的独白完全是内省的，她自言自语地谈论只存在于自己意识中的国家——意大利。幻想乐园（fantasy land）不仅是“刚露面又不见了踪影”这一章的中心象征，而且也是整部小说的中心象征。意大利是在失望、被拒绝和被欺骗的情况下渴望奔赴而去的幻想乐园，一个完美的避风港，在这里，当下与真实的灾难被梦幻般的欣喜所取代。

意大利鲜花般的明艳与伦敦的阴暗沉闷形成鲜明对比，意大利是弗罗拉永远无法触及的梦想。对于亚瑟·克莱南来说，意大利意味着从现实中的撤退。在弗罗拉看来，当下的意大利应该与马夏尔西狱的过去有着直接

---

① 狄更斯. 小杜丽. 金绍禹，译. 上海：上海译文出版社，1993：207.

② 狄更斯. 小杜丽. 金绍禹，译. 上海：上海译文出版社，1993：743.

的关系，与她对童年的着迷有直接的关系。F先生的话语表明，事实上不真实的图像反映了弗罗拉对意大利的印象并有效地突出了狄更斯在小说中对幻觉和现实的关注。再者，伦敦虽然黑暗却是真实的；意大利虽然明艳却是虚幻的。在《小杜丽》中，亦如在《远大前程》中一样，狄更斯暗示检验个体是否成熟的试金石是将过去、现在与未来融入到空间或时间中去的能力。对于狄更斯来说，主观和心理世界是现实的世界。对于人物来说，对价值的考验通常是他们将历史的罪疚或无罪与当下的欲望联系起来的程度。

内心独白是人物刻画的重要方面，运用内心独白能够更为精确、更为现实地描写人物。在《小杜丽》中狄更斯运用内心独白来塑造弗罗拉·芬沁的形象，这是一种略带冷酷但却不太刻薄的喜剧笔法。弗罗拉的意识流的语言不是胡言乱语，正如她自己所说："不这么说才是胡言乱语，我知道我并非是你所期待的那个女子。"[①] 她那喋喋不休的独白表明，她发现亚瑟对她的爱已经烟消云散了。前后逻辑不连贯的独白看起来很荒唐，却将他们早已终止的少年时代的爱情与眼前的会面交织在一起，弗罗拉的独白也表现了亚瑟·克莱南的失望。从前，克莱南坐在那张餐桌旁，眼睛只注视着弗罗拉；现在，他所观察到的弗罗拉非常喜欢黑啤酒，也带着感伤喝葡萄酒。他真诚地希望能找到以前的弗罗拉，可是昨天不会重来了。弗罗拉成了一个愚蠢的、令他讨厌的女人，恰恰是因为她以原始的形式表达自己的想法，而不是先整理思路然后将它们描绘出来。弗罗拉的话题不着边际，也不再有趣。狄更斯深知，言语行为涉及使用语言结构来引导心灵的流动。

弗罗拉·芬沁的原型是老而丑陋的玛丽亚·温特，从亚瑟·克莱南身上我们可以发现狄更斯的影子。

玛丽亚·温特即是狄更斯年轻时期的梦中情人玛丽亚·比德内尔，她是银行家的女儿。她拒绝狄更斯的求婚之后，狄更斯陷入心碎肠断的愁苦之中。传记作家埃德加·约翰逊评论道："狄更斯的爱情和不幸，都更加坚定了他克服一切物质上困难的决心。他知道得很清楚，他那卑微的出身和并不远大的前程对他的婚姻有多么不利。他意识到经济地位的重要性，

① 狄更斯. 小杜丽. 金绍禹，译. 上海：上海译文出版社，1993：211.

他痛下决心，永不再为贫穷所困。”① 1855 年，正当狄更斯准备与威尔基·柯林斯去巴黎度假时，他突然收到了一封温特夫人的来信。狄更斯带着对往昔的深情和怀念热情地给她回了信，他在信中把自己早年的成功都归功于她；他还告诉她，《大卫·科波菲尔》中的朵拉就是以她为模型的。他对于她“牙齿脱落、肥胖、苍老和丑陋”的自我描绘婉转地表示不敢苟同，他用记忆中的她来形容她。后来他们见了一面，见面之后她的形象确实让狄更斯大失所望。20 年之后，狄更斯以自己与玛丽亚·比德内尔见面的形象和感触为基础，塑造出了《小杜丽》中的弗罗拉·芬沁。在这部小说中，狄更斯年轻时的梦中仙子，竟变成了这样一个真实的蠢物。变老了的玛丽亚·温特破坏了狄更斯心目中玛丽亚·比德内尔的美好形象。传记作家埃德加·约翰逊认为，“第七期里的弗罗拉在我看来带有非常滑稽的成分，而在滑稽的下面毕竟又有几分严肃”②。在与脑满肠肥、俗不可耐的温特夫人见面之后，狄更斯很果断地斩断了对昔日的怀恋。后来玛丽亚想方设法与他保持联系，但结果却是徒然。

2. 直接内心独白

所谓直接内心独白，就是既无作者介入也无假设的听众的内心独白，它可以将意识直接展示给读者，而无须作者作为中介来向读者进行解释或说明。作者连同“他说”“他想”之类的引导性词句和解释性叙述都在文本中消失了，将人物的心扉彻底敞开，好像不存在读者一样。

在《我们共同的朋友》中存在大量的直接内心独白，下面摘录几段加以说明。

> “也许，假如有必要试一试的话，我还能回忆起我独自一人从河边走到教堂的那条路；但是我们两人怎样从教堂走到赖德胡德的店铺，我就不知道了——我也不知道，离开教堂之后，我们两人转了多少弯，走了多少回头路。毫无疑问，是他有意把路搞混的。”③
>
> “我死的地方我一点儿也摸不清了，”他说。“倒不是因为这有什么要紧。不过既然冒着被人认出的危险来到这里，我倒真喜欢把那段

① 埃德加·约翰逊. 狄更斯：他的悲剧与胜利. 林筠因，石幼珊，译. 天津：天津人民出版社，1992：84.

② 埃德加·约翰逊. 狄更斯：他的悲剧与胜利. 林筠因，石幼珊，译. 天津：天津人民出版社，1992：575.

③ 狄更斯. 我们共同的朋友：上卷. 智量，译. 上海：上海译文出版社，1986：539.

路的哪一段再走上一次。”①

“直到现在，我仍不能理解，为什么我重新登上的河滩是在我遭受陷害的地方的对岸，我将永远不能理解这一点，甚至此时此刻，当我正走回家去，把这条河留在身后，我仍然不能想象，这条河怎么会流淌在我和那个地方的中间；或者说我不能想象大海是在它现在所在的地方。”②

直到我在警察分局里看见拉德福特的尸体那一天晚上，我在那家旅馆里已经住了大约十二天，那时我痛苦地体验到一种难以用语言形容的精神上的恐怖感，这是毒药的后果之一，这种恐怖感使这段时间变得似乎长了许多……”③

在小说的第 2 章，蒂平斯夫人用忸怩作态的滑稽模仿诱使律师莫蒂默·莱特伍德脱口讲出了哈蒙谋杀案的故事。之后，哈蒙谋杀案在小说中成了一桩神秘的案子。在第 3 章，当查理·赫克萨姆领着莫蒂默·莱特伍德和尤金·瑞伯恩从维尼林府邸去查理父亲赫克萨姆老头的房屋再到附近的警察局，他们在警察局看到了一具尸体，据推测是约翰·哈蒙的尸体。约翰·哈蒙被人扔进泰晤士河，他爬回到岸上后，先化名为朱丽叶斯·汉福德，后来他再次改名为约翰·罗克史密斯。在小说的中间部分以约翰·哈蒙的内心独白来呈现所谓的谋杀事件，他是在哪里被扔进泰晤士河又是从哪里爬上岸的。

作者运用直接内心独白的方法，让约翰·哈蒙自己呈现自己的故事，不需要任何中介把人物的意识活动直接呈现于读者眼前。约翰·哈蒙服了迷蒙药之后，被人扔进河里，爬上岸时已经神志不清，对自己意识活动的控制已经松弛，他的意识便不由自主地流动起来。这段独白乍看起来飘忽游离，让人感到不知所云，但实际上却有着相互关联的潜在逻辑因素。一旦我们发现了潜藏在这些思绪背后的联系，我们便会觉得这段独白在凌乱之中有其秩序，随意性之中寓有艺术的提炼。

狄更斯通过人物的直接内心独白来直接呈现人物的心理状态，这种独白没有假设的听众，即在约翰·哈蒙独白时，他并不同任何人说话，而且他也不是在同某一位读者说话。在这里，听众是一个抽象化了的读者，被

---

① 狄更斯. 我们共同的朋友：上卷. 智量，译. 上海：上海译文出版社，1986：536.
② 狄更斯. 我们共同的朋友：上卷. 智量，译. 上海：上海译文出版社，1986：544.
③ 狄更斯. 我们共同的朋友：上卷. 智量，译. 上海：上海译文出版社，1986：544.

领进一个隐秘的世界中，里面见不到一个可以给他引路的向导，直接内心独白使其作品非人格化了。这在当时显然是一种超前的创新。亨利·詹姆斯和弗吉尼亚·伍尔夫非难狄更斯不注重小说的艺术形式，没有表现人物的内在心理，其偏颇之处是显而易见的。

**（二）自由联想**

意识乃大脑活动的整个领域。人的意识中常会出现一些表面上看起来毫不相关的东西，而实际上它们之间却有着内在的联系。从现在的情景中产生出对过去事件的飘忽不定的联想和回忆来展示人的精神世界，这就是文学中的自由联想。

从第一部小说《匹克威克外传》到最后一部小说《艾德温·德鲁德疑案》，狄更斯一直在对人物角色进行实验，他们怪诞的语言模式，无论是快速的还是慢速的，都是思想运动的标志。

匹克威克先生在大白马旅馆安顿下来之后，在火炉前的一张椅子上坐下来，陷入了无边无际的遐想之中：

> 他先是想到他的朋友们，不知道他们什么时候与他会合，然后他的思绪转到了玛莎·巴德尔太太身上，而从这位太太身上他的思绪又游离到了道孙和福格昏暗的办公室。从道孙和福格那里又插入那个古怪的诉讼当事人的故事，然后又回到伊普斯维奇的大白马旅馆，这时匹克威克先生认为自己应该要睡觉了，于是打起精神，开始脱衣服。但就在这时，他突然想起他将表忘在了楼下的桌子上。①

这是自由联想的典型例子，由人（朋友们、玛莎·巴德尔太太）—空间（道孙和福格昏暗的办公室）—人（古怪的诉讼当事人）—空间（大白马旅馆）—物（怀表）。匹克威克先生最后想到的是他的怀表，因为这只表是他特别钟爱的东西，他把它揣在背心下面走南闯北，离开它，他就不能安然入睡。这种自由联想在一个瞬间容纳了一个很大的时间跨度，既有匹克威克先生现在的所见，同时也有他过去的活动和经历。

在《小杜丽》中，亚瑟·克莱南先生从马赛出发，取道多佛尔，搭乘“蓝眼少女号”多佛尔邮车，到达伦敦。临窗坐在卢德门山那家咖啡馆里，他听到了钟声，钟声引发了他的一系列联想。

> 他听着近处传来的钟声，一下子数着其中一种钟声，不觉自然地

① 狄更斯. 匹克威克外传. 莫雅平，译. 北京：人民文学出版社，2002：344.

从钟声中悟出了它的歌的意思与歌中重复出现的词语；他心中纳闷，一年之中，它报告了多少个患病者的死亡。当钟声将要报告钟点的时候，它的节奏变化使之越来越令人恼怒。还差一刻钟的时候，一阵阵的钟声令人心烦地、急促地响着，无休止地催促民众“到教堂去，到教堂去，到教堂去!”

…………

“谢天谢地!”钟点报过之后钟声停止了，克莱南这时说道。

然而，钟声使一长串悲惨的星期日又复活了，川流不息的思绪并没有随着钟声的停止而消失，而是继续不停地涌现。“愿上帝宽恕我，”他说道，“宽恕培育我的人。我是多么憎恶这一天啊!”

他想起了童年时期令人沮丧的星期日。……①

狄更斯的叙事注意到了外部刺激与心理反应之间的内在联系，叙述者将现象世界和意识产生的外部刺激和内部反应结合起来了。短语“不觉自然地”有着明显的艺术联想功能：亚瑟把轰轰的钟声渲染成句子和歌曲是自动化的、无意识的，而不是蓄意的。他的心灵在三个方面与敲钟的声音相应和。首先，描绘的词语与钟的缓慢的声音相吻合。虽然从技术上来看，是叙述者将词语“到教堂去”赋予钟声，但是克莱南充当了叙事的“聚焦者”（focalizer）。叙述者将敲钟描述为“令人恼怒的”，表明这一特定的叙事部分是通过克莱南的看法和情感来过滤或聚焦的。钟声听起来可能与弗罗拉·芬沁截然不同，与绝望的乐观主义者也不一样。“到教堂去”不是对钟声的客观再现，而是一种主观的再现：这是克莱南所听到的声音。其次，克莱南在情感和智力上的反应，随着钟声的敲响而变得越来越大，他还想知道在一年中有多少次葬礼会敲击出钟声。最后，钟声唤起了他对童年星期日的回忆，引发钟声的外部刺激消失之后，回忆仍在继续。亚瑟·克莱南听到教堂钟声这一事件回荡在整部小说中。

英国人对“伦敦佬”的定义是：“出生在能听到圣玛丽-勒-博教堂钟声的地方的人。”② 教堂作为建筑性纪念碑创造了一个“声觉空间”，即它围绕声源“定位”出一个相对固定的“声觉空间”。西方教会的堂区大致在教堂钟声传播的范围，也就是说，“共听”同一钟声的教徒多半在同一

---

① 狄更斯. 小杜丽. 金绍禹，译. 上海：上海译文出版社，1993：41-43.

② 詹姆斯·费伦，彼得·J. 拉比诺维茨. 当代叙事理论指南. 申丹，等译. 北京：北京大学出版社，2007：448.

座教堂做礼拜。狄更斯是个"伦敦佬"，"伦敦教堂的钟声伴随他度过悲惨沮丧的童年时期，度过艰苦奋斗的青年时期，度过积极向上又卓有成就的中老年时期，每当他手拿股票凭证和钱包打算离开这个城市时，这教堂钟声似乎又像召唤另一个惠廷顿一样，把他召唤回来"①。由于这些原因，他对钟声特别敏感，伦敦的钟声总是让他浮想联翩。

## 三、文学机器装配

### (一)"文学机器装配"解诂

吉尔·德勒兹（Gilles Deleuze，1925—1995）是法国20世纪最重要的哲学家之一，被誉为"哲学中的毕加索""差异哲学家""20世纪最重要的空间哲学家""游牧美学家"②。"机器"是德勒兹的一个核心诗学概念，又是他进行文学批评的重要"武器"。在《反俄狄浦斯》中德勒兹指出："机器是流的切割系统……机器到处都在运作……它呼吸，它发热，它吃喝。它拉屎和性交。言说那种本我是多么的荒谬，一切皆是机器——真实的机器，而不是比喻的机器。机器驱动着其他的机器，机器被其他的机器驱动着，伴随着必然的装配与联系。"③

每种机器首先与它所分割的连续物质流相联系，如婴儿的嘴巴—机器切断奶流，肛门—机器切断排泄流。尽管我们把机器与流看作独立的实体，但它们实际上是一个过程。一如嘴巴—机器是胃—机器的流之源一样，母亲的乳房—机器也是流之源。因此，机器本身是一种流或流之生产，它们在性质上是加法的关系：a＋b＋c＋x＋…。德勒兹把"机器"界定为流的切割系统暗示了一个多元的意义世界。显然，德勒兹的"机器"不是车间里生产产品的有形的机械，也不是隐喻，它是奠基于差异哲学的反本质主义、反基要主义的哲学范畴。"机器是欲望之流永无止境的生产，一种在动态关系中生产多样性部件的制造或生产活动。"④

德勒兹的"机器"与块茎（rhizome）、装配（assemblage）、解辖域化（deterritorialism）、逃逸线（a line of flight）皆列为一致性平面上的一系列概念图式，具有内在的有机关联。因为机器的运转不是各部件的单独

① 赵炎秋. 狄更斯研究文集. 蔡熙，刘白，赵炎秋，译. 南京：译林出版社，2014：80.

② Mike Crange，Nigel Thrift. Thinking space. London：Routlege，2000：128.

③ Deleuze Guattari. Anti-Oedipus：capitalism and schizophrenia. Minneapolis：University of Minnesota Press，2000：1.

④ 蔡熙. 文学机器及其诗学意义. 东方丛刊，2010（2）.

运行，而是各部件的共同作用。德勒兹在《千高原》的序言中列出了一系列等式，块茎学（rhizomatics）＝精神分裂分析学（schizoanalysis）＝地层分析学（stratoanalysis）＝语用学（pragmatics）＝微观政治学（micropolitics）。

德勒兹的“解辖域化”概念是对拉康的“辖域化”的反拨。在拉康那里，辖域化（territorilize）指一种将欲望和某种器官与对象的关系加以固化的过程，它意指既定的、现存的、固化的疆域，疆域之间有明确的边界。在人类的物质实践与精神实践中，辖域化的表现以西方文化模式为甚。西方思想文化的一种主要模式是将事物划分为条条块块以便于掌握。德勒兹的“解辖域化”概念在心理学领域颠覆了拉康式的辖域化，将欲望从已经建构而成的器官与对象的关系中解放出来；在社会领域，解辖域化用来将劳动力从特定的生产工具或方式中解放出来；在德勒兹后结构主义的诗学意义上，解辖域化指从所栖居的或强制性的社会和思想结构内逃逸而出的过程。在德勒兹看来，精神分裂症是解辖域化的完美存在方式。逃逸线与解辖域化密切相关，它强调摆脱既定辖域，通往自由的境界，旨在创造新的流变与生成的可能性。逃逸线是抽象的生命之线，创造之线。

块茎作为德勒兹提出的一个重要的后结构主义思想概念，与具有中心论、规范化和等级制特征的“树状”模式相对立。“根、树、测绘树状结构、树状结构的点、属性等从本质上说是非块茎的。”[①]“草与树正好相反。草不仅在事物中间生长，而且通过中间生长……草有其逃逸线，并不扎根。”[②] 在生物学意义上，“块茎”指在土壤浅表层呈匍匐状蔓延生长的平卧茎，其生态学特征是非中心、无规则、多元化的形态，它们斜逸横出、变化莫测，故而，块茎成为一种复杂的思想文化隐喻，是“反中心系统”的象征。块茎是无结构、开放性的，它具有多元化的入口与出口。

装配即是将诸要素以无限联合的方式连接起来，从而创造出真正的多样性。机器是一种装配，即是说，机器的各个部件之间，机器与机器之间是相互连接的。“这套装配将操作员、部件、质料以及机器的附庸人员、

---

① Deleuze，Guattari. A thousand plateaus. Minneapolis：University of Minnesota Press，1987：19.

② Deleuze Guattari. A thousand plateaus. Minneapolis：University of Minnesota Press，1987：55.

刽子手、无辜者等全部放入同一群体性的集合体。”① 装配有两个方面：一是表述行为的群体性装配，一是欲望的机能性装配。二者的关系不可分割。欲望的机能性装配同时也是表述行为的群体性装配，欲望的社会性装配必然是表述行为的群体性装配。德勒兹认为，一本书有许多表达或分隔的路线，有地层（strata）和辖域（territory），也有逃逸线、解辖域化、抵制分层的运动。这些路线以可比较的流速产生相对缓慢和一致性的现象，或产生速度和断裂。这些路线和速度便构成装配。一本书就是一个装配。“书作为装配，除了本身与其他部件相连接，并与其他无器官身体结成关系外，并无多余目的。不要问一本书想说什么，企图去理解一本书中的所指或能指只是徒劳之举……一本书就是一台小机器。”② “德勒兹式的机器实际上是一种关系概念，没有封闭性的身份，它以装配性联系为特征，富于生产性，包括文学生产在内。”③

由“机器”衍生出来的“文学机器”成为德勒兹的文学批评的一大特色。早在《普鲁斯特与符号》一书中，德勒兹就提出“现代艺术作品是机器，具机器功能”④。他认为普鲁斯特的长篇小说《追忆似水年华》是机器，是真理的生产者，它设定了三种机器：生产部分客体的机器，生产振动的机器，生产力的运动的机器。这三种机器相互作用从而生产出了《追忆似水年华》。在《卡夫卡：为弱势文学而作》中，德勒兹将卡夫卡的全部作品视为“文学机器”。“只有当一部作品被看作一部机器，生产某些效应，经得起应用的检验时，才能发现语言的最伟大的力量。马尔柯姆·罗利这样评说他的作品：你想让它是什么它就是什么，只要它能运转——相信我，如我发现的那样，它也转动——一部机器。”⑤ 在这里，德勒兹反对俄狄浦斯式地解读卡夫卡，创造性地提出：卡夫卡的文学机器由书信、短篇小说、长篇小说三大构件组成。这些部件通过众多的横向联系而沟通连接起来，其连接手段横越了个人的、家庭的、社会的、政治的领域，揭

① Deleuze Guattari. Kafak: towards a minor literature. Minneapolis: University of Minnesota Press, 1986: 126.

② Deleuze Guattari. A thousand plateaus. Minneapolis: University of Minnesota Press, 1987: 10.

③ 方玮，麦永雄. 文学机器的装配：从福斯塔夫式背景到狄更斯小说. 社会科学辑刊，2011 (6).

④ Deleuze Guattari. Prost and sign. London: The Athlone Press, 2000: 145.

⑤ Deleuze Guattari. Kafak: towards a minor literature. Minneapolis: University of Minnesota Press, 1986: 109.

示了未来的邪恶力量及内在于奥匈帝国的法西斯主义——资本主义的权力关系。因此，写作之于卡夫卡是在社会机器里从事制造活动。卡夫卡的文学机器是掘洞的机器（a tunneling machine），也是块茎机器（a rhizoming machine）。1987年德勒兹出版的访谈录《论英美文学的优点》将英美文学与法国文学进行对比，进而指出，英美文学由“伍尔芙装配、哈代装配、福克纳装配等汇聚成为特殊的哲学装配、美学装配、伦理装配和政治装配”①。

德勒兹的文学机器装配观念，消解了符号—意义，能指—所指，内容—形式，内在—外在，欲望—客体之间的二元对立范式，颠覆等级制，主张差异对话精神，反对孤立自足的封闭性，强调变动不居的开放性及块茎图式的间性关联。这一观念突破了传统文学阐释的思维定式，具有非同凡响的穿透力，引发对文学经典的新感悟与新理解。下面我们运用这一概念来探讨狄更斯的文学机器装配。

2. 狄更斯的文学机器装配

在德勒兹的文学机器装配视域中，狄更斯是文学机器装配的大师。他的每一部小说都体现了块茎图式的文学机器装配，下面以三部小说《荒凉山庄》、《远大前程》和《我们共同的朋友》为例展开分析。

《荒凉山庄》中的人物散居于不同的地方，不同的人被囚禁于各自的独特性中，但他们相互联系的方式却多种多样。在小说的开头，“到处都是雾”，河的上游、河的下游，伦敦的每一个地方都是雾茫茫的，最后在大法官庭把画面放大，这里的雾最为浓稠。《荒凉山庄》中的雾成了人物关系的纽带，正如贾迪斯控贾迪斯案将小说中的每一个人物联系起来一样。小说中的每个人物都不同程度地牵涉到埃斯塔·萨姆逊的故事或者牵涉到大法官庭的贾迪斯诉讼案中。精明的律师塔尔金霍恩和贾格斯在狄更斯的小说中占有十分重要的位置，他们是连接庄园世界②与城市世界的中介。他们的力量来自他们手中掌握的信息，他们利用这些信息来达到不可告人的目的。这些信息包括埃斯塔·萨姆逊的私生女身份，这关涉她母亲德洛克夫人的命运，而德洛克夫人有着隐秘的历史，但这并不妨碍她嫁入英国最有权势的家庭。埃斯塔的故事还涉及她的父亲——命运不济的霍顿

① Buchanan I, Marks J. Deleuze and literature. Edinburgh: Edinburgh University Press, 2000: 167-193.

② 如切尼斯山庄和沙堤斯山庄。

队长。霍顿队长落魄之后，进入伦敦的鸦片馆，处于社会的边缘，生活潦倒，仅靠誊写法律文件勉强度日。这个四分五裂的家庭包括社会最上层的人（德洛克夫人）和最底层的人（霍顿队长），夹在中间的是埃斯塔。埃斯塔一边跟着约翰·庄迪斯旅行，一边带着深深的同情观察穷人和流浪汉的生活。律师塔尔金霍恩在这两个有着天壤之别的世界中起着纽带作用。他怀疑德洛克夫人的过去，开展了深入的调查，这一调查将小说中的其他人物如斯纳斯比、肯吉、戈四、斯墨尔维德、朗斯威尔、乔等串联起来。

骄傲的德洛克夫人和扫地的亡命之徒乔之间存在什么联系呢？把德洛克夫人和乔从鸿沟的两岸带到一起的是公众对乔犯下的罪过和德洛克夫人对女儿犯下的罪过，这二者之间有着千丝万缕的联系。这两种罪过是由一种父母不负责任的模式造成的：否认亲生孩子的女人和由社会充当养父的有病男孩[1]。他们在同一个教堂墓地并排躺在一起，供同一种蛆虫吞食，这时两种模式又相互联系起来。把社会看作一张蜘蛛网是19世纪的中心意识。这种蛛网式的内在联系，在19世纪的小说中发展为一种强烈的意象。在《荒凉山庄》中，伦敦警察局的侦探把女主人象征着英国中心的所在——伦敦贫民窟里一座漆黑的墓地，天花传染病和一张封死了的、由法律和色情结成的大网向四周延展开去，就像泛着泡沫的臭水坑，把整个英国社会陷入其中。斯蒂芬·马库斯指出："到处都可以找到这种蛛网的概念，它存在于狄更斯的后期小说中……这一概念因而成了社会学潜在的结构意识，把社会也当作网状联结体了。"[2]

在《远大前程》中，囚犯马格韦契跨越"鸿沟"来到男孩皮普身边同样是由于带有负罪感的契约，这种契约如同脚镣一样具有约束力。脚镣是反复出现的象征，这依然出自父母不负责任的模式。虽然条款发生了微妙的变化，但是，受虐待的孩子恰恰是充当养父的囚犯马格韦契，而皮普这个被宠坏的孩子反而得承担社会对马格韦契犯下的罪过。马格韦契从海外回来后，他再次出现的那个夜晚预示他接近神秘的警告，无一不是道德的投影，就像窗外的风雨和阴暗的楼梯上恶毒的奥利克一样真实。在这部小说中，把双方联系到一起的事物是合乎情理的。私人或公众行为之后的经历的总体变化，这种变化对外在物质原子的影响与对心灵的影响一样具

---

① 即流浪儿。

② Steven Marcus. Engels, Manchester, and the working class. New York: Random House, 1974: 57-58.

体，结果连自然物质也来合作，参与报复行动。这一主题联系将《荒凉山庄》和《远大前程》装配成一台文学机器。

从德勒兹的机器诗学视域来看，《我们共同的朋友》可以说是文学机器装配的范本。这部小说有几个贯穿始终的主题，如友谊的主题、酷似的主题、溺水的主题、浓雾的主题等，而这些主题成了人物相互联系的纽带。

第一，友谊的主题。小说的标题“Our Mutual Friend”本来是一种错误的习惯用法，但是因为习以为常，以至现在可以这样使用。“mutual”的意思是“共享的”“共同拥有的”，如“共同的情感”表示两人之间的相互爱慕。延伸其字面意义，“mutual”才可以用来表示我们“共同的”朋友，如某人是我的朋友，他或她也是你的朋友。虽然我们相互之间根本不了解，也没有共同的友谊，但我们共享对同一个人的友谊，对于将我们联系起来的第三个人的友谊是“共同的”。以第三个人为纽带，我们相互关联起来，也有着共同的感情。在小说中，“我们共同的朋友”一词是借目不识丁的鲍芬之口说出来的，鲍芬用这一短语来给约翰·罗克史密斯（又名约翰·哈蒙）命名。罗克史密斯是鲍芬先生的秘书，也是维尔弗家的房客，因此，鲍芬先生对维尔弗太太说，“我可以称他为共同的朋友”。用这一短语作为整部小说的标题暗示了范围更广泛的联系。这一联系甚至超越了约翰·哈蒙的中心地位，延伸到了小说的情节构思之中。在小说中，约翰·哈蒙是所有人物的“共同的朋友”。

第二，酷似的主题。这部小说涉及很多地理空间，一方与另一方的关联不是直接的，作者往往通过二者都了解的第三方来构成纽带。“共同的友谊”这一主题与酷似的人这一主题紧密相关。这部小说有一系列酷似的人，即第一个人与第二个人酷似，但还有第三个人与第二个人酷似。乔治·拉德福特与约翰·哈蒙外貌极端相似，约翰·哈蒙后来又化名为朱丽叶斯·汉福德和约翰·罗克史密斯，两次成为与自己酷似的人。胡赖·赖德胡德无论在外表还是职业上都是与赫克萨姆老头酷似的人，后来布莱特赖·海德斯东在谋杀尤金·瑞伯恩时穿上赖德胡德的衣服，成为与胡赖·赖德胡德酷似的人，其目的是将谋杀尤金·瑞伯恩的责任归咎于赖德胡德。海德斯东与胡赖·赖德胡德在泰晤士河中搏斗，二人都被淹死。尤金·瑞伯恩与海德斯东在竞争丽齐·赫克萨姆的爱情时成了酷似的人。莫蒂默·莱特伍德仿效他的偶像尤金·瑞伯恩，他们说话的言行举止一模一样，也成了酷似的人。当鲍芬假装成为吝啬鬼时，成了与他自己对立的酷似的人。

第三，溺水的主题。约翰·哈蒙被谋财者扔进泰晤士河，爬到岸上后，先化名为朱丽叶斯·汉福德，后来改名为约翰·罗克史密斯。约翰·哈蒙重复了小说中前后发生的多次溺水：与他酷似的人乔治·拉德福特跟约翰·哈蒙在同一时间同一地点被人扔进泰晤士河。赫克萨姆老头的溺水，胡赖·赖德胡德的两次溺水（一次复活，一次被淹死），尤金·瑞伯恩与布莱特赖·海德斯东的溺水。特别值得指出的是，小说中还有隐喻意义上的溺水，如赛拉斯·魏格被斯洛皮扔进一辆垃圾运货马车，"发出扑通一声巨响"。迷人的弗莱吉贝遭到拉姆尔的一顿毒打之后，珍妮小姐在每张膏药上撒满胡椒粉，并将膏药贴在弗莱吉贝的身上。"弗莱吉贝先生一个劲儿地满床钻呀蹦地，好象一只遨游于其天然境界之中的海豚或江猪。"①

第四，浓雾的主题。在《我们共同的朋友》中，雾像一片茫茫无边的大海，它将万物淹没其中。叙述者从伦敦之外的高地这一视角来告诉读者。浓雾将每一个人与其邻居隔离开来，同时又将他们联系起来。因为所有的人都为浓雾所包围，并因一场规模浩大的感冒症而咳嗽，甚至被窒息。虽然伦敦人是相互隔绝的，但浓雾和感冒症却是共同的朋友，将人物隔离开来的东西恰恰又将他们联系起来。

狄更斯通过贯穿小说始终的友谊的主题、酷似的主题、溺水的主题、浓雾的主题等将《我们共同的朋友》装配成一部出色的小说。其实在之前的小说《小杜丽》中，弗罗拉就说出了"我们共同的朋友"这一词语，她认为"共同的朋友这个说法非常恰当"②。这样就把《小杜丽》与《我们共同的朋友》也装配起来了。

德勒兹的机器没有主体性，没有有机体的中心，只不过是差异之流（线路）上的装配、联系和生产，一种解辖域化运动和永无休止的生成过程。他的机器概念展示了一幅内在性的生产图式：不是某人生产某物，而是部件与部件之间、机器与机器之间的装配，生产连接生产，强调一种无根基的时间与生成。因此，机器"意味着事件的不断连接，生成的不断更新，凸现了连接的内在性的经验逻辑"。"德勒兹式的机器除了它的联系以外什么也不是，它不由任何事物构成，也不为任何事物服务，它没有封闭

① 狄更斯. 我们共同的朋友：下卷. 智量，译. 上海：上海译文出版社，1986：451.

② 狄更斯. 小杜丽. 金绍禹，译. 上海：上海译文出版社，1993：390.

性的身份。”① 德勒兹的装配是一种双重连接（double articulation），装配既是机器的装配，又是表达的装配，二者不可分割。机器装配与块茎有着本质联系，机器装配能打破存在与物之间的本体论根基，在此意义上，块茎是机器，机器亦是块茎，二者既互相连接，又互为解辖域化。块茎指一切事物变动不居的复杂关联，它具有以下特征：联系性，异质性，多元性，反意义的裂变性，制图学与帖花原则②。因此，块茎原则在事物之间运动，建立一种动态的逻辑联系。

狄更斯以无限多样的方式把维多利亚时代的社会生活现象装配成“文学伦敦”，组成一台生机盎然的“文学机器”。狄更斯的文学机器暗合了装配和块茎原则，体现了一种动态的块茎图式的间性关联。在狄更斯的艺术世界，不仅小说内部的各元素之间，而且每一件艺术作品皆是相互连接的，或者具有相互连接的潜质。同时，他还以机器装配的方式将自己的作品与其他人的作品或者自然系统相互沟通，从而构成一个不断拓展的开放式的光滑空间。从更宽泛的精神文化现象来看，“狄更斯装配”强调块茎图式的间性关联和变动不居的开放性，不断创造出新的现实，构建新的机器和装配，彰显文学永恒创新的本质。

## 四、戏拟模仿

在《美国传统辞典》中，戏拟（parody）被定义为：“为取得喜剧或嘲讽效果，而模仿某一作家或作品的独特风格的文学或艺术作品，即戏谑模仿、滑稽模仿。”③ 巴赫金认为，“它可以戏拟别人的语言风格，也可以戏拟他人文本中典型的社会语言或个体语言，戏拟其观察、思考和言谈的风格……它既可以仅仅戏拟表面的语言形式，但也可以戏拟他人语言深刻的组织原则。”④ 戏拟呈现出一种超文本性，即它不是对原文的直接引用，而是以转换或扭曲的方式对原文的技巧和文体进行模仿。为了产生讽刺的效果，作者的用意和原作相比往往是相悖的。虽然戏拟是现代主义与后现代主义小说家常用的技法之一，但它是欧美文学史上一种传统的叙事

① 麦永雄. 德勒兹与当代性. 桂林：广西师范大学出版社，2009：74.

② Deleuze Guattari. Anti-Oedipus：capitalism and schizophrenia，Minneapolis：University of Minnesota Press，2000：1.

③ The American heritage thesaurus. New York：Random House，2005：36.

④ Mikhail Bakhtin. Problems of Dostoevsky's poetics. Minneapolis：University Press of Minnesota. 1989：194.

策略，如西班牙小说家塞万提斯的《堂吉诃德》便对当时流行的荒诞骑士小说做了戏拟，英国小说家亨利·菲尔丁的第一部小说《约瑟夫·安德鲁传》便是对塞缪尔·理查逊的小说《帕米拉》的戏拟。

狄更斯在继承传统戏拟手法的基础上，进一步推陈出新。在《远大前程》中，狄更斯用镜头剪辑的方式再现了跨越时空限制的现实机构，在道德的现在时间中将它们叠加在一起，如艾丝黛拉在老啤酒厂的木桶上行走的场面。

艾丝黛拉在木桶上行走是其童年时代迷人的雅舞（如同在围栏或铁路枕木上行走），但令人不解的是，这幅静态人体画面令人想起郝薇香小姐在啤酒厂屋梁上自缢的形象。艾丝黛拉是皮普远大憧憬中的明星和宝石，在她的头发和胸口总是挂着宝石（她常说“我和宝石”），伴随着她常常出现令人不安的、幽灵般的同一类型的联想，那是一种无形的恐怖——从沼泽地刮来的一阵风，皮普就觉得那颗星星在风中颤抖；在马车窗口看到她的脸，皮普就想掸掉衣服上从新门监狱带来的尘土；她那纤细而灵巧的手指猛然被女杀手受了损伤的手腕所取代。与视觉的这种二元性并行的是心理上的双重性。就其一方暗示另一方这个意义来说，浑身珠光宝气却冷漠的姑娘与腐朽而虚伪的老妇人郝薇香小姐不是两个人物而是一个人物，一个连续体①。

在《我们共同的朋友》中，狄更斯对英国诗人霍瓦尔德·佩恩（J. Howard Payne，1791—1852）的歌曲《家啊，可爱的家》进行了戏拟模仿。霍瓦尔德·佩恩的《家啊，可爱的家》是这样写的：“离开了家啊，金碧辉煌我也不羡慕——/噢，请交还我那间低矮的茅屋，/还我那招之即来的鸟儿的甜美的歌声，/随它们一同还我的内心平静比一切都亲，/家啊，甜蜜的家，/世上没有哪个地方能比它。”② 狄更斯则借魏格之口运用戏拟的方法这样写道：

> 离开了家啊，金碧辉煌你也不心疼，
> 噢，交还你这些一钱不值的标本，
> 交还你这些你无法招之即来的稻草填肚皮的小鸟，
> 随它们一同给你内心带来的平静比一切都美妙。

① 代表被玷污的愿望与无人赏识的善良。

② 狄更斯. 我们共同的朋友：下卷. 智量，译. 上海：上海译文出版社，1986：123.

家啊，家啊，家啊，可爱的家！[1]

魏格根据流行歌曲和歌谣用变体的形式吟诵工作诗的习惯并将它融入到谈话之中是狄更斯才华横溢的戏剧性表现形式，表明狄更斯洞悉了通俗文化的方法逐渐渗透到了我们无意识的预设之中，并具有政治力度。一个明显的例子是魏格对《家啊，可爱的家》的改写，以之来表现维纳斯在接骨和动物标本制作店"把您强有力的头脑淹没在茶杯里"[2]。戏拟显示出狄更斯对正在模仿的主题有着十分深刻的理解，他在作品中展示的不仅是自己对原作家、作品的理解，还包括他自己的风格与技巧。詹伊·克莱顿教授在《狄更斯与后现代主义谱系学》一文中指出，"狄更斯作品中的狂欢化以及对戏拟的热衷，将地位和财富特别富于魅力的意象变成讥讽的对象，预示了后现代主义戏拟的出现"[3]。

狄更斯的世界以多愁善感为特征，他认为社会罪恶能够被人类心灵的行善力量所克服，但这种想法无法在个人感日益削弱的都市中长久盛行。因此，乔伊斯在《尤利西斯》的一个片段"太阳神的牛"中，对狄更斯的感伤进行了戏拟。同时，神秘的戏剧性人物在狄更斯的都市中占据中心位置，如塔尔金霍恩和贾格斯掌握着藏在保险柜中的秘密信息，他们拥有抽屉或橱柜的钥匙，这些钥匙又能打开其他秘密处所的大门。小说的故事情节展开往往依靠他们掌握的信息。乔伊斯对狄更斯的戏拟克服了狄更斯小说中的感伤和戏剧性，从美学的角度呈现了崇高与怪诞的可能性。

值得指出的是，对现代叙事方法的使用，狄更斯的小说呈现出开放的特质，这从《荒凉山庄》的结局可见一斑。

"……不过，我还是要告诉你的。我刚才正在想我从前的样子——就是原来的样子。"

"那么，你这个忙人又对它有些什么想法呢？"阿伦说。

"我刚才想，我当初就觉得，就算我原来的样子没有变，你也不可能比现在更爱我。"

"——原来的样子？阿伦一边说，一边大笑起来。"

"当然是原来的样子啦。"

---

① 狄更斯. 我们共同的朋友：下卷. 智量，译. 上海：上海译文出版社，1986：122－123.

② 狄更斯. 我们共同的朋友：下卷. 智量，译. 上海：上海译文出版社，1986：122.

③ Jay Clayton. Dickens and the genealogy of postmodernism，Nineteenth-Century Literature，1991，46（2）.

"亲爱的德登大妈，"阿伦说，一边拉着我的手臂，"你照不照镜子？"

"你明明知道我照镜子；你亲眼看见了。"

"那么，你知不知道你比从前还漂亮呢？"

这个我以前可不知道；就是现在，我也不敢说我知道。但我却知道我那几个最最心疼的小宝贝非常漂亮，还有我那心爱的人儿非常美，我丈夫非常好看，我监护人的样子比以前更爽朗、更慈爱了；我还知道，他们根本不在乎我本身如何美——哪怕……①

狄更斯年幼的妹妹哈利特死于天花，《荒凉山庄》的埃斯特·萨姆逊也因天花毁容。妹妹的死或许再一次在他心中激起了害怕和自责。

"现代性对急剧的社会变化有着敏锐的意识。"② 作为一个划时代的作家，狄更斯具有广阔的国际视野。19 世纪 50 年代，狄更斯在法国度过的时间几乎和他在英国度过的时间一样久。狄更斯一到巴黎，就会联络第二帝国的主要知识分子。狄更斯对巴黎及街道上的闲逛者和林荫大道的热爱使得他与波德莱尔、纳达尔、马奈等艺术家在精神上近距离交流。去美国访问时，狄更斯会见了美国诗人朗费罗等作家。

美国著名文学评论家爱德蒙·威尔逊指出："狄更斯从来不重弹老调；在三十五年的创作生涯中，随着思想的不断进步，他的艺术也日臻完善，题材不断翻新，效果日益新奇；所以他的作品作为一个整体，有它自己的趣味及意义。"③ 狄更斯小说的现代形式有着丰富的内涵，下面三章拟从视觉叙事、空间叙事和声音叙事几个方面进行探讨。

---

① 狄更斯. 荒凉山庄. 黄邦杰，陈少衡. 等译. 上海：上海译文出版社，1981：1121－1122.

② 蒂姆·阿姆斯特朗. 现代主义：一部文化史. 孙生茂，译. 南京：南京大学出版社，2014：6.

③ Michael Hollington. Charles Dickens critical assessment：Volume I. Robertsbridge：Helm Information Ltd，1995：793.

# 第六章　狄更斯城市小说的视觉叙事

叙事是西方最早的文学理论，源于亚里士多德在《诗学》中对古希腊文学的叙事研究。“叙事”一词有多重指涉：既指叙事本身，英文为 narrative；也指对叙事的研究，英文为narratology，即叙事学。表现这个世界的叙事方式多种多样：可以用清晰的口语或书面语来表达，这就是口头叙事或文字叙事；也可以通过固定或移动的图像来表达，这就是视觉叙事。

狄更斯创造了“文学伦敦”，他凭借敏锐的视觉感知能力和惊人的记忆细节的能力所创造的人群景观具有霍格斯绘画的生机盎然，洋溢着经验快照式的人物类型和戏剧情景。狄更斯运用视觉叙事描绘了伦敦街道上不断变异的、非连续的、喧闹的生活刺激，运用一系列的图像来唤起时间和空间的运动，他笔下的伦敦被称为“幻灯片图像”，他的视觉叙事将伦敦的景观永远镌刻在人们的想象中。

由于叙事是讲述生活中发生的故事，是具体的时空中的现象，因此，叙事作品涉及某一段具体的时间，也涉及具体的空间。法国学者让-伊夫·塔迪埃说：“小说既是空间结构也是时间结构。说它是空间结构是因为在它展开的书面中出现了在我们的目光下静止不动的形式的组织和体系；说它是时间结构是因为不存在瞬间阅读，一生的经历总是在时间中展开的。”① 狄更斯的小说早期主要是以序列、线性方式展开的时间叙事，但在其创作后期则明显向空间叙事发展。

“看，我们观照外界的重要途径。视，我们洞察万物的基本方式。视觉经验，构成了我们看待宇宙的本真体验。”② 汉语中的“目击道存”深

---

① 让-伊夫·塔迪埃. 普鲁斯特和小说. 桂裕芳，王森，译. 上海：上海译文出版社，1992：224.

② 刘悦笛. 视觉美学史. 济南：山东文艺出版社，2008：2.

刻地揭示了视觉是一种思维。在这里，"目击"是视觉过程，"目击"趋于"道存"；"道存"是思维的最终成果，但它离不开"目击"。在古希腊，柏拉图在《理想国》提出的"洞喻"奠定了欧洲文化的视觉思维模式。柏拉图的"洞喻"认知过程，预设了"看"的在场。这种认知模式需要三个条件："第一是要有某种能看的东西，即眼睛；第二是要有被看的对象。但单有这两者还不能产生视觉，还需要有第三种要素，即光。有了光，眼睛才能看到；只有光照到对象上，这些东西才能被看到。而光的来源是太阳，所以太阳既是看又是被看的对象的原因，它是视觉的这两方面的原则。"①

叙事即讲故事。所谓视觉叙事即是用共时性的画面去再现历时的过程，体现了文字与图像两种叙事形式的互动。视觉叙事的形式虽然是时间的空间化，但从本质上说，又是空间的再度时间化。虽然文学与视觉艺术（绘画、雕塑和建筑）直到20世纪才开始有所交集，但是作为城市作家的狄更斯在19世纪中期创作的小说具有明显的视觉风格。马丁·海德格尔把现代性定义为"世界的图像时代"，他指出："世界图画并不是从早期的中世纪图画转变为现代的图画，世界根本就变成了图画，这正是用来区分现代本质的客观事实。"② 狄更斯小说的视觉叙事，进一步揭示了其作品中的现代性因素。

下面拟从狄更斯的凝视美学、视觉叙事与意识形态、视觉叙事的独特方法、视觉叙事在电影改编中的成功实践等几个方面进行探讨。

## 一、狄更斯的凝视美学——以《我们共同的朋友》为例

观看（spectatorship）是人类与生俱来的最本能的行为。看（look）是最基本的视觉形态，它又可以被区分为不同的形态，如凝视（gaze）、瞥见（glance）、注视、浏览、静观等等。显然，看不是一个被动的过程，而是主动发现、寻找的过程。如果说听觉文化离不开言语和聆听，那么视觉作为一种文化，其核心问题在于眼睛与视觉对象的关系。眼睛的对象是复杂的，大至宇宙天体，小到分子结构，从自然到人类社会，从图像到文字，无所不包。柏拉图的"理念"，可翻译为"相"，其本身就有凝视的内

---

① 陈康．论希腊哲学．北京：商务印书馆，1990：180－181．

② Martin Heidegger. The age of the world picture//The questions of technology and other essays. New York：Harp and Row，1977：130.

涵。这种由凝视而来的主客两面，构成了西方哲学的基本思维范式。亚里士多德的《诗学》在讨论美的事物之和谐的时候，要求“我们的观察处于可感知的时间内”，这也是在凝视中探求美。狄更斯不是理论家，不可能提出关于“凝视”的美学理论，但他在《我们共同的朋友》中对“凝视”图画般的描绘，却构建了独特的凝视美学。

黄昏时分的泰晤士河，又黑又混浊，一艘肮脏、破烂的小船在泰晤士河的南瓦尔克桥和伦敦桥之间漂流，小船几乎要碰到漂浮的圆木、驳船与垃圾。船上有两个人。男子秃鹰般的双眼，“的确在寻找着什么，极其专心细致地凝神寻找着”①。他的两眼注视着泰晤士河广阔的水面，凝视着每一股小小的急流和每一个漩涡。同时用头部动作示意女儿驾驶着小船，迎着潮水缓慢地前进。父亲的两眼如此专注地凝视着水面、急流和漩涡，他到底要寻找什么？

> 他既无鱼网，又无钓钩或是钓线，因此，不可能是一个渔翁。他的小船上没有一只可坐的坐垫，没有油漆装饰，没有船名船号，除了一只生锈的带钩船篙和一盘绳子以外，再无其他设备，因此，不可能是一个船家。他的船太小、太破烂了，简直没法装运货物，因此，也不可能是一个驳船夫或是搞水上运输的人。②

这三个排比句排除了三种可能：老头不是渔翁，不是船家，也不是驳船夫或搞水上运输的人。那么他是什么人？谜底还没有解开。此刻河水正在退潮，他们顺着潮水漂流而去。女孩“认真地盯着河水，也同样认真地盯着他（指她的父亲——引者）的面孔。然而在她紧张的眼神中含有几分骇怕或恐惧”③。这时读者禁不住对女孩产生同情之心，女孩为什么会感到骇怕或恐惧？因为女孩看到了船尾拖着的东西是人的尸体。

小说从凝视起笔，而凝视聚焦于面孔和尸体。老头凝望着河水，在寻找着尸体，而丽齐凝视着她父亲的脸，她的凝视充满“骇怕或恐惧”④。狄更斯笔下的凝视与一般的视觉状态不同，它具有双向性，不仅涉及观看者与被看者，也涉及看与被看之间的观看行为，呈现了看与被看的互动关系，也就是说，不仅有“凝视”，还有“回视”。丽齐头一次看到的尸体只

① 狄更斯．我们共同的朋友：上卷．智量，译．上海：上海译文出版社，1986：5.
② 狄更斯．我们共同的朋友：上卷．智量，译．上海：上海译文出版社，1986：5.
③ 狄更斯．我们共同的朋友：上卷．智量，译．上海：上海译文出版社，1986：6.
④ 狄更斯．我们共同的朋友：上卷．智量，译．上海：上海译文出版社，1986：6.

是一个轮廓，她透过夕阳的斜晖看到这个轮廓，而夕阳也在回视她。她所看到的，她凝视到的，不是一具完整的尸体，而只是一副轮廓。她确实看到了血，但血已经被冲淡了。叙述者给尸体蒙上了一层神秘的色彩，导致丽齐感觉“骇怕或恐惧”。当然，处于四分五裂和碎片状态的尸体是产生“骇怕或恐惧”的诱因。“骇怕或恐惧”一词强化了女孩的恐怖印象。

在《我们共同的朋友》中，这父女二人是这部小说最先出场的人物，他们试图从垃圾中打捞可以卖钱、用以谋生的东西。

> 他拖在船后的那件东西，忽而以一副可怕的样子向他扑过来，那是当船行受阻的时候，忽而又似乎想要猛地一扭，挣脱逃开，虽然大部分时间里，它还是乖乖地跟在船后。一个新手可能会胡思乱想，以为从它上面掠过的细浪，很象是一副瞎了双眼的面孔上隐隐约约的表情变幻，非常吓人；可是老头儿不是新手，他不会胡思乱想。①

在小说开头一章，狄更斯突出了“看”的行动——老头与丽齐互相凝视，但他们的目光也有回避，最后都转到死者的尸体上。文本呈现了拉康的镜像阶段模式。

面对镜子张望就是察看死者的面孔，这似乎概括了丽齐体验到的“骇怕或恐惧”，即对不可言说、不可名状的东西的恐惧。这一场景是如此令人痛心疾首，以至文本试图通过多情节小说的运作不断地回避它。在拉康的镜像阶段，自我错误地假定在镜子中看到的理想化的形象与自我共存。拉康指出，在错觉之下的是四分五裂的身体。这种碎片化的身体实际上与尸体的意象是一致的。因为四分五裂的身体既非活着也非死亡，只不过是他者的碎片。同样，小说如同理想化的身体形象，因为它通过不同的情节线讲述了丰富多彩的故事。死者的碎片化的尸体与第一人称叙事的碎片化的身体就存在于这一意象之下。

面孔再现了恐怖的场域，因为凝视的行为永远不会达到人们预期的目的。开头的场景让人想起《弗兰肯斯坦》，弗兰肯斯坦赋予他的创造物以生命，然后恐惧地逃跑。在《我们共同的朋友》中，相似的场景向读者宣告身份所引起的问题。因为人们压抑着以便避免完全面对人影。这种压抑在小说中通过多情节动力显示出来，对兜圈子叙事的着魔成为避免凝视面

---

① 狄更斯. 我们共同的朋友：上卷. 智量，译. 上海：上海译文出版社，1986：11.

孔的手段。

死者推动了文本的叙事。在第 2 章，莫蒂默向出席维尼林家晚宴的客人们叙述了“来自某处的人”的故事。小说从死者的尸体开端，尸体自始至终与叙事相联系。死者的尸体推动了叙事、阅读和阐释。叙述者暗示小说中的一座垃圾山就是第一人称叙事，讲述“我”的故事只能由另外一个人来介绍。

死者的面孔笼罩着整部小说。尤金在赫克萨姆老头家房屋的墙壁上看到认领死者的招领启事，招领启事上还有死者的画像，但是，死者画像没有明确的身份，这表明小说着迷于身份与再现。溺水身亡者的身份预示自我不能叙述连贯的故事，因此，在某种程度上，自我是一个人物，想起来总是令人不寒而栗。狄更斯把身份当作一个谜。死者的面孔一直萦绕着随后的情节，可以说叙事是建立在面孔凝视的基础之上的。小说向前推进的动力是讲述已死的人物的故事。这种构思方法挑战了维多利亚时代的家庭观，谜萦绕着家庭生活的方方面面。事实上，被压抑的东西总是萦绕于家庭生活之中，即萦绕于建立在理性和总体性基础之上的虚假的自我观念之中。在这部小说中，死者的面孔预示了自我总是对人物的再现。

在小说开篇，尸体被毁容与后来的多情节交集，仿佛面孔的形象一直萦绕于文本之中，让尸体不得安宁。文本试图埋葬死者，但他总是再次浮出水面，死者的尸体以意想不到的方式改变局面，它倾覆了二元对立。死者的尸体是难以解释的谜的一部分。狄更斯在小说中把叙事奠定在空白的基础之上，其场域便是被毁容的尸体，这种分裂深刻地改变了我们对维多利亚社会身份观的理解。

《我们共同的朋友》的中心主题是对“自我”再现的探寻。小说中被掩盖的秘密、船上的人影、约翰·哈蒙的替身，即是对“我”的再现。小说的中心是以约翰·哈蒙的形象所呈现的面孔来讲述“我”的故事。约翰·哈蒙的故事涉及认错人、被歪曲的身份、延耽和谋杀。身份的故事是通过压抑和延耽的动力来讲述的。文本中的身份问题同时蕴含着叙事的问题。延耽嵌入到了小说美学之中。狄更斯要再现的是，身份总是被误认，而认错人在小说中总是与远离犯罪场景的欲望相吻合。因为犯罪场景涉及对身份的再现，结果却发现，一旦某人再现了自己的身份，他就被谋杀了。约翰·哈蒙的形象笼罩着整部小说，据推测，这一形象就是船上的死者，事实上，他不过是用第一人称叙事再现的死者。

对面孔的凝视在第 1 章“守望”中尤其重要。叙述者把谋杀与面孔联系起来，仿佛阅读面孔的行为或者阅读面孔的故事就是一种犯罪行为。因为叙事使面孔残缺或者使面孔腐烂。萨特宣称，“为了叙述某人的生命，人必须成为自己的讣告”。围绕船上的尸体，狄更斯设计了神秘、阴暗、难以理解的恐怖氛围，以此表明某人在守望、在凝视。

小说的第 1 章以死者的面孔作为叙事中心，但多情节向复活推进，仿佛是为了回避凝视死者的尸体。多情节小说暗示“我”无法实现总体性，它取决于另一种阐释，另一种身份。被毁容的尸体成了狄更斯探索身份的符号。自我叙事会导致毁容、谋杀和认错人。《我们共同的朋友》从面孔的凝视开端，面孔的凝视成了小说向前推进的动力，但是死亡也设计了欲望的功能——欲望体现了再现的“我”。

“凝视”是对凝视现象的研究，它既是一种元理论研究，也是一种批评实践的研究。福柯借委拉斯开兹、马奈、马格利特的绘画在“再现”的语境中对凝视问题做了详细探讨。在拉康的理论中，“凝视”被赋予了心理学意义。拉康通过假定眼神与凝视之间的分裂来解释欲望的辩证关系。凝视是欲望不可企及的客体，欲望似乎使对方变得完整。“凝视”在 20 世纪后期进入影视研究领域。狄更斯不是理论家，没有建构自己的“凝视”理论。但是，他作为伦敦街道的闲逛者和拾垃圾者，在观察和想象的基础上，熔铸了自己的“凝视”美学——对尸体面孔的“凝视”。特别值得指出的是，“因为在大不列颠岛不太容易看到死亡场面，狄更斯就去巴黎参观停尸房，那里停放着从塞纳河里打捞上来的尸体；他还去广场看斩首的场景，在拥挤的人群里尽可能靠近要被砍下的脑袋”①。显然，狄更斯的“凝视”美学源于他的闲逛经验。狄更斯闲逛时喜欢凝视尸体的面孔，这是一个让他着魔的题材。在早期小说《奥立弗·退斯特》中，他就将面孔凝视写得出神入化，如下面的文字：“死者的面容即便已经完全僵化，也往往会现出久已被人忘怀的那种熟睡婴儿的表情，恢复初生时的模样。这些面容又一次变得那样平静，那样温和，一些从欢乐的童年时代就了解他们的人在灵柩旁边肃然跪下，仿佛看见了天使下凡。”②

## 二、视觉叙事与意识形态：以《圣诞欢歌》为例

1843—1848 年期间，狄更斯写了五篇以圣诞为题材的中篇和短篇小

① 严蓓雯. 狄更斯新传记出版. 外国文学评论，2009（6）.

② 狄更斯. 雾都孤儿. 何文安，译. 北京：译林出版社，1999：143.

说，后来出版时命名为《圣诞故事集》，这五篇圣诞故事分别为：《圣诞欢歌》(1843)、《古教堂的钟声》(1844)、《炉边蟋蟀》(1845)、《人生的战斗》(1846)、《着魔的人》(1848)。

《圣诞欢歌》中的商人斯克掳奇是个贪婪、自私的人，是个季节冷暖都与他无关的冷酷的人，一个十足的吝啬鬼。“斯克掳奇作为马利唯一的遗嘱执行人、唯一的财产管理人、唯一的财产受让人、唯一的剩余财产受赠人、唯一的朋友和唯一的送葬人，竟然在老马利落葬的那一天仍然是一位出色的生意人，做了一笔挺上算的交易来举行这次葬礼。”① 这个死不松手的吝啬鬼五官都变了形，“他心中的冷酷，使得他那苍老的五官冻结了起来，尖鼻冻坏了，脸颊干瘪了，步子也僵硬了；使得他的眼睛发红，薄薄的嘴唇发青；说话精明刻薄，声音尖锐刺耳。他头发已经白得像霜一样，一双眉毛和瘦削结实的下巴也都是这样”②。在他看来，穷人想过圣诞节是胡闹，穷人们死了最好，这样可以减少过剩的人口。后来三个幽灵在圣诞节前夜带领他跑遍全城，让他目睹了穷人的善良，看到了冷酷残忍的人的下场，于是斯克掳奇幡然醒悟，第二天过圣诞节时，他便给办事员加薪，祝贺人们新年快乐，愿上帝保佑每一个人。在小说的结局，斯克掳奇发出了圣诞的祝福：“我现在是轻松得像一根羽毛，快活得像一个天使，高兴得像一个小学生，头晕得像一个醉汉！祝大家圣诞节快乐！祝全世界的人新年快乐！”③ 贪婪、自私、冷酷的商人一夜间变成了宽厚慷慨的人。

《圣诞欢歌》被誉为狄更斯最具视觉想象力的文本。三个幽灵在圣诞节前夜带领贪婪、自私、冷酷的商人斯克掳奇在伦敦的大街小巷闲逛，让他目睹了穷人的善良，看到冷酷残忍的人的下场，于是斯克掳奇幡然醒悟，一夜间成了宽厚慷慨的人。这一文本在幽灵向斯克掳奇展示的图像中，尤其是在对视觉欲望的详细叙述中，把观看行为提升为一种主流的文化活动。叙事的视觉性，使得《圣诞欢歌》成为表现商品文化的典范文本。

故事的开头呈现的是一个浓雾弥漫的世界，后来浓雾逐渐消散，展现出斯克掳奇在账房里的情景。为了强调外观的效果，与其他场景一样，这一场景也强调了光明与黑暗之间的对立。这个故事十分关注外观并娴熟地

① 狄更斯．圣诞故事集．汪倜然，金绍禹，等译．上海：上海译文出版社，2013：5.
② 狄更斯．圣诞故事集．汪倜然，金绍禹，等译．上海：上海译文出版社，2013：6.
③ 狄更斯．圣诞故事集．汪倜然，金绍禹，等译．上海：上海译文出版社，2013：88.

运用了视觉叙事技巧，把读者置于观看者（spectator）的位置上，其目的在于让读者亲眼看见，从而在投射或者装框的混杂中创造出视觉景观。虽然它暗示文学可以将现实转化为视觉景观，但这个故事的中心却是物和景观，而这些物和景观在维多利亚时代的文化中是可视的：它们具有文化价值和欲望特征。这个故事使现实变得神奇壮观，并使读者产生这样一种意识：图像之外一无所有，或者图像之外什么都不值得观看。

虽然观看是人类与生俱来的最本能的行为，一种最基本的视觉形态，但一个艺术家决不会用"纯真之眼"去观察世界。观看是图式的透射，貌似本能的观看行为，其实是复杂的文化行为。因为观看绝不是一个被动的过程，而是主动发现和寻找的过程。因此，视觉叙事与其他的话语形式一样，也是一种再现（representation），再现不是中立的，而是充斥着意识形态的。路易·阿尔都塞宣称，意识形态是"个体与其真实的生存状态想象性关系的再现，一个诸种观念和表象的系统"。"意识形态把个人传唤（interpellation）为主体。"① 图像学家潘诺夫斯基认为，图像学不是形式主义的，而是意识形态的。那些貌似毫无联系的艺术，实际上可能存在某种历史联系，尤其是意识形态上的联系。肖像人物的姿势、服装都有归属于该人物的社会或心理意义，风景画或静物画的透视方法、布局、对主要景物的渲染等也有着意识形态上的联系。狄更斯的文本将圣诞节之灵视觉化，将文化价值观呈现为一系列图像，意识形态隐蔽在视觉图像中。

《圣诞欢歌》将斯克掳奇的身份投射到过去、现在与未来的图像之中，用过去、现在和未来的生活图像来具体呈现斯克掳奇的转变，这一视觉文本试图唤醒主角的同情心，将视觉与消费欲望以及理想化的自我图像结合起来，一方面叙述了文化表现种种视觉形式之间的循环关系，另一方面叙述了具有意识形态价值的个人、物体和场景，剖析了单个的主体与视觉文化之间的关系，同时揭示了主体与总体文化的寓言关系，从而将同情的叙事图像投射到时代的主流价值观中去。

《圣诞欢歌》的视觉魅力在于，它不仅肯定视觉与同情之间的联系，而且将视觉定义为进入文化生活的手段。保罗·戴维斯用"文化文本"（culture-text）来描述《圣诞欢歌》被改写的方式，以反文化的方式来反映特定的文化与历史环境。因为它将自身认同为文化，将同化（enculturation）的叙事图像投射到时代的主流价值观中去。特别值得指出的是，它

① 薛毅．西方都市文化研究读本．桂林：广西师范大学出版社，2008：81.

将视觉再现与个体同情的产生联系起来，最终与社会和谐联系起来。

在《圣诞欢歌》中，主体不是具有感觉的人，而是忘记如何感觉的人。潜在的慈善施与者与乞丐一样要求得到社会的认同，这不仅体现在对慈善行为的再现上，也体现在对同情心快感行为的再现上。狄更斯的文本在叙事时把读者定位为没有情感的人，其功能是引导读者去感觉，其方法便是通过景观来反映斯克掳奇的传唤。

《圣诞欢歌》的开头戏剧性地描绘了年老的斯克掳奇认同自己年轻时的形象的场景。斯克掳奇年轻时的场景具有直观性，“过去”的圣诞节之灵通过警告斯克掳奇强调了这种直观性：“‘这些只是过去事物的影子罢了’，幽灵说，‘它们意识不到我们在这儿’。”① 但文本坚持远离再现层面的现实强化了影子的现实。阿里巴巴和鲁滨孙·克鲁索等人物可以说是斯克掳奇年轻时想象力的结晶，他们所眼见的现实，既生产了观看者对再现的认同，也是观看者认同再现的证据。“假使斯克掳奇那些在城里做生意的朋友听见他把天性中的满腔热情发泄在这些事情上，而声音又像哭又像笑，非常特别；并且看见他那张又兴奋又激动的脸儿，他们准会大大吃惊。”② 幽灵后来目睹的场景同样唤起欲望，引发认同。看到菲茨威格的舞会让斯克掳奇魂不附体，“他全副精神贯注在这一场景中，贯注在他自己从前的形象中。他确证了每一件事，记起了每一件事，享受着每一件事，而且感受到无比奇特的激动”③。如果说斯克掳奇与《天方夜谭》和《鲁滨孙漂流记》中场景的关系类似于他对过去场景的联想，二者类似于读者与《圣诞欢歌》中文本的关系，那么文学在此被想象为视觉景观，二者被界定为非常强烈的认同。

在这些场景中，虽然时间的距离和虚构性将观察者与被观察者区分开来，但故事对被观察的现实的强调，模糊了文学发现的视觉景观与文学创造的视觉景观之间的差异。同样，幽灵选择再现的场景事实上是已经存在的场景。保罗·戴维斯把故事的建构描述为一系列场景，运用梦幻和投射，暗示深受大众喜欢的维多利亚时代的图像。但这些场景也与所谓的“剧情梗概”（scenario）有关，其中的物与人都具有文化意义。它们是图像的图像，这些图像被呈现出来唤起了观看者的欲望，观看者认识到这些

① 狄更斯. 圣诞故事集. 汪倜然，金绍禹，等译. 上海：上海译文出版社，2013：31.

② 狄更斯. 圣诞故事集. 汪倜然，金绍禹，等译. 上海：上海译文出版社，2013：33.

③ 狄更斯. 圣诞故事集. 汪倜然，金绍禹，等译. 上海：上海译文出版社，2013：39.

价值观已经内化到他们的心灵之中。例如，斯克掳奇童年时期的场景跨越了时间的距离，斯克掳奇想象中的快感引起了视觉欲望。虽然视觉欲望是朦胧的，但却是表达童年和青年时期友谊的触发点，暗示了工业革命之前的理想化的世界，那时的工作就像娱乐一样。同样，在描绘菲茨威格舞会时，欲望是用舞者的全神贯注、幽灵的消失以及斯克掳奇的闲逛经历来暗示的。但欲望同样题刻在舞会的展演之中，用非写实的方法来强调夫妇的关系和求偶的过程，将具体的文化价值观编码于幻想的场域中，舞会四周被金黄色的或者粉红色的光芒所环绕——用这些图像来传达它们，从而把那些价值观认同为光芒（light）和幻象（vision），最终认同为幽灵(spirit)。

维多利亚时代的主流价值观——青春、童年时期的友谊，异性恋的欲望以及家庭的幸福都编码在这些场景中，把观看（seeing）认同为欲望的手段肯定了它们与生俱来的自然属性，他们自己的文化框架被嵌入到这些场景中。舞会之后的场景，叙述者模仿欲望，转换到幽灵的位置，再运用想象力，转移到场景本身。他假设自己是一个“年轻的强盗”在玩游戏，其中有一个年轻的妇女，而这个妇女在其他场合则是斯克掳奇的女儿：“至于像他们这一群大胆的小把戏那样，量她的腰身闹着玩儿，这种事情我也决计做不出来；我该料想自己的手臂会遭到天罚，围着她的腰就此永远伸不直。然而我承认，我实在巴不得亲一亲她的嘴唇；想问她一句话，使她张开她的嘴来；想注视她那目光下垂的眼睛上的睫毛，而不致使她脸红；想解开她那波浪般卷曲的头发——这头发，即使得到一英寸，也是无价之宝的纪念品。总而言之，我极愿意享受到孩子们的最轻微的放纵自由，同时又像大人似的懂得这种自由的可贵。”①

在这里，说话者“我”可以说是叙述者、幽灵和斯克掳奇三者的结合。这种魅力不仅具有再现图像身份的功能，而且也具有观看被再现的对象之功能。阻止叙述者触摸妇女的皮肤的东西——“皮肤”将观看者与景观分离开来，既定义了被观看的现实，也定义了作为再现的景观的状况，把欲望与作为再现的真实妇女的身份难以理解的暗示结合起来，把景观装框到幻想之中，文本创造了事实上再现的内容。图像的欲望运用了视觉术语，构建了女儿的被想象的欲望。景观的距离重复了对触觉的禁令，并将触觉的禁令编码，禁令是性别代码与家庭关系的标志，欲望被这些结构所

① 狄更斯. 圣诞故事集. 汪倜然，金绍禹，等译. 上海：上海译文出版社，2013：43.

禁止，并题刻在这一结构中，参与到欲望中去。读者与场景的文化动力在此融为一体。

与再现模式和内容一样，时间的距离赋予斯克掳奇过去的形象一种内在的引人注目，但这个故事作为日常生活的真实性——“现在”的圣诞节之灵——同样具有投射的或真实的特色。叙述者为了让读者感知场景的真实性，文本叙述的仿佛不是日常生活，而是生活的图像，因为日常生活被润色到了光彩夺目的境界。

> 家禽铺子的门刚开了一半，水果铺则是五光十色。又大又圆、肚皮鼓出的栗子篮——模样儿就像快活的老先生们所穿的背心——在门口斜靠着，它们身体微胖，易患中风，就这么摔倒在街上。褐色的脸色泛着红的、腰围很宽的西班牙洋葱，像西班牙修道士般长得肥肥胖胖，油光锃亮；当姑娘们走过去时，它们就从架子上对她们挤眉弄眼，一派调皮放肆的样子，并且假装正经地瞟瞟挂在上面的槲寄生。梨啊，苹果啊，都叠得高高的，堆成了壮丽的金字塔；一串串的葡萄，由于水果铺老板的好心肠，悬挂在特别触目的钩子上，使得人们在经过的时候嘴里禁不住会流出口水来，而不费分文。①

这些琳琅满目的物品犹如游戏场景中的妇女一样具有诱人的欲望，这种欲望在令人垂涎欲滴的图像中再一次被呈现出来，它们同样暗示了时间的距离，观看者无法拥有其所见之物。他们具有这些特质，不是因为他们是作为投射来表述的，虽然他们呈现在“现在”的圣诞节之灵所展现的场景中，而是因为他们被安置在橱窗的背后。如同原先的场景一样，文本在文学的、幻觉的框架内所确定的内容已经从文化方面得到了表述。“表述”目前的圣诞观念，其前提是：真实只有欲望，对于斯克掳奇只有视觉，当它们变成再现时，家作为维多利亚时代最重要的价值场所也就只能以图像的形式呈现出来。幽灵在其意识到的画面与街上行人常常见到的东西之间根本没有什么不同。

> 斯克掳奇和幽灵沿着街上走过去时，家家的厨房、客厅以及各种各样的房间里，都是炉火熊熊，亮得不得了。这儿，火光的闪耀中显出一家人家正在准备一顿舒适的晚餐，热的盘子在火炉前面烘了又烘；还有深红色的窗帷，随时可以拉拢，把寒冷和黑暗挡在外面。在

---

① 狄更斯. 圣诞故事集. 汪倜然，金绍禹，等译. 上海：上海译文出版社，2013：49.

那边，这户人家所有的孩子都跑到雪地里去迎接他们那些已经结婚的姐姐、哥哥、堂兄、叔伯和婶婶，抢着要做头一个迎接他们的人。在这儿，还有客人们欢聚的影子照在窗帘上；在那儿，有一群漂亮的姑娘，都包着头巾，穿着毛皮的靴子，大家喊喊喳喳地同时在讲话，轻盈地走到附近某一个邻人的家里去，而在那里，苦恼的是那个独身汉子，眼看她们容光焕发地走进去——这些机灵的女子，她们很明白自己的魅力！①

狄更斯运用再现的结构将幻想与真实隔离开来，这种虚实变化使得《圣诞欢歌》具有神话特色：原来它们完全是在真实的世界中发生的。当斯克掳奇与幽灵在街道上闲逛时，世界是一系列这样的画面：窗子和投射的屏幕。因此，狄更斯再现的现实已经作为视觉景观被编码，那是“被看到的东西”。强调投射的真实特色以及它在真实层面所提供之物的投射特质，消解了真实与图像之间的差异，这种差异是合情合理的。一方面，通过艺术的投射来使欲望形成体系；另一方面，欲望已经由投射的屏幕——窗户和窗帘做了系统的安排。因此，真实已经具有图像和阴影的特色，把真实界定为视觉，文本必然将读者安置在文本之外。通过聚焦于视觉癖的物（妇女、家和食物），这个故事把现实界定为视觉——人能目之所及但却置身于其外，使得再现的表面具有欲望的特质，故事将读者变为观看者，并将读者置身于万物之外。《圣诞欢歌》中的叙事表明，世界就是图像，而且是观看者试图看到的自我的图像。

将自我置身于视觉图像之中，其意义在于把对自我的再现与叙事其他方面的再现联系起来，最后从视觉上定义《圣诞欢歌》中的同情以及同情与再现的关系。斯克掳奇往往沉迷于其所见的现实中，模仿年轻时期斯克掳奇的身份。这个故事不仅在视觉中把他对这些场景的观看者作为自我的生产来呈现，而且作为形象的欲望来呈现，但这些场景也引发了同情：斯克掳奇对早先自我的同情导致了对他人的同情，目睹他的童年时期的第一个场景之后，斯克掳奇说，“昨天夜里，有个小孩在我门口唱了一支圣诞欢歌。我当时真该给他一点什么，就是这么一回事”②。对同病相怜的叙述产生了两种同情——对自我的同情和对他者的同情，自我与再现之间空间的拓展产生了普遍的同情欲望，它与自我是分离的，并转向对他人的同

① 狄更斯. 圣诞故事集. 汪倜然，金绍禹，等译. 上海：上海译文出版社，2013：60.
② 狄更斯. 圣诞故事集. 汪倜然，金绍禹，等译. 上海：上海译文出版社，2013：34.

情。在整个故事中，当窗户和屏幕界定观看者与被观看者之间的时间距离时，视觉再现的在场可以等同于斯克掳奇早先自我的在场，在此再现呈现出怀旧的特质。斯克掳奇过去的场景比他本人更具现场感。年轻的斯克掳奇天生具有认同再现的能力。这些场景一旦呈现在他的眼前，他就恢复了对过去的再现。这个故事在好几个方面将认同图像的能力与将过去恢复到现在的愿望联系起来。

狄更斯将视觉欲望安放在所述说的橱窗里的商品之中，这暗示了阿尔都塞所说的结构对于主体的重要意义。过去的圣诞节之灵的形象，导致斯克掳奇产生同情和模仿，但进入现实的道路却被再现的身份堵住了。斯克掳奇在真实世界所见的物体，如诺福克苹果饼等，是他意识到了观看者，而视觉再现把观看者作为缺席来题刻。这些图像强调了观看者的缺席。但观看者与图像之间的关系被颠倒过来了。因为这些商品召唤观看者，从而使他们变得更加完美。

在过去的圣诞场景中，斯克掳奇（观看者或读者）与再现的关系是根据迷恋与迷失自我来表述的。斯克掳奇渴望图像投射的存在。但是窗户上的图像呈现为对观看者（现在是消费者）的迷恋，他们对场景的完善取决于对欲望的认同。狄更斯表达商品的逻辑起初似乎是矛盾的，当某人渴望对其说话的物体时，说话的人显示出外在世界认识到某人的个体性，或者认识到自我要求自我之外的东西具有独特性。事实上，这种叙事可以说显示了同样的实用逻辑。但明显的矛盾也可以说是详细描述了现代资本主义对叙事主体的建构。对于这样一个主体，只有在消费的瞬间才提供存在的幻想。在对自我创造和变化永无止境的叙述中，商品文化发挥了作用，如果主体没有购买物体，他们就觉得不完美。通过购买商品，观看者就呈现在自己面前，表达对再现的认同。像斯克掳奇一样，在原先自我的形象中寻找存在。

故事言说的商品戏剧性地描述了斯克掳奇与再现的含蓄关系。斯克掳奇看到的全部场景都在对他说话，把他当作观看者和欲望的主体。与他所见的其他图像不同的是，商品为他提供了要做的事情，让他能够参与再现的传播，文本将再现定义为对文化的参与。

幽灵向斯克掳奇呈现第三个场景时，此时的斯克掳奇成了一名技艺高超的读者，他明白，他应该在这些场景中探寻意义和他自己的形象。

斯克掳奇先是感到有些惊奇，怎么这幽灵居然会对这样显然很琐碎的交谈加以重视；但是觉得这里头一定隐藏着什么用意，他便开始思量这用意可能是什么。这些话不可能与他的老合伙人雅各·马利之死有关，因为那已经是过去的事情，而这个鬼的活动范围却是未来。他也想不出有哪一个跟他自己有直接关系的人，可以用得上这些话。但是他绝不怀疑，不管这些话是关于谁的，他相信对于自己的改过自新都包含着某种教训，因此他决计把他所听见的每一句话，所看见的每一件事情，都牢牢记在心里；特别是等到自己的阴魂出现的时候，要看个清楚。因为他有一种期望，他未来的自己的行为会把他现在所没有找到的线索提供给他，这样他要解答这些哑谜就容易得多了。

他就在那个地方找他自己的形象。①

斯克掳奇自身的形象并不存在，相反，存在被遮蔽的尸体，以及有关利润的谈话，而利润就根源于尸体，活着的人从此处谋取利益，"'我看到了，我看到了'，斯克掳奇说，认为他吸取了教训，'这个不幸的人也许就是我自己'"②。幽灵投射出的场景是斯克掳奇不希望认同的地方。文本不仅教导人们有必要把自我投射到他人的意识之中，而且投射到做这些事情潜在的不快之中：不希望置身于他人的位置。

这一欲望暗示了在文本中占据真实位置的东西：这一形象构成了文化价值的故事场景的替代物。虽然这个故事消解了真实与幻想之间的差异，把二者变成了图像，但斯克掳奇的死亡场景表达了真实，暗示了斯克掳奇的现实生活叙事的终结，而不是暗示将要取而代之的理想生活。"未来"像连载出版物一样，是对丰富、永恒的预示。狄更斯的文本戏剧性地描述了再现能够创造观看者，观看者既认同图像，又觉得在时间上与图像相隔一定的距离。但是，"未来"的圣诞节之灵通过迷人的图像之间的对立来投射场景。再现是作为文化生活向他呈现的，《圣诞欢歌》实现对读者的传唤不是通过模仿视觉以斯克掳奇的身份来体现，而是将文化等同于图像和场景。斯克掳奇的死亡是他缺席再现的隐喻，特别是他在文化中缺席的隐喻。它被定义为再现，被定义为一系列具有意义的图像与结构。当他学习"阅读"时，他自己的形象也具有意义。

把幽灵、被呈现的景观、文化结构、商店和家庭的橱窗装进画框，狄更斯的文本内涵被极大地拓展了。让读者熟悉这一框架，并聚焦于奇特的

① 狄更斯. 圣诞故事集. 汪倜然，金绍禹，等译. 上海：上海译文出版社，2013：74.

② 狄更斯. 圣诞故事集. 汪倜然，金绍禹，等译. 上海：上海译文出版社，2013：79.

视觉景观，把真实作为一系列图像来呈现，而这些图像在任何视觉制造图像的技术中都是不存在的。把这个框架在可视范围内移来移去，这个故事再生产出文化再现与意识形态之间的逻辑关系，其中框架有时是字面意义的，在图画、文学文本或者电影屏幕上，有时物体与视觉能产生内在的影响。总之，《圣诞欢歌》将文化价值观呈现为一系列图像，为我们剖析景观社会和印刷文化提供了方法。具体说来，《圣诞欢歌》为我们提供了一种“观看之道”，其中，真实经过文化框架的过滤，使得圣诞节之灵视觉化，并将视觉性作为一种威胁来呈现，这个故事戏剧性地描述了内在于文化之中的胁迫性，这种文化能够赋予某些艺术品、人与活动具有“存在”的品格。斯克掳奇谈话的感觉明显类似于故事的商品化权力(commodifying power)，二者表明在这一文化框架之外一无所有。

斯克掳奇所缺席的文化是商品文化，他没有人情味，这从他拒绝赠送礼物中表现出来，赠送礼物被他界定为商品交换。文本强调需要对话，斯克掳奇苏醒的形式如同托马斯·哈斯克尔（Thomas Haskell）所描述的社会规则和人物改变一样，而这种社会规则与人物改变是由现代资本主义引起的，它们创造了使人道主义成为可能的条件。这些条件包括发展良知，在一定程度上有必要生活在未来的想象中，这就预示了人类行动的长期结果。在托马斯·哈斯克尔看来，人道主义的条件是在吸取市场教训的基础上创造的。

马利的鬼魂告诉斯克掳奇，他缺乏“一种内在的心灵，这种内在的心灵可以到人间去活动，到四面八方去旅行”[①]。唤醒幽灵预示了他原先所没有的情感关系以及被改善的商业前景。斯克掳奇投射到过去和未来的能力教会他能够将自己投射到他人的意识之中，两种技能表明拥有到四面八方去旅行的心灵，这是一种资本主义的情感。在这一文本中，投资商品与视觉传唤的商品一样：他们拥有可以传播的自我。这种传播的自我可以同时置身于好几个地方。《圣诞欢歌》的叙事表明，拓展人道主义意识形态所要求的自我也描述了资本主义主体与再现的关系。

狄更斯的文本进一步拓展了资本主义到处去旅行的幽灵之间的联系和影响。这种影响再一次将传播观念引入对资本主义投射结果的理解。像妇女、家庭、食物一样，狄更斯文本中的穷人是视觉景观的投射，“现在”的圣诞节之灵所呈现的儿童被命名为“无知”（ignorance）和“贫困”

① 狄更斯. 圣诞故事集. 汪倜然，金绍禹，等译. 上海：上海译文出版社，2013：21.

(want)，这是两个寓言式的人物，常常作为故事情感力量的证据被广泛引用。根据托马斯·哈斯克尔的论述，如果资本主义产生了到处去旅行的幽灵，那么它也创造了各阶层之间的距离，从而使旅行变得必要，将距离融入到日常生活之中，把直观的环境变成寓言式的人物。

小丁姆可以说是这个故事中最著名的偶像（icon)。同情是再现和消费经济的重要组成部分，斯克掳奇说，克拉吉的圣诞火鸡有“小丁姆的两倍大”，将物产之丰富与同情的对象联系起来，这种表述方式是《圣诞欢歌》的特色。产生赠送礼物的情感并使这种情感成为典型范式，小丁姆把自己想象为令人同情的视觉景观：“他希望大家在礼拜堂里都看见他，因为他是一个跛子。”① 在狄更斯的文本中，克拉吉一家生活在图像之中，这幅图像成了源源不断的资本符号。

在此，资本的名字就是幽灵，礼物是幽灵的视觉表征，也是读者愿意参与并认同文本的再现传播的表征。这一认同有助于解释故事无限制的变化能力。抓住商品的同情潜力，这个故事把自身看作永无休止的商品符号，其变化能够呈现读者和观看者的欲望。乔治·司各特（George Scott）曾经在《当代评论》(*Contemporary Review*，1869）撰文指出，如果说狄更斯的作品有着内在的哲学，那么最好将它界定为“圣诞观念的延伸”，狄更斯“着手宣扬的友好的福音，年度节日唤起的感情和同情成了生活的根本原则”②。

《圣诞欢歌》中的视觉叙事涉及意识形态、主体性以及主体性与阐释的关系，即意义的生产既基于主体的行动主体性，也基于意识形态想象的社会场域，在视觉叙事中生产一种不分贫富，不论出身，同享天下大同的“圣诞精神”。

《圣诞欢歌》调适了“过去”的圣诞节之灵与“未来”的圣诞节之灵，让人想到现在的虚幻。它将慈善的冲动融入读者的自我观念之中，从而将同情心与商业结合起来。叙事的目的是生产社会同情，通过视觉景观来反映斯克掳奇的传唤，其中的视觉景观呈现了仁慈的施予者与接受者之间的际遇，将读者置于见证人的位置上，将慈善的冲动融入读者的自我观念之中，向读者展示同情，其用意在于把读者从文本引导到文本之外的世界，

---

① 狄更斯. 圣诞故事集. 汪倜然，金绍禹，等译. 上海：上海译文出版社，2013：55.

② Collins Philip A W. Dickens：the critical heritage. London：Routledge & Kegan Paul，1971：500.

导向文学情感的生产，从而驾驭读者的意识。这一旨在灌输人道与仁慈的视觉文本事实上是一种大众化的有关同情的意识形态营销。

## 三、视觉叙事的独特风格

朱丽叶·麦克马斯特在其著作《设计师狄更斯》（*Dickens the Designer*，1987）中认为狄更斯是艺术的设计师，他所谓的“设计师”指的是视觉艺术家。他指出：“设计（design）在英语中具有双重意义：它既是一种心理建构，也是一种视觉投射。所谓设计师狄更斯，即是说狄更斯把自己看作一名视觉艺术家，威廉·荷加斯绘画传统的描绘者，创作了《博兹特写集》和《意大利风光》。但狄更斯也是一名设计师，赋予其视觉材料美的形式和意义。他像画家一样，通常以大众、灯光、空间和颜色作为题材，从而提供结构的统一体、主题意义和审美范式。”① 形象是文学作品的构成要素和存在方式，视觉经验是狄更斯小说的重要内容，其文学形象主要依赖于视觉对象，为读者提供一个可眼见的事物，可视性是其作品的独特风格。狄更斯运用了印象派绘画和人物漫画等视觉叙事方法。

### （一）印象派绘画

印象主义源自 19 世纪下半叶法国的绘画流派。1874 年，一批被法国学院派所排斥的年轻画家举办了自己的画展，他们倡导废弃固有色的思想，试图重新定义人类的感知和艺术的象征。《牛津美国文学指南》（第五版）是这样定义“印象主义”的，“一种美学运动，在这个运动中艺术家尝试赋予客观实体以印象……而不是再现客观实体。因此印象派作家更关心情绪和感触”②。也就是说，印象派画家用感性的印象代替学院派艺术家的精雕细琢，“把对客观对象的感觉和印象作为主观感受的主体，呈现对象在光线下的色彩，感受真相，‘直观自然，追求色彩的自主性和主体性”③。印象派画家注重视觉性以及反应的自发性和即时性，强调对大自然的独特感觉。“用印象主义的方法绘画意味着描绘一幅可以看得到的真实，就好像画中的情景就在你眼前出现一般。”④ 由于印象派画家更关心个人的独立表达，外部事物的客观性反而显得不那么重要了。

---

① Juliet McMaster. Dickens the designer. Totowa：Barnes and Noble，1987：xi.

② James Hart. The Oxford companion to American literature. New York：Oxford University Press，1956：67.

③ 孙晓青. 文学印象主义. 外国文学，2015（4）.

④ Ingof Walther. Impressionist art. Cologne：Benedikt Taschen，1993：94.

文学印象主义的概念是在印象派绘画的基础上建立起来的，在《中国大百科全书》中是这样解释“文学印象主义”的：“能够确定的只是19世纪末20世纪初西欧一些文学家的确有类似印象派绘画和音乐的那种创作方法，即致力于捕捉模糊不清的转瞬即逝的感觉印象。由于文学创作的特殊性质，文学中的印象主义者更注意这种瞬间感觉经验如何转化成情感状态。”① 这一定义揭示了文学印象主义和印象派绘画之间共同的美学特征，印象主义作家作品中的印象表达、色彩运用、内视角的选择以及并置手法的运用等，无不体现出鲜明的主体意识。

无论是印象派绘画还是文学印象主义概念的提出都是在19世纪下半叶。1888年亨利·詹姆斯在其《小说的艺术》中指出：“小说，在其最宽泛的定义上就是个人生活印象的直接反映。”② 在此，他将以思考为基础的写作发展到以感悟为基础的写作。学界认为，康拉德和福特推动了西方文学朝着文学印象主义方向发展，并将康拉德视为英美文学印象主义的先驱。

其实早在19世纪中期狄更斯的小说中就大量运用了印象派绘画的艺术手法来勾勒他所目睹的世界，描绘稍纵即逝的感觉印象。虽然玛丽亚·派格诺尼亚（Maria Paganonia）在《魔术灯笼：狄更斯对二重人物的再现》一文中认为“狄更斯的美学可以比作印象派的绘画”③，但遗憾的是，他并未就此展开论述。下面以《荒凉山庄》和《我们共同的朋友》为例进行探讨。

1.《荒凉山庄》中的印象世界

《荒凉山庄》中的现实世界并非现实主义描述的连贯的世界，而是熔铸了作者主观情愫的不连贯的世界。作者用精心选取的细节来呈现这种最初的感知经历和强烈的印象，将读者置于生活中某一真实瞬间的场景之中，并在语言中呈现出视觉上的冲击力。请看《荒凉山庄》的开头两段描写：

到处是雾。雾笼罩着河的上游，在绿色的小岛和草地之间飘荡；

---

① 中国大百科全书出版社编辑部. 中国大百科全书. 上海：中国大百科全书出版社，1982：1206.

② Henry James. The art of fiction and other essays. New York：Oxford University Press，1948：8.

③ Maria Paganonia. The magic lantern：representation of the double in Dickens，London：Routledge，2007：83－118.

雾笼罩着河的下游，在鳞次栉比的船只之间，在这个大（而脏的）都市河边的污秽之间滚动，滚得它自己也变脏了。雾笼罩着厄色克斯郡的沼泽，雾笼罩着肯德郡的高地。雾爬进煤船的厨房；雾躺在大船的帆桁上，徘徊在巨舫的桅樯绳索之间；雾低悬在大平底船和小木船的舷边。雾钻进了格林威治区那些靠养老金过活、待在收容室火炉边呼哧呼哧喘气的老人的眼睛和喉咙里；雾钻进了在密室里生气的小商船船长下午抽的那一袋烟的烟管和烟斗里；雾残酷地折磨着他那在甲板上瑟缩发抖的小学徒的手指和脚趾。[①] ……

大街上，有些地方的煤气灯在浓雾中若隐若现，很象庄稼汉站在泥土松软的田地上看见的那个朦朦胧胧的太阳。大多数的店铺都比平时提前两个小时掌灯——煤气灯似乎也知道这一点，它们那副面孔显得又憔悴又不情愿。[②]

匈牙利艺术史学家阿诺德·豪泽尔（Arnold Hauser）在《艺术社会史》中这样界定印象主义：“……城市艺术，不仅因为它发现了城市景观的特质，使绘画从乡村回归城市，而且因为它以城里人的目光来观察世界，并且用莫德技术人（Moder technical man）过度紧张的气魄对外在的印象做出评价。这是城市的风格，因为它描述了易变性，紧张的节奏，城市中快速、敏锐但稍纵即逝的印象。”[③] 因此在笔者看来，将这一评论运用到《荒凉山庄》中是颇为妥帖的。

首先，《荒凉山庄》的开头描绘了都市伦敦复杂的城市景观以及从景观中的一种成分飞跃到另一种成分的氛围，勾勒出眼睛目睹到的世界，呈现出稍纵即逝的感觉印象，这种印象即是作者在特定时间和特定地点的个人体验。

小说一开头就将读者定位于具体的时空——伦敦之中，大法官庭的法官就坐在泥雾的中心。但是，因为读者与叙述者有着相同的视野，他的位置也是确定的，他可能同时能在伦敦及周围的某一个地方，又同时在厄色克斯郡的沼泽到肯特郡的高地以及两者之间的任何一个地方，此时读者处于一种无所不在的位置。泥雾对诸多地理空间（如林肯法学会、霍尔蒙山、水边、艾塞克斯郡、肯特郡、格林威治河上的桥、田野等）施加不同

① 狄更斯. 荒凉山庄. 黄邦杰，陈少衡，等译. 上海：上海译文出版社，1981：5.

② 狄更斯. 荒凉山庄. 黄邦杰，陈少衡，等译. 上海：上海译文出版社，1981：5.

③ Hauser A. The social history of art. Vintage Books，1952：49.

程度的影响。面对这种无所不在所揭示的世界似乎不是一个多元的世界。泥雾的无所不在，犹如印象主义绘画闪烁着微弱的光芒，它消解一切固体的形式。泥浆淹没了实体之物。狗，浑身泥浆；马连眼罩上都溅满了泥浆。到处是雾，从栏杆上窥视下面，四周一片迷雾。《荒凉山庄》中各个独立的、互不相关的成分只是因为它们共同屈服于泥雾才得以联系起来。这种无处不在的在场导致各种成分变得模糊、相互渗透并融为一体。特纳或莫奈的绘画世界融入大气闪烁的表面之中，这似乎是超越外表无法实现的现实面具。同样，《荒凉山庄》中的雾将 11 月天气的在场变成了隐隐约约展示出来的、难以察觉的、超理智现实的符号。

雾将人与物隔离开来，而不是将人与物联系起来。雾，既是自然界的水汽，又是精神上的视而不见，雾构成了某地与其他任何一个地方不透明的障碍。愤怒的船长对甲板上学徒童工的痛苦漠然置之。叙述者与这些人或物相隔一段距离，只有从外部才能看到他们。所见之物构成一幅静态画面，其中的一切同时乱七八糟地呈现出来，如同夏加尔图画中的牛与人，事物在雾中的轮廓是清晰可见的，但它们之间毫无关联。每种新的物体只是连续增加到其他物体之上，使它们之间的互不关联变得越来越明显。每次残缺不全的一瞥犹如对未知之物某一方面的瞬间启迪。全部一瞥的总和并不意味着构成一个连续的三维形状。从不同的视点来看，它们组成了空间视角。面对超越意识和思想的复杂性，观众可能像波德莱尔一样看到七个老头子最后一个个走出迷雾。这是一个“谜”吗？或者这纯粹就是“荒唐”吗？这些表象掩盖秘密的秩序和意义吗？对于狄更斯来说，城市世界表面细节的无序与幻觉不连贯的人类是一致的。

“哪怕雾再浓、泥泞再深，也还是比不上大法官庭——在这些白发罪人当中，大法官庭是罪大恶极的——当天在天地鬼神眼中的那种摸索和愈陷愈深的情景。……他们迷迷糊糊地研究一件没完没了的案子，这案子要经历成千上万个阶段，而现在就研究其中的一个阶段；他们根据极不可靠的判例，彼此挑眼儿，深深地钻到一些专门术语里兜圈子，摇晃着披戴羊毛和马鬃做的假发的脑袋，死抠字眼，而且板起面孔，好象演员那样，装出大公无私的样子。”① 犹如无生命的物体在迷蒙的雾中看起来是五花八门的奇观，人类的行动也是荒唐的综艺节目，虽然表演严肃，但显而易见的是没有内在意义。在《荒凉山庄》的开头，我们透过叙述者的目光来看

① 狄更斯. 荒凉山庄. 黄邦杰，陈少衡，等译，上海：上海译文出版社，1981：6.

待事物，叙述者被动地证明这个世界存在种种形式的部分，各个部分已经分裂为无数原子似的孤立的碎片。

整部小说更是运用了类似的技巧。《荒凉山庄》的叙事线索不断地从一个时空转向另外一个时空，直到小说的结局，独立的情节与环境之间的关系才开始豁然开朗。小说的情节在切斯尼·沃尔德、德洛克夫人的贵族世界以及埃斯塔·萨姆逊的故事和庄迪斯的监护人之间交替，并且呈现很多与主要故事情节没有明显关系的次要人物，这明显预示了多斯·帕索斯(Dos Passos)、福克纳等 20 世纪小说家所使用的叙事技巧。

其次，动词和形容词的名词化。为了表达稍纵即逝的印象，文学印象主义从对象中析出品质，往往将动词和形容词名词化，这一方法在《荒凉山庄》中可以说是不乏其例。小说开头的前三段，句子的主要分句全然没有动词。不用动词的目的在于暗示这些事件是在同一瞬间发生的。从根本上来说，它们作为既定的事实（“泥”、“烟”、“烟尘”、“狗”、“马”、“旅行者”和“雾”等）由分词取代了动词，因此，名词可以直接履行活动的形式。

大法官正在坐着，烟尘正在下沉，徒步旅行者正在你争我抢，雾正在“爬行”。这些活动构成了连续的非进行式的现在时间。当我们初次见到它们时，它们已经活生生地存在，更确切地说，正在扮演自己的角色，只要我们观察它们，它们就不停地继续这一动作。雾构成了矛盾的空间连续体，说它矛盾，是因为它将物体孤立起来而不是将它们联系起来。与这种空间连续体相一致的是时间连续体，时间连续体因位于孤立中心的活动时间被延长而形成，因为雾将它们分割开来。但是，如果它们不相互影响，那么它们就一起行动，从而使整个景观在时间上连续地向前运动。如果同空间连续体一样，这种运动也是矛盾的：这种运动不发生位置移动，它是永恒的重复运动。每一运动孤立地存在于自己目前的运动之中。这些运动陷入同质的时间之中，犹如陷入同质的雾的空间一样。总的来说，有雾的空间—时间构成不确定的连续体。在这一连续体中，虽然存在着人与物，但这些人与物却是相互隔离的，并消失在无所不在的浓雾之中。

同时，用分词取代动词还能产生更佳的艺术效果：它使得观众和叙述者离开了场景，或至少使他们成了超然的观察者、客观的见证人。说“雾在爬行”（the fog creeps）比说“爬行的雾”（fog creeping）能让观众更加主动地参与到认识和评价中来。后一表达暗示活动正在发生，但感觉是在所处区域之外的某地发生。“我”知道“雾正在爬行”，但“我”不能直接、透彻地了解它们。"我"置身于活动之外，并相隔一段距离进行沉思默想。

整部小说就是"超然的观察"与直观呈现的结合，因为当作者使用动词时，他用的是现在时，而整部小说的第三人称叙事讲述的是历史的现在。如果使用分词而非实动词形式使得叙述者退出现场，现在时叙事比过去时更加显得客观。当读者不时发现描述性语言时，现在时描述在被动的读者看来就似乎是已经存在的世界。现在时态叙事使之具有独特的风格。

2.《我们共同的朋友》中的印象派色绘

视觉的产生，离不开眼睛、光线、物体三者之间的相互作用。所谓视觉的形成机制，从物理学的角度来看，首先要涉及眼睛、光线、物体三者之间的关系。印象派绘画起源于视觉，强调视觉感知的重要性。印象主义文学所运用的手法与印象派绘画具有一定的相似性，如印象的表达、色彩的运用等。"瞬间的印象、丰富的色彩和零碎的片段，如同画布上的即刻性笔触，相互叠加，共同表现主体的印象"①，而色彩的感觉则是"个人意识和周围世界相互作用的产物"②。

就色彩的运用而言，《我们共同的朋友》堪称文学史上的经典之作。小说的开头是这样叙述的：

> 有一只外表肮脏而且十分破烂的小船，上面有两个人影，在泰晤士河上漂流，正漂到铁造的南瓦尔克桥和石造的伦敦桥之间。一个秋天的黄昏正在降临。③

这与其说是文字，不如说是用文字描画的一幅静态画面，一幅雕刻。"秋天的黄昏正在降临"一句，既点明时间，也涂抹上了浓郁的色彩。在铁桥与石桥之间出现的一只肮脏而破烂的小船上有两个人影，这两个人是谁？他们在干什么？二者是什么关系？狄更斯在小说开头就为读者设置了悬念。

作者接下来的描写将读者与人物的关系拉得更近。虽然男人看起来十分强壮，但却衣衫破旧，有乱蓬蓬的灰白头发和晒黑的脸膛和手臂。划船的女孩有一张天使般的脸庞，被廉价的披风帽子半掩着，才 19 岁，皮肤黑黝黝的。"女孩在划船，很不费力地摇动着一对短桨；那男子捏着松弛

---

① Murphy J. Critical Essays on Willa Cather. Boston：G. K. Hall，1984：234.

② Kronegger M E. Literary Impressionism. New Haven：College and Up，1973：48.

③ 狄更斯. 我们共同的朋友：上卷. 智量，译. 上海：上海译文出版社，1986：5.

的舵绳，双手随便地插在裤腰带上，在热切地守望着。”[①] 这个场景显得十分暗淡，男人被晒黑的脸膛和手臂，划船的女孩黑色的皮肤，有着印象派绘画的鲜明色调。那男子的“守望”既是目不转睛的凝视，也是在寻找。

“夕阳的一道斜晖射进船舱，接触到那儿一片腐臭的污迹，它和一个蒙着东西的人形轮廓有几分相象，这道斜阳把它染成仿佛是冲淡了的血红色。女孩注意到这个，她发抖了。”[②] “那道红光消失了，战栗消失了，于是他暂时回到船上的视线又转向远处。……他的凝视便会在那儿停留片刻。”[③]

小说中存在三种颜色。红色与血相联系，通常是流动着的血液，有时它与生命活力相联系，但与苍白的脸色相对立，如上述引文中对血色的描绘。黑色通常是描述性成分，与雾、暗淡、伤心事、神秘相联系。金色象征金钱或金色涂层的表面，在这部小说中，金色的主题力量栩栩如生地呈现在我们面前，如“这只船浑身涂满污浆和淤泥，而且通体湿透”[④]。“这艘涂满煤灰（而在他看来是涂满金粉）的小汽轮在伦敦升火待发”[⑤]。“深褐色的悬崖上刚刚还涂着一层金黄，这时已经只看见一片潮湿的泥土了”。

印象派画家的笔触，从近处看显得鲜明而清晰，但远观整个画面，它只是一抹融合的色泽罢了。在印象派绘画里，颜色倾向于超出对象，对象变成一种功能或使它的颜色合理化的手段。莫奈的《日出·印象》正如制造瞬间绚烂的烟火师，成了印象派的杰作。在狄更斯的小说中不仅肖像和插图是可视的，而且小说本身就可以作为大型图像来观看，他像印象派画家一样，运用块（mass）、线（line）、颜色（color）、格调（tone）、光线（light）、阴影（shade）、空间间距（space distance）等，致力于让读者“看到”，在可视性中赋予它们以意义，从而提供结构的统一体、主题意义和审美范式。虽然特罗洛普贬抑狄更斯的艺术技巧，但他却准确地指出了狄更斯小说中的色泽艺术，“狄更斯的小说很像薄西考的戏剧。他懂得怎样用粗线条绘画，使图画色彩分明，大家都看得清楚”[⑥]。解构主义大师

---

① 狄更斯. 我们共同的朋友：上卷. 智量，译. 上海：上海译文出版社，1986：5.

② 狄更斯. 我们共同的朋友：上卷. 智量，译. 上海：上海译文出版社，1986：6.

③ 狄更斯. 我们共同的朋友：上卷. 智量，译. 上海：上海译文出版社，1986：6－7.

④ 狄更斯. 我们共同的朋友：上卷. 智量，译. 上海：上海译文出版社，1986：6.

⑤ 狄更斯. 我们共同的朋友：下卷. 智量，译. 上海：上海译文出版社，1986：364.

⑥ Anthony Trollope. “Charles Dickens.” Autobiography. Cambridge：Cambridge University Press，1882：76－94.

希利斯·米勒的论著《狄更斯：他的小说世界》（*Charles Dickens*：*The World of His Novels*，1958）不仅影响了研究狄更斯的进程，他解读狄更斯的方法也成了以后几代学者的基本范式，而且这部提出客观现实和主观心理相融合的文学观念的意识批评专著成了西方现象学批评的代表作。在这一论著中他指出："狄更斯的描述艺术可以称作散文体的印象主义绘画，它比类似的风俗画描述得更为精准。狄更斯用反复出现的象征主题取代了印象主义画家对某一种颜色的运用。"①

**（二）人物漫画**

狄更斯的人物形象主要诉诸视觉，人物的身体部位如头、面孔、肢体、头发、眼睛、鼻子、嘴巴、牙齿等成了外在的视觉符号。他不是从观念着手，而是从特征着手，捕捉心灵在肉体上最不显眼的表达，运用魔法般的漫画方式，让整个人物形象一目了然、触手可及地呈现在我们面前。

在身体部位中狄更斯描写最多的是脸、手和脚，这种描写深深地烙上了幼儿观察人物的印记。狄更斯在《小杜丽》中描绘了里高的手："一根根手指柔软地扭曲着，像蛇一样一条缠着一条。克莱南心里不禁直哆嗦，好像他正在看一窝蛇似的。"②《大卫·科波菲尔》中的尤来亚·希普有着惨白的面孔和手，并且双手总是潮湿冰冷，眼睑没有睫毛，剪得短短的红头发，扣子密密麻麻的套装，姿势总是扭动的。他与大卫第一次相遇时，随着情节的展开，他就是如此扮演自己的。相比之下，哈姆雷特是个胖子，艾玛·韦德豪斯（Emma Weedhouse）有着淡绿、褐色的眼睛，兰伯特·斯特瑞泽（Lambert Strether）蓄着胡子，但狄更斯的人物表里如一，他的外貌描写为我们提供了语言画像，从而吸引我们关注其人物的外表。

狄更斯曾告诉福斯特，人脸上某一部分的机械运动，往往使得这张脸"突然有了可笑的独立生命"，因此分散了他的注意力，使他老是看不见这个人本身了。他习惯将身体的各个部位看成分离的、可以操纵驾驭的东西，这在他的早期作品中造成了滑稽的愚蠢，如《匹克威克外传》中的高个子女人，边走边吃夹肉面包，"忘了拱门——砰——碰——孩子们回头一看——妈妈的脑袋不见啦——她手里还拿着夹肉面包——可没有嘴巴好塞啦"③。这种技巧，不近人情地把自己分为两部分：驾驭部分和被驾驭

① J. Hillis Miller. Charles Dickens：the world of his novels. London：Oxford University Press，1958：162.

② 狄更斯. 小杜丽. 金绍禹，译. 上海：上海译文出版社，1993：79.

③ 狄更斯. 匹克威克外传. 莫雅平，译. 北京：人民文学出版社，2002：74.

部分，即“一半自我”和“一半他物”。

在《我们共同的朋友》中没有真正的秘密，通过语言、姿势和沉默的身体语言，我们立即就能辨识这些人物，如珍妮·雷恩用针戳头发的习惯，仿佛她要刺瞎某人的眼睛，鲍芬与拐杖哑剧般的对话，围绕拉姆尔的鼻子来来去去的白色的凹痕。拉姆尔的粗俗的虚伪从其过度的面部表情一眼就能看出来，他那大大的鼻子无疑背离了他的举止和内心想法。“拉姆尔在各个方面都显得太多了，那只质地粗糙、形状丑陋的鼻子所占的地方是太多了，而且他心中所想的、外表所做的全都象他的鼻子；他的笑容是太多了，没法儿让人认为是真的；他的眉头皱得是太多了，没法儿让人认为是假的；他嘴里巨大的牙齿是太多了，没法儿让人不以为他想咬人一口。”[①] 拉姆尔甚至能够用他的胸部的衬衫做手势，拉姆尔太太对鲍芬有吸引力的一瞥立即就能为人们所理解，但是当她离开鲍芬太太时，她内心的挣扎不是用语言来表述的，而是表现于“阳伞头在台布上最后几划所刻下的深深的痕迹”[②]。

《奥立弗·退斯特》中的方先生，长相也十分怪诞，“方先生身材瘦削、脊梁细长、头颈僵直、个子中等、毛发稀疏，仅有的一些毛发都长在后脑壳和头的两侧。他面容严峻，脸色绯红。若他没有一个不顾自己的健康、好酒贪杯的习惯，他一定会指控他的脸色犯有诬陷罪，从而可获得一大笔赔偿损失费”[③]。狄更斯对一切在物质上和精神上超出中产阶级水平的东西都持反感态度，由于他把同情心给予了普通人，而富人、贵族出身者、人生餐桌上被宠坏的宝贝都让他厌恶。他不给他们画肖像，而是画漫画像，因为他简直无法容忍这种人。

> 董贝大约四十八岁。他的儿子出世大约四十八分钟。董贝的头稍稍有些秃，脸孔稍稍有些红；虽然他是一位外貌漂亮、身材匀称的男子，可是神色过分严厉与傲慢，因此不能使人产生好感。他的儿子的头很秃，脸孔很红……可是看上去有些皱巴巴的，身上斑斑点点。[④]

如果说董贝的相貌显得怪诞还情有可原，可是刚出生的小董贝，秃秃的头，红红的脸孔还皱巴巴，身上斑斑点点的，这副相貌就让人匪夷所思

---

① 狄更斯．我们共同的朋友：上卷．智量，译．上海：上海译文出版社，1986：608－609.
② 狄更斯．我们共同的朋友：下卷．智量，译．上海：上海译文出版社，1986：344.
③ 狄更斯．雾都孤儿．何文安，译．南京：译林出版社，1999：86.
④ 狄更斯．董贝父子．吴辉，译．南京：译林出版社，1991：1.

了，这其实预示了他的早夭。在《董贝父子》中狄更斯对寄宿公寓的管理员、一个名叫皮普钦太太的女人做了生动的描绘，尤其是对她的衣服描述得十分出色："这位受人尊敬的老妇身穿黑色邦巴辛毛葛料子的衣服，把整个接见室都映得昏暗下来。"① 狄更斯小说中的人物，虽然行为怪异奇特，但却是活生生的人，他们的感觉非常发达敏锐。这些真实的、有血有肉的人绝不是凭借想象力虚构出来的，而是靠无与伦比的洞察力与理解力创作出来的。

由于狄更斯往往选择一个特殊的视角来审视周围的世界，事物在他的视网膜上投下特别清晰的图像，甚至可以说过于清晰，然后再反射到现实生活中时，这些图像就被改造成了奇观或漫画，这是杰出的视觉能力的结晶。狄更斯的小说是语言叙事与视觉经验的结合，用语言符号再现目之所及。作者将目睹世界获得的印象用语言文字再现出来，通过书写文字的力量让读者看到，他的小说立志于勾勒画面的境界，这一"图画"的形式特征具有空间纵深感或视觉感。

狄更斯深入思考了外在性、可视性与内在性之间的关系，但与其他作家不同的是，在狄更斯那里，只有符号才是可靠的，它比语言更能传达人物的本质。艺术家必须思考外表与现实之间的关系，而伟大的文学尤其关注外表。狄更斯像画家一样有意识地宣称信仰视觉的真实性。

画家布朗宁·力波·里皮（Browning Lippo Lippi）认为，画家的头等大事是"使肌肤更像，进而使其灵魂更像"。狄更斯学习了这一经验，坚信身体各部位有着巨大的价值与意义。在狄更斯的小说中画家的哲学无所不在，尤其是在他所创造的人物中，外表与本质是和谐一致的。这通常适用于视觉艺术而非语言艺术。他继承了威廉·霍加斯、吉尔雷（Gillray）、罗兰森（Rowlandson②）的传统，与菲尔丁、斯摩莱特和斯特恩一脉相承。在第一部作品《博兹特写集》中，狄更斯如同符号学家一样把可视的现象作为符号来描述，房子是居住者的符号，面孔、服饰、马车等都在讲述故事，内化的现实唯有通过诉诸外语言才可以理解。他小说中的人物，如匹克威克、费金、比尔·赛克斯、巴纳比·拉奇、甘普、密考伯、郝薇香小姐等，无论他们暗色的侧影被画在《狄更斯研究者》的封面上还是被画在茶杯上，我们一眼就能看出来。我们识别的图像不是源于

① 狄更斯. 董贝父子. 吴辉，译. 南京：译林出版社，1991：83.

② 其意思是罗兰之子。

菲兹的原创插图，虽然这可能影响我们的先入之见，而是直接源于狄更斯的文本。

狄更斯的小说立志于画面的境界，致力于让读者“看到”，仿佛作品本身就是绘画，作品中的成分如块与线、颜色与格调、光线与阴影等都是经过艺术设计的，是意义的一部分。虽然小说不是图像，不是空间中的视觉结构，但它是时间中的语言结构和对空间结构的描述，也可以说是视觉图像。

## 四、视觉叙事在电影改编中的成功实践

小说与电影之间存在不少共同之处。1945 年英国诗人兼评论家赫伯特·里德在谈到书写传统与用电影讲故事的传统时说：“如果你问我优秀的写作最出色的特征是什么，回答只有两个字：视觉。艺术回归到根本，只有一个目标：通过文字来传递形象。传递形象，让大脑看见，这就是优秀文学的定义，这也是理想的电影的定义。”① 这一表述可谓一语中的，即小说与电影的共同之处在于通过形象来叙事。电影用图像讲故事，而小说则透过语言和叙事并最终超越语言来看到形象。电影评论家琳达·哈琴说：“艺术总是起源于其他的艺术，故事总是诞生于其他的故事。”② 电影评论家斯塔姆认为，电影改编是一个不断的对话过程，是互文本的多层次的协商，它既包括对原文本的知觉回复，也包括更微妙的撒播过程。

互文本最早是由法国符号学家克里斯蒂娃提出的，她宣称，“‘文学词语’是文本界面的交汇，它是一个面，而非一个点（拥有固定的意义）。它是几种词语之间的对话：作者的话语，读者的话语，作品中人物的话语以及当代和以前的文化文本……任何文本都是由引证的镶嵌品构成的，任何文本都是对其他文本的吸收与转化。互文性概念代替了主体间性，诗学语言至少可以进行双声阅读”③。克里斯蒂娃生造的法语词 intertextualite 有多种中文译法：互文性（简称互文）、文本互涉、互涉文本、文本互释性、交际关系、间文本性等。一般认为，它有两种基本范式：一是狭义的文本间性，指一个文学文本与其他文学文本之间的互涉关系，尤其是有本

---

① 庞红梅. 论电影与文学. 北京：人民日报出版社，2016：9.

② Linda Hutcheon. A theory of adaptation. New York：Routledge Taylor and Franics Group，2006：2.

③ Julia Kristeva. Word，dialogue and novel，the Kristeva reader . Oxford：Basil Black well，1986：36 - 37.

可依的引用、套用、影射、抄袭、重写等关系。热奈特持此观点。一是广义的文本间性，它指的是任何文本与赋予该文本意义的知识、符码、表意实践之间的互涉关系，这些知识、符码、表意实践形成了一个潜力无限的文本网络，甚至把整个社会、历史、文化都看作文本，文学文本成了对社会、历史、文化文本的阅读和重写。克里斯蒂娃和巴尔特持这种观点。罗兰·巴特进一步阐释道："任何文本都是一种互文，在一个文本之中，不同程度地以各种多少能辨认的形式存在着其他的文本；譬如，先时文化的文本和周围文化的文本，任何文本都是对过去的引文的重新组织。"①

由于狄更斯倾向于运用图像来思考和表述，甚至运用一系列的图像来唤起时间和空间的运动，其作品中的人物、主题、结构与风格包含有大量的电影叙事元素，这一特征引起了电影制片人与电影批评家的注意，并为许多电影制片人成功借鉴。

1909 年世界一流的电影语法和多卷故事片开拓者格里菲斯拍摄狄更斯的《炉边蟋蟀》时，运用了特写镜头，宣称这是他对狄更斯视觉叙事技巧的运用，并宣称他的每一部重要的电影都从狄更斯那里受到形式方面的启发：如《一个国家的诞生》(1915）中纵马驰援的高潮部分。这部关于民族身份的史诗从根本上来说是以狄更斯描写的女性贞洁受到的威胁为基础，将性转化为暴力②，表达了将女性人物当作幼儿对待的强烈愿望；而《破碎之花》(1919）中残忍的父亲拿着斧头走进吓坏了的女儿藏身的储藏室时，运用的并行编辑或交叉剪接③这一技巧甚至构建了格里菲斯在 1916 年拍摄《忍无可忍》这样伟大的作品的思路。通过格里菲斯，狄更斯的道德观进入了现代电影的结构和无意识之中④。麦克卢汉认为，"狄更斯的《大卫·科波菲尔》试验用儿童的眼光来描写，仿佛眼睛是投向成人世界的收音机。把成人世界当成是儿童意识之中的一个神奇展开的活生生的过程，对电影形式和摄影机镜头来说，这是一个引人注目的预见。格里菲斯有这个认识，他习惯随身携带一本狄更斯的小说，在外景地用。他常常在拍摄过程中停下来，坐在地上，打开书，以便寻找一些新的办法来

① 罗兰·巴特. 文本理论. 张寅德，译. 上海文论，1987 (5).

② 狄更斯小说中的南希被谋杀。

③ 使得上述镜头成为可能的从一条情节线索转到另一条情节线索的剪辑。

④ Joss Marsh. "Dickens and film" //The Cambridge companion to Charles Dickens. Shanghai: Shanghai Foreign Language Education Press，2003：204 - 222.

解决他的问题”①。

约·劳逊在《电影与小说》中指出：“许多出色的电影创作人员都承认小说对自己有帮助，特别是从十九世纪的小说大师得到教益。格里菲斯从狄更斯那里学到了很多重要的东西，爱森斯坦发现狄更斯的叙述技巧体现了蒙太奇的原则。冯·斯特劳亨摄制《贪婪》的时候曾经说过，他要用狄更斯、莫泊桑、左拉和弗兰克·诺里斯的方式反映生活。”②

狄更斯的小说叙述技巧中隐含的电影元素，如“蒙太奇、平行并置”等技法是电影叙事打碎现实事件顺序、追求艺术效果的手段，这些都可以在狄更斯的小说中找到源头。《双城记》和《小杜丽》的全景敞视监狱预示了20世纪的监狱电影。1944年伟大的苏联导演谢尔盖·爱森斯坦在其影响深远的论文《狄更斯、格里菲斯与当代电影》中，通过对《奥立弗·退斯特》的形式解读，认为狄更斯的道德观开始进入理论和批评意识之中，他宣称，“我们的电影……不是没有父母，而狄更斯是鼻祖的鼻祖”③。

狄更斯的视觉叙事、插图广告和连载方式成就了电影和电视。迈克尔·莱文森在其主编的《现代主义》一书中指出：“所有电影艺术都是现代主义，电影本身就是不断加速的现代性图像。”④ 自从1897年电影放映公司将《南希·赛克斯之死》搬上银幕以来，由狄更斯作品拍摄而成的电影多于其他任何作家的作品拍成的电影。记录在案的狄更斯电影有130部，狄更斯的小说被拍摄成电影之多，源于其小说中耐人寻味的全景图或幻灯片的取景方式，碎片化的叙事（蒙太奇）和物质化的梦想。狄更斯的视觉叙述在电影改编中的成功运用，无疑是其小说具有现代性的重要因子。

① 埃里克·麦克卢汉，弗兰克·秦格龙. 麦克卢汉精粹. 何道宽，译. 南京：南京大学出版社，2000：331.

② 约·劳逊. 电影语言四讲（四）：电影与小说. 齐宙，译. 北京：中国电影出版社，1961：31.

③ Sergei Eisenstein. Film form：essays in film theory. London：Mariner Books，1969：232.

④ 迈克尔·莱文森. 现代主义. 沈阳：辽宁教育出版社，2002：293.

# 第七章 狄更斯城市小说的空间叙事

发端于20世纪七八十年代的空间转向被视为当代知识和政治发展最重要的事件之一。空间思想家戴维·哈维认为，“空间结构已经成为20世纪中叶文化中主要的美学问题”[①]。英国达勒姆大学地理系教授迈克·克朗在其主编的《思考空间》（*Thinking Space*，2000）中将当代主要空间理论家的观点概括为语言空间、自我与他者的空间、转喻的空间与焦虑的空间、经验空间与写作空间[②]。

德国文化批评家瓦尔特·本雅明的历史唯物主义历史观通过摆脱机械时间，突入经验、回忆和对未来的想象，使时间空间化。非连续性的历史观和把时间空间化的倾向使得本雅明热衷于用独特的辩证意象在城市空间展开他的现代性批判，从而开拓了空间批评和城市现代性研究的美学思路，成为当代城市思想之根。德赛都的散步政治（politics of walking）、亨利·列斐伏尔的空间的生产，这些代表人物的空间理论都深受本雅明的影响。

俄国思想家巴赫金提出了“艺术时空体”。他认为，“在文学中的艺术时空体里，空间和时间标志融合在一个被认识了的具体的整体中。时间在这里浓缩、凝聚，变成艺术上可见的东西；空间则趋向紧张，被卷入时间、情节、历史的运动之中。时间的标志要展现在空间里，而空间则要通过时间来理解和衡量。这种不同系列的交叉和不同标志的融合，正是艺术时空体的特征所在”[③]。显然，在巴赫金看来，“艺术时空体”包括“时间的空间化”和“空间的时间化”两个方面。

约瑟夫·弗兰克在《现代小说中的空间形式》中认为，现代主义文学

---

① 戴维·哈维. 后现代的状况：对文化变迁之源起的探究. 阎嘉，译. 北京：商务印书馆，2003：251.

② Mike Crange，Niget Thrift. Thinking space. London：Routlege，2000：3－4.

③ 巴赫金. 巴赫金全集：第3卷. 石家庄：河北教育出版社，1998：274－275.

作品在形式上是空间性的，它们用空间的同时性（simultaneity）取代时间的序列（sequence）。“由于语言是在时间过程中进行的，除非打破时间顺序，否则，要达到知觉上的同时性是不可能的。”现代主义经典作家叶芝、乔伊斯、劳伦斯、托马斯·曼的小说“在形式上的特点便是他们对空间结构而非时间序列的发展”①。他还以朱娜·巴恩斯的小说《夜间的丛林》为例来分析现代小说的空间形式，提出了语言的空间形式、故事的物理空间、读者的心理空间。

理论家 W. J. T. 米歇尔在《文学中的空间形式：走向一种总体理论》一文中提出文学空间的四种类型：字面层，即文本的物理存在；描述层，即作品中表征、模仿或所指的世界；文本表现的事件序列，即传统意义上的时间形式；故事背后的形而上空间，这可以理解为生成意义的系统。西摩·查特曼的《故事与话语》提出“故事空间”与“话语空间”的概念。所谓“故事空间”指故事或行为发生的当下语境；所谓“话语空间”指的是叙述者所在的空间，其中包括叙述者讲述或写作的环境。安·达吉托尼在《夸大的反讽、空间形式与乔伊斯的〈尤利西斯〉》一文中，提出开放的空间（open space）与封闭的空间（closed space）概念。

虽然狄更斯的早期小说采用了流浪汉小说或游记体小说的时间叙事模式，结构显得较为松散，但是随着创作技巧的日渐成熟，他逐渐向空间的叙事方向发展。从空间的视角来看，《小杜丽》是外向辐射而不是线性发展。在其最后一部完整的小说《我们共同的朋友》中，空间叙事艺术已经发展到炉火纯青的境界。

龙迪勇在《空间叙事研究》中提出了“空间表征法”，即“在叙事作品中书写一个特定的空间并使之成为人物性格的形象的、具体的表征”②。作家通过创造一个特殊的空间而把人物性格呈现出来，这些特定的空间成为某一类人物性格的空间表征物。毫无疑问，狄更斯是善于运用空间意象来塑造人物形象的高手。在他的小说中，空间不仅是故事的发生地点和叙事必不可少的场景，而且还是表现时间、安排小说结构，甚至推动整个叙事进程的不可或缺的载体。下面拟从“家屋”空间、生态“恶托邦”、空间叙事的方法三个方面对狄更斯小说的空间叙事进行探讨。

---

① Joseph Frank. The widening gyre: crisis and mastery in modern literature. New Brunswick: Rutgers University Press, 1963: 3-62.

② 龙迪勇. 空间叙事研究. 北京：生活·读书·新知三联书店，2014：51.

## 一、“家屋”空间

在人群众多的大空间中创造一个与个体生活相适应，与个别人物性格特征相吻合的小空间，这就出现了多重空间，即所谓“空间中的空间”。前一个空间指公共空间，后一个空间则是表征个性特色的私人空间。一般而言，前一个空间用来表征人物的共性，而后一个空间则用来表征人物独特的个性。

狄更斯创造的“文学伦敦”是一个大空间，即公共空间。在其小说中，他还创造了很多具有个性的小空间来表征这个大空间，如《荒凉山庄》中的大法官庭、荒废的贫民窟、教堂墓地、克鲁克的破烂店、斯墨尔维德爷爷和奶奶的地下室等，《我们共同的朋友》中的“鲍氏宝屋”、维纳斯的接骨店、维尼林府邸、“六个快乐的脚夫”酒馆、贝拉·维尔弗家的餐厅、鲍芬家的壁炉等等。

在各种各样的空间中，住宅因与人的关系最为密切，常常成为叙述者用来表征人物性格的空间意象。加斯东· 巴什拉认为，“家屋是我们最初的宇宙，它确实是个宇宙，它包含了宇宙这个词的全部意义”①。其《空间诗学》从现象学和心理学角度对“家屋”空间意象进行了探讨。在他看来，“家屋是一种强大的融合力量，把人的思想、回忆和梦想融合在一起……没有家屋，人就成了流离失所的存在。家屋在自然风暴中保卫着人。它既是身体又是灵魂。它是人类最早的世界……在我们的梦想中，家屋总是一个巨大的摇篮”②。巴什拉将家屋、阁楼、地窖、抽屉、匣盒、橱柜等视作原型的空间意象。家屋意象会让读者联想到童年时期栖身的家屋，并体验到生活于其中的幸福感、私密感和宁静感等。

狄更斯是书写老宅子并以之来表征人物性格及其形象的高手，在其小说中经常出现阁楼房、发霉的屋子、客厅、狭窄的厨房、套间卧室等。由于狄更斯的想象力往往以他童年时期最熟悉的狭小空间为基础，因此，在其小说中，对房屋空间的描写最有特色，如《马丁·朱述尔维特》中的托杰斯公寓是伦敦偏远的一家寄宿公寓，佩克史涅夫和他的两个女儿就住在那里。

他将自己关在里面的房间在一楼，在楼房的后部。肮脏的天窗给

① 加斯东· 巴什拉. 空间诗学. 张逸婧，译. 上海：上海译文出版社，2009：2.

② 加斯东· 巴什拉. 空间诗学. 张逸婧，译. 上海：上海译文出版社，2009：5.

> 房子带来一线光亮，墙上有一道门，通往一条狭窄的走廊或者说死胡同。房间到处都是斑点，肮脏而且发了霉，如同一间地下室；房子里有水管，在夜晚不经意的时候，万物静悄悄的时候，突然会响起滴滴答答的流水声，仿佛水管窒息得透不过气来。①

谋杀发生时，乔纳斯·朱述尔维特居住的房子充满紧张的生命，但这种生命却不是乔纳斯的生命。水管不仅可以解释乔纳斯的恐慌，而且因为它们也是导致乔纳斯失去人性的缘由，因此它们似乎得以解脱，过上了独立而忙碌的生活。令人惊讶的不是它们与谋杀案有关，而是与谋杀案无关。

### （一）"黑屋子"孤独意识

人的感觉（包括视觉、听觉、嗅觉、味觉、触觉）世界是一个有机的整体，是一个主体与客体互融的世界。心理学家认为，"感觉世界是由我们四周不断变化着的事件或刺激所构成的。我们经常为周围环境中的刺激所冲击。我们的感觉世界是以永远变化着的一系列光、色、形、味、气息和触觉为其特征的"②。意识作为人类最为复杂的现象之一，其运作机制复杂而深刻。一般认为，意识活动包括观察和内省两个方面。观察面对的是外在的客观世界，内省面对的则是内在的心理世界。观察离不开眼、耳、鼻、舌、身等各种感觉器官，内省则需要充分地发挥记忆与想象的心理功能。经验世界的形成离不开观察与内省两个环节。

马尔科姆·布雷德伯里在《内省的小说》一文中认为，托马斯·曼对现代主义小说的重要贡献"在于小说中增加了对意识的描绘，同时也相应增加了描绘的意识"③。在笔者看来，这一表述同样适用于狄更斯。在狄更斯的小说中，作者将意识完全融合到虚构世界的结构之中，既增加了对意识的描绘，同时也相应增加了描绘的意识。

《奥立弗·退斯特》中的要粥场面历来被认为是文学史上最有名的场景描写之一。孤儿奥立弗要粥之后，那位穿白背心的绅士说："我断定那孩子（指奥立弗——引者）会被绞死。"④ 济贫院经过一番讨论后，当下就将奥立弗囚禁在一间"黑暗的屋子"里。这是一个连窗子都没有的房

---

① 狄更斯. 马丁·朱述尔维特. 叶维之，译. 上海：上海译文出版社，1998：341.

② 托马斯·L. 贝纳特. 感觉世界：感觉和知觉导论. 旦明，译. 北京：科学出版社，1985：1.

③ 马·布雷德伯里，詹·麦克法兰. 现代主义. 胡家峦，等译. 上海：上海外语教育出版社，1992：396－397.

④ 狄更斯. 雾都孤儿. 何文安，译. 南京：译林出版社，1999：11.

间，里面的人随时可能会窒息。奥立弗之所以被囚禁在“黑暗的屋子”里，因为在理事会看来，这是一桩亵渎神明、大逆不道的罪过，一个孤儿竟然公开要求多给些粥。

狄更斯并未对黑屋子做过多的描绘，而是重点描绘了年幼无知的奥立弗的意识：“白天，他只知伤心地哭泣，当漫漫长夜来临的时候，他总要伸出小手，捂住眼睛，想把黑暗挡在外边，他蜷缩在角落里，竭力想进入梦乡。他不时颤栗着惊醒，身子往墙上贴得越来越紧，他仿佛感到，当黑暗与孤独四面来袭时，那一层冰冷坚硬的墙面也成了一道屏障。”①

不久，奥立弗被遣送到苏尔伯雷棺材铺当殡仪员。老板苏尔伯雷要他住在棺材铺。小说着重描写了他的恐惧意识：“一具未完工的棺材放在黑黝黝的支架上，就在店堂中间，每当他游移的目光无意中落到这可怕的东西上边，看到它是那样阴森死寂，一阵寒颤立刻传遍全身。他差一点相信真的看见一个吓人的身影从棺材里缓缓地抬起头来，把自己吓疯过去。一长列剖成同样形状的榆木板整整齐齐靠在墙上，在昏暗的灯光下，就像一个个高耸肩膀，手插在裤兜里的幽灵似的。棺材铭牌，木屑刨花，闪闪发亮的棺材钉子，黑布碎片，疏疏落落撒了一地。柜台后边的墙上装饰着一幅形象逼真、色彩鲜明的画，两个职业送殡人脖子上系着笔挺的领结，守候在一扇巨大的私人住宅门旁，一辆灵车从远处驶来，拉车的是四匹黑色的骏马。店铺里又闷又热，连空气似乎也粘上棺材的气味。奥立弗的一条破棉絮给扔在柜台底下凹进去的地方，那地方看上去跟坟墓没什么两样。”②

更进一步，奥立弗的恐惧意识是源于他的孤独。“使奥立弗感到压抑的不只是这些令人沮丧的感觉。他独自一人待在一个陌生的场所。众所周知，处于这么一种境地，就是我们当中的佼佼者有时也会感到凄凉和孤独。这孩子没有一个需要他去照看的朋友，或者反过来说，也没有朋友可以照看他。他并不是刚刚经历了别愁离恨，也不是因为看不到亲切熟悉的面孔而觉得心里沉甸甸的。”③ 孤独之中的小奥立弗甚至把自己认同为一具棺材。“在缩进他那狭窄的铺位里去的时候，仍然甘愿那就是他的棺材，他从此可以安安稳稳地在教堂里长眠了，高高的野草在头顶上轻盈地随风

① 狄更斯. 雾都孤儿. 何文安，译. 南京：译林出版社，1999：12.
② 狄更斯. 雾都孤儿. 何文安，译. 南京：译林出版社，1999：24.
③ 狄更斯. 雾都孤儿. 何文安，译. 南京：译林出版社，1999：24.

摇摆，深沉的古钟奏响，抚慰自己长眠不醒。”①

奥立弗要粥这一著名的场景源于它表达了奥立弗对敌对社会和物质世界的反抗。奥立弗要粥，要的不仅仅是食物，而且认识到了自己的生存权。济贫院对奥立弗要粥的回答便是将他囚禁在黑暗孤独的房间。当穿白背心的绅士预示奥立弗将会被绞死时，我们头一次看到了狄更斯对窒息主题的描述。奥立弗是个私生子，一个被弃的孤儿，他不仅没有法律意义上的父亲，而且还是等级森严的社会中一个不合法的孤儿。在这种等级森严的社会中，剥削弱者常常以慈善来掩饰自己，把他们打发进济贫院。

奥立弗的故事始于他意识到自己的孤独，他的内在生活是纷乱的，他所体验到的唯有绝望和孤独，同时本能地意识到孤独对他而言是不可容忍的。奥立弗孤独的体验不是以先前对立的经验为基础，他从不知道其他情况。奥立弗心情沉重，只是因为他意识到自己的处境不能依赖自身之外的东西，才转向外在的世界并期望外在世界给予他作为人的与生俱来的关爱。但是，当他面对现实世界时，他发现弃儿往往被扔在旷野中死去。这个世界千方百计地毁灭没有地位的、无以为生的弱者。因此，弃儿便失去存在的理由。

《奥立弗·退斯特》中的人物无一不生活在极端危险的世界之中。弃儿随时可能因偶然事故而饿死或者被窒息而死，奥立弗担心自己随时有死亡的危险，因为作坊理事会企图把他扔进大海。因此，弃儿的问题不是如何成功，如何在世界上出人头地，而是如何在这个世界上生存下去。人类社会和自然界都不愿为他们提供生活资料。小偷如果不犯罪就会饿死在作坊里，因此，奥立弗迫切期望的不是社会地位以及地位所带来的舒适生活，而只是期望有一个能够呼吸空气、吃得饱的生存空间。

《奥立弗·退斯特》中的人物因恐惧被绞死而着魔，这种恐惧在描写费金“尚在世上最后一夜”时用幻觉强度表达了出来，并在赛克斯的死亡中抵达高潮。在叙述这两种死亡时，绞死主题与黑暗的令人窒息的内室意象结合起来。绞死主题将《奥立弗·退斯特》中的两种恐惧（害怕倒塌，害怕窒息）结合起来，让人不寒而栗。费金和赛克斯只不过是将威胁奥立弗并与囚禁于黑暗房间中的意象相关联的死亡表演了出来。

午夜，南希在阴暗的洞中会见罗斯·梅莱及布朗洛时将秘密告诉了费金一伙。事实上，南希是坠亡的，但狄更斯在想象中让她死在了水边。对

① 狄更斯. 雾都孤儿. 何文安，译. 南京：译林出版社，1999：25.

狄更斯而言，坠入黑暗的河中的结果如同绞死或没有窗户的房间坍塌一样，而房子的坍塌与人类的坠落相类似。

在狄更斯的其他小说中，没有像《奥立弗·退斯特》一样频繁地回到黑暗、肮脏、没有出口的房屋意象。奥立弗不时被囚禁于煤窖、黑暗的房间中。当奥立弗抵达伦敦时，他住在地下室黑暗的房间，如同进入了一个完全被排斥的社会。他在沙威必利的煤窖中意识到了、体验到了这种完全被排斥的感觉。奥立弗从街道进入掩埋尸体的黑暗的内室，在这里他不仅失去了方向感和对街道行踪的了解，而且还意识到了自己的困境。

奥立弗进入伦敦，存在三个被排斥的空间：街道、房间以及房间与街道之间不可逾越的障碍——黑暗的走廊。不谙世事的奥立弗对这个世界一无所知，他在地下室内作为囚犯的心态是一种无意识的焦虑。他似乎没有意识到自己的困境，只是模糊地知道自己生活在人间地狱。尤其可悲的是，他对发生在身边的大多数事情一无所知。这种不了解阻碍了奥立弗与熟谙贼帮世界的人共谋。奥立弗在肮脏、凌乱的窝点酣睡，由于与过去和未来彻底隔离，他被囚禁于狭窄、阴暗、不可理解的现在，他全然失去了意识，因为对身边发生的事情无法理解，感到焦虑和困惑而疲惫不堪。奥立弗陷入了酣睡，但他不可能总是通过酣睡来挣脱困境，随着他逐渐习惯于新的环境，他开始认识到这种地下世界有着自身的逻辑。费金的窝点既是地牢也是奥立弗的避难所。这种黑暗、肮脏的空间与外面的世界是彻底割裂的。费金一伙为奥立弗提供了从未拥有过的安全感和社会归属感，但是这种安全感和社会归属感是要付出代价的。因此，伦敦作为城市迷宫原来不过是没有尽头的监狱，迷宫的黑暗、狭窄、泥泞、弯曲与监狱没有任何区别。奥立弗如同在梦幻中一样在错综复杂的街道上徘徊。

在伦敦街道上徘徊的奥立弗就是童年时期的狄更斯自己在伦敦街道闲逛的再现。奥立弗出生的泥雾镇即查塔姆，是狄更斯的童年故地，狄更斯一想到一个忍饥挨饿且备受欺侮的孩子，他的脑海中就燃起想象的火花。《奥立弗·退斯特》是第一部以儿童为主人公的英语小说。这个孤儿闲逛的身影突然引发了狄更斯对童年的情感和联想。奥立弗落入费金贼窟，重演了黑鞋油作坊里小狄更斯与鲍勃·费金的友谊；奥立弗为了获得体面的生活而努力奋斗，他从一个脏兮兮的小孩成长为一个干净优雅的人。这样狄更斯以变相的方式重度了自己的童年生活。正因为如此，他对黑屋子孤独意识的描写才有着令人着魔的魅力。

黑暗破旧的房子在狄更斯的小说中是一个反复出现的意象，后来它再次出现在《荒凉山庄》中汤姆独院的贫民窟，再后来又成了《小杜丽》的中心主题之一。

> 那威严的宅第，卡文迪什广场哈莱大街的莫多尔宅第上的阴影，并非大墙的阴影，那阴影是隔街相望的其他宅第的门面的阴影。哈莱大街上隔街相望的两排房屋，与无可挑剔的上流社会一样，都板着脸儿，怒目而视。在这一点上，大宅及身居宅内的人也真那么相象，以致常见两排大宅里的人在餐桌前就座都相向而坐，在各自的傲慢气氛中，表现出注视着大街对面的房屋的那种毫无生气的表情。
>
> 按照大街的形势在餐桌前就座的两排人，与这条大街有多么相似，这是无人不知的。毫无表情、千篇一律的二十座房屋，都须用同样的方式去叩门、拉铃，都有同样呆板的台阶相接，都用同一式样的栏杆围起来，都砌着同样不实用的太平梯，太平梯顶端都装着同样碍手碍脚的固定装置，而这一件件都须无一例外地给予高度评价——谁没有在这样的环境中进过餐？面目凄然、年久失修的房屋，间或可见的弓形窗，外墙经过粉刷的房屋，门面新装修过的房屋，只有尖角形房间的街角房屋，百叶窗总是放下的房屋，时刻挂着丧仪纹标的房屋，收税人念头一闪、来登门造访却不见有人在家的房屋——谁没有在这样的环境中进过餐？谁也不愿要、因而贱卖脱手的房屋——谁不认识？一位失望的绅士终身占有的房屋，外表虽好，却一点也不适合他居住——谁不知道那种幽灵出没的房屋？①

在这里，伦敦最引人注目的居民已经不是人，而是鳞次栉比的大楼，作者将房子与人进行类比，房屋都板着脸儿，怒目而视，身居宅第中的人与此相比没有两样；房屋毫无表情、千篇一律，宅第中的人也与此相似。这种描写将大楼的形状、外表与在大楼中生活的人的形状与外表联系起来，房屋与人在房屋里所过的生活变得没法区分了。这样，房屋的意识体现在对人与物之间关系的感受，在狄更斯的小说中，这是十分引人注目的特性。这是对生活的一种有意识的观察和呈现方式，伦敦被显现为社会事实，同时又是人文景观。在伦敦都市中戏剧化地表现出来的是复杂的人的意识。因此，他可以对动态的商业生活中的种种喧闹和色彩做出极好的回应。

---

① 狄更斯. 小杜丽. 金绍禹，译. 上海：上海译文出版社，1993：338.

特别值得指出的是，在《小杜丽》的第21章，叙述者描写了卡文迪什广场哈莱大街莫多尔宅第上的阴影，阴影作为一种视觉符号，既是联系的纽带，也是监狱的象征。伦敦的高墙如此天衣无缝地互相连接在一起，以至于它们彼此投射阴影，从马夏尔西债务人监狱到哈莱大街，莫不如此。高墙和阴影将伦敦的监狱或监狱般的环境联系起来，从克莱南太太昏暗的房屋，到杜丽先生的牢房，再到莫多尔先生黑暗的宅邸等等，无一不是将伦敦都市中显然分开的人物联系起来的隐喻。被囚禁的居民彼此参与了消遣性的凝视但没有真正看到他们之间的消遣。

**（二）“鲍氏宝屋”沟通意识**

《我们共同的朋友》不同于狄更斯早期的伦敦小说。奥立弗·退斯特一来到这个世上就与这个世界格格不入，被这个世界排斥在外。他努力追求在社会中的位置，并通过努力奋斗来实现自我。《马丁·朱述尔维特》呈现了摩肚先生以及他们生活的环境。那里的一切，包括其他的人，反映了一种主观性。但是，在《我们共同的朋友》中，人物的环境截然不同于《奥立弗·退斯特》《马丁·朱述尔维特》中主人公的环境，也不同于狄更斯其他小说中孤儿的环境。它通过家庭内室——房屋来表现人物自我封闭的特征，家庭内室反映了人物的个性和奇特性，呈现出相互沟通的意义。下面以鲍氏宝屋为例加以说明。

> 这是天下最古怪的一间房子，就赛拉斯·魏格所知，再也没有比它装饰和摆设得更象一间阔绰的私人酒吧间了。火炉前是两只高背木靠椅，一边摆一只，每只前面放一张台子。其中一张，上面平展展地堆着那八大卷书，排成一行，象一组伽伐尼电池；另一张台子上，是几只矮墩墩的、缠了草辫子的酒瓶子，非常诱人，仿佛踮着脚站在那儿，隔着面前一排高脚大酒杯和一盘白糖，跟魏格先生眉来眼去。炉边铁架上，一只茶壶喷吐着热气；炉前，睡着一只猫。在两把高背椅中间，面向火炉的地方，是一只沙发，一只脚凳和一只小小的木台子，形成一个鲍芬太太专用的中央位置。①

从上述描写我们可以发现，在《我们共同的朋友》中存在三种主观性，每一种主观性以其独特的方式拥有一间房子，每一种意识都是隔离的。虽然鲍芬先生和鲍芬夫人是夫妻，但是他们并没有共享同一环境。每

① 狄更斯. 我们共同的朋友：上卷. 智量，译. 上海：上海译文出版社，1986：81－82.

人在各自的房间中投射自己的个性，鲍芬先生在私人酒吧，鲍芬夫人则在那炫目的画室。但是，在他们各自的环境周围，根本没有无法穿透的墙壁。这房子是单人间，同时又是双人间，而且有中间区，类似“无人岛”。在这里，两个环境既相互接触又相互冲突，并且有短距离的互渗。鲍芬夫人饰以花卉图景的地毯让位于一片铺满黄沙和木屑的地区，可以说被鲍芬先生的房间包围着。房间及其房间里的东西是两个主体彼此关联的客观模式。每个人保持自己的完整性，但又通过环绕它们的物质对象密切接触。正如鲍芬先生所解释的那样，房间中稀奇古怪的家具陈设不是夫妇不和谐的证据，而是经过双方同意的结果。“这是根据鲍芬太太和我双方的同意安排的。鲍芬太太，我刚才说过，是一位热心追求时髦的人；而目前我还不是这样一个人。我只求舒服，再不多求，而只要我觉得开心，就算舒服。那么，好，要是鲍芬太太和我为这吵架又有什么好处呢？”①

一方拥有另一方的环境，并且认为它在某种意义上代表自己个性的一部分。经过双方同意，边界有可能朝不同的方向移动，它们是流体，不是因为某一个性的压力而是因为密切接触的两种个性之间的平衡才设身处地地替他人着想。无论边界在哪里，这一古怪的房间不但表述了“时髦”与“舒适”之间的不和谐，而且也表述了“和好”，亲嘴就是双方“和好”的象征，“和好”将二者融为一体。

> “……鲍芬太太用她的方式保持房间里属于她的部分；而我用我的方式保持房间里属于我的部分。这么一来，我们便一举三得，既和好（要是没有鲍芬太太我真会发疯啊），又时髦，而且舒服。假如我一点点地变得热心于追求时髦了，那么鲍芬太太就会一点点地更往前推进。要是鲍芬太太哪一天不象她现在这么精于时髦，那么鲍芬太太的地毯就会往后退。要是我们双方继续维持现状，那么咱们就这样保持下去，跟我亲个嘴，老太太。”②

房间不是通过超然的旁观者的所见而是通过参与场景的局外人的所见呈现出来的。陌生人魏格将房间看作被他自己挪用的潜在的活动舞台。如果说摩肚房间里的物体只与他交流，但在这里无生命的物体与局外人说

① 狄更斯．我们共同的朋友：上卷．智量，译．上海：上海译文出版社，1986：82－83．
② 狄更斯．我们共同的朋友：上卷．智量，译．上海：上海译文出版社，1986：83．

话，并且主动搭讪："我非常欣赏它，先生"①。魏格以其独特的方式与房间里的物体联系在一起，正如鲍芬先生、鲍芬太太与房间里的物体联系在一起一样。《我们共同的朋友》呈现了一系列无法渗透的环境，将几个人物安插在其中心。每个人物皆与其他人物密切接触。人与物共存，并相互沟通。每个人物的环境不是他自己私人的环境，而是一个与其他人共享的世界。这个世界既是物质的，又是精神的，或者说它是一个非人类的世界。生活于其中的人使得这个非人类的世界变得人性化。不是形成一道屏障把人与世界隔离开来，某人自己的房屋是认识其他人的房屋的独特视角，也是认识生活于其中的人的独特视角。因此，垃圾山是人与世界隔绝的个人所拥有的山脉，但它们也为邻居提供景观。"每座土堆上都有一条盘山小道，让您变换不停地见到院里和周围的情况。等到您爬到山顶上，便可以望见邻近村舍房屋的风景，美得没法儿比啊。鲍芬太太过世的父亲（他做狗食生意）的房子，往下一望就是，好象就在自己的院子里。"②

在《我们共同的朋友》中，人物到了自我反思的年龄时发现自己已经陷入某一境地，而从这一境地中完全退出，从虚无中创造新的自我和新的关系是根本不可能的。在这里根本没有纯粹的精神王国，也没有纯粹的自由王国。人不能察觉到环境的力量，因为环境等同于人的生活，而退回到客观的视角、按照环境本来的面貌去看待是不可能的。人不是超然的存在，人与世界的关系是不可分割的。而世界弥漫了人的存在，人就是世界。《我们共同的朋友》在更广阔的维度呈现了这个世界的存在方式，它与以前的小说不同的地方在于，小说将内在本质与外在环境紧密结合起来，呈现了众多的人物，以至于小说中没有中心主人公。尤其值得指出的是，每一个人物都有自我意识。我们几乎能听到他们的声音，甚至于那些称得上迟钝的人，如贝蒂·希格登也在谈论自己，我们甚至可以听到他们在独白。这种自我意识的表述方式各不相同，如对于维尼林一家、波茨纳普一家、拉姆尔一家用的是超然的现在时叙事；对于魏格与维纳斯之间怪诞的对话，用的是略带幻觉的噩梦般的风格；对于维尔弗别墅的描述用的是荒唐的喜剧风格；等等。

这些人物意识到了自己的环境以及自己与世界的特定关系，珍妮·雷恩对于她那常醉酒的父亲和自己残废的背有着清醒的意识，乐妲儿·赖德

① 狄更斯. 我们共同的朋友：上卷. 智量，译. 上海：上海译文出版社，1986：82.
② 狄更斯. 我们共同的朋友：上卷. 智量，译. 上海：上海译文出版社，1986：83.

胡德意识到自己的遗产是不可更改的身份，她无法摆脱自己的境遇，同样也无法摆脱他们生活于那个环境中的心理特征。事实上，人物对过去的意识不可避免地取决于他们卷入目前不可避免的环境的意识。贝拉的童年场景仍然是她目前生活的一部分，因为正是在这一时刻，老哈蒙初次见到贝拉并决定将她遗赠给自己的儿子。过去的时光引起她与当下世界的联系，这同样存在于她的回忆中，也存在于这个特定的世界中。在《我们共同的朋友》中，每个人物是世界的独特拥有者，而这个世界既是空间的又是时间的。这个环绕着他们的世界，如同他们的自我意识一样不可避免地呈现在他们面前。"《我们共同的朋友》全面呈现了人与世界相互沟通的意义。"①

巴尔扎克的小说往往一开篇就直接描写环境、揭示背景。在其作品中，"家屋"空间是名副其实的自然环境，但在狄更斯的作品中，"家屋"空间却是名副其实的非自然环境。在巴尔扎克笔下，伏盖太太的膳宿公寓或老葛朗台在索米尔的房子作为有形的建筑，其本身具有严酷与拘束的特性，这有助于读者理解相关生活形式的严酷与拘束，这种生活受到自然的局限是不容怀疑的。从形式上来看，它们为人性提供背景，互相呼应，它们为人的发展设定物质的、最终是精神的桎梏，但它们绝对没有主动变成人类。它们的象征价值在于自然的不可变更性，它们不可能产生灵魂。而在狄更斯的作品中，"家屋"空间往往不是单纯的物质，其存在模式随生活在这环境中的人类的目的与行为而改变，其生命具有反面人物的性质。它几乎有了灵魂和意识，令人恐惧。

狄更斯运用"家屋"空间来表征人物性格的艺术手法为不少现代主义作家所接受，如乔伊斯和威廉·福克纳。

威廉·福克纳被誉为美国南方文学的旗手，他的小说《纪念爱米丽的一朵玫瑰花》也像狄更斯一样运用"家屋"意象来塑造人物性格。爱米丽小姐的屋子除了一个花匠兼厨师的老仆人之外，至少已有十年光景谁也没有进去看过，叙述者写道：

> 那是一幢过去漆成白色的方形大木屋，坐落在当年一条最考究的街道上，还装着有十九世纪七十年代风格的圆形屋顶、尖塔和涡形花纹的阳台，带着浓重的轻盈气息。可是汽车间和轧棉机之类的东西侵

① J. Hillis Miller. Charles Dickens: the world of his novels. London: Oxford University Press, 1958: 280.

犯了这一带庄严的名字，把它们涂抹得一干二净。只有爱米丽小姐的屋子岿然独存，四周簇拥着棉花车和汽油泵。房子虽已破败，却还是桀骜不驯，装模作样，真是丑中之丑。①

这幢十年不曾有人光顾的房子简直就是《远大前程》中郝薇香小姐那封闭、衰败、腐朽的房子的翻版。这幢房子与周边环境的关系，也就是爱米丽小姐与镇上其他人物的关系，它体现的是过去与现在或传统与现代的关系。这幢四方形的大木屋，也正是爱米丽小姐这个特定人物性格特征的空间表征物。“桀骜不驯”是一个描写人物性格的词语，叙述者用“桀骜不驯”来描写房屋空间，也与狄更斯一样，运用了情感误置的手法。当然，与狄更斯相比，福克纳笔下的“家屋”意象有了进一步发展，爱米丽小姐的老宅子处于汽车间与轧棉机、棉花车和汽油泵以及各类现代建筑的包围之中，呈现出动态的演进过程。

## 二、生态“恶托邦”

谈到“荒原”，人们不禁想起现代主义诗歌的开山之作——T. S. 艾略特的《荒原》。T. S. 艾略特的《荒原》以现代伦敦为中心，从个人的、历史的、神话信仰的伦敦三个层面展开，将现代城市看作坟墓，关注城市与自身以外的活力源泉失去联系时所导致的后果。一般认为，艾略特的《荒原》受到英国文化人类学家弗雷泽的《金枝》和韦斯顿女士的《从仪式到传奇》两书的影响。众所周知，狄更斯创造了“文学伦敦”，他的小说呈现了 19 世纪的荒原景观，“伦敦荒原”是狄更斯的首创。从渊源学的角度看，T. S. 艾略特将现代主义的风景解读为象征性的荒原，其灵感来自狄更斯的“伦敦荒原”，就是“荒原”这一标题也来自狄更斯的小说，因为“T. S. 艾略特写《荒原》时，正在读《我们共同的朋友》和《罪与罚》，这两部作品对他产生了深刻的影响”②。艾德加·约翰逊与莱昂内尔·特里林也注意到了《荒原》与《我们共同的朋友》之间的渊源。

从“伦敦荒原”到“死亡之城”，是狄更斯对伦敦认识的进一步深化，这两个意象蕴含了深刻的生态主题。从空间的视角来看，“伦敦荒原”和

① 威廉·福克纳. 纪念爱米丽的一朵玫瑰花//陶洁. 福克纳短篇小说集. 杨岂深，译. 南京：译林出版社，2001：41.

② 理查德·利罕. 文学中的城市：知识与文化的历史. 吴子枫，译. 上海：上海人民出版社，2009：164.

"死亡之城"可以说是狄更斯创造的生态"恶托邦"。

### (一)"伦敦荒原"和"死亡之城"：狄更斯小说的两个生态意象

1. "伦敦荒原"

早在 1844 年的一次演讲中，狄更斯称伦敦为一个庞大无比的"荒原"，在早期小说《尼古拉斯·尼克尔贝》中，狄更斯正式用了"荒原"一词：

> "荒原！是的，确实如此。天哪！那是荒原。对我来说它曾经是荒原。我赤脚来到这里，我从来没有忘记过。谢天谢地！"他摘下帽子，显得面色沉重。①

在《董贝父子》中，狄更斯描写道：

> 佛罗伦斯看到从她身旁匆匆走过的脸上掠过惊诧和古怪的表情……看到长长的影子又返回到人行道上……她听到陌生的声音在问她……她到哪里去？到底去哪里？发生了什么事？她仍然走她的路，但是去哪里？……她在茫茫的伦敦荒原迷了路。②

在自传体小说《大卫·科波菲尔》中狄更斯进一步发展了荒原意象，并将它与"空心人"意象联系起来。

> 现在就在撒哈拉大沙漠里！因为，虽然朱丽叶有宏伟壮丽的宅子，有有钱有势的宾朋，每天有奢侈豪华的筵席，我却看不到她身边有青枝绿叶，生长繁茂；她身边没有能开花结果的任何东西……如果社交场中的人物，都是这种腹内空空的绅士和女士，朱丽叶啊，如果社交场中所培养的人物，都是这种对于一切可使人类进步或是落后的东西，一概漠然视之的，那么，我们会在撒哈拉大沙漠里迷而不返，所以我们顶好找到出口，从那里逃出来。③

在《我们共同的朋友》中，"荒原"与承包商的垃圾有着千丝万缕的关联。雷·维尔弗从契克西、维尼林、斯托博斯合伙开的药房走回家去，"他家在伦敦北边的荷洛威地段，那时候和伦敦之间还隔着一片田野和树林。在战桥和荷洛威地区他所住的那块地方之间，是一片城郊的荒凉空地，人们在那儿烧砖瓦，熬骨油，拍地毯，丢破烂，狗在那儿打架，还有

① Charles Dickens. Nicholas Nickleby. London：Penguin，1983：47.

② 狄更斯. 董贝父子. 吴辉，译. 南京：译林出版社，1991：405.

③ 狄更斯. 大卫·科波菲尔. 张若谷，译. 上海：上海译文出版社，1980：1274.

承包商把垃圾也堆在那里"①。

具有讽刺意义的是，在《我们共同的朋友》中，荒原与死亡意象还与流动的水有关。"丽齐·赫克萨姆向前走……这夜晚漆黑而清冷，河岸一带的荒原景象显得忧郁而阴沉……恰似这条庞大的、黑黝黝的河流，连同它阴沉的两岸，不久便在黑暗中隐没不见了一样。她伫立在河边，她无法参透一个人遭人怀疑的、不论好歹都是在堕落下去的生活，不能参透它那巨大无边的、空虚的苦难，而仅仅知道，它是模模糊糊地从自己脚边流过，流向远方，流向汪洋大海，流向死亡。"② 流动的河水势不可挡地"流向汪洋大海，流向死亡"，清晰地反映了生命的历程，但是垃圾山的生命本身成了穿越沙漠的旅程，它穿越阴森森的两岸，穿越河岸一带的荒原。

2. "死亡之城"

狄更斯在其最后一部完整的小说《我们共同的朋友》中把伦敦描写为"死亡之城"，这是对"伦敦荒原"意象的进一步深化，蕴含着深刻的生态主题。

> 一个尘土弥漫、了无生气的灰色的伦敦商业区的黄昏，那副面貌是并不给人以希望的。大门落锁的库房和办公室显得死气沉沉，而英国人对于色彩的惧怕又给到处带来一种举哀服丧的气氛。③

这一段叙述暗示了库房、办公室与死亡之间的主题联系，生活在垃圾山的生命不仅是黯淡无光的，而且其本身就"了无生气"。显然，"了无生气"所指的不仅仅是伦敦"商业区路边那几株疏疏落落的不幸的行道树上的落叶"④。因为整个伦敦城就像大门紧锁的库房和办公室一样显得死气沉沉，黯淡无光的伦敦城无处不处于举丧服哀的氛围之中。可见，伦敦成了一座"死亡之城"(a city of death)。

在小说《我们共同的朋友》中，赫克萨姆老头在泰晤士河发现死尸为我们呈现了死亡无处不在的实体印象。每当赫克萨姆老头看到河面上有浮尸时，便将尸体口袋中的金币拿出来，然后用绳子将尸体拖到河边的警察局，领取一笔赏金。泰晤士河每天都为这些"在沿河一带谋生"的人提供

① 狄更斯. 我们共同的朋友：上卷. 智量，译. 上海：上海译文出版社，1986：50.
② 狄更斯. 我们共同的朋友：上卷. 智量，译. 上海：上海译文出版社，1986：102－103.
③ 狄更斯. 我们共同的朋友：上卷. 智量，译. 上海：上海译文出版社，1986：576.
④ 狄更斯. 我们共同的朋友：上卷. 智量，译. 上海：上海译文出版社，1986：577.

丰富的捕获物。以打捞尸体为职业的赫克萨姆老头的尸体也是从河流中被打捞上来的，正如他在河流中打捞出很多尸体一样。另外，胡赖·赖德胡德、布莱特赖·海德斯东是在泰晤士河中淹死的，尤金·瑞伯恩和约翰·哈蒙几近溺水身亡，老贝蒂·希格登死于泰晤士河附近。哈蒙垃圾山（这个词令人想起坟山）和维纳斯神秘的接骨店等都是死亡的空间。

> 被波茨纳普先生不厌其详地称之为伦敦，伦德烈，伦敦的这座城市是顶糟不过的。这样一座黑魆魆、闹哄哄的城市，一身兼备一间熏肉作坊和一位长舌妇的品质；这样一座灰沙飞扬的城市；这样一座不可救药的城市，漫天笼罩着一层铅灰色，连个缝隙都没有。①

可见，在《我们共同的朋友》中，死亡无处不在，伦敦成了一个毫无希望的城市，一个“不可救药的城市”。

### （二）“伦敦荒原”和“死亡之城”的生成原因

“伦敦荒原”和“死亡之城”绝非大自然的造化，而是人为制造的结果。尽管在狄更斯的文本中找不到“生态”一词，但他创造的文学意象“伦敦荒原”、“死亡之城”和“垃圾山”等作为重要的释意手段，寄予了巨大的意义空间，从而使城市与环境的互动变得具体化。从小说文本来看，拜金主义下的工业和商业模式的过度发展，是造成“伦敦荒原”和“死亡之城”的根本原因。

#### 1. 拜金主义：导致“伦敦荒原”和“死亡之城”的罪魁祸首

在《我们共同的朋友》中，“伦敦荒原”与“死亡之城”这两个意象来自垃圾山意象（image of dust mounds）。从小说第 2 章维尼林家的晚餐聚会我们第一次听到莫蒂默说起“哈蒙垃圾山”，之后这座庞大无比的垃圾山总是呈现在我们面前。莫蒂默告诉尤金，哈蒙的父亲老哈蒙“用种种办法，靠当垃圾承包人发了大财，住在一个到处是垃圾堆成的小山的乡村峡谷里。在他自己这片小小的领地上，这位咆哮成性的老流氓很快堆起了一条属于他所有的山脉，真象一座古老的火山一样，而它的地质结构全都是垃圾。煤核儿垃圾，菜皮垃圾，烂骨头垃圾，破罐子、碗碴子垃圾，粗垃圾，细垃圾——各种各样的垃圾”②。

维多利亚时代的垃圾承包商从销售垃圾山的组件中发了大财。据艾德

---

① 狄更斯. 我们共同的朋友：上卷. 智量，译. 上海：上海译文出版社，1986：210.

② 狄更斯. 我们共同的朋友：上卷. 智量，译. 上海：上海译文出版社，1986：22－23.

加·约翰逊考证，“大约一百年前出售垃圾山就卖了 4000 英镑”①。在狄更斯看来，自从 17 世纪以来，“垃圾”一词就具有金钱的内涵，也就是说，垃圾是财富的重要构件。“根据老哈蒙财富来源所确立的象征方程式，那么垃圾等于金钱，同理，金钱等于垃圾。”② 这个词的种种联想一代代传承下来。最为重要的是，金钱与腐败的东西联系在一起，与腐烂的过程联系在一起，与发财联系在一起。也就是说，通过垃圾山，它不仅与本质上肮脏恶臭的污物联系在一起，而且与腐败的过程联系在一起。通过这一过程，以及作为垃圾山组成部分的垃圾和骨灰，它也与死亡的观念联系在一起。

垃圾承包商的故事暗示了迷恋于垃圾的后果。首先，老哈蒙对其子女所做的事情是将孩子们赶到垃圾山，然后诅咒他们，并将他们赶出家门。事实上，他也将女儿的心灵和她的一生都化为垃圾，他的女儿在极度的悲痛与焦虑中过早夭折便证明了这一点。其次，老哈蒙生活在自己的战利品之中，他“住在一个到处是垃圾堆成的小山的乡村峡谷里”③，也就是说，他发财的后果便是将他身边的一切都变成了“荒原”。

伦敦城作为垃圾山的意象，其力量源于对现实生活中垃圾的形象描写，在起大风的日子，城市街道上四处飞扬的废纸和垃圾被描述为“纸币”。“每当起风时，那种在伦敦流通的神秘的纸币，便在这里、那里，在每一个地方迎风飞旋。它从何处来？又往何处去？它在每片丛林上悬挂，在每棵树木的枝梢上飘扬，被电线在空中钩住，在每一处篱墙下游荡，在每一口水井旁饮一口水，在每一扇门窗前打着哆嗦，在每一片草地上抖动不停，又去那数不清的铁栏杆后边徒劳地想寻找个栖身之所。”④ 狄更斯用隐喻的手法详细描绘了流离失所的废纸和垃圾意象，才华横溢地呈现了伦敦城作为一个庞大无比的垃圾容器的特征。因为每一片丛林、每一棵树、每一处篱墙、每一口水井、每一扇门窗、每一片草地等无不饰以“纸屑”。迎风飞扬的纸屑拓宽了金钱与垃圾之间的联系，使之变得更加明确具体：在狄更斯笔下，凡是伦敦流通的垃圾都被视为“神秘的纸币”。这种纸币在伦敦广泛流通的后果，便是把伦敦变成一座巨大无比的“荒原”和“死亡之城”，甚至在春天也能窒息人的生命。“那刺骨的寒风与其说它

---

① H. M. Daleski. Dickens and the art of analogy. New York：Sckocken，1970：277.

② H. M. Daleski. Dickens and the art of analogy. New York：Sckocken，1970：277.

③ 狄更斯. 我们共同的朋友：上卷. 智量，译. 上海：上海译文出版社，1986：22－23.

④ 狄更斯. 我们共同的朋友：上卷. 智量，译. 上海：上海译文出版社，1986：209－210.

是在刮风，不如说它是在拉锯；而当它拉锯的时候，锯木场上到处都飞旋着锯末。每条街道都是一个锯木场，并且，拉这个大锯的没有上手，只有下手；每一个过路行人都是下手，锯末便迷住他的眼睛，呛得他喘不过气来。”① 整个伦敦都在锯木屑的笼罩之下，灌木丛林痛苦地绞着它们的许多只手，刚长出的嫩叶儿都憔悴了。因此可以说，大风吹到伦敦住宅区的无一不是垃圾和污物。

小说中的死亡意象从根本上来说与赚钱的活动相关，因为赚钱活动将一切都化为垃圾。“流离失所和郁郁寡欢的看门人、清洁工，把流离失所和郁郁寡欢的废纸和垃圾扫进路旁的沟渠里，而另一些流离失所和郁郁寡欢的人又把它们翻来翻去，伛偻着身子拨弄着，仔细搜寻着，想找出点能够卖钱的东西。”②

现代城市生活着魔于对金钱的追逐，流离失所的看门人和清洁工伛偻着身子在垃圾山中搜寻赚钱的东西，这与老哈蒙发财的手段别无二致。这一段最令人注目的意象是“日晷意象”（image of sundial）。“教堂墙壁上的一座日晷，蒙着一个毫无用处的黑色罩盖，那样子，好象它曾经创办事业，奋斗一番，如今却一败涂地，永远无力还清债款了”③。这表明，伦敦城的一切，甚至于连日晷的运行都以金钱为目的。卡莱尔认为，“金钱根本不是上帝，而是魔鬼，甚至是非常卑鄙的魔鬼。忠诚地追随魔鬼，你会确定无疑地走向堕落”④。狄更斯的文学描写与卡莱尔的理论表述有着异曲同工之妙。由于商品拜物教支配一切，自然被无形地置于公路、街道、大楼、器具、标记、价值观与意义之下，这个一败涂地的日晷世界，就是一个荒原与死人的世界。

狄更斯的小说以诗性的方式探讨了碎片与垃圾的意义，表现了马克思的商品拜物教理论。狄更斯的小说中有不少怪诞的贸易商——废品店的老板，他们依靠经营二手货或者偷窃来的东西艰难度日，如《荒凉山庄》中的克鲁克，《奥立弗·退斯特》中的费金，《董贝父子》中的航海仪器制造商所罗门·吉尔斯等。《老古玩店》中的吐伦特祖父发财的计划同样建立在垃圾山的基础上。他的古玩店充斥着一堆又一堆的旧商品，而小耐尔与祖父却被排斥在店外，无家可归。在《我们共同的朋友》中，哈蒙的遗产

① 狄更斯. 我们共同的朋友：上卷. 智量，译. 上海：上海译文出版社，1986：209.
② 狄更斯. 我们共同的朋友：上卷. 智量，译. 上海：上海译文出版社，1986：576－577.
③ 狄更斯. 我们共同的朋友：上卷. 智量，译. 上海：上海译文出版社，1986：576.
④ 卡莱尔. 文明的忧思. 宁小银，译. 北京：中国档案出版社，1999：59.

建立在垃圾山上，无论在字面意义还是隐喻意义上都是如此；鲍芬酷爱浏览橱窗，购买有关吝啬鬼的书到了着魔的程度。这些人物对社会地位和财富的追求到了疯狂的地步。

2. 工业主义和商业主义：导致“伦敦荒原”和“死亡之城”的直接诱因

不幸、痛苦和死亡是资本主义的商业化过程带来的灾难性后果。约翰·洛克是较早将荒野看成有待开垦的废墟的学者之一，他认为通过个人的劳作和努力可以将那些废墟转化为财产。狄更斯则将约翰·洛克的观点颠倒过来，他认为城市耗尽了土地的财富，并将其化为废墟，它不仅制造物质废墟，还使人性残缺不全。

狄更斯的一生经历了资本主义发展的两个阶段，即工业资本主义和商业资本主义，与此相应，他的创作也经历了这样两个阶段。《老古玩店》是一部描写工业主义的小说，“一座又高又大的建筑，用铁柱支撑着，墙壁高处开了大的黑洞，为的是流通外面的空气——屋顶反应出铁锤的响声和熔炉的吼声，混杂着烧红了的铁浸到水里的啧啧声，还有上百种的在别处从未听到过的新奇的非人间的怪声——在这个阴沉沉的地方，在火与烟中，一群人就像巨人般在那里工作着，他们好像鬼怪似地行动，模模糊糊地，出没无常地，热火把他们烤得又红又痛苦，手里拿着巨大的武器，如果错误地落到人身上的话，那必定会把脑壳敲个粉碎”①。这一段文字形象地表征了伴随工业城市而来的是空气的污染、高耸林立的烟囱、大气温度的上升，这是一个人工制造的、令人恐惧的世界，它与地狱无异。《艰难时世》也是一部描绘工业城市的小说，狄更斯运用了先前使用过的垃圾意象：“葛擂硬先生迅速回到国家的垃圾山中，继续过滤垃圾，寻找他所需要的零零碎碎的东西，他将垃圾到处乱扔，扔到了在那里寻找东西的人的眼中——事实上，他仍履行着议会的职责。”②《小杜丽》则再现了资本主义的崛起如何将城市变为荒漠。

《董贝父子》控诉了伦敦的商业主义。故事的发生背景是铁路的出现，伦敦城的规模日益扩大。董贝是狄更斯最早描绘的商人形象，利润主导他的全部生活。新兴的工业和城市贫民区进一步改变了商业城市的面貌，商业和技术合谋通过金钱和商业力量开始主宰城市。在《我们共同的朋友》

① 狄更斯. 老古玩店. 许君远，译. 上海：上海译文出版社，1980：407-408.

② 狄更斯. 艰难时世. 陈才宇，译. 上海：上海三联书店，2014：207.

中，城市的废墟效应更加引人注目：人们靠从泰晤士河中打捞尸体而谋生，狄更斯将商业城市的最终产物——垃圾山与废墟和死亡联系在一起。

在狄更斯笔下，工业主义和商业主义的过度发展造成了空气污染、大气温度上升等结果。城市耗尽了土地的财富，并将其化为废墟。它不仅制造物质废墟，还使人性残缺不全。这一生态观念是通过"浓雾""煤烟""河流"等几个具体的意象来表现的。

(1)"浓雾""煤烟"意象。

《荒凉山庄》和《我们共同的朋友》都描写了伦敦的浓雾，从雾的程度我们可以看到污染的程度在日渐加剧。

> 浓雾——伦敦的长春藤，早已把佩弗的名字缭绕起来。缠着他这个往处，到了后来，这种痴情的寄生植物，竟然压倒了它的母树。①
>
> 他（指乔治）来到北方的钢铁之乡的时候，象切尼斯山庄那种鲜嫩的树林就渐渐看不见了，眼前一片尽是煤坑和煤灰、高高的烟囱和红色的砖头、枯萎的草木和永不消散的浓烟……这里的什么东西都落上一层铁灰粉末，从高耸的烟囱里喷出的滚滚浓烟，和其他烟囱的一大片烟雾混合在一起。②
>
> ……而太阳本身当它在移动着的雾气涡流之中暗淡地显露片刻时，那样子仿佛它已经熄灭，正在彻底崩溃。甚至在伦敦四周的乡村里，这也是一个大雾天，不过，那儿的雾是灰色的，而在伦敦，在城市边沿一带的地方，雾是深黄色的，靠里一点儿，是棕色的，再靠里一点儿，棕色再深一些，再靠里，又再深一些，直到商业区的中心地带——这儿叫做圣玛丽·爱克斯——雾是赭黑色的。……那些最高的建筑物都不时地在挣扎着要把它们的头伸到这一片迷雾的海洋之上。特别是圣保罗教堂那巨大的圆屋顶，似乎挣扎得尤其顽固……这座都市整个儿只是一团充满低沉车轮声的雾气，其中包藏着一场规模庞大的感冒症。③
>
> 这一天，伦敦有雾，这场雾浓重而阴沉。有生命的伦敦眼睛刺痛，肺部郁闷，眨着眼睛，喘息着，憋得透不过气来；没有生命的伦

① 狄更斯. 荒凉山庄. 黄邦杰，陈少衡，等译. 上海：上海译文出版社，1981：167.
② 狄更斯. 荒凉山庄. 黄邦杰，陈少衡，等译. 上海：上海译文出版社，1981：5.
③ 狄更斯. 我们共同的朋友：下卷. 智量，译. 上海：上海译文出版社，1986：5-6.

敦是一个浑身煤炱的幽灵……①

从《荒凉山庄》中无处不在的雾到《我们共同的朋友》中“没有生命的伦敦是一个浑身煤炱的幽灵”，表明在《我们共同的朋友》中城市染上的病菌比《荒凉山庄》更加严重。在《荒凉山庄》中，伦敦烟雾的不良影响已经超出了自身的界限，虽然伦敦还有救赎的可能，但已经非常勉强了。在《我们共同的朋友》中，没有人不处于浓雾的包围之中，并因一场规模庞大的感冒症而咳嗽，甚至被窒息，这时伦敦已经成为一个不可救药的城市。狄更斯笔下的伦敦是一个烟和雾的城市，这表明随着工业主义和商业主义的发展，伦敦的空气质量和人居环境在日益恶化。“迷雾的海洋”“浑身煤炱的幽灵”，这是城市经济外在化的物质存在。狄更斯的小说借助于大气的污染来揭示工业生产背后的丑陋和野蛮，通过包围城市的浓雾的覆盖物所产生的“温室效应”使得其作品弥漫着一种生命形态。也就是说，烟和雾远不只是狄更斯构思情节的环境背景或者隐喻，他还把气候现象融合到小说的城市氛围之中，使之成为一个具有象征意义的物质意象。

(2)“河流”意象。

河流在狄更斯的“文学伦敦”中扮演着极其重要的角色。当伦敦成为“迷雾的海洋”“浑身煤炱的幽灵”的时候，河流不可能不受到污染。1858年7月，狄更斯在致塞尔雅（Cerjat）的信中写道，“伦敦的泰晤士河简直糟糕透顶，我不得不横跨滑铁卢或伦敦桥到火车站坐火车才能到达这里。我在此证明，这难闻的气味，甚至于只要吸一口，就令人头痛反胃”②。在人们的印象中，河流所到之处，便有生命的繁衍，人们在河谷四周群集而居，在肥沃的土地上劳作。但在《荒凉山庄》中，泰晤士河“看起来恐怖吓人，它在浅平的河滩中湍急而又幽幽地流淌着，显得那么阴沉神秘；河里到处都是模糊而奇怪的形状，有的是实物的轮廓，有的是倒映的影子，充满了死亡的气氛和诡秘的色彩”③。城市的废墟效应在《我们共同的朋友》中更加引人注目。在这部小说中，人们靠从泰晤士河中打捞尸体而度日。泰晤士河作为伦敦城的血脉，流淌的却是人类的尸体，其景观触目惊心。被污染的河流显然与都市的工业化、商业化进程有着不可分割的联系。工业化、商业化进程加剧了社会生活的污染程度，而河流是感官上

---

① 狄更斯. 我们共同的朋友：下卷. 智量，译. 上海：上海译文出版社，1986：5.

② James M. Brown，Dickens：novelist in the marketplace. London：Macmillan，1982：144.

③ 狄更斯. 荒凉山庄. 黄邦杰，陈少衡，等译. 上海：上海译文出版社，1981：78.

最为引人注目的污染符号之一。在《我们共同的朋友》中，狄更斯用艺术的方法表现了泰晤士河被污染的程度。

在河流的上源，由于没有烟囱林立的工厂，河水是清洁纯净的。“在泰晤士河两岸的这些愉快的小城镇上，你可以听见河水越过堤坝溅落的声音，或者，在一个静悄悄的日子里，甚至还可以听见灯心草的瑟瑟响声；立在桥上，你可以看见一条新近涌出的河流，它的涟漪好似婴儿脸上的酒窝，它正嬉笑着在树丛中滑向远方，前面路途上的种种污染还不曾沾染到它，它也还不曾听到大海的深沉的召唤。”① 但是，一旦河流流经工厂如织的城市，并与城市发生联系时，一度清洁的河水就被污染得黑不溜秋了，它流过混浊的河滨一带，流过“那人类渣滓垒积成堆的地方，他们，和许许多多的道德垃圾一样，仿佛是从更高的地方被冲击下来，便滞留在这里，一直滞留到其自身的重量迫使其越过河岸，沉入河底为止”②。流过码头和库房——这是当时盛行的市场道德观给人们带来的触目惊心的视觉意象，它与死亡意象有机地联系在一起。“两边河岸上很少有一点儿生气，家家门窗紧闭，码头和仓库墙壁上涂着的白底黑字，尤金对莫蒂默说：‘看起来好象是些死去的商号坟墓上的碑文。’”③ 河流的外观与特征发生了如此明显的变化，以至于“当你被压碎、被吸进河底、被淹没之后，想象起来，那遭遇都和你在被压、被吸、被淹时一样地险恶”④。

值得指出的是，造纸厂就位于河流的上游，丽齐逃离伦敦后就在那里工作。造纸厂倒退到早期的创业型资本主义形式，这是一家独立的小型企业，它与员工的关系是个性化的，企业主对员工是人道的。通过泰晤士河上游的地理空间，将造纸厂与河流纯净的源头联系起来。从河流上游到经济气候由股市操纵的城市，可以理解为维多利亚时代资本主义发展过程的隐喻。

在小说中，狄更斯将河流意象与死亡意象有机地联系起来，“月亮已经沉落，沿河岸匍匐着一层薄雾，透过它，树林仿佛只是树木的鬼魂，而河中的水，也象是水的鬼魂。这一片大地显得光怪陆离，天上那些苍白的星星也显得是这样。这时，在东方闪耀的一片冷冰冰的光，从热度或是色彩来说，都是呆滞平淡的，因为天空中那只眼睛这时是闭住的，这样冷冷

① 狄更斯. 我们共同的朋友：下卷. 智量，译. 上海：上海译文出版社，1986：131.
② 狄更斯. 我们共同的朋友：上卷. 智量，译. 上海：上海译文出版社，1986：32.
③ 狄更斯. 我们共同的朋友：上卷. 智量，译. 上海：上海译文出版社，1986：248.
④ 狄更斯. 我们共同的朋友：上卷. 智量，译. 上海：上海译文出版社，1986：249.

的光很可能让人感到和一个死人凝注的视线有些相象"[①]。在这里，死亡无所不在，死亡的幽灵无时不在缠绕着人们。

在这部小说中，被污染的河流成了一个具体的、形象的符号，它说明维多利亚时代的英国一定出了毛病，而污染可以说是社会腐败最触目惊心的症状，这种腐败不仅与一般意义上的工业化进程相关联，而且也与资本主义发展阶段相关联。

### (三)"伦敦荒原"和"死亡之城"：生态恶托邦的警示意义

从空间的视角来看，乌托邦文学传统经历了乌托邦（utopia)、恶托邦（dystopia)、异托邦（heterotopia）和伊托邦（etopia）这样一个动态的嬗变过程。乌托邦是希望的空间，是人类对美好前景的憧憬，也是现实中无法实现的理想社会的空间表征。恶托邦又称"反（面）乌托邦"（anti-utopia)，其所指并非乐土，它以未来的"坏地方"或"邪恶之地"作为"异质"的想象空间，指向一种充满罪恶和不幸的地方。学界一般将英国作家乔治·奥威尔的《1984》、苏联作家叶·扎米亚京的《我们》、英国作家赫胥黎的《美丽新世界》作为西方文学史上的"恶托邦三部曲"。恶托邦文学的出现与社会异化息息相关。在20世纪，虽然科学技术空前发展，物质文明取得不俗的成就，但是随着社会越来越趋向于物质实利，人的异化到了空前绝后的境地，特别是惨绝人寰的两次世界大战、践踏人性的极权国家的暴行等残酷现实，促成了恶托邦文学的广泛流传。

虽然恶托邦文学盛行于20世纪，但恶托邦一词早在1868年就已经问世了[②]。从城市空间的角度来看，在狄更斯的小说中存在着大量有关恶托邦空间的书写。《奥立弗·退斯特》中的雅各岛就是一个典型的生态恶托邦。

> 在这样的社区，在萨瑟克区的坞首之外是雅各岛，被泥泞的渠道环绕着，涨潮时渠道有6～8英尺深，15～20英尺宽，曾经叫做磨房蓄水池，但是在写作这部小说的时候叫做"荒唐沟"。这是泰晤士河的一条小溪或小水湾，高潮时打开里德磨坊的水闸可以灌满，这就是"磨房"这名字的出处。这时，一个陌生人从横跨小河上的木桥看磨坊巷，会看到两边家家户户的居民从后门和窗口将各种各样的桶子和

---

① 狄更斯. 我们共同的朋友：下卷. 智量，译. 上海：上海译文出版社，1986：421.

② Nan Bowman Albinski. Woman's Utopiasin British and American fiction，London and New York：Routledge，1988：11.

家用器具放下来，这样可以把水提上来。视线从这些活动转移到房屋本身时，眼前的景象会让他惊得目瞪口呆。“五六所房子合用屋后的一条摇摇晃晃的木板走廊，透过木板上的窟窿可以看到下面的淤泥。窗户破破烂烂，有的修理过，晾衣杆从窗口伸出来，但上边从来不见晾着衣服。房间又小又脏，室内密不透风，充满恶臭，连用来藏污纳垢似乎都嫌太不卫生。木板房子悬在烂泥臭水之上，像是马上要掉下去的样子——有一些已经掉下去了。墙壁污秽不堪，地基一天天腐烂，怵目惊心的贫困，令人恶心的污垢、腐物和垃圾——这一切装点着荒唐沟的两岸。①

雅各岛作为一个居民社区，居住区的卫生条件差到了极点：房间又小又脏，室内密不透风，充满恶臭，连用来藏污纳垢似乎都嫌太不卫生。当时恩格斯与狄更斯一样也生活在伦敦，恩格斯指出：

每一个大城市都有一个或几个挤满了工人阶级的贫民窟。的确，穷人常常是住在紧靠着富人府邸的狭窄的小胡同里。可是通常总给他们划定一块完全孤立的地区，他们必须在比较幸福的阶级所看不到的这个地方尽力挣扎着活下去。英国一切城市中的这些贫民窟大体上都是一样的；这是城市中最糟糕的地区的最糟糕的房屋，最常见的是一排排的两层或一层的砖房，几乎总是排列得乱七八糟，有许多还有住人的地下室。这些房屋每所仅有三四个房间和一个厨房，叫做小宅子，在全英国（除了伦敦的某些地区），这是普通的工人住宅。这里的街道通常是没有铺砌过的，肮脏的，坑坑洼洼的，到处是垃圾，没有排水沟，也没有污水沟，有的只是臭气熏天的死水洼。城市中这些地区的不合理的杂乱无章的建筑形式妨碍了空气的流通，由于很多人住在这一个不大的空间里，所以这些工人区的空气如何，是容易想像的。②

在另一处，恩格斯还写道：

这些街道常常窄得可以从一幢房子的窗子一步就跨进对面房子的窗子；而且房子是这样高，这样一层叠一层，以致光线很难照到院子里和街道上。城市的这一部分没有下水道，房子附近没有渗水井，也

① 狄更斯. 雾都孤儿. 何文安，译. 南京：译林出版社，1999：317.
② 马克思，恩格斯. 马克思恩格斯全集：第2卷. 北京：人民出版社，1957：306-307.

没有厕所，因此，每天夜里至少有5万人的全部脏东西，即全部垃圾和粪便要倒到沟里面去。因此，街道无论怎么打扫，总是有大量晒干的脏东西发出可怕的臭气，既难看，又难闻，而且严重地损害居民的健康。如果说，在这些地方人们不仅忽视健康和道德，而且也忽视最平常的礼貌，……取水的困难自然在各方面都促进了肮脏的传播。①

“伦敦荒原”和“死亡之城”便是恶托邦所指的“坏地方”或“邪恶之地”，但它指向的不是未来，而是维多利亚时代的社会现实。运用恶托邦空间的理论视角与方法，为我们认识狄更斯的小说创作打开了一扇特殊的视窗。文学家狄更斯用诗性的方式表达了与理论家恩格斯一样的内容，其内涵没有高下之别。

19世纪的头五十年，工业主义飞速发展，最终统治了整个社会。烟囱里冒出来的黑烟弥漫着天空，摧残着草木；化学废料污染了河流；凄凉的贫民住房像瘟疫一般遍布在乡间，达数英里。这一排排的房子有四分之三没有厕所，这些潮湿的房子和地窖里聚居着成千上万的人。户外成堆的粪便和垃圾都倾入沟渠里，而这些沟渠常常是提供人们饮用水的唯一来源。在狄更斯的有生之年，伦敦共发生了四场霍乱。除了致命的疾病之外，还有周期性暴发的斑疹伤寒、伤寒、流行性腹泻、痢疾、天花和林林总总的发热病。“1847年11月到12月之间，二百一十万零一百的总人口中共有五十万人感染了斑疹伤寒……首都的人均寿命为二十七岁，而工人阶级的平均寿命仅为二十二岁。1839年伦敦举行的一半葬礼都是年龄不到十岁的孩童。”② 美国城市学者芒福德将城市划分为五个阶段，即生态城市、城市、大城市、特大城市与暴君城市。他所说的“生态城市”指的是农村，而“暴君城市”指的是城市社会与生态环境进一步恶化的结果。根据芒福德的观点，生态恶托邦是城市发展史上的“暴君城市”。在狄更斯笔下，阴沉、昏暗、肮脏的伦敦都市成了“暴君城市”“万劫之城”。在这里，人类的生活环境被污染、被破坏，而罪魁祸首正是那些以大烟囱、商号、银行等为代表的资本主义文明。在小说中，每次灾祸或令人恐怖的事件出现之前，都有一段优美恬静的风景描写，以之反衬美丽纯洁的大自然被人类卑劣的社会制度玷污。

① 马克思，恩格斯. 马克思恩格斯全集：第2卷. 北京：人民出版社，1957：316.

② 埃德加·约翰逊. 狄更斯：他的悲剧与胜利. 林筠因，石幼珊，译. 天津：天津人民出版社，1992：149.

恶托邦文学有着特殊的功能，“它从否定辩证法和否定美学的角度提示人们对社会政治现实和人类未来前景进行反思的必要性”①。也就是说，恶托邦文学是创作者介入现实、干预历史的一种手段，它侧重社会批判、政治讽刺和对人类未来阴郁恐怖前景的描绘，致力于对未来世界邪恶事物即将到来的警示。“伦敦荒原”和“死亡之城”这一恶托邦空间具有强烈的生态警示意义，狄更斯的小说文本为我们提供了现成的答案。

在《荒凉山庄》中，叙述者写道，政治家们所宽容的公共卫生风险，即“我们亲爱的无名氏兄弟所葬身的、引发瘟疫的城市墓地，对于后代来说，这是可耻的证据，说明文明与野蛮如何并肩走过这个自吹自擂的岛国”②。作为城市化进程最终产物的废弃物既体现在克鲁克的废品收购店，也体现在乔和尼姆这样的人物身上。如果说在《荒凉山庄》中“死亡之城”还有救赎的可能，但已经非常勉强了，那么到了《我们共同的朋友》，伦敦则完全成了一个“不可救药的城市”。因为在《荒凉山庄》中多愁善感的女主人公埃斯塔·萨姆逊和拥有新的侦探力量的布克特探长，他们的良知和心灵还能够柔化和减轻周围的邪恶和痛苦。在《我们共同的朋友》中，赖德胡德与布莱特赖·海德斯东在泰晤士河的泥沼地中展开生死搏斗，最后却抱成一团丧命于污泥和浮渣中，城市，或者更确切地说是生命本身，就是从那污泥和浮渣中脱颖而出的。伦敦不可能再以个人的方式进行救赎。

老哈蒙通过积聚垃圾，很快堆出了一座大厦，“堆起了一条属于他所有的山脉，真象一座古老的火山一样”。垃圾山的地质结构包括各种各样的垃圾，在一个垃圾成堆的世界，垃圾等于金钱，金钱等于垃圾。这一比喻暗示，拜金主义会导致潜伏的腐败，垃圾山如同火山一样，在一定的条件下，它会像火山一样喷发。

赛拉斯·魏格在哈蒙垃圾山的包围中阅读《罗马帝国的衰亡》。在狄更斯看来，19 世纪的英国正在重复罗马的衰亡。狄更斯描绘了造成这种灾难的原因。现代英国如同罗马一样，它正在一步步走向毁灭，因为它没有力量摆脱“伦敦荒原”和“死亡之城”对物质实利的膜拜。伦敦的垃圾山让狄更斯大声疾呼：

① 麦永雄. 意识形态与乌托邦：传统及其变异. 广西师范大学学报（哲学社会科学版），2005（3）.

② 狄更斯. 荒凉山庄. 黄邦杰，陈少衡，等译. 上海：上海译文出版社，1981：91.

> 我的老爷们、绅士们和名誉委员会的委员们，你们，在你们那铲垃圾扒煤渣的工作过程中，已经犯下了堆积如山的狂妄过失，你们必须脱下尊贵的外套去铲除它们，必须用女皇陛下的全部马匹和全部人力投入这项工作，否则，这座大山将会迎面崩塌而下，把我们大家都活活埋葬。……我们把事情搞到这种地步了，我们拥有一笔巨大的钱财可以用来救济贫民，而贫民之中的优秀者却厌恶我们的怜悯，他们蒙住头躲开我们，饿死在我们当中，以令我们蒙受羞辱，这时候，这就是一种不可能繁荣昌盛，不可能长此以往的状况。……我们必须补救它，老爷们、绅士们和名誉委员会的委员们，否则，有朝一日，天理昭彰，我们每一个人都会遭到毁灭的。①

老爷们、绅士们和名誉委员会的委员们“铲垃圾扒煤渣”的活动明明是为了获取横财，但他们却打着救济穷人的幌子，事实上，穷人们在他们眼中只不过是社会垃圾而已。在一个金钱至上，金钱成为万物尺度的社会，穷人往往被视为垃圾产品，甚至于一次性的产品。小说暗示，只要存在社会不公，老爷们、绅士们和名誉委员会的委员们所犯下的堆积如山的狂妄过失会像房屋的坍塌一样，我们大家都活活埋葬在垃圾山里面。

## 三、空间叙事的方法

空间叙事将文本看作一幅地图，这种通过空间逻辑而存在的文本具有同在性（simultaneity）。上一节我们探讨了狄更斯小说中的视觉叙事，从时空维度来看，视觉，说到底是空间的而不是时间的。下面从并置、碎片叙事和巴洛克叙事三个方面，对狄更斯小说中的空间叙事做进一步的探讨。

### （一）并置（juxtaposition）

空间结构型的小说常以并置、拼贴为特征。从印象派绘画的角度看，场景和事件的并置，其目的在于栩栩如生地呈现不同事件在瞬间的感觉和印象，见微知著地展开人物的性格。面对并置结构，读者必须构建共时性的阅读习惯，与作者产生心理上的共鸣，才能体验到作者的道德寓意和审美旨趣，这是印象主义作家面对日益物化的社会所产生的审美追求。如果说现代主义作家喜欢运用并置的手法来打破叙事的时间顺序，从而使其作品取得空间的艺术效果，那么 19 世纪英国作家狄更斯在其后期小说中则

① 狄更斯. 我们共同的朋友：下卷. 智量，译. 上海：上海译文出版社，1986：129－130.

大量运用了并置的手法来强化作品的空间效果。下面以《我们共同的朋友》的前四章为例来分析狄更斯是如何运用并置手法的。

第 1 章“守望”描绘了一幅富于空间感的视觉画面：黄昏时分，一只肮脏、破烂的小船在泰晤士河的南瓦尔克桥和伦敦桥之间漂流，小船几乎要碰到漂浮的圆木、驳船与垃圾。船上有两个人影。小说较晚才交代两个主要人物的历史和姓名，交代在泰晤士河打捞尸体是他们的职业。第 2 章“来自某处的人”开头是一个晚餐场景，这一章一开头就交代了人名与他们的历史。“维尼林先生和维尼林太太是伦敦一个崭新的住宅区中一幢崭新的房子里住着的两位崭新的人。维尼林家的每件东西都是簇新透亮的。”①

这一场景展示了广阔的社会画面，家具、朋友、仆人、黄铜门牌、马车、缰绳辔头、马、画像等。这一群人在暴发户家里参加晚宴，彼此宣称是老朋友，事实上他们彼此互不认识。这个场景呈现了闪闪发光的餐桌和银具、被掩饰的野心、互相纠缠的利益与算计，上流社会试图以这张面纱来掩饰末日世界的荒凉实质。在结束之前，他们的对话突然转向一桩神秘事件：律师莫蒂默脱口说出“来自某处的人”的故事。“来自某处的人”即是约翰·哈蒙，他回到英国继承已故父亲的一笔巨额遗产，他的父亲靠承包垃圾山发了大财，但继承这笔遗产是有条件的，这条件便是他要与一位从未见面的女子结婚，这女子是 14 年前由他父亲择定的。这一章以分析化学家交给莫蒂默的一封信作结，信上说约翰·哈蒙在泰晤士河被淹死了。

第 3 章“另一个人”，场景从维尼林家转移到赫克萨姆老头家，由查理将莫蒂默·莱特伍德和尤金·瑞伯恩领到赫克萨姆老头家。赫克萨姆老头家的墙壁上有一张警察局张贴的告示《尸体认领》。这一章有三个重要的场景：

场景一：一个陌生男子自报姓名为“朱丽叶斯·汉福德”，查理将莫蒂默·莱特伍德、尤金·瑞伯恩以及朱丽叶斯·汉福德一起带到警察局，在警察局，死者的尸体被确认为“约翰·哈蒙”的尸体。

场景二：在赫克萨姆老头家，丽齐与查理的对话。

场景三：在“六个快乐的脚夫”酒馆（河滨的公共房屋），验尸人员在此验尸。这一章的结局，警察仔细琢磨犯罪嫌疑人，并以详尽的比喻描

① 狄更斯. 我们共同的朋友：上卷. 智量，译. 上海：上海译文出版社，1986：12.

给社会各界人士传播“哈蒙谋杀案”这一消息。

在第 4 章，小说的情节转移到一个新的场景——雷·维尔弗一家。受雇于维尼林公司的雷·维尔弗从城里下班回到家，发现自己的大女儿贝拉被指定为约翰·哈蒙的未婚妻。他们要把房子腾出来租给一个名叫约翰·罗克史密斯的年轻人。在这一章的结尾我们发现，约翰·罗克史密斯正是朱丽叶斯·汉福德，朱丽叶斯·汉福德在前面几章神秘地出现后来又神秘地消失。

与《荒凉山庄》相比，在《我们共同的朋友》中空间化的跳跃更为明显，小说没有过渡，没有任何交代，也没有任何插入记号，就从一个场景猛然跳跃到另一个场景，这完全是几个不相关的空间的并置。例如，第 1 章的场景是泰晤士河，叙述者在没有过渡也不做任何解释的情况下，把第 2 章的场景转移到了维尼林府邸。读者阅读完小说之后追溯往事，通过联想才能将这些分散的场景连缀成一幅完整的社会图画。这表明，伦敦是作为一个庞大的自我封闭的都市而存在的，在这个都市中有着奇特的环境，而这些环境与其他的环境是互相隔离的。

从小说的情节来看，魏格和弗莱吉贝所受到的惩罚、布莱特赖·海德斯东之死、尤金的转变与复活、拉姆尔的车祸、诺狄·鲍芬转变的启示、约翰·哈蒙与贝拉·维尔弗的幸福婚姻等等，无一不是从一个高潮转移到另一个高潮，不同的情节因为共同的友谊这一中心题旨才联系在一起。

从整个小说来看，小说还并置了摇篮曲、游戏、故事、歌曲、歌谣、格言、童年时期的意象、浪漫史、经典神话等。小说开头尤金讲述“从多巴哥来的人”的简单诗歌：“除非是我们那位一年到头靠吃大米布丁和鱼冻过日子的朋友，前不久他的医生给他的一个什么人说了点什么，才总算开了一份羊腿给他。”① 蒂平斯夫人责怪尤金假装连他的摇篮曲都忘记了，于是诱劝莫蒂默说：“你瞧呀！你说呀，从某个地方来的人！”赛拉斯·魏格的歌谣和珍妮·雷恩的歌曲，叙述者看到“不可一世的波茨纳普来了，声音像吹号打鼓一样嘹亮”等都是并置手法的运用。

《我们共同的朋友》是一部多情节小说，它将一系列不相关的生活以及不兼容的碎片并置在一起从而构成一个巨大的象征结构。米勒认为，

---

① 狄更斯．我们共同的朋友：上卷．智量，译．上海：上海译文出版社，1986：20.

“《我们共同的朋友》可以比作立体派的拼贴（cubist collage）”①。

并置手法将过去和现在并列，把两种看起来毫不相干的情节、场景、事件或细节并置在一起，营造了一种共时性的空间效果，使作品充满了空间感。从读者接受的角度来看，并置打破了读者试图建筑一个稳定的线性叙述的阅读习惯，读者面对在主题上互相影响的各种因素的开放式的组合过程，他必须将这些因素在其中组合成一幅画、一个空间、一个结构，努力去适应碎片化的事件，在瞬间中把握永恒，在碎片中把握整体的意义。因此，并置为读者开辟了多重解读的可能性，也增加了文本自我指涉的层次。“小说中的场景、人物塑造和布局与空间艺术中图像空间、雕塑空间、建筑空间的对位关系，为读者有效地解读现代小说文本、探询文本意义提供了形象化的感知空间和思维空间。”②《我们共同的朋友》的空间叙事，构成了一个立体的叙事结构，堪与其同时代的陀思妥耶夫斯基的《卡拉马佐夫兄弟》和托尔斯泰的《战争与和平》相媲美。

**（二）碎片叙事**

《大卫·科波菲尔》是一部关于记忆的书，狄更斯用碎片叙事的方式来追忆流逝的空间。

> 我刚来此地的时候，那个小家伙好象和我并无关联；我所记得的他，好象只是一件遗落在人生之路上的东西，好象只是一件我从旁边经过的东西，而不是过去的我本人，我想到他，差不多好象只是想到另外一个人似的。③

狄更斯将时间视为一条人生之路（road），从空间的维度来描写时间的延伸，叙述者所描写的当下的他与昔日的男孩之间的分裂以及将他比作“一件遗落在人生之路上的东西”，暗示的是时间的距离。但在暗示时间的距离时，说这个男孩“与我并无关联”，这样大卫确立了连续性。他通过分裂来建立结合，即空间连续体的意象以及自我与男孩之间的时间连续体意象。通过并置人生的两个碎片——“男孩”意象与“我”的意象，再一次表述大卫的时间的连续性。

① J. Hillis Miller. Charles Dickens：the world of his novels. London：Oxford University Press，1958：169.

② Joseph Kestner. Secondary illusion：the novel and spatial arts，spatial form in narrative. Ithaca：Cornell University Press，1981：76.

③ 狄更斯. 大卫·科波菲尔. 张若谷，译. 上海：上海译文出版社，1989：396.

“自我”可能是“一件遗落在人生之路上的东西”“一件可以脱下的衣服”，这些观念强调过去意象的客观实在性。“自我”只是一件物体，仿佛是在照片中而不是在回忆中截获的意象。在《大卫·科波菲尔》中，回忆像照片纸，狄更斯认为他对城市生活的观察涉及截获他心灵中的图像底片的意象。狄更斯的叙述暗示他描写的是对“自我”的一瞥，这一文学意象具有转瞬即逝的、快照的特征。把“男孩”描写为“一件遗落在人生之路上的东西”，暗示“男孩”意象是一件物品，一件值得收藏的、一次性的物品，这是后来的照片所具有的特征。

搜集、回忆并救赎这些物品时，回忆的主体在他们之间建立了联系。罗兰·巴特认为，在搜集回忆的物品时，“自我”栖居在转瞬即逝的、过渡的空间。在看待“自我”意象时，罗兰·巴特描述了怪异的经验在主观性与客观性之间的运动。狄更斯的叙事恰好与这一点相契合，如大家熟悉的男孩意象成了陌生人，大卫把自己当作“物品”。“男孩”意象是“一件遗落在人生之路上的物品”，这一观念减少了自身的价值。因为被复制的意象如同照片一样失去了光韵，但大卫仍然对它迷恋，作为“物品”，它仍然向他披露了重要的真相。叙述者把自我当作空间中的一个点，“一件遗落在人生之路上的物品”，“一件从我旁边经过的东西”。“自我”是一个瞬间，一个被横越的点，并将再一次被横越。这个点的空间后来偶然被再次占据或者被有计划的再次来访所占据，从而抵达回忆和跨越时空距离的不同意识。

本雅明指出，照片、收藏品和客体揭示了绝对的踪迹，关于过去真相的踪迹以及自我的踪迹。在狄更斯笔下，城市空间是具有多重意义的事物，它为早先的、难以解释的、即将消失的踪迹所笼罩，这一踪迹在每一次重访中不断地被改写，“自我”成了“一件遗落在人生之路上的东西”，成了在迷宫中挑选出来的无形的幽灵。这种重复以及在回忆中对“自我”的重新激发，是绝望的、持续的。这种重复暗示了焦虑，着魔般地希望实现对意义总体性的理解。大卫的“空间化的自我”以及着魔般的、为焦虑所驱使的试图搜集碎片化的自我并将它写进可想象的总体之中，用新的开端、重复和追溯往事重复了自传叙事的形式结构，并且它用难以理解的高深莫测重复了城市景观的形式。在此，“自我”成了迷宫，闲逛成了城市生活的实践。

“我来到那安静的街道，那儿的每一块石头，都是一本童年读过的书。”[1] 这一段暗示城市不仅是具有多重意义的事物，也是档案。在这里，城市空间是一个文本，它是用早先的经验镌刻的。相反，经验也是由石头形塑的，并铭记在石头上。街道因为大卫童年的想象而被抹上不可磨灭的色彩。他不能用新的视角重回城市空间，时间的距离疏远了年老的大卫所回到的城市。

但重复也是一个悖论。虽然时间的或空间的距离疏远了人们熟悉的空间，但挥之不去的踪迹依然清晰可辨，古老的叙事踪迹不可避免，大卫只有循着原先的思路思考。每一件物品或空间都是清楚的。空间引发了原先的思想、原先的叙事：回忆，但差异仍在。“每一块石头对我而言都是一本童年读过的书”，并非“每一块石头对我而言都是一本书”。这种微妙的差异，如同照片上的微妙的魔术，可以得到经验的真相。人们不能重复过去的经验，而只能重复经历。当人们细察城市的表面，知道人们遵循的叙事是童年的叙事，但是在重复经验的过程中，如果不表达人们与经验的疏远，就无法再次追溯它们。

城市经验之存在是可以被阅读的，并在一系列重复与更新中一次又一次地被重写。重复的形式是访问城市或者是书写被访问的城市。人们永远无法重复的本来面目被这样一个事实所弥补：痛苦的情绪可以被复活。重访昔日的空间是令人痛苦的，甚至多年之后也是如此。叙述者说，“我在踽踽独行、旧地重谒中，我的活动是沿路行走，把每一码旧境都重新回忆一番，在所有旧日常到的地方都徘徊流连一阵。这类活动从来没有让我厌倦过。我现在亲身在这些地方徘徊的次数，就和我从前脑子里在它们这儿徘徊的次数一样地多，我在这些地方流连的时间，就和我幼年远离这些地方我心里在它们这儿流连的时间一样地久”[2]。

小说在回忆中幽灵般地重访城市空间，具有哥特式的成分，它暗示一种幽灵，一种不太稳定的“自我”意识，其特征是现代焦虑意识。叙述者感兴趣的与其说是聚焦于“过去”与“当下”经验之间的差异，不如说聚焦于同一性，一种互相联系的意识。他在这一空间中着魔般地流连徘徊，是为一种内在需求所驱使，即搜集经验的碎片并将它们写进叙事，写进稳定的“自我”意识。他现在模仿幽灵的回忆，继续其思维过程，并设法抓

---

① 狄更斯. 大卫·科波菲尔. 张若谷，译. 上海：上海译文出版社，1989：1221.

② 狄更斯. 大卫·科波菲尔. 张若谷，译. 上海：上海译文出版社，1989：471.

牢转瞬即逝的“自我”，成了某种幽灵般的空间产品。

在《打开我的藏书屋》（1931）中，本雅明指出，闲逛者的生平是空间化的，本雅明以拓扑学的方法将其生平记录在地图上，上面标明“我的朋友及女朋友”的房屋。在《柏林纪事》和《单行道》中，生平、记忆的核心包含着记忆瞬间的年月，在那一瞬间相互之间建立起神秘的联系。在《大卫·科波菲尔》中大卫回忆他的母亲时，涉及诸多层面的记忆，在此，意识可以被视为形象的三维空间，记忆与瞬间的迷宫为人们生活于其中的城市着色。

狄更斯描绘的城市空间与记忆也具有类似的联系：“当我的钱够用时，我常常去一家咖啡店，买头号品脱咖啡。当我没有钱时，就到修道院花园市场去看菠萝。我最经常去光顾的小咖啡店：一家在梅登胡同，一家在挨近亨格福特市场的一个大院里（现在已经不再存在）；一家在圣马丁胡同，我只记得它挨近教堂，门上有一块椭圆形的玻璃，朝街的一面玻璃上写着 coffe-room（咖啡店）。现在，每当我坐在一家迥然不同的咖啡店里，看到门上也印着 moor-effoc，一阵战栗震动了我的全身。”①

在这一普鲁斯特式的瞬间，狄更斯描绘了城市的物理结构如何成为痛苦感情的助记符号。这一瞬间表明日常生活中的细枝末节所具有的意义，它还表明城市的震惊不能总是归因于城市的物理运动：某人自己迷宫般的精神生活同样是经验的原因。

《老古玩店》中的喜剧人物狄克·斯威夫勒的荒唐行为同样再现城市空间如何对城市居民的身体与精神活动产生影响，再一次表达了闲逛与思想之间的同一性。在《老古玩店》中，他那尚未偿清的债务以及逃避债务的需要开始限制其人生观：

> 在这本小书里我记的一些街道名字，是在商店开门的时候，我就不能从那里经过。这顿午餐又把长亩封锁住了。上星期我在大皇后街买了一双皮靴，断绝了那里的去路。现在去河滨大道还只有一条路通着，今天晚上我还要到那里赊一副手套，也要把那个口子堵死。四面八方的通路很快地都断了，除非在一个月内，我的姑母汇给我一笔钱，我将要走出城市三四里才能把这圈子兜回来。②

如同本雅明用拓扑学的方法描述其生平一样，上述引文对斯威夫勒的

① John Foster. The life of Charles Dickens. New York：Everyman's Library，1966：28.

② 狄更斯. 老古玩店. 许君远，译. 上海：上海译文出版社，1980：74－75.

生平完全是从空间的角度来界定的。斯威夫勒的决定，其生命的选择取决于他与城市的关系。在永无止境的相互依赖过程中，他的预测、他的需求支配其城市经验。相反，他的思想、预测完全取决于城市的胁迫。他那流畅的思路复制或者用哑剧动作表演身体的运动。他的环境附和了弗洛伊德的作为城市类比的心态，用等级制的方式将城市组织起来，一些地区可以进入，一些地区被封闭起来。虽然自我的努力成为心理空间的主人，但异常的心灵/城市很少成为人们舒适生活的环境。人们的需求与努力只能给人们的宁静生活制造麻烦。斯威夫勒经历某一特定的路线涉及这一概念的身体的、心理的含义。

### （三）巴洛克叙事

沃尔弗林曾经指出巴洛克风格的物质特点：底部的横向加宽，三角楣的降低，向前延伸的低而弯曲的台阶；以团块或堆集来处理物质、圆化棱角，避免直角，以圆形叶板代替锯齿形叶板，使用石灰华制作多孔的形状等。可见，巴洛克叙事强调空间的凸起和侵凌性。

巴洛克画家将观看视为视觉逻辑的推演，将绘画空间视为舞台表演，因此，巴洛克艺术表现的是侵犯观众空间安全感的可能性。巴洛克画家在制作大型壁画时，常常在画面上放置一只向观众伸出的雕塑手臂或脚，其目的是让画面上的人物看起来更逼真，让观众相信魔幻舞台的真实性，如同让舞台演员走到舞台前缘，甚至走到观众当中一样。一旦我们跟舞台/绘画之间的“观看与被观看”的安全关系遭到破坏，观众就被安置在整个演出的脉络中，成为整个空间序列中的一员。这种侵犯正是空间逻辑推演的运用。

当观众感觉自己也进入舞台，成为演出的一员时，我们会类推式地相信和我们有关的下一个物件，也继续信服由艺术家所安置的空间事物序列。例如，穆里洛（Murillo）的油画《圣灵怀胎》（1678），童贞玛利亚抬起眼睛朝天堂望去，其视线高于甚至超越了油画的框架。位于她下面的人物仰靠在框架上，凝视着油画边缘的下面和远方。穆里洛暗示了空间在油画作品的上面、下面及远方的无限扩张。这一扩张从作品开始，扩张并投射到旁观者的世界。可见，巴洛克艺术家运用的是空间逻辑，我们欣赏巴洛克造型艺术不是被艺术家所描绘的表象的真实性所折服，而是被空间关系的逻辑性所折服。

在《老古玩店》中，狄更斯运用这种巴洛克技巧在景观的框架中打开一个缺口，这样有助于煽动起奎尔普恶魔般的品格：

“啊!”矮子说，伸出手来遮在眼睛上面，很注意地观察那个年轻人，“邻居，那该是你的外孙吧!”

“宁愿他不是，”老人答道。“但不幸他是。”

“那一位呢?”矮子说，指着狄克·斯威夫勒。

“他的一位朋友，到这里也和他一样受欢迎的。”老人说。

“还有那一位呢?”矮子问，身子转了个圈子直指着我。①

显然，奎尔普抓住了叙述者烹弗莱师傅，出乎意料地指着他，把自己投射到场景之外。再者，矮子表演戏剧性情节（身子转了个圈子）的速度扩大了威胁和惊讶的程度。读者默默地站在一旁倾听，叙述者同时觉得自己是由奎尔普挑选出来的，奎尔普打开缺口的框架是读者想象的框架。因此，读者与奎尔普的身体之间的空间突然之间扩大了，并成为一个统一的整体。狄更斯运用巴洛克绘画的风格把空间投射到作品之外，在再现客体的同时从旁观者的空间打开一个缺口，这种形塑空间的方法通常是把油画与观众统一到一个同延的空间（coextensive space），令人感受空间的无限性。

关于巴洛克空间的侵凌性在狄更斯的作品中多有表现，如在《远大前程》中，当小说的主人公“我”（即皮普）来到史密斯菲尔德广场，看到圣保罗教堂的圆屋顶所产生的感觉。

这个糟糕的地方到处都是污秽、油腻、血迹和泡沫（因为史密斯菲尔德广场附近有很多牲口屠宰场）。这些东西似乎都粘住了我。我连忙转入一条大街，才算摆脱了那片污秽。到了这条街上，我看见了圣保罗教堂黑色的圆屋顶在一幢阴森森的石头房子后面向我膨胀出来，据一个旁观的人说，那幢石头房子就是新门监狱。②

巴洛克城市通常是围绕一个有中心的、有穹顶的建筑建构起来的，圣保罗教堂的建筑位于焦点的中心，它具有象征意义。圣保罗教堂圆屋顶向外凸出，给人向周围膨胀之感，是因为凸起的窗体具有侵凌性。这样，圣保罗教堂的圆屋顶成了空间的创造者，一种催化剂。巍然高耸在伦敦都市中的圣保罗教堂的圆屋顶是整个伦敦的一个视觉符号，可以说是观察者从远处观看伦敦中心的视觉指路牌，也可以作为观察者最重要的观察哨位，

① 狄更斯. 老古玩店. 许君远，译. 上海：上海译文出版社，1980：28.

② 狄更斯. 远大前程. 主万，叶尊，译. 北京：人民文学出版社，2012：189.

在圣保罗教堂的圆屋顶上可以俯瞰整个伦敦，或者至少俯瞰伦敦的一部分，因为其圆屋顶的凸起形状与周围空间的凹陷和附近建筑物的平坦度相关，都被视为具有侵略性，且无所不包。窗体，无论是单个的还是共同的，都把伦敦构建成一个视觉关系的动态结构。在阿恩海姆（Arnheim）看来，这种视觉关系的动态结构产生的影响就是我们所谓的“表达”，这种表达取决于过去的经验和观察者当下的心态，人们可以将圣保罗教堂圆屋顶看作一种存在。皮普将圆屋顶视作一种凸起的威胁，因此，凸出的窗体的侵凌性为这两种阐释提供了客观的视觉基础。

狄更斯将内外两个视点结合起来，既从里面看圣保罗教堂的圆屋顶，也从圣保罗教堂的圆屋顶向下、向外面观看，引导角色和读者进入迷宫。

在《烹弗莱师傅的大钟》中，烹弗莱师傅将圣保罗教堂钟塔上的钟视为伦敦的心脏，他爬上塔楼，饱览伦敦的景色。在狄更斯笔下，“冷静而无动于衷的场景，这是黑暗所偏爱的。伦敦的巨大心脏在巨乳中悸动。富翁和乞丐，罪恶与美德，内疚与天真，饱食与饥饿，相互蹂躏，挤成一堆。只要在聚集的房顶上面画一个小圆圈，你的空间内就无所不有。对立的极端和矛盾紧挨在两旁。两间房屋隔着一两英寸厚的墙，其中一间房屋，人们在里面安静地休息，而在另一间房屋中，人们却不得安眠。在那个拥挤的角落里，屋顶收缩并蜷缩在一起，仿佛在隐藏自己的秘密。这种黑暗的罪行，如此的不幸和恐怖很难用耳语倾诉”①。圣保罗教堂圆屋顶的景观在空间上是通过并置对立的事物来建构的，在时间上是通过描述对立的事物的循环来建构的。当然，其意义在于狄更斯对城市迷宫的洞察，在这个城市迷宫中人们被迫拥挤在一起却又相互隔离。用城市学家芒福德的话来说：“在现代城市中，机械的物理躯壳优先于公民的核心：在走到一起的过程中，人与公民失去了联系。”② 因此，监狱般的伦敦迷宫既是过度拥挤的原因，也是异化的原因，还是构建和抑制相互关系的原因。但是，狄更斯将钟作为“伦敦的心脏”这一隐喻，预示了《小杜丽》中描写的监狱之城，也预示了迷宫表面屏障之外的人类条件的统一性。

---

① Charles Dickens. Master Humphrey's clock，London：Oxford University Press，1958：107.

② Lewis Mumford. The culture of citie，Harcourt Brace & Company，1938：8.

在《大卫·科波菲尔》中，向里面观看圣保罗教堂的圆屋顶和从圣保罗教堂的圆屋顶向外看，这两种视角以一种有趣的方式结合在一起。在小说的前半部分，大卫描述了辟果堤的工作箱盖子，箱盖的顶部绘有圣保罗教堂粉红色的圆屋顶。这种远距离的圣保罗教堂的圆屋顶的惠廷顿式的景观在小说的后半部分做了平衡，即当成熟的大卫出人头地之后，带着辟果堤来到圣保罗教堂的顶端，在这里，辟果堤长时间恋恋不舍的工作箱成了盖子上的图像的竞争对手。辟果堤认为，她被这件艺术作品打败了。辟果堤喜欢摹本胜过原件，喜欢远距离的景观胜过近距离的景观。显然，圣保罗教堂圆屋顶的两种视角在小说中提供了重要的联系纽带，并且有助于强调乡村与城市之间主要的联系张力。

在《老古玩店》中也有从里面看圣保罗教堂的圆屋顶的视角。当小耐尔和外祖父逃离伦敦，犹如"朝圣者之旅"中的基督徒逃离毁灭之城。两个"朝圣者"匆匆穿过人类住所的迷宫，穿过狭窄的庭院和蜿蜒的小径来到城市郊区。走出伦敦迷宫，他们才可以放心地回头张望。显然，这一景观与狄更斯童年时期在卡姆登镇目睹的景观十分相似，圣保罗教堂不仅是伦敦景观的视觉符号，而且是连接两个地点的"桥梁"。观察者的目光从十字街和圆屋顶向下穿过城市被引导到邻近郊区的最近边缘。尽管圣保罗教堂的圆屋顶为视觉建构的模式提供了视觉焦点和起点，但迷宫式的城市基本上仍然是巴别塔，令人迷茫，让人诅咒，它超越了圣保罗教堂圆屋顶的视觉和精神效力。这种视觉模式始于圣保罗教堂圆屋顶，终于紧邻的郊区边缘，证明了逃离巴别塔的智慧。

在狄更斯的文学伦敦中，圣保罗教堂是唯一静态的城市视觉参照点。它孤零零地立在那里，只可远观，无法抵达。在烟雾弥漫的城市迷宫，它是视觉混沌中的异物。因此，狄更斯将圣保罗教堂的圆屋顶提升到人的视觉图像的高度。在这一视觉图像中，人与人之间是分离的，人与上帝之间也是分离的。

巴洛克艺术是一个迷宫世界。法国哲学家吉尔·德兹勒认为，"巴洛克风格与本质无关，而与运作功能、与特点相关。它不断地制作褶子……但巴洛克风格使这些褶子弯来弯去，并使褶子叠褶子，褶子生褶子，直至无穷"①。可见，巴洛克风格是有层次的，它按照两个方向，以两种无穷将褶子分为物质的重褶和灵魂中的褶子。"在下层，物质先按照最初的褶

① 吉尔·德兹勒. 褶子. 杨洁，译. 长沙：湖南文艺出版社，2001：149.

子样式被堆积成团块，后又以第二种样式被组就，而它的部分则构成了被'以不同方式折叠且多少被展开的'器官。而灵魂则在上层歌唱着上帝的光荣。"①

从空间的角度看，巴洛克艺术就是一个迷宫。从词源上来考察，迷宫的意思就是多，因为它有很多褶子，这个"多"，不仅仅指有许多部分，还指折叠的方式多种多样。一个迷宫精确地对应着一个层次：物质及其组成部分中的连续体的迷宫，灵魂及其谓词中的自由的迷宫。这两个层次是相互联系的。在下层，也有灵魂存在。这是些感觉的、动物的灵魂，甚至在灵魂中也有一个下层，物质的重褶环绕着灵魂，包裹着灵魂。德兹勒认为，单人囚室、圣器室、地下室、教堂、剧院、阅览室或图片收藏室等场所就是巴洛克风格的场所。巴洛克风格所要敞开的、以使潜能和辉煌得以释放的正是这些地方。

哲学家莱布尼茨在有窗子的下层和不透光的、密封的但却可以共振的上层进行着一项伟大的巴洛克式装配，上层犹如音乐厅一般将下层的可视运动转化为声音。同样，小说家狄更斯通过巴洛克式装配也创造了一个又一个伦敦迷宫。生活中的罗彻斯特、公牛客栈和债务人监狱在《匹克威克外传》中像迷宫一般错综复杂。《马丁·朱述尔维特》中的托杰斯公寓有一个巨大的迷宫式的地窖，人们生活在单调、暗淡的空间中。"托杰斯公寓处于迷宫之中，其秘密只有少数几个人知道。"②

"七街日晷"迷宫以错综复杂而著称，没有一个地方能与它相比。"在哪儿有像它那样迷宫似的大街小巷和庭院小径？哪里找得到像伦敦这个乱糟糟的地区里的如此道地的英国人和爱尔兰人的大混杂？"③ 狄更斯从观察者的视角对伦敦都市的结构做了细腻的描写，让读者情不自禁地去注视它。

> 瞧这儿的市街布局。戈尔狄俄斯之结一切还是老样子；当时的汉普顿宫里的迷宫也好，如今的比尤拉游乐胜地的迷宫也好，也都是老样子；那些白色硬领饰上的领结也是老样子——要把它套上脖子极为困难，而且套上后显然同样无法再把它脱下来。④

① 吉尔·德兹勒. 褶子. 杨洁，译. 长沙：湖南文艺出版社，2001：149.
② 狄更斯. 马丁·朱述尔维特. 叶维之，译. 上海：上海译文出版社，1998：99.
③ 狄更斯. 博兹特写集. 陈漪，西海，译. 上海：上海译文出版社，2013：80.
④ 狄更斯. 博兹特写集. 陈漪，西海，译. 上海：上海译文出版社，2013：80.

七街日晷是复杂的城市迷宫的缩影，它既让人感到困惑，又感到它的局限性。

对于站在七条交汇街道轴线上的观察者来说，街道和短巷从他身陷其中的那个不整齐的方形广场朝四面八方延伸出去，在此，街道是视觉力量的辐射线，一个接一个的辐射线将观察者的视线引向屋顶上的水汽，并将视线最终限制在视野之外。

迷宫是有层次的，不仅有水平的维度，还有垂直的维度。沃尔弗林认为，“巴洛克世界依据两个矢量而组成，即向下进入和向上推进”①。《匹克威克外传》中的客栈迷宫生动地呈现了迷宫的两个维度。匹克威克先生忘记他的怀表②放在哪里了，于是他在伊普斯维奇的大白马客栈中迷宫般的走廊中徘徊，寻找他的怀表。

> 匹克威克先生走下的楼梯越多，好像楼梯就越走不完，而且一次又一次，在他进入一条什么狭窄的过道，正要庆幸自己走到了底层时，另一段楼梯又在他惊讶的眼前出现了。最后他到达一个石头大厅，他记得那是他踏进旅馆时见过的。他一条过道接一条过道地摸索，一个房间接一个房间地窥探，当他因绝望而正准备放弃寻找时，他终于推开了他在其中泡了一晚上的那个房间的门，并看见他那遗失的财产就在桌上。
>
> 匹克威克先生得意地抓起那块表，然后开始摸索着回他的卧房。假如说他下楼的历程是困难重重、毫无把握的，那么返回的路就更是令人茫然不知所措的了。一排又一排的房门向四面八方岔开，门口装饰着各种形状、质地和型号的靴子。③

重复的句法和聚焦于匹克威克先生努力摸索道路的努力推动读者与他一道前进，我们也与他一起寻找“他那遗失的财产”，它将在我们重新寻找的过程中获得更丰富的象征意义。匹克威克先生必须在没有向导的情况下越过这个迷宫。他在一个陌生的地方，是一个陌生人，他经过这个迷宫般的客栈，他像一个现实的人物穿过迷宫似的旅馆，但同时他像一个神话英雄一样试图恢复自我。

寻表事件在伊普斯维奇的大白马客栈的空间迷宫中唤起了一种心理体

① 吉尔·德兹勒. 褶子. 杨洁，译. 长沙：湖南文艺出版社，2001：190.

② 这是他的身份的象征。

③ 狄更斯. 匹克威克外传. 莫雅平，译. 北京：人民文学出版社，2002：345.

验，这种心理体验发展到神话般的维度。匹克威克先生的成功不是理性的寻求方案的结果，而是他沿着原路返回的偶然结果。突然间，他遇到了一个标志性建筑——石头大厅，他记得他刚踏进旅馆时见到过。虽然这个地标指引着他，但是他推开那个房间的门却是出于偶然。当他因绝望而正准备放弃寻找时，他看见了他遗失的怀表就在桌子上。作为读者，我们也间接体验到了他的惊与喜、乐与忧。

迷宫般的走廊不断重复和变化，坚实的现实空间让位于形状变化多端的世界。在此，失踪的怀表成为时间不确定性的形象。空间和时间都变得不确定。匹克威克先生的经验是梦一般的：读者与他一道进入到这个噩梦世界。对于狄更斯来说，地理空间具有动态的特质。狄更斯认为，衡量行为改变了所观察到的情况，例如，《荒凉山庄》在小说开始对伦敦去现实化的过程中变成自己的对立面。由于空间失去稳定性，时间也会被扭曲，这样时空不稳定便成为人物身份的特征，这既是社会现实，也是心理状态和道德命运。虽然他的写实主义将人物固定在某一场景中，以新的生命机遇为背景，但是他们的欲望、抱负、幻想和愿望被取代了，狄更斯偏爱白手起家和自我发现的困境。狄更斯的伦敦经验在空间和时间上抗拒地图的绘制。

匹克威克在伊普斯维奇迷宫中迷路了，这是现代都市生活可怕和奇妙的象征。在经过一系列的错误之后，最终他进入更可怕的法律迷宫。在伊普斯维奇迷宫中，匹克威克先生无意中闯入一名准备上床睡觉的陌生女子的房间。这一事件预示了匹克威克先生不知如何回答巴德尔太太的问题。当匹克威克先生否认这一解释时，巴德尔太太起诉他违反合同，他发现自己处于舰队街监狱的可怕迷宫之中。因此，《匹克威克外传》的迷宫经验为我们关注的中心问题做好了准备，喜剧最终变成了坟墓。

作为读者，我们与匹克威克一道经历这个迷宫，但是我们间接感受到的经验并没有让我们接触到狄更斯的角色所面临的风险。奥立弗·退斯特或尼古拉斯·尼克尔贝，尤金·瑞伯恩或布莱特赖·海德斯东等在穿过没有图标的伦敦旷野的恐怖经历，并没有威胁到我们的身份。我们跟随他们，但他们经历的困难不是我们的困难。读者与人物之间的审美距离保证了我们阅读的乐趣。

在《大卫·科波菲尔》中，当玛莎领着大卫到她在金广场的寓所时，大卫叙述说：

> ……我们进了这种房子中间之一的敞开的门，她把手从我的胳膊上拿开，打手式叫我跟着她上了一道公用的楼梯，这个楼梯，很象大街的一股支流一样。
>
> 这所房子里房客拥挤，我们往上走着的时候，只见房间的门都开开了，人们都探着头往外瞧。在楼梯上，我们往上走，就有别的人往下走，和我们交臂而过。我还没有到房子里面以前，曾从外面将房子瞥了一眼，看见女人和小孩，都在窗户里面靠着，窗台上就摆着花盆儿。我们好象引起了他们的好奇。因为从门那儿往外瞧我们的就大部分是这些人。……楼梯后面的窗户，有好几个都暗不透光，或者全部彻死，那几个幸而没彻死的，也都几乎一块玻璃也没有，通过这种日益坍塌的窗户，……再通过另外没有玻璃的窗户，看到别的房子里面，也都是同样的情况。再往下看，就是一个肮脏龌龊的院落，那是这所大房子的人家堆垃圾的地方。①

整个场景是按照相互关联的视觉模式建构起来的：首先，在进入房屋之前，大卫抬头仰望，看到有人从窗口向下俯瞰。其次，当他和玛莎进入楼梯的时候，有人探着头从门口往外盯着他们，还有人和他们交臂而过。再次，大卫透过楼梯后的窗户向相邻住所的窗户里面观察，在寓所房间的迷宫中体验了时空的连续性和相互关系的同时性。最后，他从屋顶向院子里面看，如同他在进入房子之前，从地上抬起头来仰视一样。楼梯有角度的横向结构，门向里面开着，窗户向外，这些不同的层次为上楼梯的观察者提供了观察住所内人际关系的一个连续的、往往相互贯通的视点。同时，寓所的结构也为居民提供了可以互看的景观，为运动的观察者提供了可以观看的景观。

狄更斯创造的巴洛克迷宫是一个现代性的空间。迷宫意象在本雅明的巴黎地形学分析中扮演着十分重要的角色，他将巴黎城构想成一个迷宫，将拱廊街构想成囊括了“梦中人群”经过“原始消费景地”的迷宫。在城市街道的地下又横亘墓穴、地铁及通往地下世界的神秘入口的迷宫，地下世界的神秘入口将街面上生活的现代性与掩埋在街面下的古代性连接起来，古代性因此镌刻在建筑的象征意象中。因此，大都市“实现了古代的

① 狄更斯. 大卫·科波菲尔. 张若谷，译. 上海：上海译文出版社，1989：1047－1048.

梦幻建筑：迷宫”[1]。亨利·梅休在《伦敦劳工与伦敦穷人》中将伦敦的街道、庭院和小巷描述为迷宫。在 W. F. 杰克逊·奈特（W. F. Jackson Knight）看来，迷宫是一种原型模式，它呈现了内涵于形式中的意义与目的。作为伦敦都市的观察者，狄更斯的巴洛克叙事唤起了对城市伦敦迷宫的回忆，他笔下的角色必须跨越这些城市迷宫，而这些城市迷宫又引出了以前无法想象的角色的一些特征。因此，迷宫意象是“文学伦敦”的显著特点。

在历史上，很多古代城市，如埃及的底比斯是以迷宫的形式建造的，其目的是为了战术的防御。在经典的原始神话中，迷宫的意义是排除或进入死亡的世界。迷宫的理念作为从死亡到复生的结构被纳入基督教之中。在中世纪，教堂迷宫被称为“Chemin de Jerusalem”，它是为了从死亡到再生的象征朝圣而建设的。

狄更斯把城市当作迷宫，当作一种相互关系的表现形态。观察者通常在时间中体验空间的城市迷宫，当他看到某人穿过窗口，他体验到了时空的同时性。因此，他在城市中观察相互关系的经验就更为直接、更具戏剧性。迷宫是狄更斯的伦敦最为基本的形式，也是其巴洛克叙事的关键元素。在他的小说中，城市迷宫既有字面意义也有隐喻的意义，小说本身也成了一个巴洛克迷宫。

---

① Walter Benjamin. The arcade project in Walter Benjamin：Selected Writings I. Cambridge MA，1996：1007.

# 第八章　狄更斯城市小说的声音叙事

人类接受外界信息的感觉渠道是多种多样的，其中眼睛和耳朵是两个最为重要的感觉器官。对于这一点，古代的哲学家们很早就认识到了。《老子》的“鸡犬之声相闻”，用声音来形容彼此距离之近。古希腊的柏拉图在《大希庇阿斯篇》中明确指出：“美就是由视觉和听觉产生的快感。”① 视觉依赖的器官是眼睛，听觉则离不开耳朵，人们通过耳朵处理声音的信息。

从生理学的角度看，声音只有经过听觉之后才会真正实现，声音形成于听觉，因为声音是由听觉最终实现的，听觉是声音传播到耳朵所产生的感觉，所以听觉信息（声音）乃是由声音编码制造出来的一种“幻觉”。声音与听觉的合成产生“我听故我在”。

声音从四面八方涌入我们的耳朵，将我们包围、浸没，与我们的身体和神思融为一体。声音让听众感受到讲述者活生生的气息与生活经验。如果说视觉对物体的感知是外在的，它只不过是目光的延伸，那么听觉则是声波作用于主体，与心灵融合，它是内在的。要理解声音的意义，光依靠听觉还不行，它必须调动其他感觉器官。因此，听觉是一种全身心的、整体性的感知过程，这就是庄子所谓的“心斋”。庄子在《人间世》中假托孔子语气指出，“无听之以耳而听之以心，无听之以心而听之以气。听止于耳，心止于符。气也者，虚而待物者也。惟道集虚。虚者，心斋也”②。简言之，心斋是一种耳—心—气—虚的经验观照过程。

美国哲学家杜威认为：“声音来自身体之外，但声音本身却与身体很接近，很亲密；它能引起强烈的兴奋感；我们能感到声音在整个身体中震动……”“声音直接引起激动，作为有机体本身的震动。听觉与视觉常常

---

① 柏拉图．文艺对话集．朱光潜，译．北京：人民文学出版社，1963：199.

② 杨柳桥．庄子译注．上海：上海古籍出版社，2006：53.

被并列为两种‘理智的’感官。实际上，尽管听觉已经取得了巨大的理智范围，耳朵在本性上却是情感的感官。”① 杜威的观点与庄子的“心斋”有异曲同工之妙。

柏拉图推崇诗人在迷狂中吟唱的优美诗句，认为诗的内容与形式都应尽善尽美，他看重形式的对称、比例与协调。柏拉图在《理想国》中列举了六种音调：混合型吕底安调、强化型吕底安调、普通型吕底安调、爱奥尼安调、多利亚调、菲利吉亚调等。他认为前四者属于靡靡之音，皆在应抛弃之列。后二者属于“好的音调”：一个音色雄健，富有阳刚之气，模仿恢宏的气息；一个音色平和，富于阴柔之美，模仿节制之德。柏拉图强调运用“好的节奏”，摒弃“坏的节奏”，要求用简约质朴的节奏来表现有秩序的和勇敢的生活。他推重的具体的节奏形式有三种：一是表现战争气势的复合节奏，二是代表多利亚音乐传统特征的长短格，三是英雄诗体。

加拿大的媒介学家麦克卢汉把人类历史上的传播分为口头叙事、文字叙事和电子媒介叙事三种方式。口头传播主要是声音传播，文字的出现突出了人的视觉功能，电子时代的到来，声音可以被复制传播，人类重新进入“口语”交流时期。事实上，人类的文学叙事也经历了从口述、文字到电子传媒的发展过程。口传时代的文化多半是通过声音传播的，《说文解字》中有：“名，自命也。……从口夕。夕者，冥也。冥不相见，冥，幽也。故以口自名”，意思是“名”的产生首先与声音有关。夜幕下人们看不清对方的面孔，不“以口自名”便无法相互辨识。如果说“观察”的介质是光线，那么“耳听”的介质便是声波。

文学是想象的艺术，文学叙事是一种讲故事的行为。德国文化批评家本雅明在《讲故事的人》中指出：“口口相传的经验是所有讲故事者都从中吸取灵思的源泉。”② 他区分了两种传统的讲故事者：定居的耕作者，从遥远地方来的旅行者。作家是“讲故事的人”。声音叙事是文学的源头。荷马史诗虽然经过荷马的巧制精编已成为文人史诗，成为古希腊史诗的圭臬，但其反映的是口传文化传统。史诗故事是无文字时代的歌手们口头传唱的，作为其中一名歌手的盲人荷马是带着古老的无文字社会悠远的历史记忆唱诵史诗的，其背后是深远的文化记忆。文字的出现，使“听”人讲

① 约翰·杜威. 艺术即经验. 高建平，译. 北京：商务印书馆，2005：276.

② 瓦尔特·本雅明. 启迪. 张旭东，王斑，译. 北京：生活·读书·新知三联书店，2008：96.

故事变成了“看”人用视觉符号编程的故事画面，讲述故事日渐失去了它所对应的听觉性质，文学应有的听觉之美被遮蔽了。

麦克卢汉提出要建立与“视觉空间”感受相异的“声觉空间”[①]（acoustic space）概念。他认为声觉空间是“没有中心也没有边缘的空间。不像严格意义上的视觉空间，视觉空间是目光的延伸和强化，声觉空间是有机的、不可分割的，是通过各种感官的同步互动而感觉到的空间，与此相反，‘理性的’或图形的空间是一致的、序列的、连续的，它造成一个封闭的世界，没有任何一点部落回音世界的共鸣……耳朵和眼睛不同，它无法聚焦，它只能是通感的，而不能是分析的、线性的”[②]。

艾布拉姆斯在其著作《镜与灯》中从世界、作者、作品、接受者四个维度来考察一部文学作品。从声音叙事的角度来看，狄更斯在台上朗读自己的作品已然不是书面写定的文本，而是一种活态的文化现象，因为这一作品是用口传诵的、用声音表达的。“说”同时也是“听”。这样，作品的创作者（即作者）就成了故事的讲述者，作品的接受者已经不是阅读书面文本的读者，而是出席朗读会的听众。听众与读者的不同之处在于，朗诵者随时可以感受到其对象的反应。因此，声音叙事还要研究受众在文学形成过程中的意义，因为声音叙事的文学是由讲述者与受众一起完成的。

著名人类学家、台湾“中央研究院”院士李亦园认为，“传诵讲述口语文学作品时的技艺与其所含意义，包括讲述时的音调、速度、韵律、语调、修辞、戏剧性与一般性表演技巧等等。传诵过程中所有参加者，包括‘作者’、讲者、听众、助理人员，以至于研究者之间的各种互助、反应行为”[③]。李亦园强调朗诵的过程性和互动性，“展演这个词有展示其种种过程的意思……一切都是过程。讲和写和听都在互动”[④]。

“声觉空间”是一个现代性的空间。加拿大学者梅尔巴·卡迪-基恩指出：“耳朵可能比眼睛提供更具包容性的对世界的认识，但感知的却是同

① 埃里克·麦克卢汉，弗兰克·秦格龙. 麦克卢汉精粹. 何道宽，译. 南京：南京大学出版社，2000：364-368.

② 马歇尔·麦克卢汉. 麦克卢汉如是说：理解我. 何道宽，译. 北京：中国人民大学出版社，2006：134.

③ 李亦园. 民间文学的人类学研究. 民族艺术，1998（3）.

④ 李亦园. 文学和人类学都因文学人类学而拓展. 淮阴师范学院学报，1998（2）.

一个现实。具有不同感觉的优越性在于，它们可以互相帮助。”① “声音”在此被赋予了神圣的意义，它可以潜入人的心灵，回归纯真，回到所谓的“真正自我”的经验里面，这种“回归幻觉”的产生是现代性的。T. S. 艾略特将听觉反应称为“听觉想象力”（auditory imagination），他指出：“我所谓的听觉想象力是对音乐和节奏的感觉。这种感觉深入到有意识的思想感情之下，使每一个词语充满活力：深入最原始、最彻底遗忘的底层，回归到源头，取回一些东西，追求起点和终点。”② 这表明，听觉的原始性质决定了人对声音的反应更为本能。所谓“深入最原始、最彻底遗忘的底层”，指的是对声音的反应来自沉睡状态的感觉神经末梢，只有听觉信号才能穿透重重阻碍，抵达这一深层，唤起与原始感觉有千丝万缕联系的想象与感动。在《聊斋志异·口技》的结尾，我们发现听到的事件原来只存在于自己的想象中，这说明“听”是一种更具艺术潜质的感知方式，听觉不像视觉那样能够“直击”对象，所获得的信息量没法与视觉相比，但这种不足却给人的想象力提供了更加广泛的空间，被声音激起的听觉想象往往具有“妙不可言”的艺术魅力。

要而言之，文学最初是一种诉诸听觉的艺术，故事传播的主渠道最早是由声音讲述开始的，先有声音叙事，然后才有文字叙事。所谓声音叙事就是讲故事的人以口述故事的方式，激发听众的听觉想象，从而获得审美愉悦的艺术审美过程。

声音叙事关注口头叙事与听觉之间的联系，声音本体和意义的关系，对倾听的思考，以及讲述者与听众之间的互动关系。

本书探讨狄更斯的声音叙事主要从两个方面展开：一是狄更斯小说文本中存在的朗读现象，一是狄更斯本人的巡回朗读。无论小说文本中角色的朗读现象，还是狄更斯本人的巡回朗读，从本质上来看，它们都是一种声音叙事，即用声音讲述故事，感染听众。

## 一、小说文本中的朗读

在狄更斯的小说文本中存在着大量的朗读现象。19 世纪还有很多人

① 梅尔巴·卡迪-基恩. 现代主义音景与智性的聆听：听觉感知的叙事研究//詹姆斯·费伦，彼得·J. 拉比诺维茨. 当代叙事理论指南. 申丹，等译. 北京：北京大学出版社，2007：456.

② T. S. Eliot. The use of poetry and the use of criticism. New York：Bames&Noble，1955：118.

不识字，还没有电影电视等娱乐媒体，人们休闲娱乐的主要方式是听人讲述或者朗读故事，可以说，朗读为不识字的读者奉献了“穷人的《圣经》”。狄更斯的小说文本为我们呈现了一个朗读的世界。

匹克威克先生和俱乐部的三位成员（图普曼先生、斯诺格拉斯先生和温克尔先生[①]）乘坐驿车到英国各地漫游，第一站即是作者最熟悉的罗彻斯特的一座小教堂。一天晚上，一位老绅士（牧师）在炉火旁朗诵了一首题为《绿绿的常春藤》的诗：

绿绿的常春藤
啊，绿绿的常春藤是多美的植物，
他爬行在古老的废墟之上！
他吃的想的是精心选出的食物，
尽管他的住所是那么寒冷又凄凉。
墙壁必须坍塌，石头该化为腐土，
这才能娱悦他美丽的奇情与异想：
时光造出的霉烂的尘土，
正好是他赏心可口的食粮。
它爬行的地方没有生命驻足，
绿绿的常春藤真是稀有的老植物。

他迅速地悄悄前行，虽然没有翅膀，
却有一颗古老而坚强的心。
他缠得多么严，绕得多么紧，
与他的朋友大橡树贴得那么近！
他还悄悄地爬行在地上，
一边把叶子轻轻地摇晃，
一边四处漫生并欢快地拥抱，
死者们那土壤肥沃的坟包。
它爬行的地方有狰狞的死亡驻足。

一个个世纪飞逝，它们的业绩已经覆灭，

① 斯诺格拉斯先生诗名远扬，图普曼先生善于征服异性，温克尔先生的雄心壮志是从田野、空中和水域的游艺中赢得荣誉。

一个个国家也四分五裂；
而健壮的老常春藤却永不衰亡，
它的绿色永葆着强健旺盛的模样。
在孤寂的日子，这古老的植物，
从过去获得滋养而壮实：
因为人类所能建的最宏伟的建筑，
最终是常春藤的养料。
继续爬行呀，哪里有时间驻足，
绿绿的常春藤真是稀有的老植物。①

声音朗读需要听觉“场景”，老绅士（牧师）朗诵民间诗歌《绿绿的常春藤》是在炉火旁进行的。在远古时代，人们在茶余饭后围着炉火而坐，形成一个小小的社交圈，大家在炉火旁谈天说地，讲述故事，以此消遣时日。这一古老的“炉火”现象在狄更斯时代依然继续着，并且在他的作品中生动地呈现出来了。正如作品中的老太太所说：“我这辈子最快乐的时光便是在这个古老的炉火边度过的，我对这个炉子实在太依恋了。”②在当地人士看来，这里的房屋、土地和爬满常春藤的小教堂就像是活着的朋友。在诗名远扬的斯诺格拉斯先生的盛情邀请下，老绅士（牧师）借助于妻子的提示朗读了这首诗。

全诗共三节，以稀有的老植物常春藤为线索表达了对往昔的追忆之情。时间飞逝而过，万物已经灰飞烟灭，而健壮的老常春藤却永葆青春的绿色。朗诵的“音景”是让人感动的“天籁”之音。庄子在《齐物论》中将声音分为三类：人籁、地籁与天籁。“人籁”是人吹奏各种乐器发出的声响；“地籁”是自然界各种大小洞穴发出的音响。至于天籁，是自然界众窍发出的音响：“夫天籁者，吹万不同，而使其自己也，咸其自取，怒者其谁邪?”三者的根本区别在于：人籁须仗人力之作用；地籁离不开风的作用；天籁则完全是自发自鸣，不假任何外力。只有不假人工，自然天成的“天籁”才能算作“至乐”。“至乐”亦即“天乐”，这是一种“听之不闻其声，视之不见其形，充满天地，苞裹六极”的音乐。天籁即自然之道的呈现，代表了最高程度的美。

为了便于斯诺格拉斯先生将诗的内容记录下来，后来老绅士重念了第

---

① 狄更斯. 匹克威克外传. 莫雅平，译. 北京：人民文学出版社，2002：80.

② 狄更斯. 匹克威克外传. 莫雅平，译. 北京：人民文学出版社，2002：79.

二篇。老绅士朗诵完毕，已经记录好的斯诺格拉斯先生把笔记本放进了口袋。匹克威克一行漫游，还担负起民间采诗的职责。

在《匹克威克外传》中狄更斯还叙述了莱奥·亨特尔夫人在伊坦斯维尔洞府举行的招待各界名流的早餐联欢会上，扮演密涅瓦① 朗诵了自己创作的诗歌《奄奄一息之蛙》：

我怎能不伤心叹息，
看见你用肚皮躺着喘粗气；
我怎能无动于衷地看着你，
在一块木头上死去，
奄奄一息的蛙呀！

"漂亮。"匹克威克先生说。
"不错，"莱奥·亨特尔先生说，"那么简洁。"
"非常简洁。"匹克威克先生说。

唉，化身为孩子的魔鬼，
发出狂暴的吼叫，带着兽性的恶意，
唆使一条狗来追击你，迫使你，
远离了欢乐的沼池，
奄奄一息的蛙呀！

"表达得多好啊。"匹克威克先生说。
"的确是，先生，"莱奥·亨特尔先生说。②

莱奥·亨特尔夫人把诗的内容表现得淋漓尽致，并且她还应听众之请邀朗诵了第二遍。如果说匹克威克的朋友斯诺格拉斯先生喜好诗歌，那么莱奥·亨特尔夫人对诗歌则更是喜爱有加，甚至到了溺爱和崇拜的程度。她的整个灵魂和心都是和诗歌缠绕在一起的。她本人也写过一些令人赏心悦目的诗篇。美国著名文学评论家哈罗德·布鲁姆指出："匹克威克先生仍是狄更斯的典型形象，而狄更斯最崇高的时刻是《匹克威克外传》中的

---

① 罗马神话中的智慧女神。
② 狄更斯. 匹克威克外传. 莫雅平，译. 北京：人民文学出版社，2002：219.

里奥·亨特太太朗诵自己创作的《垂死之蛙颂》。"①

在《匹克威克外传》中朗诵的场景还有很多，如匹克威克戴着眼镜朗读了牧师给他的那份手稿，手稿是关于疯子的故事。

山姆从邮局取回一封信，交给匹克威克先生，匹克威克先生拆开，交给图普曼先生，要他大声地念出来：

> 巴德尔诉匹克威克案
>
> 先生：
>
> 兹受玛莎·巴德尔夫人委托，对你提出毁弃婚约的控诉，原告要求赔偿损失 1500 英镑；民事诉讼法庭业已受理本案并发出令状，特此奉告，并请复函告知贵方在伦敦的律师姓名，以便履行有关程序。
>
> 你的忠实的奴仆道孙和福格
>
> 1830 年 8 月 28 日②

图普曼先生朗诵的声音是颤抖的。讼棍道孙和福格教唆房东寡妇巴德尔太太无中生有地诬告匹克威克先生毁弃婚约，目的是要榨取他的钱财，但匹克威克先生宁愿瘐死狱中，也不肯向邪恶势力低头。结果匹克威克先生被捕入狱，在狱中，他平生第一次目睹受贫困折磨的人的种种惨状，感到自己有责任去帮助他们。在这里，匹克威克先生的性格发展了，由一个不谙世事的老天真，发展为一个乐善好施者的典型。

在《我们共同的朋友》中，有很多朗读场景，其中最突出的莫过于木腿人魏格给鲍芬先生朗读守财奴的故事。鲍芬先生是老哈蒙家的雇工，老哈蒙死后，一纸遗嘱把遗产遗赠给了鲍芬先生，鲍芬先生因此一夜暴富。但是鲍芬先生是个文盲，正如他自己所说："所有书上印的对他都会敞开着大门！……可是一切书上印的对我都关着大门。"③ 哈蒙的遗嘱导致鲍芬先生家里的名片和信件堆积如山，目不识丁的鲍芬在一夜暴富之后，开始释放他对文化压抑已久的热情，雇用装有一条木腿的魏格做他的文人，每晚来到鲍氏宝屋为他朗读书籍。木腿人魏格起初在伦敦的一条小巷子里摆一个小摊，他的小摊"是伦敦所有这些贫乏的小摊中最不像样子的一

① 哈罗德·布鲁姆. 如何读，为什么读. 黄灿然，译. 南京：译林出版社，2015：278.

② 狄更斯. 匹克威克外传. 莫雅平，译. 北京：人民文学出版社，2002：275－276.

③ 狄更斯. 我们共同的朋友：上卷. 智量，译. 上海：上海译文出版社，1986：73.

个”[1]，他能够背诵很多民谣，正如鲍芬所说：“这地方舒服，这地方！两边还有这些个歌篇儿挡着，象是用一页页书做的马蒙眼似的！”[2] 魏格为了钱愿意出卖自己的灵魂。

魏格开始为鲍芬先生朗读的是洛林的《古代史》，由于这部书具有催眠的作用，后来就没读了；关于犹太人的战争，魏格给鲍芬先生读了一年；普鲁塔克的传记，鲍芬先生听了之后非常着迷。一天晚上，鲍芬先生带着《分类年鉴》[3]、科贝尔的《珍奇博物馆》、考尔菲的《人物传》来到魏格的房间，并对魏格说：“今天晚上我非得听上一两个最好的不可。真有趣”[4]。

听了爱德华·吉本的《罗马帝国衰亡史》[5] 之后，鲍芬成天为他的财产担忧，便到书店找了一些有名的守财奴传记，继续要魏格读给他听。一天晚上，鲍芬先生从胸前衣袋里掏出一本书来，递给魏格，这是梅丽韦瑟的《守财奴生活逸事》。魏格看了目录之后做了简单的介绍，鲍芬先生要魏格读唐赛的故事。

狄更斯的声音叙事有着独特的特色，那就是创造了一个朗读的“声觉空间”，通过朗读主体实现物质事象的具体化。在朗诵过程中，朗诵者与听众都身临其中，朗诵者不仅仅是在讲故事，而且通过眼神、表情、手势、嗓音变化、肢体语言等把自己内心的东西表达出来，这是一个双向沟通的过程，听众和讲述者之间存在着很多互动。值得注意的是，读到唐赛的故事时，接骨师维纳斯先生也来了。这时朗读者是魏格，听众是鲍芬先生和维纳斯先生两人。

魏格在书中找到描写唐赛的地方读了起来：

> “一百零九页，鲍芬先生。第八章。本章内容，出身与财产。服装与外貌。唐赛小姐和她的女性魅力。守财奴的住宅。寻宝记。羊肉饼的故事。守财奴对死的看法。鲍布，守财奴家的恶狗。格利菲斯和他的主人。怎样赚得一个便士。火的代用品。鼻烟壶的妙用。守财奴赤身露体而死。埋在粪堆里的财宝——”
>
> “嗯？什么？”鲍芬先生问道。

---

① 狄更斯. 我们共同的朋友：上卷. 智量，译. 上海：上海译文出版社，1986：47.

② 狄更斯. 我们共同的朋友：上卷. 智量，译. 上海：上海译文出版社，1986：72.

③ 鲍芬先生读作《牲类年鉴》。

④ 狄更斯. 我们共同的朋友：下卷. 智量，译. 上海：上海译文出版社，1986：94.

⑤ 他看不懂书名，把罗马看成罗斯，以为这是一本谈论俄罗斯帝国的书。

"财宝，先生，"赛拉斯重读一遍，读得字字分明，"'埋在粪堆里'……"①

鲍芬先生要魏格先生继续读唐赛的故事，魏格先生就继续往下读：读到唐赛贪婪卑劣一生的各个阶段，读到唐赛小姐因为过着恶劣的生活，每天只吃冷布丁，终于死去。读到唐赛用一根草绳捆住自己的破衣衫，读到唐赛坐在饭食上面给饭加热，一直读到他赤身露体地躺在一只麻袋里死去。魏格继续往下读：

"'唐赛先生所住的那所房子，或者倒不如说那一堆瓦砾，在他死后归霍尔姆斯上尉所有，这是一座极为凄惨的断垣残壁的建筑物，因为它已经有半个多世纪不曾修理过。'"②

读到这里，狄更斯描述了朗读者与听众之间互动的情景。魏格先生和维纳斯先生惊异地你望望我，我望望你。"魏格先生戴上眼镜，两眼圆睁着，上眼皮直抬过镜框的上沿，同时用手点着自己鼻子的侧翼，用以告诫维纳斯，让他保持清醒。"③ 魏格望了同伴维纳斯先生一眼之后，又望了望这所房屋，发现这屋子有很长时间不曾修理了。

然后，魏格继续朗读：

"'然而，这座坍塌的房舍尽管外表破烂，内部却是极其富有的。霍尔姆斯上尉花了好多个星期才探清它整个的内容，他发现，挖掘这位守财奴暗中藏下的财富，是一件非常称心如意的工作。'"④

声音叙事与眼神观察相结合，把朗读的内容与现实生活结合在一起。读到这里，魏格将"暗中藏下的财富"几个字重复了一遍，并用他的木腿碰了碰他的同伴维纳斯先生。

"'唐赛先生最丰富的一个贮藏所原来是牛圈中的一个粪堆；一笔将近二千五百英镑的现款埋藏在这堆值钱的牛粪里；在一件用绳子仔细扎牢的短上衣里，发现了价值五百多英镑的钞票和黄金，这件上衣牢牢地钉在牛槽中。'"⑤

---

① 狄更斯. 我们共同的朋友：下卷. 智量，译，上海：上海译文出版社，1986：97.
② 狄更斯. 我们共同的朋友：下卷. 智量，译. 上海：上海译文出版社，1986：97.
③ 狄更斯. 我们共同的朋友：下卷. 智量，译. 上海：上海译文出版社，1986：95.
④ 狄更斯. 我们共同的朋友：下卷. 智量，译. 上海：上海译文出版社，1986：98.
⑤ 狄更斯. 我们共同的朋友：下卷. 智量，译. 上海：上海译文出版社，1986：98.

读到这里，魏格的木腿开始在桌下向前伸去，当他继续往下读时，这条木腿慢慢地越抬越高。

> “‘发现有好几只瓦缸装满了一畿尼和半畿尼的金币；多次搜索房屋的各个角落，找到好几包银行钞票。有几包是塞在墙缝里的；’”
>
> （读到这里，维纳斯先生望了望墙壁。）
>
> “‘椅子的软垫和套子下都藏着一捆捆的钱；’”
>
> （读到这里，坐在高背木椅上的维纳斯先生往自己下面望。）
>
> “‘有些钱悄悄地放在抽屉的后面；价值六百英镑的钞票被发现整整齐齐对折起来藏在一只用旧的茶壶里。在马厩里，上尉发现许多瓦罐，里面装满古老的银元和先令。……’”
>
> 魏格先生逐渐读到这个要紧处，他的那条木腿也逐渐地越抬越高，同时又越来越重地用另外一边的胳膊肘点着维纳斯先生，终于他这两个动作使他无法保持平衡了，他便滑在一边倒在那位先生的身上，挤得那位先生紧贴在高背木椅的边沿上。一连几秒钟，他们当中不管哪一个都没有作出任何努力来恢复原状；两人都处于一种财迷心窍、神魂颠倒的状态中。①

这种“声觉空间”的创建，达到了极佳的艺术效果。

鲍芬先生对于守财奴的故事听得入了迷，如饥似渴地要求魏格再读一些。之后，魏格读了约翰·爱尔维斯、威尔科克斯、乞丐夫人、卖苹果的女人、法国绅士和喜鹊贼的故事等等。由于约翰·爱尔维斯没有藏过什么东西，就很平淡地读过去了。但威尔科克斯夫人的故事又恢复了鲍芬先生和维纳斯先生的兴趣。她把黄金白银藏在咸菜罐中，她家楼梯下的一个小洞中藏有一铁罐珍宝，一只破旧的老鼠笼子里藏有一大笔钱。之后是一位自称乞丐的夫人，人们发现她在一堆破纸片和破旧的衣服里藏了许多财产。再后面是一位卖苹果的女人，她积攒了一万英镑，把钱藏在“这里，那里，墙缝里，屋角里，砖堆里，地板下面”②。再后面是一位法国绅士，他用钱币堵塞了家中的烟囱，“一只小皮包，里面藏着两万法郎，一些金币和大量的宝石”③。他死了之后，被一个扫烟囱的工人发现了。

---

① 狄更斯. 我们共同的朋友：下卷. 智量，译. 上海：上海译文出版社，1986：98-99.

② 狄更斯. 我们共同的朋友：下卷. 智量，译. 上海：上海译文出版社，1986：99.

③ 狄更斯. 我们共同的朋友：下卷. 智量，译. 上海：上海译文出版社，1986：99.

这晚魏格还朗读了喜鹊贼的故事：

"'很多年以前，在剑桥地方，住着一对年老的守财奴贾尔丁夫妇。他们有两个儿子。这位父亲是一个彻头彻尾的守财奴，他去世后，发现他的床上藏着一千个畿尼。两个儿子长大以后，吝啬毫不亚于乃父。二十岁左右，他们开始在剑桥开布店，直到寿终。贾尔丁的铺面是剑桥所有商店中最肮脏的。很少顾客光临，除非也许是出于好奇。兄弟两人的外表是极其褴褛的；因为虽然他们经营的主要商品——华丽的衣饰四周都是，可是两人都穿着极其污秽的破衣烂衫，据说为了节省买床的钱，他们没有床铺睡觉，而一向睡在柜台下面一捆捆打包布上。他们的日常生活节省到极点，全家人二十年不知肉味。然而当两人中的一个死掉的时候，另一个大吃一惊地发现，还藏着一大笔钱，连他都不知道。'"

"嗳呀！"鲍芬先生大声说。"连他都不知道，你们瞧！总共只有两个人，而一个要瞒过另一个。"①

维纳斯先生自从听了法国绅士的故事后，一直弯下身子朝烟囱里面窥视。

魏格用木腿碰碰他的战友和朋友维纳斯先生，说："藏钱的方法很妙吗？"鲍芬先生抢先回答了：藏的不仅是钱，还有文件。这时魏格激动得倒在维纳斯先生身上，打一个喷嚏来掩盖他的激动。

《珍奇博物馆》中的书店老板讲的就是藏文件的故事，鲍芬先生要魏格读给他听。魏格翻到《奇特的发现，二十一年前的遗嘱重新发现》读了起来：

"'一个极其特别的案件，'"赛拉斯·魏格大声读道，"'在最近一次爱尔兰马里博罗巡回审判所上进行审理。情况略述如下。一七八二年三月，罗伯特·鲍德温写下遗嘱，把此处所谈到的田产赠给他最小的儿子的孩子们，此后不久，他五官失灵，变得和儿童一般，在八十岁后死去。被告，其长子，事后立即声称，父亲已将遗嘱销毁，也再未发现遗嘱，便占有了此处所说的这项田产，二十一年于兹，全家一直相信父亲实在并未留下遗嘱，二十一年后，被告之妻死亡，不久后，当其七十八岁高龄时，又娶一位极年轻之妇人为妻，此事引起其二子之焦虑，他们措辞尖锐地表达这种感情，因此激怒了他们的父

---

① 狄更斯. 我们共同的朋友：下卷. 智量，译. 上海：上海译文出版社，1986：100.

> 亲，他于一气之下写下一份遗嘱，取消长子继承权，而在盛怒中又将这份遗嘱示其次子，其次子当即决定要取得遗嘱，加以销毁，以便为他的哥哥保住财产。他为此打开父亲的书桌，发现的不是他所要找的那份他父亲的遗嘱，而是他祖父的遗嘱，他们一家已将此事忘得干干净净。’”①

听了之后，鲍芬先生说：“你们瞧，人们藏着什么又忘记了，或者想要毁掉什么又没毁掉！……惊人——啊！”② 他用眼睛把整个房间巡视了一遍，魏格和维纳斯也用眼睛把整个房间巡视了一遍，然后鲍芬先生重新凝视着炉火，而魏格则只顾紧紧地盯着他瞧。“仿佛很想扑过去逼他说出他心里所想的东西，如果不说就要结果他的性命似的。”③

这天晚上魏格朗读的关于守财奴的故事，不管是朗诵者还是听众，对于他们的贪欲都起到了一种火上加油的作用，贪婪的血液在他们的头脑中奔涌，尤其是魏格，贪婪胃口更是无以复加。尤其重要的是，贪欲之心立即见诸行动。为了欺骗并霸占鲍芬先生的财产，魏格与维纳斯结成了“联盟”，共同监视鲍芬先生。在友好行动中，他们以战友、兄弟、同胞、伙伴相称。当魏格读完藏遗嘱的故事而鲍芬先生要离开时，魏格立即双手紧紧抓住维纳斯，说：“维纳斯先生，一定要跟上他，一定要监视他，一会儿也不能让他溜掉。”④ 于是两人小心翼翼地沿着那条在垃圾中用破瓦罐镶边砌出的小路悄悄地尾随着鲍芬先生，他们甚至听得见鲍芬的脚步声。他们看到鲍芬先生爬过第一座垃圾堆，又爬过第二座垃圾堆，来到了第三座垃圾堆，他沿着小道往上爬，二人紧跟着他不放。维纳斯先生走在前面，用手拉着魏格，以防他那条不听使唤的木腿陷入垃圾堆里。鲍芬先生停下来歇口气，他们也停住。鲍芬先生再度前进，他们便再度跟上。

循着朗读者的声音轨迹我们可以聆听到小说的深幽韵味，“知声，知音，知乐，有许多讲究。声音之原，不可不察。诗词一道，但能传情，不能入骨，自后想要讲究讲究音律”⑤。狄更斯是一位善于用声音讲述故事、塑造人物形象的艺术大师，而木腿人魏格则是狄更斯运用声音叙事塑造的人物典型。在魏格身上，木腿男人的人性已经降格为他那条木腿的物性。

---

① 狄更斯. 我们共同的朋友：下卷. 智量，译. 上海：上海译文出版社，1986：102.
② 狄更斯. 我们共同的朋友：下卷. 智量，译. 上海：上海译文出版社，1986：102.
③ 狄更斯. 我们共同的朋友：下卷. 智量，译. 上海：上海译文出版社，1986：102.
④ 狄更斯. 我们共同的朋友：下卷. 智量，译. 上海：上海译文出版社，1986：103.
⑤ 曹雪芹，高鹗. 红楼梦. 北京：人民文学出版社，1996：1288.

魏格把自己等同于已经死去的肢体。有机体中的无生命肢体表明精神已经死亡，只不过是行尸走肉而已。在维纳斯先生的接骨店，有各种各样的动物标本和人骨头，其中魏格已经截肢的骨头也在里面。由于木腿人的精神已经坏死，对金钱的贪欲到了无以复加的程度。一天，鲍芬走近魏格的货摊时，魏格说："您是富裕得可以坐享清福的人呢，还是要我对您白鞠一个躬？好吧，我来冒个险①，给您鞠个躬，就算是投资好了。"② 在魏格看来，鞠个躬也是生意投资，可见他是何等贪婪！魏格的木腿是碎片化的，不仅身体已经碎片化，而且精神也碎片化了。"木腿人"是一种分裂的意象，即一半自我，另一半他物，而这种分裂的意象是人格异化的结果。

毋庸置疑的是，懂文学的魏格为鲍芬先生朗读书籍，其目的是为了赚钱，在魏格身上，有着狄更斯的影子，狄更斯的巡回朗读也是为了赚钱。

在《我们共同的朋友》中，朗读的场景还有很多，报纸、名片、登记册都是要朗读的。如当布娃娃裁缝珍妮·雷恩来到"六个快乐的脚夫"酒馆时，她看见阿贝小姐正在阅读报纸。珍妮将名片递给酒店的老板阿贝·波特森小姐，阿贝小姐读了起来："布娃娃成衣匠，珍妮·雷恩小姐，侍候娃娃，上门服务。"③ 斯洛皮将鲍芬和罗克史密斯的通信读给贝蒂·希格登听，他总是给她读报，并模仿不同的声音进行朗读。魏格第一次来到维纳斯先生的店铺，维纳斯从抽屉里拿出一张名片，交给魏格，魏格戴上眼镜，读了起来：

> "维纳斯先生。"
> "对，读下去。"
> "'鸟兽标本制作家'。"
> "对，读下去。"
> "人类骨骼整装家。"④

在莱特伍德的办公室，小布赖特检查了约见登记簿（appointment book），查到了约见鲍芬先生的时间。小布赖特故作姿态地从抽屉里拿出一本又长又薄的牛皮纸封面的签名簿，用手指数着这一天的约会人，口中念念有词："阿格斯先生，巴格斯先生，卡格斯先生，达格斯先生，法格

① 原文为 speculate，本意是做投机买卖。
② 狄更斯. 我们共同的朋友：上卷. 智量，译. 上海：上海译文出版社，1986：69.
③ 狄更斯. 我们共同的朋友：下卷. 智量，译. 上海：上海译文出版社，1986：30.
④ 狄更斯. 我们共同的朋友：上卷. 智量，译. 上海：上海译文出版社，1986：35.

斯先生，嘎格斯先生，鲍芬先生。……”①

读完约见登记簿上的虚构的名单之后，小布赖特念到鲍芬先生的姓名时，将他的名字登记在“来访登记簿”上。之后，小布赖特又故作姿态地换了一个本子，拿出一支笔来，用嘴咂一咂，蘸点墨水，在下笔之前又把早先写下的姓名朗读一遍。他们分别是：“阿莱先生，巴莱先生，卡莱先生，达莱先生，法莱先生，嘎莱先生，哈莱先生，拉莱先生，马莱先生，还有鲍芬先生。”②

小布赖特用姓名玩了一次字母游戏，并将其从一个登记簿转移到另一个登记簿。这些名字代表小布赖特虚构的客户，其目的是为了让他自己和雇主感觉到他们是很重要的。这些名字没有实质内容，正如刘易斯·芒福德指出的那样，“在城市中，声誉都是写在纸上的”③。

在《小杜丽》中，亚瑟·克莱南在监狱中静听小杜丽为他朗读，这里没有叙述朗读的具体内容，而是以声音叙事反映了亚瑟·克莱南的复杂心境。

> 在一个充满活力的秋日，马夏尔西狱那个囚犯，身体虽然虚弱，但在别的方面却都已经复元了，他坐在那里，听着一个声音为他朗读……然而克莱南在静听为他朗读的那个声音的时候，从那声音里听见了大自然献出的全部功绩，从那声音里听见了她为人类唱出的一首首令人安慰的歌……但是在为他朗读的那个声音的音调里却有对这些东西的旧时的感觉的回忆，有一生中悄悄向他传送的每一声温良、亲切的低语。④

由于金融骗子莫多尔的自杀，伦敦出现了一场“金融瘟疫”，参与其中的人纷纷破产，并且这场“瘟疫”很快传染到伤心园的收租人潘克斯身上。虽然潘克斯是伤心园的收租人，但他在追查杜丽先生的遗产来源时，始终表现出超乎常人的睿智、耐心与缜密。他在莫多尔的公司投资了上千英镑的资金，潘克斯还奉劝克莱南-多伊斯公司到莫多尔的公司投资。虽然亚瑟的合股人丹尼尔·多伊斯坚决反对投机生意，但他却认为潘克斯是个小心谨慎的人，亚瑟·克莱南也把潘克斯看作小心谨慎的样板，亚瑟和

① 狄更斯. 我们共同的朋友：上卷. 智量，译. 上海：上海译文出版社，1986：126.
② 狄更斯. 我们共同的朋友：上卷. 智量，译. 上海：上海译文出版社，1986：126.
③ Lewis Mumford. The culture of cities. New York，1938：56.
④ 狄更斯. 小杜丽. 金绍禹，译. 上海：上海译文出版社，1993：1135.

多伊斯合股的公司到莫多尔的公司投资，由于莫多尔的自杀导致了克莱南-多伊斯公司的破产，为此克莱南感到很痛苦，感到自责，认为自己把丹尼尔·多伊斯给毁了。亚瑟·克莱南愿意承担公司破产的全部责任，拒绝了律师腊格先生的援助，被关进了马夏尔西狱。

声音叙事可以表达深度寓意。当代美国著名的文学批评家哈罗德·布鲁姆在《西方正典》的序言中指出，“阅读在其深层意义上是一种认知和审美活动，是建立在内在听觉和活力充沛的心灵之上”①。亚瑟偎依在大自然的怀抱中静听小杜丽朗读的声音，具有宗教天启式的救赎意义，他将青春寄托在希望的前景上，寄托在迷人的幻想中，寄托在丰收的喜悦中，寄托在躲避风雨的橡树中。

由于丹尼尔·多伊斯的帮助，亚瑟·克莱南出狱了，并且丹尼尔·多伊斯以父亲的身份在圣乔治教堂为亚瑟·克莱南和小杜丽主持了婚礼。婚礼的见证人还有潘克斯先生、弗罗拉、玛吉、约翰·奇弗利和他的父亲以及其他的看守。在婚礼登记簿上签字之后，亚瑟·克莱南面对着马夏尔西狱，心怀着真挚的爱，携手与小杜丽走出了教堂。

在《大卫·科波菲尔》中，星期天晚上母亲坐在起坐间里念书给“我”和坡勾提听，念的是《新约·约翰福音》中拉撒路死而复活的故事。“我听了以后，害怕极了，闹得他们没有办法，只好把我从床上抱起来，从宿舍的窗户那儿，把教堂墓地指给我瞧，瞧那儿是不是非常安静，那儿的死人，是不是都在肃静的月光下，老老实实地躺在坟墓里。”② 在这里，声音叙事与视觉叙事结合在一起，听了妈妈讲的故事之后，“我”感到害怕，妈妈抱起我，“我”从窗口看到了教堂的墓地。故事中的“我”实际上是狄更斯本人的写照，因为他从小就喜欢倾听妈妈讲的故事。

## 二、狄更斯的巡回朗读

### （一）狄更斯的巡回朗读概览

如果说莎士比亚先当演员，后来才成为一名作家，那么狄更斯则是先当作家，后来才成为一名朗诵者。但与莎士比亚不一样的是，狄更斯对于声音叙事——巡回朗读有着执着如一的兴趣。

1847 年写作《董贝父子》的第二期时，洛桑的朋友对这部小说很感

① 哈罗德·布鲁姆. 西方正典. 江宁康，译. 南京：译林出版社，2015：1.

② 狄更斯. 大卫·科波菲尔. 张若谷，译. 上海：上海译文出版社，1989：26.

兴趣，狄更斯说：“我给他们朗读第一期，到昨晚已经读了一个星期了，说不出多么成功。老马赛特太太机灵透顶，她一下子就猜着保罗要死（我可没告诉她），说她猜对了。他们都善于领会，给他们念这故事使我得到很大的乐趣。我答应还要给他们念圣诞读物，如果一切都进行得顺利，我将在一片欢欣赞扬声中离开此地。”① 听众们喜欢狄更斯的故事让他认识到“朗读自己的作品或许可以赚一大笔钱”②。但他的好友约翰·福斯特却坚决反对这一做法，在福斯特看来，一个文学家去当职业卖艺人简直有损尊严，他说：“一个文人，一个上流人，为了私利到公共场所去表演是有失体统的……朗诵则是降低身分沦为庸俗的演员。”③ 狄更斯却不这样认为。他觉得这不涉及尊严的问题。“如果慈善事业能够从他的朗诵中得到合法的利益，为什么他就不能？最重要的是，朗诵可以使他有事情可干，可以为他的神经紧张找到一个发泄的方法，可以使他和群众密切接触，从中他可以得到支持与鼓励，可以使他暂时摆脱难以忍受的家庭纠葛。”④

对狄更斯来说，1853 年是在众人的喝彩声中度过的。他为给伯明翰学院和中部学院筹款而在伯明翰市政厅举行了公开朗诵会。这是狄更斯首次登台朗诵自己的作品。12 月 27 日，朗诵《圣诞欢歌》，29 日朗诵《炉边蟋蟀》，并且根据听众的要求，30 日再次朗诵《圣诞欢歌》，听众对象是普通的男女工人，每人只收六便士。去听这几次朗诵会的大约有六千人次，群情激动，以至全国好多慈善组织都纷纷邀请他再去朗诵这几篇故事。对一个生来就具有演员气质的人来说，实在无法抵制这种诱惑，狄更斯后来终于实现了自己的夙愿，但就在他实现自己的夙愿的同时，他毁掉了自己。“他们没有听漏一个字，没有曲解一句话，清楚地领会每个情节，笑着，喊着，他们使我十分兴奋，我感觉好像我们一齐腾飞到云端里去。”⑤

① 埃德加·约翰逊. 狄更斯：他的悲剧与胜利. 林筠因，石幼珊，译. 天津：天津人民出版社，1992：426.

② 埃德加·约翰逊. 狄更斯：他的悲剧与胜利. 林筠因，石幼珊，译. 天津：天津人民出版社，1992：426.

③ 埃德加·约翰逊. 狄更斯：他的悲剧与胜利. 林筠因，石幼珊，译. 天津：天津人民出版社，1992：594.

④ 埃德加·约翰逊. 狄更斯：他的悲剧与胜利. 林筠因，石幼珊，译. 天津：天津人民出版社，1992：595.

⑤ 埃德加·约翰逊. 狄更斯：他的悲剧与胜利. 林筠因，石幼珊，译. 天津：天津人民出版社，1992：531.

在爱丁堡朗诵的第一夜，售出的票多于座位的数目。入场时人们疯狂地往里冲，如洪水般涌入大厅。由于听众过多，狄更斯提议转到音乐厅去，或者取消这场朗诵，“等以后再来向全爱丁堡人朗诵”。许多人喝彩，还有人喊道，“请念吧！狄更斯先生！大家马上安静下来”。狄更斯冷静地合上书本，郑重地宣布等大家意见一致时才进行朗诵①。写完《远大前程》以后，狄更斯以收费朗诵者的身份举办了一系列朗诵会，在他生命的最后九年里，举办朗诵会几乎成了他全力以赴的主要工作。

著名演员麦克里迪在听了狄更斯的朗诵后，感动得泪流满面，他激动地说：“别提了——呃——狄更斯！我敢说朗诵作为亦庄亦谐的表演——呃——庄与谐二者巧妙地混合在一起——呃——真的，狄更斯！——它确实深深地感动我，也深深使我惊异。但是作为一门艺术——你知道——呃——我是不以为然的，狄更斯！的的确确——我见过当今世界最高超的艺术——我对朗诵很不理解。你是怎么想的——呃——你是怎么做的——呃——你一个人怎么独说独讲！”②

一次狄更斯在汉诺威广场举行公开朗诵，卡莱尔应邀来听“匹克威克审讯”那一场，听后，卡莱尔说：“狄更斯，你真行，单独一个人演出了所有的角色。”第二天他还向狄更斯最小的妹妹称赞狄更斯：“狄更斯表演得好极了，可以说，他胜过世界上任何名演员。整个戏剧效果显然可见：悲的、喜的、英勇的，都由他一人来演，使我们整个晚上笑声不绝——我们有些人觉得这么笑有失体统。”③ 卡莱尔将狄更斯的朗诵称为戏剧表演，可见狄更斯的朗诵艺术之高妙。

1863 年 1 月 17 日，狄更斯在英国驻法大使馆举行募捐朗诵，其后又应他们的强烈要求在 29 日和 30 日朗诵了两次。“朗诵使巴黎人大为震动，倾倒。巴黎人对我朗诵中同时使用面部表情与手势都能迅速心领神会……不懂英语的人也肯定能了解内容……当我读小埃米莉的书信时，听众情不自禁地发出波涛般的唏嘘叹息声，当我读到斯提福兹踌躇一下才和哈姆握手，这情境使听众像通了电流般活跃起来。当大卫向朵拉求婚时，在座的

① 埃德加·约翰逊. 狄更斯：他的悲剧与胜利. 林筠因，石幼珊，译. 天津：天津人民出版社，1992：651.

② 埃德加·约翰逊. 狄更斯：他的悲剧与胜利. 林筠因，石幼珊，译. 天津：天津人民出版社，1992：652.

③ 埃德加·约翰逊. 狄更斯：他的悲剧与胜利. 林筠因，石幼珊，译. 天津：天津人民出版社，1992：660.

珠光宝气、雍容华贵的女士们双手紧握扇子，乐得前仰后合。至于审讯那场，听众对证人们，尤其是对温克尔先生特别欣赏。每次老法官出场，人们彼此拍打，尽情大笑，使我也不禁笑起来。”①

1867 年 11 月，狄更斯第二次访问美国。如果说 1842 年狄更斯第一次访问美国是为了考察新大陆的资本主义制度，那么他第二次访问美国的目的就是为了巡回朗读自己的作品，赚美国人的钱。从经济效益看，美国之行取得了出乎意料的成功。“总收入为 228 000 美元，而费用，包括旅行、旅馆、会场租金、在波士顿收款时付给蒂克诺-费尔兹出版局百分之五的回扣等，加起来不到 39 000 美元。”② 但这笔钱是以巨大的痛苦和疲劳换来的。“他希望保证一大家子人永不挨饿受冻，他又不肯抑制感情上的需要，这只有在朗诵的高度兴奋中才能得到满足。”③

那么狄更斯到底举行了多少次朗诵会？请看两个数据。传记作家埃德加·约翰逊指出：

> 总共算来，收费的朗诵达 450 次，其中大约 135 次是由阿瑟·史密斯安排的，70 次由托马斯·黑德兰安排，242 次由多尔贝安排，狄更斯没有准确的账目究竟经史密斯和黑德兰之手他赚了多少钱，不过他估计大约是 12 000 英镑。经多尔贝之手他净赚了差不多 33 000 英镑。这一笔总计 45 000 英镑很可观的钱数几乎相当于他死时财产总值的 93 000 英镑的一半。④

传记作家赫·皮尔逊认为：

> 从 1858 年 4 月到 1870 年 3 月，狄更斯一共举行了 423 次专业朗诵会，并举行了数次慈善演出，净获利大约四万五千镑。这几乎占他的所有资金的一半。据他死后人们所作的估价，他的全部资产是九万三千镑。但这一成就实在是得不偿失的，因为它或许使他减寿十年。在他最后一次朗诵的两周之后，他的神经又露出了疲劳的迹象：“我

① 埃德加·约翰逊. 狄更斯：他的悲剧与胜利. 林筠因，石幼珊，译. 天津：天津人民出版社，1992：655.

② 埃德加·约翰逊. 狄更斯：他的悲剧与胜利. 林筠因，石幼珊，译. 天津：天津人民出版社，1992：715.

③ 埃德加·约翰逊. 狄更斯：他的悲剧与胜利. 林筠因，石幼珊，译. 天津：天津人民出版社，1992：715.

④ 埃德加·约翰逊. 狄更斯：他的悲剧与胜利. 林筠因，石幼珊，译. 天津：天津人民出版社，1992：750.

原以为我的疲乏和出血症已经一去不返，没想到现在又卷土重来，而且比以往严重得多。你无法想象，今天它的突然发作，将我投入了多么悲惨的境地。”①

这两个数据有点儿差异，但总的来说，狄更斯举行的朗诵会次数极多，经济收入巨大，但同时对他的健康造成了灾难性的影响，正如传记作家彼得·阿克罗伊德所说：朗读会“导致了他后半生的灾难”②。

### （二）狄更斯的朗诵片段举隅

在修订《奥立弗·退斯特》出版单行本时，狄更斯运用了一套十分新颖的标点符号系统，经他修改后的标点符号让整个文本带上了一种更容易上口或更易于诵读的风格，仿佛他是为了方便朗读才将其修订的，这表现了他对面向公众朗读的一种期盼。狄更斯在公众面前朗读了自己的很多作品，下面以《大卫·科波菲尔》和《远大前程》为例进行探讨。

1.《大卫·科波菲尔》的经典朗诵片段

原来浮云飞扬，乱趋狂走，奇堆怪垒，纷集沓合，全体看来，浓如黑墨；仅仅这儿那儿，有象湿柴所冒的烟那种颜色，乱涂狂抹；乌云垒聚，那样高厚，令人想到，乌云下面，直到地上最深的低谷谷底，深远之度都远所不及。狂乱失度的月亮，在乱云堆中瞎窜乱投，仿佛她在自然规律离经反常的可怕现象下，走得迷路，吓得丧胆。那天一整天里，一直都有风，这阵儿风大起来，呼啸之高，迥异寻常。一个小时以后，风更大大升级。云越阴越密，风更使劲地刮。

…………

我喘息稍定，向大海望去，只见大海本身那样惊心动魄，在狂风迷目、沙石飞空、巨响吓人的骚乱之中看着，让我胆战目眩。突兀耸起的水墙浪壁，滚滚向岸而来，涌到最高之点，跌落下来，成为飞溅的浪花，看上去仿佛连其中最小的一浪，都能把全镇淹没。向后倒退的浪，吼声沉闷，往外扫去，就好象要在沙滩上挖出一些深洞来，仿佛它们就是特为要把这个地球挖空了而才来的一样。白顶的巨浪轰然翻卷，还没达到岸边，就把自己撞得粉碎，其中的每一片碎浪，仿佛都带着怒气十足的力量，冲到一起，又形成了另一个怪物。滚滚的高山变成了低谷；滚滚的低谷（不时有一只孤零零的海燕，从低谷中掠

① 赫·皮尔逊. 狄更斯传. 谢天振，等译. 杭州：浙江文艺出版社，1985：413.
② 彼得·阿克罗伊德. 狄更斯传. 包雨苗，译. 北京：北京师范大学出版社，2015：427.

> 过）又涌起而成为高山。重涛叠浪，砰訇打来，使沙滩为之震撼颤动；……我仿佛看到，整个自然界，都正在翻覆折腾，崩溃分裂。
>
> ……正在这时候，我注意到，人群中又激动地骚乱起来。我于是看到人们往两边一分，汉拨开众人，从人丛中一直来到前面。……人们把放在那儿的绞盘上圈的绳子带着跑，钻进一圈人里面，就是这圈人把他围了起来，把我的眼光挡住了。于是，我看见他，一个人单独站在那儿……一根绳子不知是把在他的手里，还是拢在他的手腕子上；另一根就缠在他的身上；……汉孑然而立，目注大海，身后是屏声敛气的寂静，眼前是震耳欲聋的风浪。于是，来了一个巨大的回头浪，他向后往拉着缠在他身上的绳子那几个人看了一眼，跟在回头浪后面，一头扎到海里，跟着就和浪搏斗起来……这时他朝着破船冲去，随着浪一会儿升到浪的顶峰，一会儿沉到浪的谷底，一会儿埋在峥嵘的白色浪沫下面看不见了；一会儿被送向岸边，一会儿又被送向船边，一直艰苦而又勇猛地搏斗。这一段距离，本来不算什么，但是狂风和怒涛却使这种搏斗成为生死斗争。后来，他终于拢近破船了。他离船近极了，只要他再使劲泅一下，就能抓到船了，——但是就在那一刹那，一个象半面小山的绿色大浪，从破船外面，冲着岸卷过来，他仿佛竭尽全力猛一蹿，蹿到了海里，而那条船也不见了！①

狄更斯在公众面前朗读这一片段时引起了巨大的反响，不少听众说，亚茅茨风暴弥漫了整个会堂。多年后，听众萨克雷的女儿这样回忆道："这个身材瘦小的人孤零零地站在台上，平静地看着眼前一长排一长排的听众。在空旷的舞台上，他似乎正在用某种神奇的办法抓住众多听众的心。故事开始时是科波菲尔与斯迪尔福斯、亚茅茨的渔民与坡勾提，紧接着便是突发的暴风雨，一切都在我们眼前展现开来……这不是表演，也不是声音和颜色的混合，但直到现在，当我回忆这个场景时，所有这些还浮现在我的脑海之中。渔民的房中有灯光闪烁；欢笑之后便是恐惧的降临，暴风雨来了；最后，我们全都屏住呼吸，在海滩上观望着，之后似乎有一个巨浪劈头盖脸砸到舞台之上，掠走了能看到的一切，包括那只船以及戴着红色水手帽正在桅杆附近拼命挣扎的斯迪尔福斯。有人发出了一声尖叫；是狄更斯先生本人在高举着手臂吗？……一切结束了，我们都激动得

---

① 狄更斯. 大卫·科波菲尔. 张谷若，译. 上海：上海译文出版社，1989：1149－1161.

又哭又笑。”①

另一位听众记载了自己的倾听感受：“我当时就在那里听着，随着他一起想象，来到了那处海滩，来到大卫身边。他正站在那里，任由海水冲刷着自己的身体，他全身湿透，嘴里全是咸涩的海水，耳边都是狂风的咆哮和海浪的喧嚣——巨浪滔天，一浪高过一浪，一浪压倒一浪，一浪吞噬一浪，无穷无尽……”②

参加过狄更斯朗诵会的评论家帕西·达卢克哈纳瓦拉写道：“我很庆幸可以先于其他听众提前入场，我似乎时不时地被困在一处漩涡之中，周围全是喜怒无常的海浪、巨大的船只和令人生畏的天空，它们随时都可以从四面八方把我吞噬。”③ 毋庸置疑的是，听众无一不被狄更斯的声音叙事所感染。

2.《远大前程》的原版和朗读版之比较

（1）小说的原版。

> 我说我父亲姓匹瑞普，是根据他的墓碑和我姐姐乔·葛吉瑞大嫂的说法。她嫁给了那个名叫乔·葛吉瑞的铁匠。我没见过父亲，也没见过母亲，也没见过他们的肖像（他们那时候离照相的日子还远着呢），因此我第一次揣测他们的长相时，完全是根据墓碑乱想出来的。我父亲墓上字体的形状给我一种奇怪的念头，认为他是一个肩宽膀阔、皮肤黝黑、长着黑色卷发的男人。从题字“同葬者乔治亚娜，上述男士之妻”的字母及其形状，我又得出一个孩子气的结论，我的母亲身体单薄、脸上长着雀斑。他们的坟墓旁边并排安放着五块菱形小石板，每块约一英尺半长，用来神圣地纪念我的五个小兄弟。这些石板让我产生一个像信教一样信仰的念头：他们一定是仰天躺着出生的，手插在裤兜里，至死没有抽出来。④

（2）朗读版⑤。

> 我说出自己的姓，是根据家族的墓碑和我姐姐乔·葛吉瑞大嫂的

---

① 安妮·萨克雷·里奇. 走廊边. 纽约：斯克里布纳出版社，1913：43-44.

② 查尔斯·肯特. 朗读者狄更斯. 伦敦：伦敦出版社，1872：35.

③ 帕西·达卢克哈纳瓦拉. “透纳与海”观后感. [2018-09-03]. http://blog.courtauld.ac.uk/researchforum/turnerandthesea/.

④ 狄更斯. 远大前程. 主万，叶尊，译. 北京：人民文学出版社，2012：1.

⑤ 虽然经过精心准备的《远大前程》的朗读版从来没有公开朗读过，但是在小说完成之后马上印了出来，在柯林斯的版本中它占了57页。狄更斯没有朗读的原因不得而知。

> 说法。她嫁给了那个名叫乔·葛吉瑞的铁匠。这些墓碑上写着：菲利普·匹瑞普，本教区已故居民，殁后葬于此，同葬者乔治安娜，上述男士之妻。但是即使对这些文字的简单意思，我孩子气的理解也不是十分准确。因为我将“上述男士之妻”看作是对我父亲去到一个更好的世界的赞扬：如果我的任何一个死去的亲戚的碑文中有“下述”[①]两字，我敢肯定我会对家族的这个成员形成最坏的看法。[②]

《远大前程》是狄更斯的晚期杰作，“最统一、最集中地表达了狄更斯一贯的世界意识”[③]。小说的开头以其奔放的想象力和感人的同情心描写了一个孩子对于这个充满敌意的成人世界的印象与反应。对皮普的小兄弟们双手插在裤袋里躺在下面的那五块菱形小石板的描写，一直备受称赞，它极其生动地展示了“一个孩子的本真的想象”，在感觉上这可以说是强烈“个人化”的，这种写作模式非常接近内心独白甚至意识流。

但在朗读版中，我们不是被导入小皮普的心灵，而是意识到将匹瑞普先生和小皮普分隔开来的时间和经历方面的距离。在小说中，我们被邀请与小皮普认同；在朗读版中，我们被邀请认同的则是匹瑞普先生。其中对“above”（上述）的双关理解，可以看作是一个孩子语言上的混乱；然而朗读版增加的“below”（下述）的双关，则是一种语言运用上的成熟，一个像小皮普那样混淆了“above”的意义的孩子是不可能掌握的。实际上，朗读版中的第二个双关构成了第一个双关的重要的元话语。第二个双关为我们解释了第一个双关，并在这样做的时候将我们从小皮普的视点转向了叙述者的视点。

朗读文本强调了匹瑞普先生的角色，同时突出了朗读版采用的特殊的叙事结构，这个结构的最重要的特点就是外叙事层和叙事层之间的距离。匹瑞普先生作为外叙述层叙述者在朗读版中扮演的角色，在数量和质量两个方面都要比他在小说中扮演的角色重要得多。在朗读文本中狄更斯主要强调故事的教育与伦理意义，并降低情感方面的氛围。因此他就略去了那些恋爱情节。

尤其值得指出的是，经过狄更斯朗读的故事成了新的作品。狄更斯不

① “上述”与“下述”的原文是“the Above”与“the Below”，但“我”以为分别指“天国”与“地狱”。

② 赵炎秋. 狄更斯研究文集. 蔡熙，刘白，赵炎秋，译. 南京：译林出版社，2014：164.

③ J. Hillis Miller. Charles Dickens：the world of his novels. London：Oxford University Press，1958：250.

喜欢一些听众在他朗读时对照他的书，其理由是：因为他朗读的和书上写的基本不是同一个故事，而且有些人还抱怨他偏离了文本。在准备朗读的时候，他就已经浓缩并修改了许多段落，删除了姿态和外貌描写，改成了笑话等。他会按照现场观众的反应来修改片段，并不止一次当场插科打诨或是即兴表演。有时候他还会在宣布完朗读的标题后就非常招摇地合上提词本，凭着记忆背诵起来。但有时候他也会举着提词本装装样子，或是机械地翻过一页而眼睛却从不看上面的提词。

## 三、狄更斯巡回朗读的原因探析

狄更斯到了晚年对巡回朗读简直到了着魔的程度，他对巡回朗读的痴迷背后是有很深刻的原因的。

首先，狄更斯具有与生俱来的表演天赋和对表演的爱好。传记作家彼得·阿克罗伊德认为，"狄更斯天生就是一块当演员的料"，"他相信自己在戏剧方面的天赋优于文学天赋，因为相比其他任何工作，他更喜欢演戏"①。此言确实不虚。狄更斯有一张漂亮、白皙的脸蛋，头发卷曲，眼睛湛蓝，面部表情丰富，嗓音灵活多变，生下来就是个喜剧演员。"他能模仿十几种人的声音：男的，女的，老的，少的，中年的，伦敦佬，乡下佬，陆军，海军，医生，牧师，法官，贵族；他还能模仿十几种人的表情：从一个喜气洋洋的男学生的天真神情到一个吝啬鬼的贪婪枯槁的面容，他都能扮得维妙维肖。"② 几岁的时候他唱的滑稽小调深得其父约翰·狄更斯的喜爱，约翰常把儿子抱到桌子上，让他站在那里用清脆的童音为客人们演唱，《猫粮贩》是他最喜欢的歌曲之一："猫粮贩沿街吆喝，丁零当啷的手推车和罐头。"③ 约翰有时甚至带着儿子到镇上去卖弄一番。

在进黑鞋油作坊做童工之前，狄更斯的童年是幸福的。他的童年有两幅画面：一方面是读书，画面中一个孤独的孩子全神贯注地看着书，沉醉在自己的想象中，创造着一个属于自己的世界。他的父亲为他收藏了一套经典儿童作品，一群人如蓝登、皮克尔、亨弗利·克林克、汤姆·琼斯、威克菲尔德的牧师、吉尔布拉斯、鲁滨孙等是他的伙伴，另外还有《一千零一夜》和《鬼怪故事》。而表演则是狄更斯童年画卷中另一个重要方面，

---

① 彼得·阿克罗伊德. 狄更斯传. 包雨苗，译. 北京：北京师范大学出版社，2015：177.
② 赫·皮尔逊. 狄更斯传. 谢天振，等译. 杭州：浙江文艺出版社，1985：337.
③ 彼得·阿克罗伊德. 狄更斯传. 包雨苗，译. 北京：北京师范大学出版社，2015：30.

一个小男孩，满脸笑容，两眼炯炯有神，摆着种种姿势唱歌，表演得十分精彩，获得阵阵掌声和欢呼声。14 岁那年狄更斯在凯瑟琳街上的小剧院里表演过，他能够非常准确地记下地方通俗语言之间不同的读音，速记法也让他学会从语音到文字转变的捷径。早在私立学校就读时，狄更斯就创作了《磨坊主与他的手下们》一剧，表现出他对戏剧艺术的浓厚兴趣和天赋。青年时期的狄更斯雄心勃勃，希望当一名专业演员。1832 年春，狄更斯获得了修道院花园剧场的面试邀约，有望受雇成为该剧院的演员，但是因为患病而未能成行，他因未能如愿以偿而感到无比遗憾。但是他对戏剧表演的爱好一直没有终止过。在辗转于律师事务所和各家报刊之间谋求生计时，青年狄更斯也常常买廉价票看戏，参加各种演出活动，他在琼生的剧中扮演巴迪尔十分出色，在莎士比亚的剧中扮演夏禄则更是惟妙惟肖：僵硬的四肢，蹒跚的步履，颤巍巍的头部，缺牙漏风的话语。狄更斯的表演塑造了一个活脱脱的老态龙钟却又不肯服老的形象。狄更斯在塔维斯托克上演威尔基·柯林斯的剧本《灯塔》（*The Lighthouse*，1855）时，为了模拟一场海上风暴，调用了所有的舞台设备：一台类似磨砂机的机器制造风声，一块铁板制造雷声，滚动炮弹以模拟灯塔的摇晃，甚至营造浪花飞溅的效果。为了使观众身临其境地体验风暴之感，狄更斯可谓煞费苦心。

其次，面对听众朗诵，是狄更斯巡回朗读的动力源泉。像狄更斯这样著名的作家在公共场所或者剧场向广大缴费的听众朗诵自己的作品，这在中外文学史上都是十分罕见的。从约翰·福斯特的传记开始，直到艾德蒙·威尔逊与杰克·林赛，不少狄更斯研究专家习惯于从心理学的角度来解释狄更斯对公开朗读的着迷，如艾德蒙·威尔逊将狄更斯后期朗诵中最有吸引力的南希被杀案看作狄更斯象征性地表现他遗弃妻子行为的场景。荷兰文学批评家 M. J. M. 布朗兹韦尔（M. J. M. Bronzwaer，1936—1999）用叙事理论来阐释狄更斯对公开朗读的迷恋，将参与表演的接受者称为"隐含读者"，他指出，"站在讲台上的狄更斯的身份也就是隐含作者的身份，在这种场合，隐含作者作为一个有血有肉的个体暂时地具体呈现出来。通过将读者如此热爱的自己作品中的隐含作者呈现在公众面前，狄更斯将自己的存在的至关重要的功能公开化了，这样他就为自己创造了一个机会，通过呼吁读者表明赞成或不赞成，并迫使读者承认自己选择成为他的隐含读者群体是正确的，从而证明他自己在成为一个小说家的过程中所做的选择是正确的"[①]。在笔者看来，将参与朗诵会的接受者称为"听众"更为妥帖。原因在于，狄更斯将小说视为"看"的空间艺术，他的作品是在他"看到之后，然后把它写下来"的，因而他的作品不仅要"读"，而且要"看"。狄更斯将他的声音朗诵描述为"就像在大家的陪伴下写一本书"。当他站在讲台上用眼神、表情、手势、嗓音、肢体动作等方式来朗诵自己的作品的时候，这时候的接受者已然不是"读者"而是名副其实的"听众"了。

维多利亚时代的作家与读者的关系可谓水乳交融。狄更斯的好友威尔基·柯林斯在《论无名的大众》（1858）中指出了当时的小说家与读者大众的密切关系："一个巨大的读者群被发现了，下一步是……教给这个读者群如何读书……"，"一旦这个读者群发现他们需要一个伟大的作家，那个伟大的作家就应运而生并会得到空前的读者"[②]。但是，对于狄更斯来说，他与公众的关系尤其特别，任何文人都不像狄更斯那样极端依赖他的读者。传记作家莫洛亚指出："他（指狄更斯——引者）对读者来说不是作者，而是一所学校、一位教徒和一个朋友。"[③] 在狄更斯眼中，阅读其作品的人，不是读者，而是"观看者"，这从《荒凉山庄》的序言可见一斑。在序言中，狄更斯写道"愿我们有机会再见"，这就是他眼中自己与读者的亲密关系，仿佛他说完这话就要与读者握手，用明亮的眼睛注视着他们，然后与他们亲切地交谈，而巡回朗读无疑是实现这一目标的途径。

在世界文学史上，像狄更斯那样受到读者喜爱的作家是史无前例的。"圣诞节为他带来了蔬菜、家禽和鲜花，都是普通百姓从英国的四面八方寄给他的。他是一个神奇的人物，是英国人最好的优点和善意的活的象征。"[④] 而在听众面前朗诵自己的作品，与听众面对面进行交流，便是他与听众密切关系的绝佳证明。"整个大厅爆满，有人爬到柱子上，有人爬到讲台下，做出种种不可思议的事情，目的就是为了听到他们热爱的作家的声音。在美国，人们不畏严寒，拖着床垫来到售票处前安营扎寨，抓紧

① W. J. M. Bronzwaer. Implied author, extradiegetic narrator and public reader: Gérard Genette's narratological model and the reading version of great expectations. Neophilogus, LXII, January 1978: 1-18.

② Collins Philip A. W. Dickens: the critical heritage. London: Routledge&Kegan Paul, 1971: 47.

③ 莫洛亚. 狄更斯评传. 王人力，译. 上海：上海译文出版社，1986：53.

④ 莫洛亚. 狄更斯评传. 王人力，译. 上海：上海译文出版社，1986：43.

时间能睡多久就睡多久，饿了就吃点邻近餐馆的伙计们送来的饭菜。没有哪个大厅能容纳如此多的人群，最终只能将布鲁克林的一家教堂改成朗诵大厅。狄更斯高高地站在讲道坛上，朗诵奥立弗·退斯特和小耐儿的故事。"① 艾德蒙·威尔逊指出："他定期举行的公开朗诵会，这使他能更生动地再现小说中的情节，并直接感受他们对读者的影响，他同读者的关系更加密切了……比起给他生了十个孩子的妻子来，这些读者更加亲密。狄更斯爱上特南以后，他的第一个念头不是在她身上找到归宿，使他摆脱他的小说中永无休止的化装舞会，相反，狄更斯把她放逐到幻想世界和他居住在一起，使她成为小说或戏剧中的人物，在读者大众面前公开向她求爱。"②

当狄更斯站在讲台上，看到广大的听众随着他的节奏而颤抖甚至哭泣时，他感到这是世界上最大的乐趣和荣誉；当他面对人的海洋，听到像浪潮一样蔓延开去的笑声时，这甜美的声音对一个朗诵者来说是多大的精神鼓励！一位听过狄更斯朗诵《圣诞欢歌》的听众记下了自己的感受和体会："啊！这圣诞节的晚宴，我好象每一口都吃到了。瞧这两个小克拉特奇特，他们把匙子放进嘴里，为的是在没轮到他们之前，不叫喊吃鹅肉；瞧蒂妮，蒂姆，她用刀敲桌子。看，鹅来了！我似乎亲眼看见了鹅……噢生布丁，一股洗衣服时的气味，就象是一位烤肉师傅和一位点心师傅有一位洗衣匠的邻居似的，这就是布丁的味道。狄更斯先生嗅到了、感觉到了这个布丁，他能使一个饥饿的家庭相信他们刚刚把一整个布丁吞进肚里，因为他的乐趣有极大的传染性。"③

狄更斯在贝尔法斯特朗诵结束之后，一位老人走近他，激动地说："我想握一下您的手，狄更斯先生，上帝祝福您。先生，这不仅仅为了今晚您给我带来的光明，也是为了您给我家里带来的光明。现在，愿上帝爱您，先生，长久地爱您。"④ 在纽约，一位他从未谋面的女人在街上拦住他，说："狄更斯先生，让我握一下使我家里充满温情、友爱的手吧。"⑤

因此，狄更斯对巡回朗读之着迷也就不难理解了。面对全场的听众进

① Stefan Zweig. "Dickens", Three Masters. London 1931：51 - 95. Cedar and Eden Paul, from Drei Meister, Leipzig, 1920.

② Michael Hollington. Charles Dickens critical assessment：Volume I. Robertsbridge：Helm Information Ltd, 1995：791.

③ 莫洛亚. 狄更斯评传. 王人力，译. 上海：上海译文出版社，1986：105.

④ 莫洛亚. 狄更斯评传. 王人力，译. 上海：上海译文出版社，1986：106.

⑤ 莫洛亚. 狄更斯评传. 王人力，译. 上海：上海译文出版社，1986：106.

行朗诵，就是面对一张张的笑脸、一阵阵的欢呼，他完全进入一个属于他自己的天地。这是狄更斯渴望周游全国、渴望巡回朗读的动力源泉。事实上，身体表演确实证明了狄更斯与听众之间的共同兴趣和相互之间的友谊，到 19 世纪 60 年代末这已经为大家所公认："不仅在英国而且在美国，狄更斯凭借其雄辩的演讲魅力及艺术影响力强化了他与读者之间的亲密关系。根据一位记者的现场报道，1869 年他在都柏林的听众认为，他的公开朗读不是被当作表演，而是被当作人们期盼已久的友谊的盛宴。狄更斯对这种感情作了友好的回应：1868 年 4 月 20 日在纽约的最后一场公开朗读他对听众说：'你们在我的心目中不仅仅是公共听众，也是一群私人朋友。'"①

再次，朗诵是消除孤独的良药。虽然当时的狄更斯已经是家喻户晓的著名作家和朗诵者，每天面对着笑声、鲜花和荣誉，但他的内心却是孤独的。作为闲逛者的狄更斯"是一个孤独的观察者，像人类学家观察相当原始的部落习俗那样看着自己所生活时代中的习俗习惯"②。其生活的方方面面都浸透着一种忧伤，一种沉默寡言的忧伤。显然，这种忧伤是孤独的忧伤。"他害怕孤独，甚至在紧张的写作时，他也需要感到一家人在他周围，在吃饭时看到他们，希望他们为一点小事情来征求他的意见。家里的一切他都感兴趣，甚至通常是女人们的工作他也要过问。没有他的同意，不能随便钉一枚钉子。孩子们的游戏，他们的戏剧表演，安排一顿晚餐，村里的一场板球比赛，他是这一切的中心和灵魂。他以一种难以令人相信的热情在自己消耗自己。如果孩子或佣人病了，他是最好的医生，他给人一种充满活力的感觉，以致他只要一走进病人的房间，病人就马上感觉到增添了力量。"③ 有时，他又走向另一个极端。为了创造一个虚构的世界，就要摆脱现实世界，忘掉这个世界，让真实的生活沉默不语，一点声音都会让狄更斯感到烦躁不安。他不希望别人打扰他，哪怕是最要紧的问题，他也不希望别人去问他。他的宽容、他常常受到周围人的尊重均让他认为自己的要求是正确合理的。他看得很清楚：如此众多的读者谈论他的事业，他觉得这个事业对这么多的人是如此珍贵，所以有必要在事业周围制造绝对安静的气氛。

---

① Malcolm Andrews. Charles Dickens and his performing selves. New York：Oxford University Press，2006：49.

② 彼得·阿克罗伊德. 狄更斯传. 包雨苗，译. 北京：北京师范大学出版社，2015：3.

③ 莫洛亚. 狄更斯评传. 王人力，译，上海：上海译文出版社，1986：55.

如果说狄更斯在家庭生活中是孤独的，那么他在社会生活中也是孤独的。在第一次遭遇不公命运的袭击时，他焕发出巨大的力量，奋勇前进，成为一代富翁，从可怜的廉租公寓搬到盖茨山庄。虽然他的财富和名声达到了顶点，从而使他成为欧洲最让人钦佩、最受欢迎的作家之一，但是他对社会充满深深的憎恶，甚至到了寻衅的程度。虽然他的机遇是统治阶级提供的，但他对上流社会没有好感。在《我们共同的朋友》中，代表中上层社会的波茨纳普和维尼林之流，对任何事件都无动于衷，已经完全丧失英国生活中任何值得赞美的品德，狄更斯选择一个出身社会最底层的女人丽齐作为小说的主人公，并且同有较高社会地位的尤金·瑞伯恩结了婚。尊贵与卑贱的结合并不导致悲剧性的后果，主人公反而过上了幸福的生活。但狄更斯从来没有认为自己是人民的一分子，即使是在黑鞋油作坊的时候，他也还是个少爷。“他为自己降低了身份和一些普通人混在一起感到痛苦和屈辱。但是与此同时，他内心朦胧地觉得他自己不但和穷人，甚至和他描写得那么可怕的流血叛乱者有某种内在的一致性。”①

为了千方百计逃避那足以摧垮他的空虚和幻灭感，一方面，他在自己的小说中扮演曾在业余戏剧演出中的角色。狄更斯依赖这种“扮演角色”的形式，无论是实际戏剧演出的公共形式，还是构思小说时的私下“表演”，这从他写给布尔特·利顿的信中可以看出来：“假扮别人对于我富于魅力——我不知道有多少东拉西扯的理由——假扮别人实在好玩，……啊！要是我错过了用一点也不像我自己的声音来扮演别人的机会，我真不知该说那是多么愚蠢透顶的事。”② 布朗肖指出：“写作，就是投身到时间不在场的诱惑中去。无疑，我们在此正在接近孤独的本质。”③ 在小说中，狄更斯既当舞台监督又当演员。在《尼古拉斯·尼克尔贝》等小说中，总会有同一群演员围绕着他，他给每个演员指导音调或节奏，并且这些人物都像演员一样在指定的时间上场或下场。

除此之外，就是在“伟大的公众”面前巡回朗读。在不写小说的时候，富于想象力的狄更斯对塑造角色的渴望就转移到了自己身上，用身体表演自己的故事，舞台上绚丽的灯光对他来说不仅象征了童年的记忆，也让他能够一次又一次地重温那些记忆。《小杜丽》探讨了人类身份的固化

---

① 埃德加·约翰逊. 狄更斯：他的悲剧与胜利. 林筠因，石幼珊，译. 天津：天津人民出版社，1992：245.

② 赵炎秋. 狄更斯研究文集. 蔡熙，刘白，赵炎秋，译. 南京：译林出版社，2014：186.

③ 莫里斯·布朗肖. 文学空间. 顾嘉琛，译. 北京：商务印书馆，2003：7.

本质，仅仅改头换面根本无法撼动这种根深蒂固的身份。狄更斯在声音朗诵中扮演戏剧角色的行为，换一个新的身份，哪怕就是一两个小时，也在某种程度上帮助他战胜无趣乏味的熟悉感，并通过加强戏剧中的色彩和光辉来驱除心灵的阴郁沉闷和孤独。

尤其重要的是，朗诵对狄更斯来说是一种心理疗法，因而也就成为他消除孤独的良药。在古希腊酒神祭仪的原始宗教情结中包含有病理志叙事。“狄奥尼索斯无论作为神性、神位和神格都具有明确的‘致病/治病’的双重性质、双重意象和双重隐喻。”① 因此，狄奥尼索斯祭仪更具有“治疗”效果，“迷狂”“醉境”“怜悯”“恐惧”“宣泄”“排遣”“净化”等哲学美学概念可以在病理学、生理学和心理学范畴来理解。亚里士多德的卡塔西斯（catharsis）指的是人类灵魂的净化。靠着悲剧诗，灵魂获得了一种新的态度来对待它的情感。灵魂体验了怜悯和恐惧的情感，但并没有被它们扰乱而产生不安，而是进入一种平静安宁的状态。卡西尔认为，“艺术使我们看到的是人的灵魂最深沉和最多样化的运动……我们在艺术中所感受到的不是某种单一的情感，而是生命本身的动态过程，是在欢乐与悲伤、希望与恐惧、狂喜与绝望等两极之间的持续运动过程”②。美国精神病学家麦地娜·萨丽芭的论文《故事语言：一种神圣的治疗空间》，以“印度尼西亚的皮影戏和 H 太太疗病经历为例，说明故事语言可以为患病者创造一种神圣的治疗空间；当无序和混乱给人带来痛苦时，故事、歌谣和仪式不啻为一种用于重新组织和整合事物的药物”③。在声音朗诵中，情感本身的力量已经成为一种建构性的力量。艺术表演把痛苦和凌辱、孤独与绝望都转化为一种自我解放的手段，从而给予朗诵者用任何其他方式都不可能得到的内在自由。巡回朗读不仅帮助狄更斯驱走表面上的愤世嫉俗，也让他通过换上一个或一系列新的身份来重塑自我。

最后但并非不重要的是，狄更斯巡回朗读的目的是为了赚钱。狄更斯是日益发展的工业化社会中诞生的成功作家，他的小说将正在发展的工业社会当作一个巨大的市场。社会关系日益表现为货币、商业和投机等经济关系。人被当作商品，友谊甚至于婚姻也堕落为投资的机会。他意识到了在日益发展的维多利亚中期文学市场中作为成功作家的地位。他是时代的

① 彭兆荣. 文学与仪式：文学人类学的一个文化视野. 北京：北京大学出版社，2004：185.

② 恩斯特·卡西尔. 人论. 甘阳，译. 上海：上海译文出版社，1985：189.

③ 麦地娜·萨丽芭. 故事语言：一种神圣的治疗空间. 广西民族学院学报（哲学社会科学版），2003（5）.

产儿，也是维多利亚时代的弄潮儿。

狄更斯的作品大都是根据出版商的订货而写作、以连载的形式发表的。到1836年初，狄更斯与约翰·马克隆（John Macrone）签订协议，写作一部题为《加布里埃尔·瓦登，伦敦锁匠》的小说，最终以《巴纳比·拉奇》面世。他为此获得了200英镑的收入。三个月后，当他承诺为托马斯·泰格（Thomas Tegg）写作一部名叫《所罗门钟》的儿童作品时，他又获得了100英镑的收入。在同一个月他与一位出版商理查德·本特利签订协议写作两部小说，每部小说皆为传统的三卷本。他还承诺为一家新周报《卡尔顿纪事》（*Carlton Chronicle*）写札记，这期间他正在写作《匹克威克外传》并继续为《晨报纪事》担任记录议会的职责，并为另一札记做准备，这卷札记将由约翰·马克隆出版，用连载的形式发表，作者依赖销量参与分红。传记作家阿克罗伊德指出："狄更斯坚持要求自己也参与到利润分红中来，并要求自己的收入和书的销量挂钩。"[①] "狄更斯总是参与赢利，他的收入也是随着销售量的增长而增加。"[②] 因此，狄更斯极端依赖他的读者，以至于"他的情绪随着作品的销售情况上下波动……一旦他按月连载的故事不太流行了，他马上焦躁不安，失意消沉。他精心塑造山姆·维勒，因为他看到这个人物很受欢迎；他把马丁·朱述尔维特送往美国，因为他发现读者对这个故事的兴趣日渐淡薄。他只能在幻想世界里生活，……在某种意义上来看，这个世界上，他唯一的真正的伴侣只是他的读者"[③]。

在《我们共同的朋友》中贝拉·维尔弗说："可我又一天到晚在想钱，盼望着有钱；我在自己面前安排的整个生活就是钱，钱，钱，而钱能怎样地改变生活啊！"[④] 事实上，虽然这些语言出自贝拉·维尔弗之口，但十分恰切地表达了狄更斯自己的声音。他所塑造的吝啬鬼斯克掳奇在一定程度上也有自己的影子。在狄更斯的一生中，最需要的是钱。童年的时候，他曾经见过自己的"浪子父亲"因欠债而被关进马夏尔西监狱，他被人带到马夏尔西监狱去看望父亲，在街上替人擦过靴子，到当铺去典当过东西，他明白缺钱会带来多大的悲惨与屈辱。"他对金钱的需求是源于一种

① 彼得·阿克罗伊德. 狄更斯传. 包雨苗，译. 北京：北京师范大学出版社，2015：111.

② 彼得·阿克罗伊德. 狄更斯传. 包雨苗，译. 北京：北京师范大学出版社，2015：291.

③ Michael Hollington. Charles Dickens critical assessment：Volume I. Robertsbridge：Helm Information Ltd，1995：791.

④ 狄更斯. 我们共同的朋友：下卷. 智量，译. 上海：上海译文出版社，1986：65.

忧虑的苦恼。他并不是一个吝啬鬼也不爱金钱本身，他一直都非常慷慨大方，只是童年时在马夏尔西监狱和黑鞋油作坊的经历在他心中点燃了一把焦虑的烈火，只有金钱上的富足才能将其平息。”①

狄更斯一生都对金钱所能带来的安全感有一种迫切需求。他有十个子女，他那个家庭一直在不断扩大规模，还有他那挥霍无度的父亲和无法自食其力的弟弟们，都需要他的钱来供养。他不仅经常资助兄弟姐妹，还要资助妻子的家庭。一想到那些靠他赡养的人，狄更斯就感觉到必须想办法增加收入。在慈善义演中，狄更斯发现朗读自己的作品远比写作赚钱来得快，于是他写信给好友福斯特说：“我又产生过去的想法，靠朗诵我的作品筹款付清买这房子的钱，你觉得怎么样？我非常想这么做，你替我好好想想。”② 付出简单的努力就能挣一大笔钱，他无法抵御这种诱惑。显然，迅速地发财致富使他目眩神迷。

狄更斯的巡回朗读确实达到了赚钱的目的。“1858 年 8 月他在都城以外朗读 25 次，在偿付各种开销之后净赚 1 000 几尼。而他在 25 年期间的写作年收入平均只有 2 900 英镑。到 1867 年他只举行 50 次公开朗读（每次两小时），他的年收入就远远超过 2 900 英镑。在他美国之行的四个半月时间内，他大约举行了 75 次公开朗读，净收入将近 19 000 英镑。他临终时的总遗产价值为 93 000 英镑，但他的公开朗读的总收入多达 45 000 英镑。”③ 但是这一大笔钱是牺牲了健康换来的。他不同于传说中的吟游诗人。吟游诗人的歌唱可使魔鬼在空中升起，而可悲的是狄更斯的声音却挖掘了自己的坟墓。对狄更斯说来，听众就像一杯烈酒。他貌似充沛的精力不能掩盖他的疲劳，最终导致了他的早逝，他还没有写完《艾德温·德鲁德疑案》就告别了人世。

---

① 彼得·阿克罗伊德. 狄更斯传. 包雨苗，译. 北京：北京师范大学出版社，2015：74.

② 埃德加·约翰逊. 狄更斯：他的悲剧与胜利. 林筠因，石幼珊，译. 天津：天津人民出版社，1992：594.

③ Malcolm Andrews. Charles Dickens and his performing selves. New York：Oxford University Press，2006：45.

# 结　语

本书运用现代性理论对狄更斯的城市小说进行研究，分析其作品中的现代性元素。主要内容包括绪论、主体部分和结语三大部分。主体部分共八章。第一章“都市空间与街道美学”探讨狄更斯的都市街道经验。狄更斯是个地地道道的“伦敦佬”，是都市经验的体验者与表达者，他的城市小说以诗性的方式表现了英国城市化进程中从乡村向城市转变的复杂心绪以及对伦敦“爱恨交织”的心理情结。第二章“‘文学伦敦’：狄更斯的现代性文学空间”从空间的视角探讨“文学伦敦”的现代性。狄更斯在精细观察的基础上通过自己的文学想象将19世纪的都市伦敦建构为一个独特的文学空间，创造了“文学伦敦”。一方面，狄更斯对伦敦做了全方位的描写；另一方面，伦敦都市纷繁复杂的生活、伦敦的街道和人群是狄更斯创作的灵感源泉。同时，伦敦的街道也是狄更斯崛起的舞台。第三章“经验与记忆：狄更斯的城市现代性特质”从经验与记忆的角度探讨狄更斯作品中的都市现代性特质。狄更斯是都市转变的伟大记录者，第一个伟大的城市小说家，他描写了拥挤的城市生活对伦敦人的感觉能力所产生的影响，用叙事的形式去捕捉城市街道上非连续的、转瞬即逝的、不断变异的、喧闹的、具有突发性和疏异性的震惊经验，体现了城市的多样性、复杂性。第四章“‘文学伦敦’的现代性主体”，论析以伦敦街道为家园的闲逛者和拾垃圾者是伦敦都市的现代性主体。首先，狄更斯创造了佛罗伦斯·董贝、大卫、烹弗莱师傅、悉尼·卡尔敦等闲逛者形象，他笔下的闲逛者展示了稍纵即逝的迷宫般的都市生活经验。其次，“文学伦敦”存在着大量的拾垃圾者形象。狄更斯热衷于在伦敦的大街小巷闲逛，搜集垃圾的碎片，他凭着自己的观察和思考，把整个伦敦纳入他的象征框架，从而将自己变成一个“拾垃圾者”。第五章“狄更斯小说的现代形式”从艺术形式方面探讨狄更斯城市小说的现代性。（1）狄更斯通过蒙太奇/拼贴将不同时间、不同空间的物体并置在一起创造出一种时间空间化的效果，从而实现瞬间流变与永恒不变的结合。(2) 意识流叙事。虽然狄更斯于 19 世纪中期创作的小说还不能称作意识流小说，但他确实大量运用了意识流的叙事方法，其中包括内心独白和自由联想。(3) 文学机器装配。在狄更斯的艺术世界，不仅小说内部的各元素之间，而且每一件艺术作品皆是相互链接的，或者具有相互链接的潜质。(4) 戏拟模仿。戏拟显示出狄更斯对正在模仿的主题有着十分深刻的理解，他在作品中展示的不仅是自己对原作家、作品的理解，其中还包括他自己的风格与技巧。第六章探讨狄更斯城市小说的视觉叙事。狄更斯运用视觉叙事来唤起时间和空间的运动，他笔下的伦敦被称为"幻灯片图像"，他的视觉叙事将伦敦的景观永远镌刻在人们的想象中。第七章探讨狄更斯城市小说的空间叙事。狄更斯是善于运用空间意象来塑造人物形象的高手，在他的小说中，空间不仅是故事的发生地点和叙事必不可少的场景，而且还是表现时间、安排小说结构，甚至推动整个叙事进程的不可或缺的载体。从方法论的角度来考察，狄更斯运用了并置、碎片叙事和巴洛克叙事等空间叙事方法。第八章从三个方面探讨狄更斯城市小说的声音叙事。第一，狄更斯的小说文本为我们呈现了一个朗读的世界。第二，狄更斯本人的巡回朗读。狄更斯举行的朗诵会次数极多，深受公众欢迎，经济收入巨大，但同时对他的健康造成了灾难性的影响。第三，狄更斯着魔于巡回朗读的原因。

上述研究内容之间有着明晰的逻辑理路。在狄更斯的城市小说中，伦敦街道—闲逛—视觉—听觉—都市空间—现代性等构成了六位一体的文学版图。

文学现代性深深地扎根于文化都城，人群拥挤的都市是产生个人意识、闪现各种印象的环境。狄更斯的城市小说用现代叙事方式——视觉叙事、空间叙事、声音叙事表现了转瞬即逝、孤独冷漠和异化的现代城市精神。"文学伦敦"是一个街道迷宫。拥挤不堪的街道广场是需要身体体验的都市空间。19 世纪的伦敦街道已经成为都市居民主要的社会生活空间，伦敦的街道上展示着目迷五色的都市景观，街道成为表征伦敦现代性的主要意象。人们对都市空间的体验活动即是"闲逛"。闲逛者穿过都市熙熙攘攘的人群，熟悉了迷宫般的都市生活经验。闲逛者用身体体验迷宫般的都市是一门"看的艺术"。从时空维度来看，视觉，说到底是空间的而不是时间的，即视觉是时间的空间化。狄更斯用敏锐的目光打量着伦敦都市的日常生活，运用全知全能的叙事视角为读者呈现出迷宫般的伦敦街道，赋予伦敦街道丰厚的美学蕴意。狄更斯在伦敦街道上的巡回朗读是一种声音叙事，他的声音叙事，创造了一个活态的“声觉空间”。总之，街道是闲逛的场所和空间，闲逛是对街道的体验，闲逛是时间的空间化，是一种视觉打量，也是一种听觉审美。都市空间、闲逛、视觉、听觉都有着现代性的特质。伦敦的街道是狄更斯崛起的舞台，狄更斯的一生是在伦敦街道个人奋斗打拼的奇迹。

值得指出的是，狄更斯的现代叙事对现代主义作家产生了深刻的影响。狄更斯对卡夫卡的影响是巨大的，远远大于福楼拜、陀思妥耶夫斯基、歌德和克莱斯特。《美国》明显奠基于狄更斯的《大卫·科波菲尔》等作品，《审判》来源于《荒凉山庄》的法律隐喻，《城堡》让读者想起《小杜丽》的官僚机构，《变形记》暗示了《大卫·科波菲尔》中大卫受到排斥的场景以及福斯特的《狄更斯传》中的事件。卡夫卡的短篇小说《乡村婚礼》、《一条狗的研究》、《地洞》甚至《饥饿艺术家》等也指涉了狄更斯的生活与作品。卡夫卡小说中的异化主题、怪诞喜剧和儿童视角都是对狄更斯的借鉴和吸收。

乔伊斯谙熟狄更斯的作品，尤其被狄更斯的叙述技巧和语言艺术所吸引，他借鉴了狄更斯的意识流叙事，进而拓展出一片新的文学天空。第一，内心独白。乔伊斯在《尤利西斯》中大量使用了意识流手法，把关注的焦点放在人物心灵的屏幕上，表现都柏林一天中三个人物——斯蒂芬、布鲁姆及其妻子莫莉的内心活动以及他们这一天的经历，丰富地展现了现代生活的方方面面。第二，自由联想。乔伊斯在狄更斯的作品中注意到了外部刺激与内部反应之间的密切联系，他在《尤利西斯》中通过抹除全知全能的叙述者改变了狄更斯的叙述和对话，狄更斯的角色的那些滔滔不绝的对话为乔伊斯建构内心独白提供了模式。《尤利西斯》拓展了狄更斯的内心独白，将单股意识流发展到三股意识流：利奥波德·布鲁姆的意识流、斯蒂芬·德达鲁斯的意识流、莫莉·布鲁姆的意识流。

狄更斯对现代主义作家的影响是广泛的，可以说狄更斯如幽灵般地渗透在现代主义作品中，意识流作家除了乔伊斯之外，普鲁斯特和福克纳也深受狄更斯的影响，象征主义作家爱伦·坡和 T. S. 艾略特也受到了狄更斯的影响。

下面拟就狄更斯现代性研究的发展趋势谈一点自己的看法。

狄更斯在世时，上起皇室贵族，下至贫民百姓都在阅读他的小说。至今狄更斯的城市小说仍然畅销不衰。为什么狄更斯的作品问世 180 余年后，人们仍然竞相阅读他的作品？为什么他既是大众文化的巨人，同时又是学术研究的焦点？显然仅用批判现实主义或者现实主义这顶帽子是无法解释清楚的。因为狄更斯的城市小说弥漫着多种审美因素，这些因素包括幽默、哥特成分、神秘小说、侦探小说、怪诞、感伤、宗教等。伊格尔顿指出，“狄更斯的早期作品中，每一文本名副其实地弥漫着哥特小说，罗曼史，道德寓言，社会问题小说，通俗戏剧，短篇小说，新闻，即兴娱乐，从而‘使得现实主义没有特权地位’”①。文如其人，狄更斯本人也是一个混合体（mixture），他不仅仅是19世纪英国伟大的小说家，同时也是记者、修辞学家、朗诵家、舞台导演、编辑，甚至是一个成功的催眠师，一个常给人们带来欢乐的魔术师，一个恪守孝道的儿子、尽职的父亲、友善的朋友。他的艺术世界亦如他的人生一样斑斓多彩，著名的狄更斯研究专家乔治·福德指出：“如果按照托·斯·艾略特的说法，二十年代出现过一个疲惫的莎士比亚、一个先知式的莎士比亚、一个慷慨激昂的莎士比亚和一个社会主义派记者的莎士比亚，那么同样也有一个先知式的狄更斯、一个慷慨激昂的狄更斯，还有一个经常露面的社会主义派记者的狄更斯……此外还有一个仁爱欢乐的狄更斯和一个忧郁寡欢的狄更斯。”②多元的狄更斯拒斥简单化的分类和界定。

发掘狄更斯城市小说的多元审美因素，现代性是不可或缺的维度，也是今后的研究趋势。戈皮特认为，“狄更斯的天才超越了他的时代……狄更斯预示了现代主义美学”③。美国梵得比尔大学的詹伊·克莱顿教授在《19世纪文学》学刊上撰文认为，狄更斯与后现代主义也有着密切的联系。首先，怪诞是狄更斯吸引读者的一个重要因素。他的每部小说都有怪诞的人物、怪诞的环境、怪诞的语言。如《荒凉山庄》开头的环境描写：“在浓雾的中心，坐着那位大法官庭的大法官”，大法官正“坐着”，烟尘正在下沉，旅行者正在你争我抢，雾正在“爬行”。这种怪诞环境中的怪诞人物给读者产生强烈的感觉冲击和心理震撼。把自己囚禁于失败婚礼情景中的赫薇香小姐，未老先衰的孩子董贝等都是怪诞的人物。扭曲外部景观，将人、动物、现实与梦幻结合起来，引发笑声、恐怖和困惑，用笑声减轻恐怖和困惑，从而使得噩梦般的场景能够为读者所接受，是狄更斯怪

① 赵炎秋. 狄更斯研究文集. 蔡熙，刘白，赵炎秋，译. 南京：译林出版社，2014：205.

② Ford George H. Dickens and his readers：aspects of novel criticism since 1836. Princeton：Princeton University Press，1955：258.

③ Gillian Piggott. Dickens and Benjamin：moments of revelation，fragments o f modernity. Farnham：Ashgat，2012：3.

诞手法的主要特征。在狄更斯的小说中，怪诞喜剧成了对抗非人化社会的手段。狄更斯的怪诞技巧对现代主义产生了重大影响。詹伊·克莱顿指出："作为作家的狄更斯不仅生产了现代主义的社会现象，如开明的、自主的自我（liberal and autonomous self），而且生产了后现代主义的社会现象，如虚拟和被解构的主体。"① 狄更斯作品中的狂欢化以及对戏拟的热衷，将地位和财富特别富于魅力的意象变成讥讽的对象，预示了后现代主义戏拟的出现。其次，侦探小说。侦探小说肇始于美国的爱伦·坡，坡的侦探小说《人群中的人》有三个形象：追捕者，人群，人群中的人。爱伦·坡所际遇的神秘的夜游者就是狄更斯文本中的人物。坡评论过狄更斯的早期作品《博兹特写集》，且在写作《人群中的人》时，阅读过《烹弗莱师傅的大钟》和《老古玩店》。《人群中的人》中的神秘老人是"醉汉故事"、烹弗莱师傅以及小耐尔外祖父夜游等文本因素的综合。坡无疑受到过《匹克威克外传》中疯子故事的影响。英国小说中第一个警探巴克特探长是狄更斯塑造的。狄更斯的很多小说都有侦探小说的特点，如《巴纳比·鲁德奇》塑造了机智勇敢、极富同情心的巴凯特探长；《荒凉山庄》的三个侦探戈匹、塔尔金霍恩、布克特一步步追查不幸的德洛克夫人的秘密以及她未婚生下的女儿埃斯塔；《远大前程》穿插了一系列扣人心弦的悬念设置、推理演绎和案件分析，颇具侦探小说的风味；《我们共同的朋友》以一具身份不明的男尸开头。狄更斯最后一部未完成的小说《艾德温·德鲁德疑案》则是一部正宗的侦探小说，男主人公的下落到底是失踪、自杀，还是他杀，令人疑窦丛生。小说有着精心设计的情节，书中的人物紧紧地随着故事情节的变化而演进，产生了扣人心弦的艺术效果。包里斯·福德指出，"创造英国侦探小说并赋予它那些至今保持不变的基本特征的功劳应归于狄更斯和柯林斯"②。

因为现代性是狄更斯的城市小说具有跨时代属性的根本原因，因此，现代性不可避免地是今后狄更斯城市小说的研究趋势。以视觉叙事为例，20 世纪 80 年代以来，视觉文化研究在我国成为热潮，它主要是关注今日传媒所涉及的视觉图像，其中包括电影电视、摄影绘画、商业广告、网络图像、电子游戏、高科技数码虚拟等流行文化中的视觉图像，强调当代视

① Jay Clayton，Dickens and the Genealogy of Postmodernism. Nineteenth-Century Literature，1991，46（2）.

② Boris Ford. English literature：from Dickens to Hardy. London：Penguin Press，1958：119.

觉技术的重要性，专注于分析消费者在娱乐、获取信息和追求效益时与可视化技术之间的相互作用，却忽视了文学文本中的视觉叙事，更没有涉及狄更斯的视觉叙事。不单是视觉叙事，狄更斯的空间叙事、声音叙事、插图叙事，对现代主义作家的影响以及狄更斯小说的电影改编等都尚有巨大的研究空间。

# 参考文献

## 一、英文文献

### （一）专著

Albinski，Nan Bowman. *Woman's Utopiasin British and American Fiction*. Routledge，1988.

Andrews，Malcolm. *Charles Dickens and His Performing Selves*. Oxford UP，2006.

Atherton，James S. *The Books at the Wake：A Study of Literary Allusions in James Joyce's Finnegan's Wake*. Faber and Faber，1959.

Bakhtin，Mikhail. *Heteroglossiain the Novel：Little Dorrit. Steven Connor，Charles Dickens*. Longman Limited，1996.

—— *Problems of Dostoevsky's Poetics*. UP Minnesota，1989.

Benjamin，Walter. *Charles Baudelaire：A Lyric Poet in the Era Of High Capitalism*. Translated by Harry Zohn and Quintin Hoare. L. L. B，1973.

——*One Way Street and Other Writings*. New Left Books，1979.

——*The Arcade Project* in *Walter Benjamin：Selected Writings* (I). Cambridge，MA，1996.

——*Walter Benjamin：Selected Writings* II. Cambridge，MA，1996.

Bloom，Harold. *The Western Canon：the Books and School of the Ages*. Harcourt Brace&Company，1994.

Brown，James M. *Dickens：Novelist in the Marketplace*. Macmillan，1982.

Carlton，J. William. *Charles Dicken：Family History*. Routledge/

Thoemmes Press, 2007.

Carlyle, Thomas. *J. A. Froude*. London, 1882.

Conway, Moncure. *Autobiography, Memories and Experience*. London: 1904.

Chestertton, G. K. *Charles Dickens*. Schocken Books, 1965.

Chittick, Kathryn. *The Critical Reception of Charles Dickens* 1833—1841. Garland, 1989.

Clayton, Jay. *Dickens in Cyberspace: The Afterlife of the Nineteenth Century in Postmodern Culture*. Oxford UP, 2003.

Collins, Philip. *Dickens: Interview and Recollections*. Macmillan Press, 1989.

Collins, Philip, editor. *Dickens: The Critical Heritage*. Routledge & Kegan Paul, 1971.

Crange, Mike, et al. *Thinking Space*. Routlege, 2000.

Daleski, H. M. *Dickens and the Art of Analogy*. Sckocken, 1970.

Deleuze, Gilles. *Prost and Sign*. The Athlone Press, 2000.

Deleuze, Gilles and Pierre-Félix Guattari. *Kafak: Towards a Minor Literature*. U of Minnesota P, 1986.

—— *A Thousand Plateaus*. U of Minnesota P, 1987.

——*Anti-Oedipus: Capitalism and Schizophrenia*. U of Minnesota P, 2000.

Deming, Robert H. *James Joyce: The Critical Heritage*. Routledge, 1971.

Ellmann, Richard. *James Joyce*. Oxford UP, 1959.

Forster, E. M. *Aspects of the Novel*. E. Arnold, 1927.

Foster, John. *The Life of Charles Dickens*. Everyman's Library, 1966.

Gillespie, Michael Patrick. *Reading the Book of Himself: Narrative Strategies in the Works of James Joyce*. Ohio State UP, 1989.

Gross, John, et al. *Dickens and the Twentieth Century*. Routledge and Kegan Paul, 1962.

Guerard, Albert J. *The Triumph of the Novel: Dickens, Dostoevsky, Faulker*. Oxford UP, 1976.

Hart, James, editor. *The Oxford Companion to American Literature*. Oxford UP, 1956.

Harvey, John R. *Victorian Novelists and Their Illustrators*. New York UP, 1970.

Hauser, Arnold. *The Social History of Art*, Vintage Books, 1952.

Hessel, Franz. *Walking in Berlin*. Translated by Amanda DeMarco. Scribe Publications, 2016.

Hollington, Michael. *Charles Dickens Critical Assessment* (Volume I). Robertsbridge, Helm Information Ltd, 1995.

James, Henry. *The Art of Fictionand Other Essays*. Oxford UP, 1948.

Johnson, Wendell Stacy. *Charles Dickens New Perspectives*. Prentice-Hall, 2003.

Juliet, McMaster. *Dickens the Designer*. Barnes and Noble, 1987.

Kristeva, Julia. *Word, Dialogue and Novel*. Basil Black Well, 1986.

Kronegger, Maria Elisabeth. *Literary Impressionism*. College and UP, 1973.

Lindsay, Jack. *Dickens: A Biographical and Critical Study*. Dakers, 1950.

Marcus, Steven. *Dickens: From pickwick to Dombey*. Chyatto and Windus, 1965.

——*Engels, Manchester and the Working Class*. New York, 1974.

Marsh, Joss. *The Cambridge Companion to Charles Dickens*. Shanghai Foreign Language Education Press, 2003.

Massey, Doreen. *Making Connections, in Conversion with Karen Lury*. Screen, 1999.

Mehring, Franz. *Aufsatze zur auslandischen Literatur. Vermischte Schriften*. 1963.

Miller, J. Hillis. *Charles Dickens: The World of His Novels*. Oxford UP, 1958.

Mumford, Lewis. *The Culture of Cities*. New York, 1938.

Murphy, John. *Critical Essays on Willa Cather*. G. K. Hall, 1984.

Paganonia, Maria. *The Magic Lantern: Representation of the Double in Dickens*, Routledge, 2007.

Piggott, Gillian. *Dickens and Benjamin: Moments of Revelation, Fragments of Modernity*. Ashgate, 2012.

Random House USA Inc. *The American Heritage Thesaurus*. A Dell Book, 2005.

Sinclair, Iain. *Conductors of Chaos: A Poetry of Anthology*. Picador, 1996.

Spilka, Mark. *Dickens and Kafka: A Mutual Interpretation*. Indiana UP, 1963.

Steig, Michael. *Dickens and Phiz*. Indiana UP, 1978.

Walther, Ingof. *Impressionist Art*. Benedikt Taschen, 1993.

Williams, Raymond. *The Country and the City*. Oxford UP, 1973.

—— *The English Novel: From Dickens to Lawrence*. Oxford UP, 1970.

Wilson, Edmund. *Axel's Castle: A Study in The Imaginative Literature of* 1870—1930. New York: 1931.

Wolfrey, Julian. *Writing London: The Trace of the Urban Text from Blake to Dickens*. Macmillian, 1998.

Woolf, Virginia. *A Writer's Diary*. Hogarth Press, 1975.

**(二) 论文**

An Unsigned Article. "Reviews of *Oliver Twist*." *Spectator*, 24 November, 1838.

Adock, A. St. Hohn. "Famous House and Literary Shrines of London." *Wonderful London*, edited by Silver Jubilee, The Amalgamamated Press, Ltd.

Bronzwaer, W. J. M. "Implied Author, Extradiegetic Narrator and Public Reader: Gérard Genette's Narratological Model and the Reading Version of Great Expectations." *Neophilogus*, LXII, January 1978.

Clayton, Jay. "*Dickens and the Genealogy of Postmodernism*." *Nineteenth Century Literature*, vol. 46, no. 2, September, 1991.

—— "Londublin: Dickens's London in Joyce's Dublin." *Novel*, Vol. 28, 1995.

Collins, Phillip. "Dickens and the City," *Vision of Modern City: Essays in History, Art, and Literature*, edited by William Sharp and Leonard Wallock, Baltimore and London, 1987.

Eisenstein, Sergei. "Dickens, Griffith, and the Film Today." *Film Form: Essays in Film Theory.*

Frank, Joseph. "Spatial Form in Modern Literature." *The Widening Gyre, Crisis, Crisis and Mastery in Modern Literature*, Rutgers UP, 1963.

Ghent, Dorothy Van. "The Dickens World: A View from Todgers." *Sewanee Review*, no. LVIII, summer 1950.

Heidegger, Martin. "The Age of The World Picture." *The Questions of Technology and Other Essays*, edited and translated by William Lovitt, Harp and Row, 1977.

James, Henry. "The Limitations of Dickens." *The Nation*, 21 December, 1865.

Kaplan, Fred. "*Dickens' Flora Finching and Joyce's Molly Bloom.*" *Nineteenth Century Fiction* , vol. 23, No. 3, December, 1968.

Kestner, Joseph. "*Secondary Illusion: The Novel and Spatial arts, Spatial Form in Narrative.*" edited by Jeffrey R. Smitten and Ann Daghistany. Cornell UP, 1981.

Lewes, George Henry. "Dickens in Relation to Criticism." *Fortnightly Review*, 17 February, 1872.

Lister, Thomas Henry. "A Review of *Sketches, Pickwick, Nickleby, and Oliver Twist.*" *Edinburgh Review*, October 1838.

Maurois, André. "The Philosophy of Dickens." *Dickens*, translated by John Lane, London, 1934.

Orwell, George "Charles Dickens." *Charles Dickens Critical Assessment* (Volume I) , edited by Michael Hollington, Helm Information Ltd, 1995.

Spilka, Mark. "Leopold Bloom as a Jewish Pickwick: A Neo-Dickensian Perspective." *Novel*, Vol. 13, 1979.

Stephen, James Fitzjames. "A Review of A Tale of Two Cities." *Saturday Review*, 17 December, 1859.

—— "A Tales of Two Cities." *Saturday Review*, 3 January, 1858.

—— "Mr. Dickens as a Politician." *Saturday Review*, 1857.

Stephen, Leslie. "Dickens, Charles." *Dictionary of National Biography*. Smith, Elder, 1908.

Szondi, Peter. "Walter Benjamin' city portraits." *On Walter Benjamin: Critical Essays and Reflections*, edited by G Smith, MIT Press, 1988.

Tambling, Jeremy. "Prison Bound: Dickens and Foucalt." *Essays in Criticism*, vol. 36, January, 1986.

Topinka, Robert J. "Foucault, Borges, Heterotopia: Producing Knowledge in Other Spaces." *Foucault Studies*, no. 9, 2010.

Trollope, Anthony. "Charles Dickens." *Autobiography*, Cambridge UP, 1882.

Surin, Kenneth. "The Deleuzian Imagination of Geoliterature." *Deleuze and Literature*, edited by Ian Buchanan and John Marks, Edinburgh UP, 2000.

Wain, John. "*Little Dorrit*." *Dickens and the Twentieth Century*, edited by John Gross and Gabriel Pearson. Routledge and Kegan Paul, 1962.

Walter, Dexter, editor. "Letter to W. H. Wills." 24 September, 1858. *Letters of Charles Dickens*, Bloomsbury, 1938.

Wilson, Edmund. "Dickens: The Two Scrooges." *Charles Dickens Critical Assessment* (Volume I), edited by Michael Hollington, Helm Information Ltd, 1995.

Woolf, Virginia. "David Copperfield." *Nation and Athenaeum*, vol. 37, August 1925.

Zweig, Stefan. "Dickens." *Three Masters*, translated by Cedar and Eden Paul, London, 1931.

## 二、中文文献

### (一) 专著

[1] 狄更斯. 博兹特写集. 陈漪, 西海, 译. 上海: 上海译文出版社, 2013.

［2］狄更斯. 匹克威克外传. 莫雅平，译. 北京：人民文学出版社，2002.

［3］狄更斯. 大卫·科波菲尔. 张若谷，译. 上海：上海译文出版社，1980.

［4］狄更斯. 雾都孤儿. 何文安，译. 南京：译林出版社，1999.

［5］狄更斯. 马丁·朱述尔维特. 叶维之，译. 上海：上海译文出版社，1998.

［6］狄更斯. 艰难时世. 陈才宇，译. 上海：上海三联书店，2014.

［7］狄更斯. 老古玩店. 许君远，译. 上海：上海译文出版社，1980.

［8］狄更斯. 双城记. 罗稷南，译. 上海：上海译文出版社，1983.

［9］狄更斯. 小杜丽. 金绍禹，译. 上海：上海译文出版社，1993.

［10］狄更斯. 董贝父子. 吴辉，译. 南京：译林出版社，1991.

［11］狄更斯. 荒凉山庄. 黄邦杰，陈少衡，等译. 上海：上海译文出版社，1981.

［12］狄更斯. 远大前程. 主万，叶尊，译. 北京：人民文学出版社，2012.

［13］狄更斯. 非旅行推销商札记. 黄水乞，译. 杭州：浙江工商大学出版社，2012.

［14］狄更斯. 圣诞故事集. 汪倜然，金绍禹，等译. 上海：上海译文出版社，2013.

［15］狄更斯. 意大利风光. 金绍禹，译. 上海：上海译文出版社，2013.

［16］狄更斯. 我们共同的朋友. 智量，译. 上海：上海译文出版社，1986.

［17］姜椿芳. 中国大百科全书. 上海：中国大百科全书出版社，1982.

［18］辞海：第6版彩图本. 上海：上海辞书出版社，2009.

［19］彼得·阿克罗伊德. 狄更斯传. 包雨苗，译. 北京：北京师范大学出版社，2015.

［20］安德烈·莫洛亚. 狄更斯评传. 朱延生，译. 太原：山西人民出版社，1984.

［21］埃德加·约翰逊. 狄更斯：他的悲剧与胜利. 林筠因，石幼珊，译. 天津：天津人民出版社，1992.

［22］赫·皮尔逊. 狄更斯传. 谢天振，等译. 杭州：浙江文艺出版社，1985.

［23］马克思. 1844 年经济学哲学手稿. 北京：人民出版社，2000.

［24］马克思，恩格斯. 马克思恩格斯全集：第 4 卷. 北京：人民出版社，1958.

［25］瓦尔特·本雅明. 发达资本主义时代的抒情诗人. 王才勇，译. 南京：江苏人民出版社，2005.

［26］汉娜·阿伦特. 启迪. 张旭东，王斑，译. 北京：生活·读书·新知三联书店，2008.

［27］恩斯特·卡西尔. 人论. 甘阳，译. 上海：上海译文出版社，1985.

［28］威廉·詹姆斯. 心理学原理. 胡泳，译. 北京：北京大学出版社，2015.

［29］乔治·齐美尔. 大都市与精神生活. 费勇，译. 北京：文化艺术出版社，2001.

［30］罗伯特·汉弗莱. 现代小说中的意识流. 程爱民，王正文，译. 长沙：湖南人民出版社，1987.

［31］斯宾格勒. 西方的没落. 陈晓林，译. 哈尔滨：黑龙江教育出版社，1988.

［32］波德莱尔. 现代生活的画家. 郭宏安，译. 杭州：浙江文艺出版社，2007.

［33］波德莱尔. 波德莱尔美学论文选. 郭宏安，译. 北京：人民文学出版社，1987.

［34］莫里斯·布朗肖. 文学空间. 顾嘉琛，译. 北京：商务印书馆，2003.

［35］让·伊夫·塔迪埃. 普鲁斯特和小说. 桂裕芳，王森，译. 上海：上海译文出版社，1992.

［36］加斯东· 巴什拉. 空间诗学. 张逸婧，译. 上海：上海译文出版社，2009.

［37］米歇尔·福柯. 规训与惩罚. 刘北成，杨远婴，译. 北京：生活·读书·新知三联书店，2012.

［38］卡莱尔. 文明的忧思. 宁小银，译. 北京：中国档案出版社，1999.

[39] 卡夫卡. 卡夫卡书信日记选. 叶廷芳，黎奇，译. 天津：百花文艺出版社，2009.

[40] 卡夫卡. 卡夫卡中短篇小说选. 韩瑞祥，等译. 北京：人民文学出版社，2003.

[41] 克劳斯·瓦根巴赫. 卡夫卡传. 北京：十月文艺出版社，1988.

[42] 叶廷芳. 论卡夫卡. 北京：中国社会科学出版社，1988.

[43] 乔伊斯. 悲惨事件. 徐晓斐，译. 南京：译林出版社，2003.

[44] 乔伊斯. 一个青年艺术家的肖像. 黄雨石，译. 北京：外国文学出版社，1983.

[45] 乔伊斯. 尤利西斯. 金隄，译. 北京：人民文学出版社，1996.

[46] 理查德·利罕. 文学中的城市：知识与文化的历史. 吴子枫，译. 上海：上海人民出版社，2009.

[47] 马尔科姆·布雷德伯里，詹姆斯·麦克法兰. 现代主义. 胡家峦，等译. 上海：上海外语教育出版社，1992.

[48] 雪莱. 雪莱诗选. 江枫，译. 北京：中央编译出版社，2004.

[49] 蒂姆·阿姆斯特朗. 现代主义：一部文化史. 孙生茂，译. 南京：南京大学出版社，2014.

[50] 迈克尔·莱文森. 现代主义. 沈阳：辽宁教育出版社，2002.

[51] 约·劳逊. 电影语言四讲（四）：电影与小说. 齐宙，译. 北京：中国电影出版社，1961.

[52] 哈罗德·布鲁姆. 西方正典. 江宁康，译. 南京：译林出版社，2015.

[53] 托马斯·L. 贝纳特. 感觉世界：感觉和知觉导论. 旦明，译. 北京：科学出版社，1985.

[54] 威廉·福克纳. 福克纳短篇小说集. 南京：译林出版社，2001.

[55] 爱德华·W. 苏贾. 后现代地理学：重申批判社会理论中的空间. 王文斌，译. 北京：商务印书馆，2004.

[56] 伊塔洛·卡尔维诺. 为什么读经典. 黄灿然，李桂蜜，译. 南京：译林出版社，2006.

[57] 巴赫金. 巴赫金全集：第 3 卷. 石家庄：河北教育出版社，1998.

[58] 诺柏格·舒尔茨. 场所精神：迈向建筑现象学. 施植民，译. 台北：田园城市文化事业有限公司，1995.

［59］沃尔夫冈·凯泽尔. 美人和野兽：文学作品中的怪诞. 曾忠禄，钟祥荔，译. 西安：华岳文艺出版社，1987.

［60］戴维·哈维. 后现代状况：对文化变迁之起源的探究. 阎嘉，译. 北京：商务印书馆.

［61］王佐良. 英国浪漫主义诗歌史. 北京：人民文学出版社，1991.

［62］罗经国. 狄更斯评论集. 上海：上海译文出版社，1981.

［63］刘保端. 美国作家论文学. 北京：生活·读书·新知三联书店，1984.

［64］麦永雄. 德勒兹与当代性. 桂林：广西师范大学出版社，2009.

［65］刘悦笛. 视觉美学史. 济南：山东文艺出版社，2008.

［66］陈康. 论希腊哲学. 北京：商务印书馆，1990.

［67］龙迪勇. 空间叙事研究. 北京：生活·读书·新知三联书店，2014.

［68］赵炎秋. 狄更斯研究文集. 蔡熙，刘白，赵炎秋，译. 南京：译林出版社，2014.

［69］彭兆荣. 文学与仪式：文学人类学的一个文化视野. 北京：北京大学出版社，2004.

［70］瓦尔特·本雅明. 驼背小人. 徐小青，译. 上海：上海文艺出版社，2003.

［71］吉尔·德勒兹，菲力克斯·加塔利. 什么是哲学?. 张祖建，译. 长沙：湖南文艺出版社，2007.

［72］吉尔·德兹勒. 褶子. 杨洁，译. 长沙：湖南文艺出版社，2001.

［73］柏拉图. 文艺对话集. 朱光潜，译. 北京：人民文学出版社，1963.

［74］约翰·杜威. 艺术即经验. 高建平，译. 北京：商务印书馆，2005.

［75］埃里克·麦克卢汉，弗兰克·秦格龙. 麦克卢汉精粹. 何道宽，译. 南京：南京大学出版社，2000.

［76］马歇尔·麦克卢汉，等. 麦克卢汉如是说：理解我. 何道宽，译. 北京：中国人民大学出版社，2006.

［77］杨柳桥. 庄子译注. 上海：上海古籍出版社，2006.

［78］曹雪芹，高鹗. 红楼梦. 北京：人民文学出版社，1996.

［79］汪民安，陈永国，张云鹏. 现代性基本读本. 开封：河南大学出

版社，2005.

[80] 弗雷德里克·詹姆逊. 现代性、后现代性和全球化. 王丽亚，译. 北京：中国人民大学出版社，2004.

[81] T. S. 艾略特. 艾略特文学论文集. 李赋宁，译. 南昌：百花洲文艺出版社，1994.

[82] 罗岗，顾铮. 视觉文化读本. 桂林：广西师范大学出版社，2003.

[83] 詹姆斯·费伦、彼得·J. 拉比诺维茨. 当代叙事理论指南. 申丹，等译. 北京：北京大学出版社，2007.

**（二）论文**

[1] 殷企平. “朋友”意象与共同体形塑：《我们共同的朋友》的文化蕴涵. 外国文学研究，2013（4）.

[2] 傅晓燕，何云波. 狄更斯：城市职业作家三要征研究. 求索，2007（3）.

[3] 蔡熙. 狄更斯的城市小说探赜. 沈阳师范大学学报，2012（1）.

[4] 蔡熙. 文学机器及其诗学意义. 东方丛刊，2010（2）.

[5] 艾晓玲.《远大前程》的叙事特征. 四川大学学报，2000（1）.

[6] 熊荣敏. 多重空间的构建：论《远大前程》的空间叙事艺术. 时代文艺，2011（2）.

[7] 熊荣敏，张绍全. 论《远大前程》的心理空间构建. 外国语文，2012（2）.

[8] 闵晓萌. 舞台灯火下的狄更斯小说艺术：城市戏剧文化和《我们共同的朋友》. 外国文学，2016（5）.

[9] 姜智芹. 箱子意象·无罪负罪·父母形象投射：《美国》《大卫·科波菲尔》比较研究. 山东师范大学学报（人文社会科学版），2011（4）.

[10] 谢纳. 批评的空间. 文艺争鸣，2008（4）.

[11] 陆涛. 图像与叙事：关于古代小说插图的叙事学考察. 内蒙古社会科学，2011（6）.

[12] 严蓓雯. 狄更斯新传记出版. 外国文学评论，2009（6）.

[13] 麦永雄. 意识形态与乌托邦：传统及其变异. 广西师范大学学报（哲学社会科学版），2005（3）.

[14] 李亦园. 民间文学的人类学研究. 民族艺术，1998（3）.

[15] 李亦园. 文学和人类学都因文学人类学而拓展. 淮阴师范学院学

报，1998（2）.

［16］方玮，麦永雄. 文学机器的装配：从福斯塔夫式背景到狄更斯小说. 社会科学辑刊，2011（6）.

［17］孙晓青. 文学印象主义. 外国文学，2015（7）.

［18］马尔科姆·安德鲁. 狄更斯、透纳与大海. 韦照周，译. 长江学术，2015（1）.

［19］M. 福柯. 另类空间. 王喆，译. 世界哲学，2006（6）.

［20］麦地娜· 萨丽芭. 故事语言：一种神圣的治疗空间. 广西民族学院学报（哲学社会科学版），2003（5）.

［21］爱弗·伊文思. 英国小说简史. 李继青，译. 枣庄师专学报，1985（2）.

［22］罗兰·巴特. 文本理论. 张寅德，译. 上海文论，1987（5）.

［23］胡其鼎. 弗兰茨·卡夫卡和费丽采·鲍威尔：订婚时期书信、日记摘译与述评. 世界文学，1993（4）.

**（三）博士论文**

［1］刘白. 英美狄更斯学术史研究（1836—1939 年）. 湖南师范大学，2012.

［2］蔡熙. 当代英美狄更斯学术史研究（1940—2010 年）. 湖南师范大学，2012.

［3］陈静. 压制、惩罚、异化：狄更斯主要作品中的空间视角. 上海外国语大学，2013.

**（四）电子资源**

帕西·达卢克哈纳瓦拉. “透纳与海”观后感.［2018－09－03］. http://blog. Courtauld. ac. uk/researchforum/turnerandthesea/.

# 后　　记

这是我研究狄更斯的第二本书，第一本研究狄更斯的书是《当代英美狄更斯学术史研究（1940—2015）》。

2009 年，我进入湖南师大攻读博士学位，以博士论文的形式完成赵炎秋教授主持的中国社科院重大项目“外国文学学术史研究工程·欧美日经典作家系列”子项目“狄更斯学术史研究”，迄今已经十一年了。从考上博士开始，我就开始阅读狄更斯的作品，阅读有关狄更斯的英文文献。十一年了，才写两本书，在当今的快节奏时代，速度之慢是可想而知的。其原因，除了本人天资鲁钝之外，主要是，狄更斯是一个妇孺皆知的经典作家，不论中外，研究成果都已经汗牛充栋了。

博士论文开题时，一位朋友问我写什么题目？我说写狄更斯。没想到，这位朋友竟然大吃一惊！“写狄更斯？你就不能写一个前沿一点儿的作家吗？”朋友的言外之意是，像狄更斯这样无人不晓的作家，引进中国一百多年了，该说的都被人家说了，你再怎么努力，也写不出什么新名堂了。

博士毕业后，我到贵州省社会科学院工作。一天，一位退休的老领导突然叫住我说：“蔡熙，听说你是研究狄更斯的？”

我点点头。

“那我考你一个问题。”他说。

我说，“好的。”

“你把《双城记》开头的那四句话背出来。”

我如实背了出来。我还说，狄更斯的这四句话成了不少人的万能开头。

后来，我得到了这位老领导的表扬，他说我还是看过狄更斯的作品的。这位老领导不是研究文学的，更不是研究外国文学的，但他也了解狄更斯的小说。《双城记》的万能开头，很多小学生都能背，我背的并不比小学生背得好。狄更斯在中国是妇孺皆知，在英美更不用说。在日本，在澳大利亚，总之，只要有人的地方，就有人读狄更斯的作品，论在民间的影响力，狄更斯远远超过莎士比亚和托尔斯泰。

研究这样一个无人不知的作家，其挑战性是可想而知的。开垦一块荒地，在上面播撒种子就可以收获；而种植经年耕种的土地却可能贫瘠不育；同样，研究一个无人涉足的领域，写出的每一个观点都是新颖的，都能产生较大的反响；而研究一个大家都谈及的话题，要谈出新意，就不容易。

十一年来，我天天都在阅读狄更斯，也就深深地迷上了狄更斯。不仅仅是迷恋狄更斯的作品，更为他的人格魅力所着迷。狄更斯做过童工，经过努力拼搏成了一代富翁，他本来可以与上流社会人士穿一条裤子，写些点缀的文字，替达官贵人拍拍马，从中得点儿好处，但他不是这样。在狄更斯眼中，今天你是我的朋友，明天如果你当官了，发财了，鱼肉黎民，你就是我的漫画对象。狄更斯一生都在为弱者代言，一生官司不断，官司的对象一是盗版印刷其小说的出版商，一是他的漫画对象，而这些漫画对象往往是他身边的朋友。狄更斯的人格魅力一直令我心仪之，心向往之。狄更斯已经被世界各国的人说了近200年了，说不尽的狄更斯，人们还要继续说下去。狄更斯的人格魅力将鼓励我继续说下去。

本书是我的国家社科基金后期资助项目“狄更斯城市小说的现代性研究”的结项成果，在此衷心感谢匿名评审专家的青睐！

蔡熙谨识

2020年1月于湘潭

**图书在版编目（CIP）数据**

狄更斯城市小说的现代性研究/蔡熙著. --北京：中国人民大学出版社，2020. 7
国家社科基金后期资助项目
ISBN 978-7-300-28416-3

Ⅰ. ①狄… Ⅱ. ①蔡… Ⅲ. ①狄更斯（Dickens，Charles 1812—1870）-小说研究
Ⅳ. ①I561. 064

中国版本图书馆 CIP 数据核字（2020）第 137568 号

国家社科基金后期资助项目
**狄更斯城市小说的现代性研究**
蔡熙　著
Digengsi Chengshi Xiaoshuo de Xiandaixing Yanjiu

**出版发行**　中国人民大学出版社
**社　　址**　北京中关村大街 31 号　　**邮政编码**　100080
**电　　话**　010－62511242（总编室）　010－62511770（质管部）
010－82501766（邮购部）　010－62514148（质管部）
010－62515195（发行公司）　010－62515275（盗版举报）
**网　　址**　http://www.crup.com.cn
**经　　销**　新华书店
**印　　刷**　北京玺诚印务有限公司
**规　　格**　165 mm×238 mm　16 开本　　**版　　次**　2020 年 7 月第 1 版
**印　　张**　16　插页 2　　**印　　次**　2020 年 7 月第 1 次印刷
**字　　数**　268 000　　**定　　价**　48.00 元